人鱼

雷米

著

北京联合出版公司

一未文化　　非同凡响

北京一未文化传媒有限公司
www.bjyiwei.com
出品

人生至高无上的幸福,莫过于确信自己被人所爱。

——维克多·雨果

目录

序章 　海的女儿
　　　　　　　　　_001

第一章 　消失的女孩
　　　| 是我看错了，还是真的有一个女孩被拖走了？　_005

第二章 　命案
　　　| 昨夜一场暴雨，卫红渠里冲出死人了。女尸，三具。　_016

第三章 　隐秘之事
　　　| 我只能是婢女C，不能是人鱼吗？　_024

第四章 　两只煎蛋
　　　| 她挪到灶台旁，把煎蛋放回锅里，捂住眼睛的手始终没有放下来。　_038

第五章 　父亲的谎言
　　　| "暂时不回来了。"老苏犹豫了一下，"高考结束之后再说。"　_051

第六章 　地下
　　　| 他弯腰在管道内的积水中摸索着，十几秒钟后，直起身子，
　　　　手指间夹着一枚校徽。　_062

第七章　　　家事

　　　| 我带着满身污泥，蒙头转向地爬了起来。她们站在井口上，俯身看着我。　_070

第八章　　　光

　　　| 黑暗阻绝了光，似乎也把残留的理智排除在外。　_081

第九章　　　别人的女儿

　　　| 姜庭依偎在妈妈的怀里，双眼微闭，心里想的却是另一个人的女儿。　_089

第十章　　　圆周假设

　　　| 犯罪人就住在这个圆圈里，而且很有可能就在靠近圆心的地方。　_097

第十一章　　不速之客

　　　| 成年人的世界里，哪有什么公平？　_109

第十二章　　替身

　　　| 你的角色是婢女C，台词不多，比较好记。你把头发散开。　_120

第十三章　零的意义
　　| 在我的生活中始终出现的减号，终于到了尽头，画上了等号。零。　_144

第十四章　牡丹
　　| 那件暗红色镶嵌白色蕾丝边的长裙里，似乎躲着另一个人的灵魂。　_160

第十五章　文森特
　　| 以后叫你文森特，你要答应。　_176

第十六章　无关之人
　　| 自从她退学以来，我们班的同学几乎没有人注意到她的消失。　_188

第十七章　破晓之前
　　| 他不曾有过一个家，更不知道它意味着什么。　_204

第十八章　水池
　　| 我要一双白球鞋。我要那条白裙子。　_222

第十九章　证明
　　| 他奋力如斯，仅仅是为了满足我那个可笑的愿望。　_237

CONTENTS

第二十章　　　逃跑的公主
　　　　　　　｜ 我必须养足精神。天亮之后，就是我的 big day。　　_256

第二十一章　　来不及的告别
　　　　　　　｜ 哎，你能听到我说话吗？醒一醒，别睡觉！　　_276

第二十二章　　黑处有什么
　　　　　　　｜ 如果你再叫，我就把你扔在这里，让老鼠吃掉你！　　_291

第二十三章　　代价
　　　　　　　｜ 掐死她。　　_303

第二十四章　　漫长的一天
　　　　　　　｜ 密封阀转动起来，一圈，又一圈……　　_329

尾声　　　　　人鱼
　　　　　　　　_355

序章·海的女儿

2013年4月12日，星期五，多云转晴。

我没想到会遇见他。

这本来是一个再普通不过的下午。因为是周五，所以我早早地让员工们下班回家，约会的约会，接孩子的接孩子。我去了健身中心。今天的五公里慢跑只用了26分钟，比上星期快了2分钟。高教练很满意，我也很满意。我们的关系似乎有所缓和。只不过，这种气氛并没有维持多久。在帮我做拉伸运动的时候，他又把手放在了我的大腿上。

他说："肌肉结实了不少。"

我说："哦，是吗？"

他的手又向上挪了几厘米："坚持，你的体脂率会越来越低的。"

"嗯。"我直起身子，"足够打断你的鼻梁吗？"

他的脸瞬间就涨成了猪肝色，让人觉得非常好笑。当我把手靶扔给他的时候，他仍旧不敢看我，神情悻悻然。

我知道他把我当成那种女人：单身、多金、大龄，看到他的腹肌和翘臀就会春情勃发，大概三次课后就可以把我弄上床。

他对此深信不疑。

好吧，这无所谓。亲爱的高教练，你尽可以继续想下去。不过，现在请你认真地举起手靶。因为在完成那件事之前，我要确保自己的体力和技巧都在最佳状态。

打手靶20分钟，梨形球20分钟。训练结束后，高教练彬彬有礼地请我在训练记录上签字，那表情让我想笑。

洗过澡，吹干头发，我在"Lotus Coffee"用一份蔬菜沙拉解决了晚餐。当我还在考虑要去做个按摩还是直接回家的时候，我看到了对面小剧场门前的演出海报。

蓝色渐绿的背景，有气泡、水草和珊瑚的装饰。画面中央是一个红头发的卡通形象的女孩，怀抱着一条黄色的小鱼，坐在一块礁石上，望向海边的古堡。她的下半身是一条浑圆、修长的鱼尾，在海浪中随波摆动。

音乐童话剧：《海的女儿》。

海。的。女。儿。

我用咖啡把这四个字淹没在唇齿之间。正在对面那张桌子旁收拾杯盘的服务生好奇地看着我。我垂下眼皮，感觉到越来越大的水滴正在睫毛上凝结。

门票80元。小剧场并不大，能容纳几十人的样子。我在最后一排坐下，看着舞台上深紫色的幕布，猜想那后面的海底究竟是怎样的。

剧场里已经有一些观众落座，等待开场。大多是父母带着孩子一起来。爆米花的香气混合着孩子们尖厉的吵闹声，把这里拉回到海面之上。我长长地呼出一口气，想象中的鱼鳃正在我的耳后悄悄弥合。

一个穿着果绿色毛线裙装的小女孩从座位上站起来，兴奋地打量着剧场上方悬挂的海星、贝壳和章鱼。

"妈妈，你看，派大星！"

小女孩的妈妈急忙把她拽回到座位上："嘘！不要吵到别人，马上就开场了。"

这是个与我年龄相仿的女人，外表斯文，戴着朴素的黑框眼镜。她一边说着话，一边还环视四周，看自己的女儿是否妨碍到了别人。我和她的目光在空气中相交，她对我报以充满歉意的微笑，我也笑笑，移开了视线。

然后，我就看到了他。

杨乐捧着一大份爆米花和可乐，正挤过第四排的观众，向那个戴着黑框眼镜的女人靠拢。他的额头上有细密的汗水，微圆的脸上泛着淡淡的油光。看得出，他的移动是非常艰难的。在座椅和大腿之间的缝隙中，杨乐不得不收起已经微凸的腹部，一边竭力避免可乐泼洒出来，一边向那些被迫收起双腿的观众点头致歉。

头发稀少、身材走形的杨乐终于和自己的妻女团聚。戴着黑框眼镜的女人似乎颇有怨言，小女孩倒是非常开心，伸手从纸盒里抓起爆米花往嘴里塞，同时指着那只巨大的金色海星让他看。

杨乐的脸彻底暴露在光线中。他顺着小女孩手指的方向看着海星，做出夸张的惊叹表情。在那一瞬间，我想起了一个面部棱角分明，有着细长眼睛和温暖笑容的少年。

我坐在阴影里，看他笨拙地迎合着女儿的手舞足蹈，感受到岁月的锋刃在肢体上切割的阵阵剧痛。直到剧场里的灯光一下子暗淡下来，黑框眼镜女人把他们拉回到座位上，《海的女儿》开场了。

小人鱼托着腮，一脸神往地听着姐姐讲述海面上的景色。
小人鱼奋力把王子托向岸边。
巫婆说："你会变成水上的泡沫。"小人鱼的脸色惨白："我不怕！"
小人鱼从剧痛中醒来，浑圆修长的鱼尾已经变成一双美丽的腿。在她面前，是满眼关切的王子。

我抓起皮包，迅速起身，在抱怨声中离开了座位。
我只能逃走。因为我怕他会对那个小女孩说："我曾经是那个王子。"
但是，走到门前的时候，我还是忍不住回头向舞台上望去。小人鱼和王子翩翩起舞。丝绸和细纱织就的白色长裙。双腿妖娆，裙裾飞扬。

夜色初降。我和我的车在公路上飞驰，灯火通明的城市在眼前徐徐展开。偶尔，我会看到孩子牵着父母的手，在路边一跳一跳地走。他们是否幸福不得而知，但是我知道，我的苦难如同面前这条看不到终点的公路一般，没有尽头。

人鱼公主们，你们距离天国的路程，不过三百年。我的每一颗眼泪，会加增每一天。

我握紧方向盘，脚下用力。黑色的车身，越发迅速地融入这黑夜中。

美丽的小人鱼，请在空中为每一个笑容歌唱。

我的哑巴孤儿，不要害怕，这座城市，就是你的海洋。

第一章 · 消失的女孩

1994年5月22日，星期日，晴。

我恨苏哲。是的，我恨他。

今天晚上给他讲二元一次方程的时候，他压根就没听，一直在摆弄着那个愚蠢的玩具。一个可以变成机器人的小汽车而已，我想不通它为什么那么贵。不过爸妈显然不这么想。他们给苏哲买下它的时候，似乎完全没意识到爸爸需要卸几车玻璃才买得起这个破玩意。好吧，他是你们的儿子，他的笑容大概可以抵消你们所有的辛苦吧。

晚饭后，我准备写作业。妈妈让我先辅导苏哲。我很不情愿，但还是同意了。她注意到我的表情，问我怎么了。我说我自己还有很多作业要写。她一脸不耐烦："才高一就这么多作业，你们老师想累死人啊？"

我说："妈，我高二了。"妈妈一愣，哦了一声就去刷碗了。

我并不想辅导苏哲，苏哲也无心学习，他今晚的全部热情都在新玩具上。我坐在桌子旁边，一言不发地看着他把那个塑料玩意掰来掰去，嘴里还咔咔地配着音。

"放下吧，你得开始学习了。"

"嗯。"咔咔咔咔。

"快点，我还得写作业呢。"

"好。"咔咔咔咔。

"放下！"

苏哲吓了一跳。他看看我，慢慢地把半车半人的玩具放在桌子上，眼睛瞟向打开的课本。

我开始给他讲二元一次方程，边讲边在草稿纸上示例。苏哲始终没有抬头，眼神涣散，这让我肯定他压根就没听。讲解完毕，我问他听懂了吗，他点点头。我说好，又给他出了一道题："做吧。"接着，我就打开我的书包。我还有两张代数试卷、两张几何试卷和一张英语试卷要做，如果再耽误时间，前半夜我就别想睡了。

我趴在桌子上写作业，苏哲却呆呆地盯着草稿纸，无从下笔的样子。

"怎么了？"

他咬着嘴唇不说话，最后挤出一句："没怎么。"

"为什么不写？"

苏哲的表情变得扭捏起来。

我非常的不高兴："你刚才不是说听懂了吗？"

苏哲低下头。从我的角度能看到他长长的睫毛和凸起的脸蛋。我的心一下子软了。

"我再给你讲一遍，这回好好听。"

苏哲仰起小脸，做严肃认真状。

可是，他没装多久就原形毕露了。我一道题还没讲完，他就重新把下巴顶在手臂上，用铅笔尖一下一下地戳着那个变形金刚，嘴里小声嘟囔着："汽车人，变形，出发……"

我火了，用手里的课本扫向那个破玩意。在苏哲的尖叫声中，"大黄蜂"飞起来，撞在墙壁上，碎成了几块。

我被吓傻了，看着苏哲扑向那个七零八落的玩具。转眼间，妈妈就冲了进来。

"怎么了这是？"

随即，她就看见了被摔坏的变形金刚。妈妈的表情立刻扭曲起来。

"谁干的？"

"我姐！"苏哲一边哭，一边指向我，"她摔的！"

我下意识地缩起身体。我不想辩解，也没法辩解。果真，一秒钟之后，妈妈的手指就拧住了我的耳朵。

"你知不知道这个多少钱啊？刚买回来你就摔了它！你不心疼钱，你也心疼你爸……"

"行了！"

爸爸进来了。他皱起眉头看着妈妈，又看看哭闹不止的苏哲。

"把手松开。"爸爸蹲下身子，拿起机器人的一条胳膊，上下端详一番。

"惹你姐生气了？"

"我没有！"苏哲梗起脖子，"我刚才做题来着！"

"他不听讲。"我揉着耳朵，"所以我就……"

"嗯。你先写作业吧。"爸爸看看桌子上的试卷，"今晚就别给他辅导了。苏哲，跟爸出去。"

妈妈瞪了我一眼，冲爸爸撇撇嘴："都是你惯的！"

我一言不发地转过身，拿起笔。耳朵还在发热，我竭力集中精神，看着一道几何题。

"以后他要是不听话，你好好跟他说。"爸爸走到门口，又转过身说道，"别动手，他是你弟弟。"

我嗯了一声，没有回头，眼泪却夺眶而出。

接下来的一个小时里，我只做了一道题。题目是，这个变形金刚可以换几双白球鞋？答案是八双。

另一个房间里，起初还有苏哲的哭闹和妈妈的抱怨声，后来，渐渐悄无声息。这意味着时间已经不早了。妈妈大概已经抱着苏哲上床睡觉。他们固执地认为苏哲不能熬夜，否则会阻碍他变成一个高大英俊的小伙子。而我，只能暗自希望早点写完作业，好在明天上学之前小睡一会儿。

然而，倦意还是一阵接一阵地袭来，我哭过的眼睛更加酸痛。好不容易写完数学作业之后，我已经困得抬不起头来。在对付最后一张试卷之前，我得先去用冷水洗洗脸，精神一下。

轻手轻脚地打开房门，我穿过门廊，向卫生间走去。爸爸还没睡，坐在门口的小凳子上，手里捧着那个玩具，正在努力地把一扇车门粘上去。看到我，他低声问了一句："作业写完了？"

我摇摇头，小心地绕过那瓶散发着刺鼻气味的胶水，径直进了卫生间。

痛痛快快地洗了把脸。冷水的刺激和淡淡的香皂气味让我清醒了许多。我擦干手脸，顺手把晾在窗台上的白球鞋拿下来。我要确保这双鞋能在天亮之前晾干。虽然它已经很旧了，但是我只有这一双白球鞋，明天的升旗仪式上我只有这双白球鞋可以穿。

紧接着，我的脑子里就轰的一下炸开了。

已经泛黄的鞋面上，横七竖八地布满了深蓝色的斑点。而因为布面半湿，这些斑点已经晕染开来。同时，一股熟悉的味道直冲鼻腔。

是墨水。

我可以想象苏哲是怎样捏着笔胆，把墨水一滴一滴地淋到我的白球鞋上，脸上也许还带着或愤恨或快意的笑容。奇怪的是，我并不生气，因为我满脑子只有一个问题：明天我该怎么办？

一个护旗手，穿着一双墨迹斑斑的"白"球鞋，在全校几百人的视线中，扯着国旗的一角走向旗杆。

更何况，其中有一双眼睛是他的。

我该怎么办？

我拎起球鞋，快步返回房间。走过爸爸身边的时候，他可能抬起头看了我一眼，可能没有。

房间的角落里有一块小黑板，那是我用来给苏哲辅导功课的。黑板下面还有几根我从学校里偷回来的粉笔。

希望能有用。我一边奋力在斑点上涂抹粉笔，一边想着。

然而，被粉笔灰覆盖的鞋面上仍然清晰地透出深蓝色。我扔掉粉笔，又去卫生间取牙膏。爸爸莫名其妙地看着跑来跑去的我。

"你干吗呢？"

我没有心情回答他。我要挽救我的白球鞋。

终于，当那双白球鞋被厚厚的牙膏和粉笔灰彻底包裹起来之后，我的心稍稍平静了一些。我甚至想，说不定这双旧鞋会从此雪白如新呢。然而，当我看到那瘪瘪的牙膏皮的时候，又开始担心明早该怎么和妈妈交代。

还没想好借口，我又突然想到要是明天下雨就好了。升旗仪式一定会取消，那我就不用担心当众出丑了。

于是，我顾不得牙膏皮的事儿，开始向老天爷祈祷。求他老人家一定要在明天早上下一场雨，不用下太久，到早自习开始就好了。

然后，我就哭了。

我不知道这个世界上还会不会有这样一个女孩，守着一双可笑的白球鞋、一截牙膏皮、几个粉笔头和一张没做完的英语试卷，拼命地祈求明天下雨。

哭过之后，我安静了许多。现在，我把作业推到一边，拿出日记本，写下上面这些话，等待着那场可能并不会来的雨。

姜玉淑掀起锅盖，眼镜片上立刻蒙上一层薄薄的水雾。尽管看不清锅里的菜，但是排骨、豆角和土豆的香气还是扑面而来。姜玉淑操起锅铲，尝了尝菜汤，满意地关掉了煤气。

她走进阳台，打开窗子。天气阴沉了一整天，却始终不见雨来。到了傍晚，微微地起了些风，让春末夏初的空气更加清冷。楼下有几个老人在带着孩子玩，几个主妇在忙着把晾衣绳上的衣服取下来。姜玉淑探出身子，向楼角的空地看去。一高一矮两个小学男生正交换着手里的画片。

还是他们放学早一些。姜玉淑从冰箱里拿出一个西红柿，洗干净，切成小块，撒上白糖。简单的晚饭算是大功告成。她解下围裙，洗了手，从盘子里捡出一块西红柿，边吃边走到客厅，坐在沙发上。

她打开电视，看了看挂在客厅里的钟。下午五点十分。此时此刻的姜庭应该和同学们一起走在回家的路上。也许会在街边的小吃摊旁吃上几个豆腐串或者烤毛蛋什么的——希望不会影响她晚饭的胃口。

姜玉淑懒懒地斜靠在沙发上，拿起电视遥控器漫无目地换着台。在这个时段，各个电视台主要在播放广告，只有一个台是电视剧。姜玉淑耐着性子看了一会儿，觉得实在是提不起兴趣。孙伟明要是在的话，估计就会守在电视机前看个没完没了。

想到他，姜玉淑有些气闷，随后操起遥控器，换到了本地电视台。一档音乐节目，一支叫"刺客"的台湾乐队。姜玉淑完全没听说过这支乐队，但是这首歌已经在电视里反复播放好几天了，也许姜庭听过他们的歌。姜玉淑抬头看看挂钟，五点二十六分。再过几分钟，姜庭就要到家了。

她从沙发上起身，趿拉着拖鞋走到电视柜旁边的一张桌子前面。桌面上有一本打开的账簿。姜玉淑合上账簿，连同桌面上的计算器和眼镜盒统统收到提包里。随即，她又把桌面上的物品摆放整齐，留出足够让女儿写作业的空间。

做完这一切，姜玉淑再次看向挂钟。五点三十五分。她回到厨房，系好围裙，掀开煤气灶上的铁锅。排骨炖土豆、豆角不再热气蒸腾，但是余温尚在。姜玉淑犹豫了一下，还是打开煤气，调成小火，慢慢给菜加热。至于那盘拌了白糖的西红柿，已经渗出鲜红色的汁水，硬实的表皮开始变软。姜玉淑把盘子端到餐桌上，又盛出两碗米饭，和两双筷子一一摆放好。

五点四十分。在十分钟前，姜庭就应该到家了。这孩子去哪儿了？

姜玉淑耸耸肩，在心中暗笑自己的小题大做。一个孩子嘛，又不是结构精巧的钟表，怎么可能分毫不差。不过，以姜庭平时的习惯来看，晚归的确是不寻常的事情。

即使只是十分钟。

铁锅里的咕嘟声开始变大。姜玉淑起身回到厨房，操起锅铲，把铁锅里的菜翻动了几下。汤汁已经所剩不多。她看看窗外，天色更加阴沉，风声也大了许多，便走到窗口，探出头去。

楼下已经空无一人，只能看见孤零零的晾衣绳在风中摇晃。她再次向楼角看去，希望穿着蓝色校服的女儿能出现在这条回家的必经之路上。

紧接着，她看到了蓝色的校服，也看到了一个女孩。

只不过，这个女孩只有半个身子出现在她的视线中。半秒钟之后，女孩的身体后仰，右腿向前无力地踢动了一下，似乎被人揪住了头发或者衣领，消失在楼体的另一侧。

在那一瞬间，姜玉淑的眼球几乎要凸出眼眶。随即，她眨了眨眼睛，楼角又变得空无一人。这让她的思维停顿了几秒，并开始怀疑自己刚才看到的是否真实。不过，一股强烈的不安感袭上心头。她来不及再犹豫，转身冲出厨房，打开房门，飞奔下楼。

冲出楼道的时候，姜玉淑脚下一滑，右脚的拖鞋飞了出去，整个人也摔倒在粗糙的水泥地面上。她顾不得去查看擦伤的手肘，更没有心思去找回拖鞋，脑子里只剩下一个念头：姜庭，我的女儿，被人绑走了。

一个鬓发纷乱的女人，脸颊上还沾着灰尘，系着围裙，踩着一只拖鞋，向十几米开外的楼角跟跟跄跄地跑去。拐过楼体就是几栋居民楼围成的一大片空地，他们应该还在视线中。姜玉淑死死地盯着那个由水泥阳台和外墙组成的直角，感到自己的心脏已经快从喉咙里跳出来。谁料，刚刚转过楼角，她就和一个人撞了个满怀。姜玉淑的眼前被一片湖蓝色完全遮蔽，同时听到一声尖叫。

"妈，你这是干什么啊？"

姜玉淑坐在地上，大口喘着粗气，呆呆地看着站在对面，正捂着胸口的姜庭，似乎认不出她来。

"快起来。"姜庭扶起姜玉淑，"你这慌慌张张的，要去……妈，你拖鞋呢？"

姜玉淑颤颤巍巍地站起来，目光片刻不能离开女儿的脸："你……你怎么在这儿？"

"啊？"姜庭一脸莫名其妙，"我回家啊，要不我应该在哪儿？"

姜玉淑彻底清醒过来，苦笑着连连摆手："老天爷，我看见……以为……哎呀算了，没事就好。"

"妈你说什么呢？"姜庭更糊涂了，她上下打量妈妈一番，惊叫起来，"你摔了？没事吧？"

"没事，我这不着急嘛。"突然，姜玉淑脸色一变，"赶紧回家！"

姜庭扶着一瘸一拐的姜玉淑，拐过楼体，向一单元快步奔去。走到楼下的时候，姜庭找回了那只拖鞋。姜玉淑一边拿起拖鞋往脚上套，一边催促姜庭赶快上楼。母女二人刚走到三楼，就闻到了越来越浓烈的焦糊味。

排骨炖土豆、豆角已经基本报废。姜玉淑不甘心，本想挑出不太煳的部分凑合吃，在锅里翻动了几下之后就彻底放弃。姜庭跑进卧室去找红药水了。姜玉淑把菜倒进垃圾桶里，想了想，从冰箱里拿出几个鸡蛋。

涂好药水，母女二人开始吃晚饭。姜庭大概是真饿了，米饭、煎鸡蛋和糖拌西红柿，同样吃得津津有味。姜玉淑看得于心不忍，拍拍她的脑袋以示安慰。不料，刚一伸出胳膊，手肘上的伤口就被牵动，疼得她嘶一声。

姜庭立刻放下碗筷，捧起她的手臂，不住地对着伤口吹气，嘴里还像哄小孩似的念叨着："不疼不疼啊。"

姜玉淑觉得温暖又好笑，用筷子敲了姜庭的头一下："把你妈当几岁呢？"

"你还好意思说呢。"姜庭噘起嘴，"多大的人了，还慌慌张张的。"

"我不是以为……"姜玉淑摇摇头，"算了，估计是我看错了。"

"什么看错了？"姜庭夹起一块西红柿塞进嘴里，"你看见什么了？"

"一个小姑娘，和你差不多大，长头发，也穿着蓝色的衣服。"姜玉淑皱起眉头，随手向窗外指指，"看着好像被人拖走了似的。"

"啊？"姜庭吃惊地瞪大眼睛，怔怔地看着妈妈。

"吓人吧？"姜玉淑似乎还心有余悸，"当时把我急死了，还以为是你出事了。"

"然后呢？"

"然后就看见你了嘛。"姜玉淑摸摸女儿的脸，"小傻瓜，你要是真被人掳走了，我可怎么活？"

姜庭低下头，慢慢地嚼着那块西红柿，脸上是若有所思的样子："我这不是挺好的嘛？"

"是啊。"姜玉淑打了个哈欠，"看了一下午账本，眼睛都花了——妈妈老喽。"

姜庭没有答话，含着一口饭，眼睛始终看着菜盘里的某个地方。

晚饭后，姜玉淑赶女儿回房间去写作业，自己将碗筷洗涮干净后，又回到客厅的书桌前继续工作。一个小时后，大有玉米开发有限公司本季度的账做完了。姜玉淑去厨房倒了杯水，发现玻璃窗上已经是一片水迹。

她打开窗子，密集的雨声立刻席卷着潮湿清冷的空气涌入室内。姜玉淑深深地呼吸了几口，嗅到了春天特有的甜美味道。她端着杯子，一边小口抿着柠檬水，一边看着窗外的滂沱大雨。

在这个干旱的季节里，一场畅快淋漓的雨弥足珍贵。姜玉淑甚至可以想象那些树叶和花朵将会以怎样的速度生长起来。她抬头看看墨黑色的天空，在那幽暗高远的所在，雨水像银线一般不住地倾泻而下，看上去丝毫没有止息的意思。然而，这种令人愉悦的心境并没有维持多久。一杯水还没喝完，姜玉淑突然想到卧室里的窗户还没关，急忙出了厨房。

姜庭坐在书桌前，正扭头看向窗外。雨水正猛烈地拍打着玻璃窗，窗台上已经积了一小摊水，靠窗的单人床上也有了湿迹。姜玉淑急忙爬上床，抬手关上了窗户，同时发现床单已经被浸湿了一角。

"你这孩子怎么不长心啊！"姜玉淑回身埋怨道，"这么大的雨，不知道把窗户关上？"

"哦？"姜庭一副如梦初醒的样子，"我没注意啊。"

"也不知道你到底在想什么！"姜玉淑拽下床单，卷成一团扔在地上，又从衣柜里拿出一套干净的卧具，"睡前自己换好！"

说着话，姜玉淑向书桌上瞥了一眼，发现姜庭的作业本上只有寥寥几行字，怒气陡然而生，"一个多小时，你干什么了？就写了这么点作业？"

"我……"

"看小说了还是听歌了？"

姜玉淑在书桌上翻找几下，没看到课外书或者随身听，疑惑之余更加恼火。

"你到底在发什么呆？"

姜庭不再说话，拿起笔，开始做奋笔疾书状。姜玉淑也无心再批评她，叮嘱了一句"抓紧时间"就走出了卧室。

把湿床单塞进洗衣机里，姜玉淑揉着隐隐发疼的太阳穴，一屁股坐在沙发上。她不知道自己为什么会如此烦躁，总觉得似乎有某件事情让她内心不安。想来想去，姜玉淑将其归因于傍晚的虚惊一场。她还记得看到女儿安然无恙地站在面前的感觉，好像姜庭是一个失而复得的宝物一般。

说起来，这孩子还真是失而复得。

怀她的时候，姜玉淑和孙伟明的感情尚好。他一直希望能有个儿子，姜玉淑却暗自盼望这是个女儿。理由很简单，等她长大了，可以给她穿花裙子、扎小辫子啊。把女儿打扮成漂漂亮亮的洋娃娃，多好玩。然而，怀胎七月，姜玉淑在下班路上摔了一跤。医生都说孩子可能保不住，孙伟明得知可能是女孩之后也劝她放弃。姜玉淑死活不肯，坚持要把孩子生下来。姜庭出生的时候才四斤六两，像个通体无毛的小猫似的，连哭的力气都没有。在保育箱里足足待了半个月之后，她才算保住一条小命。

这孩子因为早产，从小体弱多病，这十几年来，姜玉淑在照顾她的生活起居方面丝毫不敢怠慢。她把全部精力都放在女儿身上，以至于孙伟明的外遇已经闹得沸沸扬扬时，姜玉淑还蒙在鼓里。

结局当然是离婚，彼此都没有给对方留余地。姜玉淑不能忍受丈夫身心双出轨，孙伟明的决心则来自那个女人肚子里的男孩。不过，他仍然不肯放弃对女儿的抚养权。孙伟明当时刚刚被提拔为厂团委书记，论经济条件和社会地位都比姜玉淑要强很多，但是姜玉淑死也要把女儿留在身边。这不是说说而已。最后谈判的时候，姜玉淑把剪刀和一瓶敌敌畏放在孙伟明面前，只说了一句"我要庭庭"就不再开口。孙伟明被吓住了，乖乖地在离婚协议上签了字，把房子和女儿都留给了她。

就这样，一家三口变成了两口，孙庭变成了姜庭。好在女儿生性乖巧，又习惯和妈妈腻在一起。爸爸的离去，并没有让姜庭难过多久，对新名字也很快就适应了。逢年过节，或者姜庭的生日，孙伟明会带女儿出去玩玩。后来他重组了家庭，有了儿子，和姜庭见面不再像过去那么频繁。大概在他心里，孩子姓孙还是姓姜，真的不一样。

姜庭倒不怎么在乎。爸爸来看她，不见她多么开心，不来看她，也照样嘻嘻哈哈。对此，姜玉淑很感激女儿。不管是个性使然还是姜庭有意为之，都为姜玉淑减轻了很多负担。残缺家庭的遗憾和始终存在的经济压力，在乐观懂事的姜庭面前，似乎都不算什么困难了。

想到这里，姜玉淑的心软了。她起身走到厨房，冲了一杯奶粉，端到姜庭的书桌前。姜庭背对着自己，埋头写着作业。姜玉淑摸摸她的头。姜庭停下笔，扬起下巴，用头顶摩挲着姜玉淑的手，同时学了一声猫叫。

"喵。"

姜玉淑忍不住笑了。

母女俩在晚上十一点准时就寝。姜庭的卧室里很快就归于安静。姜玉淑却始终难以入睡。一方面是因为擦伤的手肘还在隐隐作痛，另一方面是她心中的不安感并没有因为与女儿的和好如初而有所减轻。她总觉得有一个石块压在心头，想去移走它的时候，又不知道这个石块被放置在哪个角落。加之窗外的雨声一直不停，淅淅沥沥的，令人更加烦躁。就这样，姜玉淑翻来覆去地折腾到天色微明，迷迷糊糊地睡了一小会儿之后，闹钟就响了。

尽管头重脚轻，姜玉淑还是勉强爬起来给女儿准备早饭。奇怪的是，姜庭似乎也睡得不好。连叫她两次，女儿才带着两个黑眼圈，蛮不情愿地起了床。姜玉淑把早饭端到桌上，看到姜庭含着牙刷对窗外发愣，又是一副魂不守舍的样子。

"你看什么呢？"姜玉淑重重地放下菜盘，"快点！要迟到了！"

"哦。"姜庭回过神来，慌慌张张地刷牙，"天晴了。"

的确，不知什么时候，这场暴雨已经悄然停歇。此刻窗外天光大好，空气清新，还能听到小鸟在枝头愉快地叽喳叫着。

姜玉淑没有心情欣赏雨后美景。她催促女儿吃完早饭，整理好书包，自己抓紧时间洗漱，又化了个淡妆，匆匆忙忙地拉着姜庭出了门。

下到一楼，姜玉淑才发现自己少带了一本账簿。她来不及责怪自己粗心，让女儿赶快去坐公交车上学，转身折返上楼。

拿好账簿，再次出门。姜庭早就跑得不见踪影。姜玉淑加快脚步向小区外走，刚刚转过楼角，眼前是两栋楼间的一片空地，她却突然觉得口干舌燥，仿佛有人一把捏住了她的咽喉。

同时，她找到了那块压在心上的石头，纠缠了她整整一晚的不安感也豁然开朗。

"昨天傍晚，是我看错了，还是真的有一个女孩被拖走了？"

姜玉淑几乎本能般扭头向楼角看去。在楼体下方有一片草地，经过一夜雨水的灌溉，青草长高了不少，翠绿挺拔，草叶上露珠晶莹。

她清晰地看到，在茂密的青草中间，躺着一个摔裂的文具盒。

第二章·命案

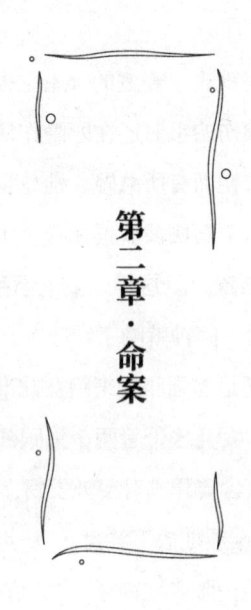

顾浩静静地站在厨房里，看着灶台上那两个扣在一起的瓷盘。他揭开上面那个，看到两只煎荷包蛋躺在下面的瓷盘里。煎蛋已经冷透，豆油凝固在盘底，看上去令人毫无食欲。尽管如此，顾浩还是把它们从盘子里抠起来，塞进嘴里慢慢地嚼着。蛋黄还算松软，蛋白则硬得像胶皮似的。吃完两只煎蛋，顾浩觉得满嘴里都是又冷又焦的碎渣。他弯下腰，把嘴凑到水龙头下，含了一口自来水又吐掉。反复几次之后，嘴里清爽了许多。然而，一大早就空腹吃下这么油腻的隔夜食物，他的胃很快就开始了抗议。那两只冰凉的煎蛋似乎还保持着完整的形状，固执地戳在肚子里，用粗硬的边缘摩擦着胃壁。顾浩暗骂了一句，把铁锅放在煤气灶上，开始做饭。

一碗热乎乎的肉丝面下肚，胃部的不适感大有缓解。顾浩满足地端着空碗，慢慢地晃到厨房里。他把碗盘洗净、擦干，收回到碗柜里。做完这一切，他在厨房里站了几分钟，又打开煤气灶，烧起一壶水。

等水开的工夫，顾浩准备好了茶壶和茶叶，又从门外取回了今天的报纸，站在煤气灶前细细地读着。几分钟后，铁壶开始发出呜呜的声音。顾浩放下报纸，关火、泡茶。随后，他把报纸夹在腋下，端着茶杯向门口走去。临出门时，他扭头看看右侧的101室，暗灰色的铁皮门紧紧地锁着，室内毫无声息。

那个平时吵闹的小男孩似乎也不在家。

顾浩想了想，打开门，走了出去。

对门的女孩已经两天没来吃煎蛋了。

楼下有一个凉亭，水泥板搭制，里面还有同样是水泥材质的圆桌和长凳。顾浩沿着潮湿的红砖甬道，慢慢地向凉亭走去。他挑了一张还算干燥的凳子坐下，把茶杯和报纸放在圆桌上，又从衣袋里掏出香烟和打火机，一一摆好。

这算是退休老头的标准装备吧？

顾浩苦笑着摇摇头。他还不能完全适应退休后的生活，突然多出来的大把时间让他有些无所适从。他一生未婚，更谈不上有子女。顾浩不能像其他老伙计那样在家里含饴弄孙，也没有什么书法、跳舞、钓鱼之类的爱好，唯一能做的就是喝喝茶、看看报、睡睡觉。屈指一算，这样的生活已经过了快半年了。如果未来的日子都要这样过，顾浩觉得自己肯定忍受不了。

小区里开始人声鼎沸起来，多数是骑车上班的玻璃纤维厂职工。有相识的，就跟这位前保卫科长打个招呼。

"顾科长，出来溜达溜达？"

"顾科长，吃了吗？"

"老顾，退休了，自在吧？"

…………

顾浩嘴里应着，眼睛盯着那些飞驰的车轮和忙碌的身影，心说我自在个屁，老子闲得都快长毛了。

上班早高峰过后，小区里又沉寂下来，甬路上变得冷冷清清。偶尔有几个人经过，也是带着孩子的老头老太们，个个安静又笨拙。顾浩叹了口气，不情愿地承认自己也是其中一分子，并且早晚会变成这个样子。

他点燃一支烟，拿起还没看完的报纸，耐心地读下去。

国家领导人出访欧洲。AC米兰继续领跑意甲积分榜。本市工会组织老年秧歌队参加文艺会演。昨夜暴雨导致文化广场东侧草坪出现较深积水，提醒广大市民注意安全。

顾浩的眼皮越来越沉。报纸上的铅字也变成了模模糊糊的小黑点。他打了个哈欠，喝了口茶水，又点了一根烟。

昨晚没有睡好，因为他又梦到邰志亮了。

在梦中，两个人还是在部队时的样子，二十几岁，意气风发。他们好像在参加什么联欢会，男男女女足有几十号人。邰志亮和他各带着一个姑娘跳舞。邰志亮和舞伴旋转、跳跃，动作娴熟，配合默契。顾浩始终看着他们，心中暗自好笑。找个机会，他凑到邰志亮身边喊道："猴子，小心回去杜倩拧你耳朵！"邰志亮倒是一副满不在乎的样子，还朝顾浩怀里的舞伴努努嘴。顾浩莫名其妙地低头一看，正被自己的手臂环绕，跳得脸颊绯红的姑娘正是杜倩。顾浩大窘，急忙松开了杜倩的手。

就在这一瞬间，舞厅变成了战火纷飞的山峰。正在起舞的年轻男女们也变成了张牙舞爪的外军。顾浩急忙提醒杜倩找地方隐蔽起来，却发现她早就不知去向。顾浩见自己两手空空，心下大骇，抬眼看见邰志亮正端着冲锋枪对外军扫射，赶紧匍匐到他身边，抬手去抽他腰间的手枪。刚打开保险，顾浩就看到一颗冒着白烟的手榴弹飞了过来。他来不及多想，大喊了一声"卧倒"就推开了邰志亮……

1962年的手榴弹没有爆炸，1994年的顾浩在自家的床上睁开了眼睛。大汗淋漓、呼吸急促，他足足躺了十几分钟才勉强爬起来。喝了口凉白开，定定神，狂跳的心脏这才稍稍平复一些。

该去看看这老小子了吧。顾浩坐在床边，点燃一支烟衔在嘴里，又点燃另一支放在窗台上，看着淡蓝色的烟雾慢慢地融入到如织的雨幕中。

太阳越升越高，地面上的雨水隐隐生出蒸汽来。顾浩的脸上开始发热，额角也沁出了细密的汗珠。这让他的倦意越发深重。顾浩卷起报纸，揣好香烟和打火机，端起喝了一半的茶水，准备回去睡个回笼觉。

刚走出几步，他就听到身后传来北京吉普特有的轰鸣声。不用回头，顾浩就知道邰伟又来了。

"老顾老顾！"

顾浩没搭理他，慢悠悠地向居民楼方向走。

"顾大爷！顾大爷……顾爹！"

顾浩缓缓转身，看着邰伟把吉普车歪歪扭扭地停在路边。

"叫谁老顾呢？"

"顾爹！行了吧？"邰伟满脸是汗，拉开车门跳了下来。他绕到车后，打开后备厢，拽出一袋大米和一桶豆油。

"你这老头还挺小心眼。"邰伟把大米扛在肩上，拎起油桶，"怎么不在外面多坐会儿，吃饭了吗？"

"你又来干什么？"顾浩板着脸，"上个月不是刚来过吗？"

"我妈让我来给你送东西。"邰伟嬉皮笑脸，"关爱一下退休老同志。"

"多余！"顾浩瞪了他一眼，伸手去接油桶。

"不用不用。"邰伟一侧身，从顾浩旁边挤过去，"家里有凉白开吧？我渴死了。"

顾浩看着他大步流星地向居民楼走去，五十斤大米压在肩上，步伐丝毫不乱。从背后看，他的身形还真有几分像邰志亮。看来公安队伍还是挺锻炼人的。顾浩想起小时候的邰伟活像个豆芽菜的样子，不由得笑了笑。

开门，进屋。邰伟放好大米和豆油，就开始在室内乱窜，找毛巾，拿香皂，先痛痛快快地洗了一把脸，然后给自己倒了一大杯凉白开，咕嘟咕嘟喝了个精光。

心满意足地打了个水嗝，邰伟一屁股坐在床上，顺手拿起一本杂志在身前扇着。

"这什么破天啊，下了一晚上雨也没见凉快。"邰伟环视室内，"你热不热，回头我给你弄台电风扇？"

"不用。"顾浩垂着眼皮，拉过一把椅子坐下，"你妈怎么样？"

"挺好。"邰伟向床头靠靠，选了个舒服的姿势，"真要是惦记她，你就去看看她呗，总问我。"

"嗯，等我有时间。"

"一个退休老头儿，你现在有什么事儿啊？"邰伟撇撇嘴，"年轻的时候那么霸道，老了倒胆子小了。"

"你知道个屁。"顾浩伸手去拿烟。邰伟见状，急忙从衣袋里掏出香烟："抽我的。"

顾浩抬起眼睛盯着他:"谁让你学抽烟的?"

"我们局里都抽烟啊。"邰伟熟练地抖出一根烟递给顾浩,"中华,您老尝尝。"

"滚蛋!"顾浩抬手挡开,"你才多大就抽烟?"

"我都二十四了,顾爹!"邰伟也不恼火,自顾自点燃香烟,深深地吸了一口,"这要是搁你们那个年代,孩子都有了。"

顾浩被气乐了:"你妈给你张罗对象没有?"

"没有,我不急。"

"早点结婚也好。有个人拴着你,省得你一天像个猴子似的上蹿下跳。"

"你还好意思教训我?"邰伟也笑,"我爸三十二结婚,三十六才有的我。你呢,都这岁数了还是老光棍。"

"你少没大没小的!"

"不过,话说回来。"邰伟挤挤眼睛,"顾爹,我爸都没了好几年了。你们年轻时候的事儿我也知道。怎么样,考虑考虑我妈?我是不介意把'顾爹'的顾字儿去了。"

"你他妈胡扯什么?"顾浩勃然大怒,"再说你就给我滚出去!"

"你看,说着说着还急了。"邰伟有些悻然,嘴里嘀咕着,"俩人明明就互相惦记着,有啥抹不开面子的……"

顾浩没说话,起身去拿墙角的扫帚。邰伟一看老头真怒了,急忙跳起来拉住他,嘴里赔着不是。

"我错了顾爹,您老消消火。"

顾浩扔下扫帚,余怒未消:"你个兔崽子,对得起你爸吗?有空去看看他!"

他喘了几口粗气,声音骤然低了下来:"我昨晚梦到你爸了。"

邰伟一怔:"好。"

一时间,室内的气氛有些沉闷。顾浩低头坐在椅子上,邰伟垂着手站在他旁边,彼此一言不发。良久,顾浩的气息平稳了许多。他看看一脸尴尬的邰伟,依稀能从他的面容中捕捉到邰志亮的模样。

邰伟小心翼翼地观察着顾浩的脸色:"顾爹,你不生气了吧?"

"滚蛋。"

"那，那我走了啊？"邰伟试探着说道，"我回局里还有事。哦，对了……"他从衣袋里掏出记事本，翻到空白处，唰唰写上一行字，撕下来递给顾浩。

"我们局里新发了传呼机。"他掀起外套，露出腰间别着的黑色小玩意，"有事就呼我啊。127 呼 2031736——我给你写纸上了。"

"呼你？烀你个猪头还差不多。"顾浩扫了一眼，站起身来，"先别走。中午了，我给你弄点吃的，面条行不行？"

"不吃了。"邰伟连连摆手，"我真有事。"

"不管多大的事儿都得吃饭。"顾浩指指自己的床，"你给我老老实实坐好。"

"真是大事。"邰伟已经抬脚向门口走去，"耽误不起。"

"怎么了？"顾浩见他确实无心留下吃饭，心里也是一紧，"有案子？"

"嗯。"邰伟拉开门，转过身，脸上是少有的严肃表情，"昨夜一场暴雨，卫红渠里冲出死人了。"

他看看脸色骤然凝重的顾浩，又补充了一句："女尸，三具。"

马东辰刚把钥匙插进锁孔，就听到客厅里传来马娜的笑声。一股怒火瞬间就涌上心头，他拧开门锁，猛地一把拉开房门。沉重的铁门撞到走廊的墙壁上，又反弹回来，发出巨大的声响。几乎是同时，他看到马娜从沙发上一跃而起，像受惊的小兽似的冲进自己的卧室，咔嗒一声反锁了房门。

马东辰站在门厅里喘着粗气，把领带从脖子上拽下来，狠狠地摔在地上。电视里还在播放动画片，嗲声嗲气的对白和尖厉的笑声让马东辰更加焦躁。他从茶几上拿起遥控器，关掉电视，然后一屁股坐在沙发上，觉得头疼得似乎要炸开一样。

韩梅从厨房里急匆匆地走出来，手里捧着一杯温水。马东辰接过杯子，一口气喝光，心中的烦闷稍微减轻了一些。他解开衬衫的领扣，看到妻子正一脸不安地看着自己。

"没事。"马东辰扭过头，盯着一团漆黑的电视机屏幕，"我托人打听过了，卫红渠里冲出来的死人不是那小姑娘。"

韩梅以手抚胸，长出了一口气："老天爷保佑！"

"你别高兴太早,"马东辰依旧一脸阴沉,"那孩子现在还下落不明。你那边有什么消息？"

"宋爽妈妈说小姑娘今天没去上学。赵玲玲的父母还在跟苏家一起找人。"韩梅看看丈夫,"班主任刚刚打电话了——再请几天病假？"

"请一星期假吧。"马东辰疲惫地向后靠坐,韩梅急忙拽过一个沙发垫塞在他的腰下。

"要不要睡会儿？"

"不用,我还得等电话。"马东辰看着妻子布满血丝的眼睛和一夜之间骤然加深的皱纹,"你去休息一下吧。"

"算了,我也睡不着。"韩梅叹了口气,"我去做饭吧,不管怎么样,饭也得吃。"

马东辰瞟了一眼那扇紧闭的门,又是火气上腾:"他妈的！咱们觉得天都要塌下来了,她可倒好,没事人似的,还有心思看动画片！"

"你就别再说她了。"韩梅示意他小声一些,"娜娜现在肯定很害怕……"

"她害怕？你没听到她刚才笑成那样？"马东辰余怒未消,"都是你平时惯的！"

韩梅正要争辩,想了想,又把话咽了回去,转身去了厨房。

马东辰又觉得口干舌燥,他拿起茶几上的水杯,发现里面空空如也,只倒了几滴水入口。他咂咂嘴,无可奈何地把杯子放下,正要起身去厨房,就听见电话机响了。

马东辰一个箭步蹿过去,摘下此刻显得格外刺耳的话筒,先咽了口唾沫,声音微微颤抖道:"喂,老刘？"

通话持续了几分钟。从厨房里闻声而出的韩梅手握着锅铲,一脸紧张地看着丈夫。马东辰始终眉头紧锁,只"嗯""啊"地回应电话那头的人。最后,他终于吐出一个完整的句子。

"也就是说,这种可能性还是有的,对吧？"

对方答复后,马东辰说了句"谢谢老刘"就挂断了电话。韩梅看着他的脸色,心中的不安感越来越强烈。

"城管局的老刘？"

"对。"马东辰已经无力地靠在墙壁上，"他找到地下涵洞的图纸了。"

"他怎么说？"

"涵洞的出口有很多，有一条通往卫红渠，还有通往卫东渠、卫工渠的。"马东辰的腿有些发抖，"还有一条通往俪通河的。"

韩梅想了想，突然捂住了嘴巴，手中的锅铲咣当一声落在了地上。

"嗯。"马东辰苦笑，"如果那孩子真的被冲到俪通河里，事情就大了。"

"那怎么办？"韩梅抓住丈夫的衣袖，声音嘶哑，"娜娜怎么办？如果那孩子死了，娜娜就完了！"

"现在还没到最坏的时候。"马东辰虽然同样心烦意乱，还是先安慰起妻子，"警方肯定会彻底搜查涵洞的，最后找到那女孩也说不定。"

"要是找不到呢？警方会不会去俪通河里打捞？"韩梅已经彻底陷入狂乱的想象中，"如果找到那女孩的尸体，娜娜会被抓走的，一定会的！她还那么小，监狱里的人一定会欺负她……"

"你冷静点！"马东辰伸手去揽住妻子，韩梅却已经瘫坐在地上，号啕大哭。

完全失态的妻子让马东辰更加心乱如麻，不过，韩梅的话倒是提醒了他。

"所以，"马东辰把韩梅从地板上拽起来，"我们绝不能让警方介入这件事。"

韩梅的哭声戛然而止，满脸是泪的她呆呆地看着马东辰："那怎么可能……"

"可能！"马东辰咬着牙，语气不容辩驳，"我去跟苏家人谈谈。"

第三章 · 隐秘之事

1994 年 5 月 23 日，星期一，阴转多云。

我知道老天爷不会眷顾我，那场雨没有来。

不过这不要紧，该发生的已经发生，而我也做了一直想做却没做到的事情。

现在是下午的地理课。因为我的成绩一直很不错，所以，姚老师认为我通过地理会考完全没问题。好心的她允许我在地理课上干点别的，所以我才可以写下这篇日记。

写日记对我而言，与其说是一种习惯，不如说是一种倾吐。我没有可以诉说的对象，只有日记本是从小陪伴我长大的朋友。更何况，今天发生的事情，一定要记下来。

早晨起来，我看着窗外阴沉的天气和干燥的地面，没失望，也没太沮丧。这只不过是我无数个没有实现的愿望之一而已。我现在担心的是干瘪的牙膏皮和那双前途未卜的白球鞋。

鞋子还好，牙膏和粉笔暂时遮挡了墨迹。缺点是，在鞋子外表已经形成了一层厚厚的硬壳，稍加触碰，硬壳就会开裂、掉渣。我看着这双脆弱的"白"球鞋一筹莫展。还在犹豫的时候，卫生间里传来妈妈的喊叫。看起来，她已经发现被我浪费掉的牙膏了。我不想在已经足够心烦的时候再挨顿责骂。所以，我换了一双便鞋，用报纸把球鞋包好，背上书包跑出了门。路过公共厨房的时候，我看到了那两个扣在一起的盘子，但是我已经没有时间了。

在校团委办公室，我换上了那双白球鞋。周维国老师从柜子里把国旗拿出来，催促我们赶快去操场。我不敢快走，生怕那层硬壳分崩离析。周老师很快就注意到了我的怪异姿势，没等开口询问，他已经看到我脚边那些白色的碎渣。

"我的天！"周老师瞪圆了眼睛，"你穿的是什么？石膏吗？"

来不及解释了，也没法解释。我红着脸，低着头，一步步蹭到操场上。然而，更大的问题来了。我和其他三个护旗手要在全校师生面前，踢着正步走到旗杆下。

迈开第一步的时候，我闭上了眼睛。

几秒钟后，我清晰地听到人群中开始窃窃私语。随即，就是越来越响的哄笑声。我知道，最刺耳的声音肯定来自马娜。她一定用手指着那随我的脚步散落一地的白色碎渣、逐渐现出斑斓本色的球鞋，和宋爽、赵玲玲一起嘲笑我。

好吧，好吧。

就这样，我在几百个诧异、不满和嘲弄的目光中，一路踢着白粉飞扬的正步，面无表情地走到了旗杆下。当国旗被展开时，我的脸暂时被遮挡在一片红色之后。我忍不住睁开了眼睛，并在半秒钟之后就找到了他的脸。

杨乐没有笑，更没有盯着我的球鞋看，只是一脸凝重地看着国旗。我知道他此时想到的肯定不是多少先烈的鲜血染红了这面旗帜，他只是不想成为那些让我尴尬的目光之一而已。

国歌奏响，国旗也缓缓向旗杆顶端升起。我仰面向国旗行注目礼，在飘扬的红色旗帜之上，看着正在空中慢慢聚拢的乌云。

升旗仪式后我就换上了便鞋。然而，那双"白"球鞋仍然成了同学们讨论的话题。许多人甚至在课间休息的时候特意跑到我的座位旁，就为了看看椅子下那双掉渣的球鞋。我很想扔掉它，但是我不能。因为只要这双鞋子没有开胶或者断掌，父母就不会给我买一双新的。在他们看来，鞋子是拿来穿的，只要能穿就好。那些斑斑点点完全不是问题。当然，我也可以故意把这双鞋子弄坏，然而这又是一道数学题：爸爸要卸掉几车玻璃，才能换来一双球鞋？

这双鞋子带给我的"明星效应"并没有持续多久，午休的时候，大家就已经对它失去了兴趣。我也乐得轻松。不过新的麻烦在等着我：早上急于出门，我没有带午饭。从昨天晚上到现在，粒米未进的我已经饥肠辘辘，并且开始无比怀念厨房里那两个扣在一起的盘子。当同学们开始在教室里打开饭盒，各种饭菜的香味飘荡于座椅之间的时候，我悄悄地离开了。

在卫生间里灌了一肚子凉水，虽然解决不了什么实际问题，但是饥饿感好歹减轻了一些。我擦擦嘴巴，慢慢地走向礼堂。

今天要排练《海的女儿》——英语音乐剧，本届英语节的压台节目。现在是午饭时间，排练厅里应该没有人。躲在这里，既可以避免被人发现没吃午饭的尴尬，又可以安静地独处一会儿。

礼堂里果然空无一人。我沿着大理石铺就的过道，穿过一排排座椅，向舞台的方向走去。登上木质舞台，踩着咯吱作响的地板，绕到幕后，再穿过一条狭窄的走廊，就是排练厅了。

一团漆黑。我摸索着打开电灯，稍稍适应了一下突如其来的强光后，空荡的排练厅出现在我的面前。因为饥饿，我的心脏跳得很快，手脚也没有力气。于是，我坐在道具箱上稍稍休息了一下。随后，我就打开服装柜，在成排的红色长裙中找到标记着自己名字的那件换上。

我扮演的是王子的婢女之一，第四幕以后才会出场，台词也只有寥寥几句。尽管如此，我还是从道具箱里翻出剧本，又仔细地对了一遍。几分钟后，早就烂熟于心的台词就背诵完毕。我合上剧本，紧闭双眼，开始在想象中排练。

我不想在杨乐面前出丑，即使在今早的升旗仪式上我已经丢够了脸。所以，我需要一个机会，不是以那个贫穷、破败、像一块旧抹布那样辨不清颜色的女孩的身份，堂堂正正地盯着他的眼睛说几句话，哪怕是"婢女C"。

更何况，我会得到他的回应与微笑。虽然我们之间依旧是高贵与卑微的关系，但不是杨乐与苏琳。

这多么好。

我开始微笑，随后就感到沮丧。

我把剧本扔回到箱子里，落在另一本包着透明塑料书皮的剧本上。不用看，我就知道那本是马娜的。哦，对了，她坚持要我们在现场叫她人鱼公主，因为她要扮演的是小美人鱼。我拿起人鱼公主的剧本，她的台词要比我多很多，都用红色圆珠笔标注好了。不过，大段的英语台词会要了马娜的命，所以，她在许多台词后都写上了中文谐音的文字。

"爱洞特菲尔！（I don't fear！）"我轻声读着，忍不住发笑，不无恶毒地想象着马娜操着这样蹩脚的英语和杨乐对戏的场景。

她喜欢他，这是全校都知道的事情，所以她才会一再坚持扮演小美人鱼。不知道她那个有钱的爸爸起了多大作用，最后马娜如愿以偿地拿到了这个角色。是啊，她很漂亮，身材也好，一头卷曲的栗色长发看起来更像外国人。

然而，她真的有资格当小美人鱼吗？

我扭过头，看着练功镜里的自己。暗红色镶白色蕾丝边的长裙，一手拿着剧本，一手撑在身下的道具箱上，脸色苍白、单眼皮、眼睛细长、黑色直发垂在肩膀上。

在一次排练中，我讲完了自己的台词，站在王子的侧后方，毫不掩饰地看着杨乐。指导教师周老师喊停之后，我才把视线移开。同时，我发现周老师在看着我。

"你过来一下。"周老师举起手里的摄像机，示意我去看回放。

我不敢碰那个金贵的玩意，只是躲在一边看那个小小的屏幕。

画面里，我在中间偏左一点的位置，马娜只露出半张脸。

"你的眼神，其实更像小美人鱼。"周老师冲我笑笑，"真可惜。"

我不觉得可惜。能和他在一起完成一件事，能大大方方地看着他，我不能再要求更多。

然而，我只能是婢女C，不能是人鱼吗？

我把目光投向最后一个衣柜。

下一秒钟，我就快速行动起来。

那是一条纯白色的长裙，纱制、样式简单。但是，用周老师的话来讲，当小美人鱼穿着它站在婢女们中间，"就像红色花瓣中的白色花蕊"。

此刻，红色花瓣已经被我脱掉，扔在了地上。我只穿着胸罩和内裤，把花蕊从衣架上拿了下来。指尖触碰到纱裙的一瞬间，我发起抖来，仿佛这轻飘飘的纱线之间被充了电。同时，一阵紧似一阵的眩晕感向我袭来，牙齿也咯咯地撞在一起。

就这样，面色青白、两股战战的我把白色长裙套在了身上。当我把长发从领口甩出来的时候，一股香气也随之弥漫开来。我很熟悉这个味道，那是马娜常用的香水。虽然她很讨厌，但这个味道真的是太迷人了。它让我一下子就沉浸在某种奇妙的情绪中。

我是花蕊。我是在空中吟唱的人鱼。我是用美妙的声音换得一双人腿的海的女儿。我是王子心头的哑巴孤儿。

我站在练功镜前，静静地打量着自己。那一刻，我相信有一束光从天而降，照射在我的身上。我拢起自己的头发，揉搓，又放下。原本清汤挂面般的直发有了些许弯曲，我侧脸，微微挑起眉毛。

天啊，这怎么可能是我？

我踮起脚尖，转了一圈。裙裾飞扬，香气四溢。仿佛有无数个小水泡在我周围升起，又碎掉。空气变成了清澈的海水，远方隐隐传来鲸鱼的歌声，我闻到了海草的甘甜芬芳……

"你在干什么？"

这一声又惊又怒的尖叫把我拉回到海面。我转过身，看到一群人站在排练厅门口，每个人的目光都聚焦在我身上，站在前面的是马娜和杨乐。

我愣在原地，感到我头顶的那束光变得越来越灼热。

杨乐满脸惊讶地看着我，视线依次从我的赤足、长裙到头发，遇到我的目光后，他笑了笑："你怎么来得这么早？"

马娜上前几步，原本精致的五官因为愤怒扭曲在了一起："脱了！"

"哦。"我回过神来，像一个被当场抓住的小偷，心中满是惊恐，"对不起对不起。"

我慌慌张张地向更衣室走去，突然意识到那条红裙还在地上。

"我……"

马娜抱着肩膀，一脸嫌憎地看着我，红裙子就在她的脚边。我低下头，小跑几步，弯下腰去捡裙子。马娜却用脚尖把红裙子挑起来，甩在一边，仿佛那是什么肮脏不堪的东西。

我没有言语,更没有反抗,只是捡起裙子,快步跑进了更衣间。

关好门,坐在椅子上,我突然失去了全身的力气。

心脏还在剧烈地跳动着,血液正从手脚奔涌回全身各处。我紧紧地攥着那条红裙子,盯着更衣间深棕色的木门,一动不动。

我突然感到懊恼,并不是因为偷穿了马娜的裙子,而是因为我在她面前表现出来的慌乱与屈服。我为什么不能傲慢地说"试一下,怎么了",为什么在和她目光接触的一刹那就被打回那个卑微又渺小的我?

我足足坐了五分钟,或者更长,才慢慢地脱下白裙,换上那件沾满灰尘、皱巴巴的红裙子。

走出更衣间,我垂下眼皮,不想和任何人视线交接。在有限的视野中,我发现除了马娜之外,大家都换好了服装。宋爽和赵玲玲和她在一起,似乎在小声劝慰她。

我低着头,走到马娜面前,把白裙递过去。她却侧过身子,不肯接。

"连句对不起也不说呀?"耳边响起宋爽的声音,"脸皮真厚。"

我伸直手臂,保持着刚才的姿势,不作声。

杨乐从道具箱上起身,放下手里的剧本:"抓紧时间排练吧,下午还要上课呢。"

他的话起了作用,马娜终于转过来。不用看,我就知道她冲我狠狠地翻了一个白眼,然后劈手夺过了白裙子。

我悄悄地呼出一口气,想找个角落躲一下,刚抬起头,就遇到了杨乐的目光。他冲我笑,我勉强扯动嘴角,也笑了笑。

这时,我听到马娜的嘴里蹦出一句脏话,紧接着,有一样东西扔在了我的身上。

是那条白裙子。

其他人都愣住了,包括刚刚走进来的周老师。

"这是怎么了?"周老师把摄像机放在桌子上,捡起裙子,莫名其妙地看看马娜,又顺着她的目光找到了我,"你们……"

"她偷穿了我的衣服!"马娜指着我,"被她弄得臭烘烘的,我不穿!"

"啊？"周老师吃惊地瞪大眼睛，下意识地想把裙子凑到鼻子下闻闻，随即他就觉得不妥，"不就穿了一下嘛，不至于。你赶紧换好衣服排练，再过两个星期就……"

"怎么不至于！"马娜转向周老师吼道，"她都不换衣服不洗澡的！"

其实，直到现在我都不记得，我是怎样抬起手臂，挥动，并让手掌重重地落在马娜脸上的。我只记得在那一声脆响之后，马娜从惊讶、恐惧再到狂怒的神情。紧接着，她就像一只母狮一样向我扑来，如果不是周老师、杨乐和其他同学拦住她，也许我真的会被她撕个粉碎，更谈不上还能在地理课上写下这篇日记了。

说来奇怪，在我写下这些字的时候，我很清楚马娜正在我的斜后方用恶毒的目光看着我。但是，我很开心，虽然我的右手已经肿起来，并且还在隐隐作痛。我终于知道自己一直想做的事情是什么。印在她脸上的清晰的掌印似乎洗刷了我所有的屈辱。身心俱爽原来是这样的感觉。我知道我一定会为此付出代价，然而，为了那一刻的快感，我在所不惜。

王宪江双手撑住桌面，俯身站在会议桌前。在他面前是一张巨大的图纸，上面是密密麻麻的线条，纵横交错、凌乱无比。

天气闷热，王宪江早已汗流满面，不得不时常去扶正滑落到鼻尖的老花镜。图纸上只有一个红色圆圈，标记在卫红渠的出口。王宪江已经拿着圆珠笔踌躇了半天，仍然不知道在何处能有所作为。这让他的心情愈加烦躁起来，索性摔掉圆珠笔，端起茶杯，喝了一口早就凉透的茉莉花茶。

胸中的躁气稍有缓解。王宪江向后跌坐在椅子上，点起一支烟，揪起衣领呼扇着。

从警三十年，还是第一次遇到这种恶性案件。一场特大暴雨，全城皆涝，雨过天晴之后，卫红渠里漂起三具女尸。

三名死者身份不明，年龄各异，身高体重也各不相同。尸体皆一丝不挂，初步认定死因都是绳索之类勒颈导致的机械性窒息。至于其他特征，需要法医做进一步解剖才能确定。从尸身上残留的淤泥和擦痕来看，尸体很可能是从下水井中被雨水冲出来的。王宪江要做的，就是确定尸体在下水井中被弃置的地方，一来，可以围绕此地展开勘查，看能否提取到有价值的痕迹物证；二来，可以确定死者的数量——没有人可以保证现有的三具尸体就是全部死者。

这时，会议室的门被推开了。邰伟捧着几本卷宗走进来。

"师父，你这边怎么样了？"邰伟把卷宗摆在图纸上，抬手擦汗，"尸源有点线索了。"

"哦？"王宪江直起身子，摁熄烟头，"什么情况？"

"我对比了今年以来报失踪的案子，找出几个和死者体貌特征相似的。"邰伟指指桌上的卷宗，"已经安排认尸了。"

"几个？"

"七个。"邰伟撇撇嘴，"死者已经高度腐败了，面目不清，所以网撒得大点。"

"行，尽快落实吧。"王宪江伸手去摸烟盒，"找到尸源，接下来的工作也好布置。"

"抽我的，抽我的。"邰伟忙不迭地从衣袋里掏出香烟，递给王宪江一支，又帮他点燃，"这是下水井的图纸？"

"嗯，鬼画符似的，看不懂。"王宪江叹口气，"还得考虑雨量、流速、流向——找人来分析吧。"

"好，我去规划院找人。"邰伟掏出记事本，刚写了几个字，法医老杜推门走了进来。

"老王，尸检完事了。"老杜打了个哈欠，一脸疲惫，"你过来看看？"

解剖室位于地下一层，温度要低得多，加之墙角轰鸣的大功率空调，一进门，王宪江身上的汗就消了一大半。邰伟躲在他身后，连连打着寒噤。

室内光线充足。惨白的日光灯下，覆盖在尸体上的白布显得格外刺眼。王宪江和邰伟接过老杜递来的口罩和手套，一一穿戴好。

"什么情况？"

"一号死者，女性，30~35岁之间，尸长162厘米，重51公斤，取了耻骨联合，发现分娩瘢痕……"

"说重点吧，老杜。"王宪江揉揉脸，"我没时间听废话。"

"生过孩子。"老杜瞪了他一眼，"应该是已婚妇女。"

王宪江回头看了邰伟一眼。后者心领神会，掏出记事本记录下来。

"死因都是机械性窒息，勒脖子。"老杜掀开一具尸体上的白布，指指颈部肿胀的暗绿色皮肤，"凶器应该是铁丝之类的东西。"

"还有呢？"

"死者生前都被性侵过，一个A型血的人。"老杜拿起解剖台上的一个金属本夹子，翻了翻，"从胃内容物来看，她们都是最后一次进食后十小时之内被害。"

老杜合上本夹子，补充了一句："先奸后杀。"

王宪江骂了一句。他弯下腰，捂住口罩，仔细看了看其中一具女尸的手脚。

"甭看了，腐败得太严重。"老杜知道他的意图，"不过，抵抗伤和约束伤并不多。"

"也就是说，被害人都是很快就被制服的？"邰伟想了想，"这王八蛋挺强壮啊。"

王宪江看了邰伟一眼，又转向老杜："死者有被折磨过的迹象吗？"

"看不出来。"老杜摇摇头，"擦伤什么的都是死后伤。"

他指指尸体："制服—强奸—杀人，一气呵成，没有多余环节。"

"看来这王八蛋就是为了爽那一下子？"王宪江皱皱眉头，"低收入者啊，否则找个女人没那么难。"

"我去查查重点人口？"邰伟插嘴道，"有性犯罪前科那种。"

"行。"王宪江点点头，"受过治安处罚那种也查查。"

邰伟应了一声，写在记事本上。

老杜又打了个哈欠："你们那边怎么样？"

"没什么进展。"王宪江长出了一口气，"等尸源查到再安排吧。"

"不好办。"老杜皱皱眉头，"除了知道抛尸现场在下水井里，哪里是第一现场都不清楚。下水井像他妈蜘蛛网似的，怎么查啊？"

王宪江苦笑一下："明天去规划院找个人来帮忙分析分析，实在不行，咱就钻下水井吧，一寸一寸地找。"

两支铅笔。一支双色圆珠笔。一支黑色圆珠笔。一块橡皮。一把尺子。一块三角板。一个量角器。

姜玉淑把这些物件一一从文具盒里拿出来，摆放在桌面上。随后，她上下端详着这个所谓的"文具盒"。它其实是某品牌营养液的包装盒，塑料材质，盒边带磁力吸扣。看得出，这个文具盒用了很久，盒盖上的商标和字样已经被完全磨掉，原本棱角分明的边缘也变得圆滑。一道长长的裂纹横贯在盒体上，稍加用力，这个盒子就会断成两截。

姜玉淑小心翼翼地把文具盒放好，看着它出神。

用到了三角板和量角器，这孩子应该是初中生或者高中生。用药盒来做文具盒，而且量角器上的刻度都磨没了还舍不得换，家庭条件似乎不太好。双色圆珠笔上贴了卡通胶纸，而且两支铅笔都削得整整齐齐（其中一支的笔尖已经摔断）。

一个家境一般的初中或者高中女生。

姜玉淑略叹口气，把物件又逐一放回到药盒里。合上摇摇欲坠的盖子之后，姜玉淑找了一张报纸，仔细地把药盒包裹好，又用透明胶带牢牢缠住。

她不知道有没有机会把这个文具盒还给它的主人。她甚至不知道"那个被拖走的女孩"是否真实存在。但是，一个女孩子用过的文具盒出现在那个地方，这让姜玉淑不得不把两者联系在一起。

可能性有两个。其一，那天傍晚其实是自己眼花，所谓的校服女孩并不存在，这个文具盒只是某个粗心的女生丢下的；其二，确实有一个女孩遇袭，在楼角处被人拖走，女孩曾和对方有过撕扯，书包里的文具盒落在了草地上。

圆规。

这个词突然出现在姜玉淑的脑子里。药盒里没有这个。如果上几何课的话，应该要用到圆规才对。然而，姜玉淑在捡回文具盒的时候，特意在四周查看过，再没有别的物件了。

她会不会拿出圆规来自卫？

姜玉淑小小地惊呼一声。一个女孩子，需要用圆规来自保，那她面对的是怎样凶险的环境？

她不敢再想下去，连连安慰自己。

一定是自己多心了。说不定就是个粗心的孩子把文具盒丢了。看了一天账本，眼花了……

姜玉淑站起身来，拿起那个用报纸包裹好的盒子，塞进了写字台的抽屉里。

姜庭今天又晚归了半个小时。一进门，姜玉淑就发现她脸色不好。问了几句，姜庭才闷闷地回答说在体育课上跑了一千米，有点累。放下书包，她就躲进房间里，晚饭时才出来。

在饭桌上，姜庭依旧不怎么说话，只是闷头扒饭。姜玉淑想和她聊聊今天在学校过得怎么样，女儿却只是以"嗯""啊""还行吧"来应付自己。姜玉淑也没了兴致，在心里默默算了算，姜庭应该还没到生理期，这突如其来的坏情绪真是莫名其妙。两个人沉默着吃完饭，正在收拾碗筷的时候，孙伟明来了。

孙伟明从不在这个时间来拜访，更不会不提前打招呼就来。姜玉淑心下奇怪，还是招呼他坐下，让姜庭泡杯茶拿过来。

父女二人坐在餐桌旁，不咸不淡地扯些闲话。姜庭依旧情绪不高，垂着眼皮，孙伟明问什么就简短作答。他不开口，姜庭也不说话。姜玉淑把碗筷洗净，就躲到客厅里看电视。十几分钟后，餐桌前就沉默了。随即，姜庭低着头走向自己的卧室，路过客厅的时候，说了句"妈我去写作业了"，就关上门，不再出来了。

孙伟明一个人坐在餐桌前。姜玉淑想了想，起身走过去，给他面前空了一半的茶杯续满水。

孙伟明问道："庭庭今天是怎么了？"

"不知道。我问了，她就说累着了。"姜玉淑放下暖水瓶，"晚上我再问问吧。"

"哦。"孙伟明似乎也无意纠缠这个问题，"你最近怎么样？"

"挺好。"

"工作忙吗？"

"还可以。"

"身体也不错吧？"

"嗯，不错。"

姜玉淑抬头看看自己的前夫，后者正用一种僵硬的姿势和表情跟自己对话，就像他横放在桌面上的手臂一样不自然。她实在不想让如此尴尬的交谈再继续下去，就开口说道："庭庭没事的，青春期，情绪波动很正常。"姜玉淑站起来，"你别担心。"

孙伟明坐着没动，脸上的笑容更加促狭："这么多年了，你的个人问题……没再考虑考虑？"

姜玉淑惊讶地扬起眉毛。离婚几年，孙伟明从未关心过这件事，怎么突然打听起自己是否另结新欢了？

"有同事给介绍过，条件还不错。"姜玉淑不知道孙伟明的意图何在，为了维护自尊，言辞颇为含混，"慢慢处着看吧。"

"嗯，年龄也不小了，日子还得过。"孙伟明也没追问，"再说，你一个人带着庭庭也怪不容易的。"

"没事，再不容易也这么过来了。"姜玉淑笑笑，"感谢关心。"

"人不错就嫁了吧。"孙伟明倒是颇为积极，"咱俩这一页算是翻过去了，大家都得好好生活，没准再要个孩子呢。"

"我都多大岁数了……"姜玉淑突然觉得不对，"你今天来，是不是有事啊？"

孙伟明笑得颇为勉强："嗯，是有个事想跟你商量商量。"

"你说。"姜玉淑直起身子，双手抱在胸前。

"你也知道，我这几年吧，干得还算不错。"孙伟明凑过来，"单位也挺认可我的能力，打算调我去北京总厂。"

"这是好事啊。"姜玉淑看着孙伟明，心中的警惕不减，"先恭喜你一下。"

"嗯嗯，谢谢。"孙伟明点头，"我这一走，可能就要在北京安家落户了。"

"哦。"姜玉淑等着孙伟明说下去，心想这和我有什么关系呢？难不成你就是来显摆显摆？

"北京嘛，你知道，教育资源什么的比较丰富。"孙伟明低下头，手指在桌面上滑动着，"庭庭这不都高二了吗，我想……"

"你想什么？"姜玉淑的脸色白了，"把庭庭从我身边抢走？"

"这怎么是抢呢？"孙伟明辩解道，"我这不也是为孩子着想吗？"

"不用你想。"姜玉淑又站起身来,"这孩子现在姓姜。你走吧。"

"玉淑,你想想,那可是北京户口。高考录取线你知道比咱们省低多少吗?"孙伟明收敛了笑容,"比方说,考清华,北京孩子只要……"

"庭庭期中考试多少分你知道吗?在班里排多少名你知道吗?"姜玉淑伸手去拽他,"你走吧,我们不要你的北京户口。"

"你讲讲道理行不行?"孙伟明也急了,"要不这样,咱们让庭庭自己决定。"

"我是她妈,我替她决定。"姜玉淑也不知从哪里来的力气,径自把孙伟明拖到了门口,"你走吧。谁也别想把庭庭从我身边带走。"

"玉淑你再想想。"孙伟明手扶着门框,语气也缓和下来,"我再联系你。"

姜玉淑打开门锁,一指门外:"滚!"

赶走了前夫,姜玉淑突然觉得浑身发软。她背靠在门上,大口喘息着。委屈、愤怒、恐惧齐齐袭上心头,她很快就滑坐在地上,额头抵住膝盖,小声地抽泣起来。

哭了一会儿,姜玉淑隐约听到女儿卧室的门开了。她急忙爬起来,坐到餐桌旁,扭过身子,背对着卧室的方向。几秒钟后,她感觉到一双手落在自己的肩膀上。

"妈,你怎么了?"

姜庭的气息吹在姜玉淑的耳边,暖暖的,痒痒的。这让她又有了想哭的冲动。姜玉淑勉强压住涌上喉头的哽咽,拍了拍女儿的手,哑着嗓子说道:"没事,和你爸聊了会儿,不太愉快。"

"真烦人,以后别让他来了。"

"胡说,那是你爸。"

"我不管,欺负我妈就不行。"说话间,姜庭的双手环绕住姜玉淑的脖子,脸颊也贴住她的,轻轻摩挲着。

姜玉淑抬起一只手,摸在女儿的头上。浓密的长发在指尖摩擦,细微的麻痒感从肢体末端渐渐传遍全身。姜玉淑的手慢慢用力,最后紧紧地搂住女儿,仿佛在下一秒钟,就会失去她。

晚上十一点左右，母女俩先后就寝。姜庭的情绪稍稍好了一些，但仍比平时显得消沉。跟姜玉淑简单道过晚安之后，她就去睡觉了。姜玉淑准备了明天早饭要用的食材，独自在沙发上坐了一会儿，也回到自己的卧室。

上了床，她却翻来覆去地睡不着。她很了解孙伟明的性格，今天虽然悻悻而去，但他肯定不会善罢甘休。用不了几天，他还会找上门来，想方设法地实现自己的目的。

想到这些，姜玉淑又感到胸闷气短。孙伟明当初抛妻弃女，另组家庭。有了儿子之后，对女儿更是日渐冷淡。现在母女俩日子过得稍稍平静了一些，他又要来兴风作浪，想带走被姜玉淑视为生命的姜庭——这也太欺负人了吧！

不管孙伟明是出于什么动机，想把姜庭从我身边夺走都是白日做梦。姜玉淑愤愤地想，他把一个家从三口人变成两口人，又要把我变成孤零零一个人，他凭什么一再地毁掉我的生活？

她不能失去姜庭。这是姜玉淑想都不曾想过的事情。这不仅仅是习惯的问题，也是她全部的希望所在，是她破碎的人生中唯一可以指望的黏合剂，是她可以用来抵抗对未来恐惧的最后理由。然而，她越是这么想，另一个小小的声音就越在她心里被逐渐放大。

我是不是太自私了？庭庭是一个孩子，不是我的私有财产。

不！不会！

姜玉淑用力摇摇头，仿佛要竭力把那个声音赶走。

我是她妈妈，她还未成年，我有权利为她做决定！更何况，庭庭更愿意和我生活在一起！

她再也躺不住了，翻身下床，直奔女儿的卧室而去。

此时此刻，姜玉淑迫切地想见到自己的女儿，她甚至不惜叫醒姜庭，要女儿亲口证实这一点。

然而，当她推开门的一瞬间，姜玉淑愣住了。

姜庭的床上空无一人。

第四章·两只煎蛋

马东辰把手提袋换到左手，小心翼翼地敲了敲那扇暗灰色的铁门。很快，室内有了动静，一个鼻音很重的女人问道："谁啊？"

几乎是同时，铁门被打开，半张浮肿的脸出现在缝隙中。马东辰挤出笑脸凑过去："大姐，我……"

女人的五官迅速扭曲起来，愤怒和悲伤的神情一起涌上她的脸。

"你滚！我不想看见你！"

说罢，女人就要关门。马东辰急忙用肩膀抵住铁门，哀求道："大姐，别这样，咱们聊聊……"

"有什么好聊的！"女人的声音已经带了哭腔，"你把我女儿找回来再说！"

"大姐，你冷静点，咱们有事好商量……"马东辰把一只脚塞进铁门和门框之间，"都是为了孩子……"

"我不管！"女人还在叫嚷，却被一只手扳住了肩膀，拽到一旁。一个面色阴沉的男人出现在她身后，上下打量着马东辰。

"你喊什么？先让人家进来。"

女人虽然很不情愿，还是侧身让开了。马东辰松了口气，向女人点点头，挤进门去。

男人依旧盯着马东辰，视线在他手里的袋子上停留片刻。随后，他就转过身，自顾自地走进屋去。

这是一套两室双阳的房子，室内光线昏暗，物品摆放颇为凌乱，本就不大的空间显得更加逼仄。男人走到一个做工粗劣的自制沙发前，一屁股坐下，从面前的小木桌上拿起香烟来抽。女人斜靠在角落的洗衣机上，抱着肩膀，一言不发。

没有人招呼马东辰。这让拎着手提袋站在原地的他颇为尴尬。马东辰想了想，把手提袋放在男人的脚边，自己拉过一把塑料椅子坐下，掏出手帕擦着满头满脑的汗。

男人吸了半支烟，瞥了马东辰一眼："我女儿有消息了吗？"

"老苏，是这样，"马东辰弯下腰，把椅子拽到沙发旁边，"这两天，我动用了所有能找到的关系，联系了所有能联系的人……"

男人打断他："找到没有？"

马东辰没说话，只是低下头，反复擦着脖子。

"那就啥也别说了。"男人摁熄烟头，站起身来，对女人说道，"走吧，上派出所。"

"别啊，老苏，你听我说……"马东辰急了，拽住男人的胳膊，"我这不是来找你商量一下吗？"

"这他妈还有什么好商量的？"男人甩开马东辰的手，"老宋家来人劝我，让我再等一天。行，我等了。老赵家又来人，还让我等一天。行，我又等了。现在你跟我商量什么？还让我等？我他妈能等得起吗？"

"我不是让你等，是找你研究个解决方案嘛。"

"怎么解决？"男人的眼睛鼓起来，"这都快三天了，我女儿生不见人死不见尸。你把苏琳给我找回来，一切好商量。要是找不回来，我只能报官了。"

"苏大哥，咱也别只往坏处想。"马东辰咽了口唾沫，"我承认，我女儿是打了苏琳。但是她也未必就出事了，没准这孩子出去散散心也说不定……"

"你他妈放屁！"一直沉默不语的女人突然爆发了，"我女儿最听话，放学就回家，怎么可能跑出去散心！"

"也可能是不敢回家啊。"马东辰慌忙辩解道，"衣服破了，书包丢了——这也有可能啊。"

"得了，你别在这儿胡说八道了。"男人不耐烦地挥挥手，"我就知道你女儿打了苏琳，然后这孩子就找不着了。一个大活人，就这么不明不白地没了。你不给我说法，我就得找个说法。"

说罢，他就招呼女人："走，穿衣服，上派出所。"

"苏大哥，苏大哥，你先冷静冷静。"马东辰上前按住他，"咱都是为人父母，都是为了孩子，你听我说完行不行？"

"你他妈还知道我们是爹妈啊？"男人吼起来，"养了她十七年，被你们整没了，我他妈怎么冷静？"

"现在谁也不能肯定是我们家孩子把你女儿弄没了啊！"

"你还不承认？行。"男人推开马东辰，"老宋家都承认了——让那丫头跟我一起去派出所。"

"我不是这个意思……"

突然，另一扇紧闭的门里传来声响，似乎是床铺摇动和穿鞋的声音。马东辰一愣，盯着那扇门看了几秒钟，表情骤然紧张起来。

"老苏，屋里是谁？"马东辰转过身，"苏琳回来了？"

"你他妈胡说什么呢？"

马东辰没理他，大步向那个房间走去。女人起身想拦住他，却来不及了，只能眼睁睁地看着他拽开了房门。

一个小房间出现在马东辰面前。室内只有一张床和一张书桌。一个睡眼惺忪的小男孩坐在床边，正往脚上套着足球鞋。

马东辰愣住了。女人抢先一步关上房门。

"你们家有俩孩子啊。"马东辰讷讷地说道，"苏琳的弟弟？"

"不是。"女人的表情颇不自然，"我妹妹家的孩子，过来住几天。"

一时间，大家都陷入了沉默。女人抱着肩膀站在门前，似乎害怕马东辰再闯进去。男人则重新坐回到沙发上，又拿起烟盒。不过，烟已经抽光了。他懊恼地把烟盒捏扁，随手扔在地上。

马东辰见状，从衣袋里掏出一盒中华香烟，递过去。

男人看看烟盒上的商标，犹豫了一下，还是接了过来。刚把烟衔在嘴上，马东辰就麻利地帮他点燃。男人深吸一口烟，又看看脚下的手提袋，把烟盒抛了回来。

"你留着抽。"马东辰又把烟盒推回到他面前。

"你少来这套。"男人吐出一个烟圈,"必须得有个说法。"

"苏大哥,我也有孩子。换作是我,也得把这件事弄个明明白白。"马东辰坐下,解开衬衫的领扣,"你要报官,我没意见。不过现在中午了,人家派出所也得午休是不是?现在去了也没用啊。"

男人抬头看看小木桌上的铁皮闹钟:"我下午就去。"

"行。"马东辰挽起袖子,"事要办,饭咱也得吃。要不,咱哥俩整一口?"

说着话,马东辰从男人脚下的手提袋里拎出两瓶五粮液酒,又拿出四条软包中华烟。男人看见酒,眼睛亮了一下。随即,他就移开目光,语气却缓和了许多。

"不喝了。哪有心情喝酒。再说,家里啥也没有。"

"这好办。"马东辰自顾自地拧开酒瓶,转身对女人说,"嫂子,随便做点啥,拍黄瓜、花生米都行。"

女人瞪了他一眼,扭过头去。

"不喝不喝!"男人突然烦躁起来,"你当我没喝过酒啊?"

"不是那意思。"马东辰依旧一副轻松的样子,"你该不是不能喝酒吧?看你膀大腰圆的,蒙古族?"

男人被问得莫名其妙,下意识地答道:"不是,汉族。"

"嫂子也是汉族?"

"汉族。你到底想说啥啊?"

"没事,闲聊呗。"马东辰笑笑,又从衣袋里摸出一沓钞票,冲女人递过去,"嫂子,要不你也别忙活了,麻烦你跑一趟,买点熟食啥的。"

"我不去!"女人看也不看他,"我不花你的钱!"

"嫂子,咱别赌气啊。这几天,咱们都吃不下睡不好。"马东辰向她身后的房门努努嘴,"就算大人不用吃,也别委屈着孩子啊。"

女人犹豫了,转过头来看看男人。

男人嘬着快要燃尽的烟头,点了点头。

女人无奈地跺跺脚,伸手接过了钱。

半小时后，小木桌上摆满了酱肉、烧鸡、油炸花生米之类的熟食。女人切了一大盘端进小房间里。马东辰隐约听到一声小小的欢呼，随后女人就走出来，关好门，拉过一把椅子坐在门口。

马东辰再三邀请她一起吃饭，女人先是回绝，之后干脆不再理会他，一个人坐着发呆，时而掩面抽泣。

男人吃得不多，只是一个劲儿地喝酒。很快，他的脸就变成了猪肝色，眼神也迷离起来。

马东辰虽然频频劝酒，自己却只是小口抿着。快要见底的一瓶五粮液酒，绝大多数都进了男人的肚子。

眼见男人的杯子要空了，马东辰又拆开一瓶酒的包装，抬手去拧瓶盖。男人勉强撑起眼皮，伸手阻止他。

"别开了。"他摇晃着仿佛有几千斤重的脑袋，言语含混，"不能再喝了。"

"没事，你没喝好，我看得出来。"马东辰把男人的杯子倒满，又举起自己的，"来，咱哥俩走一个！"

他举杯沾沾嘴唇，却发现男人没动，布满血丝的眼睛直勾勾地看着自己。

"苏大哥，你……"

"少他妈跟我套近乎，谁是你苏大哥？"男人突然挥手打翻面前的酒杯。浓烈的酒香刹那间就充满小小的室内。

女人从椅子上弹起来，一脸紧张地看着男人。

大半杯酒都泼洒在马东辰的裤子上。他没说话，只是放下酒杯，拿出手帕默默地擦拭着。

"你以为我不知道你的想法？"男人似笑非笑地看着马东辰，"你想把我灌倒了，我就不能去派出所了？"

"没有。我不是那个意思。"马东辰放下手帕，冲他挤出一个微笑，"就是喝顿酒而已，苏大哥你想多了。"

"你今天把我灌倒，明天还能把我灌倒？"男人敲着桌子，"你能天天把我灌倒？"

"我可以天天都来陪你喝酒。"马东辰的表情凝重起来，"只要能解决这件事。"

"操！我知道，你有钱。"男人撇撇嘴，脸上浮现出混合着不屑和怨恨的复杂表情，"你们有钱人家的孩子是人，我们穷人家的就不是？十七八的大姑娘，就他妈值个酒钱？"

"我只是打个比方。"马东辰探身向前，"苏大哥，我有解决问题的诚意。"

"诚意有个屁用！"男人咳出一口痰，吐在地上，"你们三家一句实话都没有，就他妈让我等等等！行，你们就糊弄我们老百姓吧，看你们敢不敢糊弄警察！"

马东辰正要争辩，余光里看到小房间的门开了。他下意识地转头看去，那个小男孩探出头来，满是油腻的手里抓着一个空盘子。

"妈，我还要猪头肉。"小男孩把盘子伸向女人，"还有鸡。"

女人回头不安地看了马东辰一眼，走过去接过盘子："行，你先进去，我给你拿。"

马东辰从桌上抓起剩下的大半只烧鸡："喏，都给孩子拿过去。"

女人接过来，表情颇有些尴尬，指指一片狼藉的桌子："你们也吃点，别光喝酒——别让他再喝了。"

说罢，女人就拉着男孩，进了小房间。

马东辰看着房门关好，转身从烟盒里抽出一支香烟递给男人，又给自己点了一支。

"苏大哥，你也够不容易的。"马东辰小心观察着男人的脸色，"两个孩子，压力挺大吧？"

男人已经向后瘫坐在沙发上，眼睛半睁半闭。

"妈的，为了这个带把的，老子放着好好的技术工不干，去干装卸工。为啥？挣得多啊。"男人喘着粗气，伸手在胸膛上抓挠着，"小崽子连个户口都没有，学也没法上，还得让他姐在家里辅导他。"

说到这里，男人忽然坐起身子，狠狠地看着马东辰："你说，他姐现在找不着了，怎么办？我过去儿女双全，现在呢，怎么办？"

马东辰弹弹烟灰："嗯，那咱们就谈谈这个。"

"谈什么？"男人用力拍打着沙发，"我他妈就想知道我女儿在哪里！"

"事情发展到现在，只有两个结果。"马东辰竖起一根手指，"第一，苏琳现在不敢回家——不管什么原因吧——过几天她会回来。"

"第二呢？"

"第二，"马东辰又竖起一根手指，顿了顿，"她回不来了。"

男人愣愣地看着马东辰，似乎被酒精麻醉的大脑很难理解这几个字的含义。几秒钟后，他突然蹿起来，一把揪住马东辰的衣领。

"我操！"男人歇斯底里地吼道，"你女儿对苏琳做什么了？"

"现在纠缠这个有用吗？"马东辰毫不客气地甩开他，"不管是哪个结果，我都会给你一个交代！"

"交代个屁！"男人摇摇晃晃地站起来，"我现在就去派出所。生，我要见人。死，我他妈也得见尸！"

"老苏！"马东辰拽住他，"只要你不报官，我就还你一个孩子！"

男人瞪圆了眼睛："你他妈说什么？"

"你没听错！"马东辰直视着他那双浑浊的眼睛，"一个孩子，我还给你。"

顾浩一大早就去了息园。这是本市较早的商业化墓园之一，地处郊区，交通不便，一早一晚各有一趟郊线公交车运营。下了车，还要走上半个小时的路才能到达墓园。

邰志亮的墓碑在 C 区第二排第五列。赶到老朋友的长眠之所，顾浩已经气喘吁吁，左手也被那个沉重的手提袋勒得生疼。他一屁股坐在墓碑的对面，看着邰志亮那张笑嘻嘻的照片，先是骂了一句："你个老小子，你就折腾我吧。"

太阳已经升起来，热气蒸腾在墓碑与青草、松柏树之间。顾浩揪起衣领呼扇着，等呼吸稍稍平复，身上又出了一层汗。他费力地爬起来，从手提袋里拿出白酒、纸钱、香烟和水果、烧鸡之类的供物，一一摆放在墓碑前。

墓地挺干净，看得出刚刚被清扫过。一束略显枯萎的鲜花摆在墓碑旁。顾浩笑笑，心说邰伟这猴崽子还真听话。

顾浩拆开一包香烟，点燃一支放在墓碑基座上，又给自己点燃一支，坐在墓碑对面，垂着头，默默地吸着。

没什么话说。该说的话在几十年里都说完了，陪着老伙计坐坐就好。顾浩突然想到，要是自己先走一步，邰志亮肯定在自己的墓前絮絮叨叨地说个没完，没准说得兴起，还要现场打套军体拳。

他们两个人，一个沉默寡言，一个能说会道；一个慢慢吞吞，一个精力充沛；一个自幼老成，一个永远都对世界充满热情和好奇。

然而，就是这样两个人偏偏成了最好的朋友。好到什么程度呢？他们爱上了同一个姑娘。

六十年代初，顾浩和邰志亮是同属新疆边防部队某部的士兵。两个人年龄相当，又来自同一个城市，有了老乡这个关系，平时联络得也就比较多。某年休假，顾浩和邰志亮一同返乡，又同时受邀去某小学做报告。顾浩本不想去，邰志亮倒是十分积极，最后把他生拉硬拽去了。在报告会上，邰志亮和一个叫杜倩的大队辅导员相谈甚欢，最后还互留了通信地址。想不到的是，两个人返回部队后，杜倩真的给邰志亮写了一封信。邰志亮兴奋得上蹿下跳，立刻着手给姑娘回信。然而他捏着钢笔，瞅着稿纸，憋了一天只写了"亲爱的杜老师"六个字。无奈之下，他只得求助高中毕业的顾浩。顾浩最初断然拒绝，可是事关战友的"终身幸福"，加之邰志亮的软磨硬泡，顾浩还是被迫替邰志亮回了一封信。有写信就有回信，邰志亮一次次厚着脸皮来找他，顾浩也就这么和他"一起"与杜倩谈起了恋爱。这种荒唐的联系持续了大半年，直到顾浩发现自己更多地在信里向别人的女友倾吐心迹，他才发现坏了。更糟糕的是，邰志亮也察觉到了。两个人尴尬地相处了一段时间，准备正式谈一次的时候，那场自卫反击战爆发了。

两人所在的部队投入到战争中。大敌当前，儿女情长只能先抛在脑后。关系再别扭，在战场上也得生死与共。在一次攻坚战中，一枚手榴弹落在顾浩脚旁，正在对敌射击的他毫无察觉。邰志亮飞身把他扑倒。顾浩安然无恙，邰志亮的身体里多了六块弹片。好在抢救及时，他捡回了一条命。

战争结束，两个人之间的矛盾也不攻自破。命都是他给的，何况原本就不属于自己的一段感情。顾浩自动退出。之后不久，他们双双复员。回到家乡后，邰志亮和杜倩再不用鸿雁传书，关于信的秘密也就暂时保守下来。邰志亮去了公安局，顾浩去了玻璃纤维厂保卫科。邰志亮和杜倩有情人终成眷属，几年后生了邰伟。顾浩则一直独身到退休。

独身，却不孤单。顾浩一直是邰志亮家的座上客，邰伟更是早早地就认了他做干爹。如果不是邰志亮有一次酒后失言，说出了当年顾浩代笔的事，也许这种特殊的关系会始终维持下去。从那以后，顾浩去邰志亮家的频率骤降。邰志亮夫妇也大概知道了顾浩一直单身的原因，开始四处张罗着给他介绍对象。顾浩却倔得像块石头，不管对方条件如何，一律不见。结果，老伙计的婚事成了邰志亮的一块心病，直到他因病去世都不能释怀。

中午时分，顾浩离开了墓园。郊线公交车要到晚上才有一趟，他等不起，就雇了一个进城卖菜的农民的三轮车，到了市区之后再转公交车。

回到家已经是下午。顶着太阳走了一路的顾浩走进阴凉的楼道里，立刻舒服了许多。他边走上楼梯边掏出钥匙，刚打开户外门，就看见一个穿着白色衬衫的中年男子从对门的101室走出来。

"别送了，别送了。"男子背对着顾浩，向室内连连挥手，"苏大哥，咱们这就说定了，我回去就……"

男子忽然发现了身后的顾浩，剩下的半句话咽了回去，只是对顾浩点点头就匆匆出门而去。

顾浩捏着钥匙，向101室半开的门瞥了一眼，刚好看到对门女主人满是泪痕的半张脸。一秒钟不到，那扇门就关上了。

小过廊里重新恢复安静，多了一丝酒气和肉香。早就饥肠辘辘的顾浩吸吸鼻子，开始盘算该吃点什么填饱肚子。钥匙插进锁孔里，拧了一半，他忽然想到一件事。进门之后，顾浩把挎包甩在床上，转身去了厨房。

公共厨房的灶台上，两个扣在一起的盘子还摆在原处。顾浩揭开上面那个盘子，看到两只凉透的煎蛋好端端地躺在盘底。顾浩想了想，拧开煤气灶，用平底锅把这两只煎蛋加热了，站在厨房里吃掉。

比昨天的味道稍好些。顾浩把盘子洗净，收进碗柜里，转身回房。走过101室门前的时候，他忍不住又看了一眼。暗灰色的铁门依旧紧闭着，里面隐隐传来一个女人带着哭腔的声音。顾浩很想凑过去听一听，又觉得不妥。犹豫了一会儿，他还是选择回家。

泡上一壶茶，点燃一根烟，顾浩坐在床边，拿着扇子不紧不慢地扇着风。一时间，他有些出神。良久，顾浩才发现自己还在想对门的事——女孩已经第三天没来吃煎蛋了。

事情要从一个月之前说起。

某天清早，顾浩从剧烈的腹痛中惊醒。原以为挺挺就没事了，谁料下腹越来越疼。顾浩挣扎着来到医院，还没等医生前来诊查就疼晕了。醒过来之后，医生让他家属来院。顾浩无奈，只能给邰伟打电话。猴崽子飞奔到医院，带着他做了一大堆检查，最后确诊是肾结石。医生建议做手术。顾浩想来想去，没同意。因为自己没儿没女的，一旦住院，肯定会牵扯到邰伟。最后，他选择了保守治疗，只是开了几盒药就回家了。过了几天，邰伟不知道从哪里搞到一个治疗肾结石的偏方——每天吃两个煎鸡蛋。

偏方不知道管不管用，好在比较方便。再说邰伟又送来了五斤鸡蛋，不吃也是浪费。顾浩每天晚上给自己煎两个鸡蛋，权当夜宵了。有一天，他在家里看中国队的足球比赛，看着看着，饿了。正煎着鸡蛋的工夫，他听到里屋的电视机里传来宋世雄的声音："球进了！中国队扳平了比分……"

顾浩手忙脚乱地关火，跑进屋里看回放。再回到公共厨房的时候，他发现锅里的两只煎蛋已经不翼而飞。

煎蛋当然不会自己跑掉。顾浩看看 101 室的门，心里已经有了数。

苏家大概是两年前搬过来的。虽说做邻居的时间不短，但是起初两家并没有太多的接触。一来，顾浩大多数时间都住在厂里，很少回家；二来，苏家四口人平时都深居简出，即使见面也只是点头打个招呼而已。顾浩退休后赋闲在家，才逐步对这家人有所了解。

户主老苏，玻璃纤维厂装卸队的；老婆姓杨，没工作，家庭妇女一个。家里有两个孩子，大的是个女孩，小名叫琳琳，正在读高中；小的是个男孩，十二三岁的样子，没见他上过学，整天在家里待着。

相处时间久了，苏家人的一些做法让顾浩颇有微词。这是一栋老式住宅楼，两家共用一个厨房，水电费均摊，煤气罐则各用各的。按理说，苏家有四口人，顾浩是光棍一根，若论水电费谁多谁少，一目了然。顾浩不是爱计较的人，马马虎虎就过去了。但是老苏和媳妇都是占便宜没够的人，常趁顾浩不在的时候，偷用他的煤气罐。有两次被顾浩无意中撞见，都说是自己家的煤气罐没气了，临时借用一下。如果仅是这些小事，顾浩还可以理解。毕竟老苏家收入不高，两口子生活压力大。但是他们对两个孩子的态度，让顾浩真的看不下去。

毫无疑问，小男孩是超生。在现有的计划生育政策下，这孩子是没有身份的黑户，而且随时有可能让父亲丢了工作。但是，对老苏而言，这是让苏家香火得以延续的独苗。两口子对他的宠爱自不待言，基本上是要什么给什么。一个工人家庭的孩子倒是一身娇生惯养的习性。相比之下，大女儿在家里的地位要低很多。女孩长得瘦瘦高高，脸色苍白，一副营养不良的样子。回家后除了写作业就是做家务活，很少见她说话。小男孩总是新衣新裤，女孩却常年一身旧校服。女孩挺懂礼貌，偶尔碰见了，还鞠个躬叫声"顾大爷"。有几次看见她在厨房里抹眼泪，也不知道是受了父母的气还是被弟弟欺负了。

这次的鸡蛋事件，不用想，肯定是那个无法无天的小男孩干的。顾浩表面上不动声色，心中暗自决定要给这小子一个教训。第二天晚上，顾浩又煎了两只鸡蛋，还故意弄得锅盆乱响。煎好鸡蛋，他关掉煤气和厨房的灯，走到户外门口，大声说了句"老张啊，等会儿，我马上就过去"。拉开门，再关上。随后，顾浩悄悄溜回家，贴在门上听着101室的动静。

几分钟后，对面的铁门发出吱呀的声音。细碎的脚步声。掀开锅盖的声音。小口的咀嚼声……

紧接着，就是一声"哎呀"以及"呸呸呸"的声音。

顾浩乐了。小兔崽子，我加了三大勺盐，还不咸死你。

他开门出去，几步走到公共厨房，抬手拉亮了电灯。

瞬间，橘黄色的灯光亮起。恶作剧成功的笑却凝固在顾浩的嘴角。

苏家的大女儿宛若一只受惊的小兔子，一只手捂住眼睛，另一只手里还捏着咬了一口的煎蛋。

顾浩愣在原地，讷讷问道："怎么是你？"

女孩没回答，也不用回答。她挪到灶台旁，把煎蛋放回锅里，捂住眼睛的手始终没有放下来。片刻，她的肩膀开始颤抖，亮晶晶的泪水开始从指缝间流淌出来。

顾浩慌了，手忙脚乱地想上前安慰她："你别哭啊……我又没怪你。"

"对不起，顾大爷。"女孩大声哭起来，"我刚下晚自习……没吃饭……"

顾浩皱起眉头："你爸妈呢？"

"带我弟弟去给爷爷奶奶扫墓了。"女孩哭得上气不接下气，"我饿了……对不起。"

"昨天也是你？"

"嗯。"女孩深深地埋着头，"我以为是你吃剩下不要的。"

顾浩沉默了一会儿，把锅里的鸡蛋都扔进垃圾桶里。

"去洗洗手。"顾浩拧开煤气灶，"把脸也洗洗，哭得跟小花猫似的。"

女孩扑哧一笑，带着哭腔嗯了一声，就乖乖地回房去了。

再回到厨房，灶台上已经摆了一只盘子，里面是两只热气腾腾的煎蛋。顾浩拉了一把椅子过来，示意女孩坐下。

"再煎点馒头片？"

"不用不用。"女孩已经迫不及待地拿起筷子，"这就很好了——谢谢顾大爷。"

"谢什么，我不该捉弄你。"顾浩也坐下，点燃一根香烟，"我以为是你弟弟干的。"

"他不会的。"女孩笑笑，"我妈会给他做的。"

顾浩哼了一声，没说话。

女孩小心地看看顾浩的脸色："我爸妈对我挺好的。我弟弟正在长身体嘛。"

"你就不是了？"顾浩弹弹烟灰，"你才多大，不也是孩子吗？"

"我是姐姐嘛。"女孩认真地答道，"姐姐应该让着弟弟，对吧？"

"快吃吧。"顾浩不置可否，指指盘子，"凉了就不好吃了。"

深夜的小厨房，昏暗的灯光下。一个默默吸烟的老人，一个大口吃着煎蛋的女孩。人间烟火，不过如此。

很快，两只煎蛋风卷残云般进了女孩的肚子。她手脚麻利地洗干净盘子、筷子和煎锅，向顾浩深深地鞠了一躬。

"谢谢顾大爷。"

"两个鸡蛋而已，有什么好谢的。"顾浩想了想，"你几点下晚自习？"

"九点。"女孩一脸疑惑，"怎么了？"

"以后下晚自习就过来吧。"顾浩指指灶台，"我给你煎鸡蛋吃。"

"不行不行。那样太麻烦你了。"女孩连连摆手,"再说我爸妈知道了会骂我的。"

"你不会不让他们知道?"顾浩板起脸,"就这么定了,我放灶台上,你吃了就走。不用洗盘子,别弄出太大动静。"

"那……"女孩咬着嘴唇,脸上是既为难又期待的表情,"顾大爷,我能帮你做点什么?"

"暂时没有。"顾浩笑笑,"等我想到了再告诉你吧。"

"好。"也许是吃饱肚子的缘故,女孩苍白的脸上有了一丝红晕。她朝顾浩挥挥手,转身跑回了101室。

就这样,一老一少之间有了两只煎蛋的秘密。彼此静默无言,心照不宣。顾浩每晚准时煎好四只鸡蛋,自己吃掉两只,另外两只用盘子盖好,放在灶台上。早上起来,盘子都被洗得干干净净,放在橱柜里。不知道女孩是怎样小心翼翼地洗刷,尽量不发出被父母发现的声音的。

偶尔,顾浩会在门把手上发现刚采回来的新鲜野花。不用说,他也知道这是女孩的小小心意。

这种默契持续了一个月,直到那个大雨之夜。

顾浩想着,直到燃尽的香烟烧疼了手指才回过神来。他急忙扔掉烟蒂,苦笑着摇摇头。是啊,关自己什么事儿呢?不爱吃煎鸡蛋了,被父母责怪了——都可能让女孩不再来公共厨房。这个年纪的女孩的心思,怎么可能是自己这个老头子能理解的。这样也好,本来就是没什么关系的人,还省了两个鸡蛋。

顾浩向后一躺,舒舒服服地靠在床铺上,开始盘算晚上吃点什么,以及如何打发今天余下的漫长时光。

神游天外,散漫又慵懒。然而,顾浩没意识到的是,他一直在盯着写字台上的一个酒瓶。那里面,是一束开始凋落的野花。

第五章·父亲的谎言

那天早上的气氛有些尴尬。姜玉淑和姜庭几乎是沉默着吃完早饭。她刷碗的工夫，女儿已经穿戴整齐，拎起饭盒。走到门前的时候，姜庭只是闷闷地说了句"我上学去了"，没等她回应就拉开门走了。

姜玉淑在水槽前站了一会儿，勉强控制住情绪，把余下的碗刷完。

姜庭有心事，而且已经严重影响到她的生活和学习。更糟糕的是，她不肯对自己说。

当姜玉淑发现女儿的床上空空如也，她立刻找遍了家里的每一个角落。确定姜庭不在之后，她抓起一只手电筒就冲出了门。

这绝对是反常的情况。姜庭从未在深夜一个人偷偷出去过。姜玉淑来不及琢磨个中缘由，飞奔下楼，在园区里边喊女儿的名字，边四处寻找她。

夜已深，整个世界都在沉睡中。姜玉淑走过一栋楼，又一栋楼，嗓子快喊到嘶哑，腿也越来越软。女儿走了多久，走了多远，她统统不知道。尽管在园区里寻找女儿可能只是徒劳无功，但是姜玉淑已经慌到失去了分析的能力。很快，小小的园区就转了个遍，姜庭依旧不见踪影。姜玉淑看看不远处尚有灯火的马路，心想出去找一圈，如果再找不到女儿，就只能报警了。

姜玉淑拔腿向园区外走去，眼睛紧盯着那条偶有货车隆隆驶过的马路。忽然，她的余光里出现了一个黑影，从一栋楼前的花坛里慢慢绕了出来。

姜玉淑下意识地用手电筒照过去，同时问道："庭庭？"

果真，穿着睡衣睡裤的女儿出现在光照中。她披散着头发，脸色苍白，怔怔地看着妈妈，似乎没意识到要躲避刺眼的强光。

姜玉淑快步走过去，先是上下查看着女儿，确认没有外伤之后，一股恼恨这才袭上心头。

"你上哪儿去了？"姜玉淑挥手在她肩膀上连连拍打着，"这么晚了，你想吓死我是不是？"

女儿踉跄了一下。然而，她既不辩解，也不反抗，只是歪着头，一言不发地站着。

"说话啊，你去哪儿了？"

女儿保持着原来的姿势，不动，也不说话。

这时，相邻这栋楼的一楼住户亮起了灯，一个光着上身的男人一边挠着胸脯，一边走到窗前，疑惑地向她们张望着。

姜玉淑咬咬牙，拽起女儿的手："回家！"

进了家门，姜玉淑才发现女儿的睡衣上满是灰尘、蛛网和污渍，脚上的拖鞋底也沾了不少污泥，散发出刺鼻的臭味。

惊诧之余，姜玉淑又连声逼问女儿刚才的去处。姜庭还是不说话，默默地脱掉脏衣服和鞋子，转身进了卧室，咔嗒一声上好了门锁。

姜玉淑一肚子的怒火和疑惑，又无从排解，只能把女儿的脏衣脏鞋踢到卫生间，泡在水盆里狠狠搓洗。

忙完这一切，已经是凌晨三点。姜玉淑感到说不出的疲惫，本想在沙发上坐着稍事休息，结果一觉睡到了大天亮。

女儿虽然按时起床，却仍然没有想交谈的意思。她上学之后，姜玉淑始终心神不宁，摊在眼前的账簿也看不下去，索性抛到一旁专心想事。

姜庭深夜出门，要么去散心，要么去见人。如果她听到了自己和前夫的谈话，觉得心情烦闷，大可以和妈妈讲出来。如果是去见什么人，可能性更小。因为，以姜玉淑对女儿的了解，她目前应该不会有早恋的对象。而且看她当时的德行，肯定是去了某个狭窄逼仄、污秽不堪的地方——约会哪有去这种场所的？

思来想去，姜玉淑都没法为女儿的反常表现找到一个缘由。这让她更加不安。女儿是她身上掉下来的一块肉，血脉相连、心灵相通。现在，有一只无形的手阻断了这种联系。要命的是，这只手看不见形状，嗅不到气味，连从何而来都无从知晓。她只知道，一切都始于那个大雨之夜。

姜玉淑拉开抽屉，看着那个用报纸包裹好的文具盒，皱起了眉头。

漫长的一天终于熬过去。今天姜庭有晚自习，要上到九点。姜玉淑八点半就来到中学门口，伸着脖子向一片灯火的校园内张望着。

她不是最早的。校门口有一个老人，边吸烟边耐心等候着。从他脚边的烟头来看，应该来了至少半小时以上。

老人瘦削，中等身材，衣着普通，看上去和一个退休工人没什么区别。他注意到姜玉淑的目光，转过头来看她。一种与他的外貌完全不符的鹰隼般的视线投射在姜玉淑的脸上。姜玉淑打了个寒噤，急忙挤出一个微笑，扭过头去。老人也笑笑，继续悠闲地抽着烟。

八点四十五之后，校园门口的家长开始多起来。有相熟的，就聚在一起三三两两地聊天。因为女儿一直很乖巧，姜玉淑几乎没来学校接过她。所以，身边的人她一个都不认识，只能独自站着。看得出，那个老人也一样，跟其他人毫无交集。

下课铃响的时候，校门口开始有些骚动。几分钟后，校园里也喧嚷起来。成群的学生从教学楼里奔涌出来，一模一样的蓝白色校服忽然就汇聚成海浪一般。涌到校门口，海浪变成涓涓细流，分散向四面八方。姜玉淑想从中分辨出自家那朵浪花还真不是一件容易事。她踮着脚，费力地在人群中寻找自己的女儿。

直到大浪卷过，校园里只剩下零星几个学生的时候，姜庭才低着头、弓着背，慢慢地从教学楼里走出来。姜玉淑看见她，用力向她挥着手。姜庭却是一副心不在焉的样子，始终盯着地面。姜玉淑都快走到她对面了，姜庭才看见。

"妈？"姜庭吃惊地睁大眼睛，"你怎么来了？"

"怎么，不许我来呀？"姜玉淑故意虎起脸，"饿了吧？"

"还行。"姜庭忽然像平时那样撒起娇来，"有好吃的吗？"

"走，回家。"女儿的模样让姜玉淑心情大好，"妈给你炖牛肉了。"

姜庭挽起她的胳膊，正要迈步，一个苍老的男声突然在旁边响起。

"同学，不好意思。"

母女二人同时转身看去。姜玉淑认出那是刚才一直在校门口抽烟的老人。

"同学，学校里……再没有学生了吗？"老人指指教学楼，"都走了？"

"应该是。"姜庭看看教学楼门前，门卫已经开始关上玻璃门，准备上门闩了，"这都要封楼了。"

"哦。"老人若有所思地点点头，对姜庭笑笑，"谢谢你。"

他的目光和语气都很温和，但是眼神中的审视意味并不减。姜玉淑感到不舒服，就想拉着姜庭快走。然而，姜庭的热心劲儿偏偏上来了。

"大爷，你来接孩子吗？"姜庭问道，"初中部还是高中部？哪个班的？"

"嗯？高中部。"老人略迟疑了一下，"没关系，可能去卫生间了。我再等等，谢谢你。"

说罢，老人向姜玉淑微微颔首。她慌乱地点点头，牵起姜庭的手，快步离开。

一路回家。姜庭还是很少开口，不过和昨晚比起来，已经活跃多了。两个人一起吃过饭，洗刷完毕。姜玉淑陪女儿写完作业，准备就寝的时候，她拉着女儿在沙发上坐好，轻声问道："庭庭，你最近是怎么了，能跟妈妈说说吗？"

女儿的情绪一下子低落下来，垂着头，摆弄着手指，声音几乎不可闻。

"没怎么。"

姜玉淑摩挲着女儿的头："不管发生什么，都可以跟妈妈说。不要让我担心，好吗？"

姜庭没说话，慢慢俯下身去，趴在姜玉淑的膝盖上。姜玉淑感到心在慢慢融化，她把手从女儿的头上移到后背，一遍遍抚摸着。平时，姜庭会像个小猫一样舒舒服服地睡着。然而，今天的她似乎心事重重。姜玉淑即使看不到她的脸，也知道她睁着眼睛，一动不动地看着客厅的某个角落。

片刻，姜庭小声问道："妈妈？"

"嗯？"

"如果我忽然消失了，你会不会去找我？"

"那还用说！"姜玉淑脱口而出，随即她就察觉有异，急忙直起身子，想把女儿拉起来，"到底怎么了？"

姜庭没有动，只是伸出双手，紧紧地抱住了姜玉淑。

通过查找尸源，三个被害人的身份都已经确定。

一号死者，杜媛，女，33岁，生前系纺织研究所后勤处员工，已婚，育有一子，生前居住在本市和平区泰山路168号三单元202室。3月17日由其丈夫向辖区派出所报案，接案后以失踪人口予以登记。

二号死者，杨新倩，女，27岁，生前系市第四人民医院儿科护士，已婚，未育，生前居住在本市宽平区柳条湖路87号一单元501室。4月6日由其母向辖区派出所报案，接案后以失踪人口予以登记。

三号死者，孙慧，女，31岁，生前系市属机关第一幼儿园教师，离异，未育，生前居住在本市北关区小南一路22号4号楼709室。5月10日由其母向辖区派出所报案，接案后以失踪人口予以登记。

从尸体检验情况来看，三具尸体均已高度腐败，早期尸体现象已消失。从三人胃内容物的消化情况来分析，都是在最后一次进食后的十小时内遇害。结合三名被害人家属报失踪的时间，可断定三人被害顺序。

三名被害人的死因都是机械性窒息，凶器疑似铁丝之类的物品，被害前都曾遭遇A型血之男性的性侵。结合以上情况，市公安局将此案定性为恶性连环杀人案，并决定成立专案组，全力侦破此案。

"孙慧失踪当天是工作日，幼儿园下班的时间是五点半左右。根据她妈妈和同事提供的情况，孙慧平时都是骑自行车上下班。通常的路线是从第一幼儿园正门出发，左转进入惠民路，到丰收大街右转，在小南一路左转，一直向南骑行……"

邰伟站在会议室前方的幻灯机旁，在一张北关区地图的幻灯片上来回勾画着。红色的粗线显示出被害人孙慧平时的回家路线，看上去并不复杂。

"我们做了一个实验，孙慧回家全程需要四十分钟左右——她就是在这段时间里消失的。"

情况介绍完毕，邰伟收好幻灯片，有点紧张地看着台下就座的专案组成员。

市局分管刑侦工作的胡副局长叹了口气，把烟头摁熄在烟灰缸里。随即，他搓搓脸，疲惫的神情显露无遗。

"孙慧的自行车找到没有？"

"没有。"邰伟翻开记事本，"很普通的女式坤车。我们去了本市的几个二手自行车交易市场，没发现这辆车。"

"一号死者是在聚餐晚归路上失踪，二号死者是外出购物返家途中失踪，三号死者是在下班路上失踪，是吧？"

专案组副组长王宪江点点头："是。"

"发案时间不一样，出行路线不一样。一个乘公交车，一个骑车，一个不明……"胡副局长自言自语般说道，"没有交叉点吗？"

王宪江看看邰伟。后者心领神会，把三张幻灯片叠放在一起。

红色的粗线条变得错综复杂起来，胡副局长端详了一会儿，皱起眉头："没有？"

"目前还没发现。"王宪江斟酌着词句，"目前线索很少。"

"这哪是很少啊，压根就没有。"胡副局长骂了一句，"接下来打算怎么办？"

"我们怀疑尸体原来被弃置在下水道里，被那场大雨冲进卫红渠。"王宪江顿了一下，"所以现在无法确定是否只有这三个被害人。"

"你们想进下水道？"胡副局长瞪大了眼睛，"地下管网有多大，你们知道吗？"

"知道。我们找了市规划院的同志，也考虑了雨量、流速之类的因素，还是没法判断尸体被冲出来之前在下水道里的位置。"王宪江的脸色很难看，"所以我们打算进去看看。"

这无异于大海捞针。首先，能否确定藏尸地点尚无法知晓；其次，即使能确定，经过雨水冲刷，能否提取到有价值的痕迹物证也很难说。然而，这是目前唯一的侦查方向。不去试着捞捞这根针，就真的一筹莫展了。

胡副局长沉吟半晌，也想不出别的思路："那就先这么干。不过，别把宝都押在这条线上，群访啊什么的该展开就展开。有情况第一时间汇报。"

说罢，胡副局长挥挥手，示意散会。专案组成员们纷纷离开，各自干活去了。王宪江没动,坐在原处抽烟。

邵伟关掉幻灯机,走到王宪江身边,小心翼翼地看着他的脸色:"师父,咱们……"

"去弄几个防毒面具来。"王宪江垂着眼皮,"明天下去。"

顾浩坐在床边,怔怔地看着电视里转播的世乒赛,心思却完全不在比赛上。

那孩子没有去上学。从这几天101室里的声音来看,她似乎也没在家。这孩子去哪里了?辍学?不太可能。苏家的经济状况还不至于供不起她读书。而且,小姑娘的成绩似乎一直都不错,已经高二的孩子,现在辍学岂不是太可惜?

生病,或者是受伤?倘若果真如此,无论是病还是伤,需要入院治疗的话,恐怕都很严重。

难道是更可怕的事情发生了?顾浩突然想起从卫红渠里冲出的三具女尸。随后他就连连摇头。

不会不会。如果孩子被害,101室此刻一定在办丧事,而且警察肯定会找上门来。

电视机里突然传来解说员的欢呼声。顾浩回过神来,看到孔令辉把球拍放在球台上,单手握拳,口中大吼。

看来是赢了。顾浩慢慢地站起来,拿起茶杯,喝了一口早已凉透的茶水,又点燃一支烟,摇了摇暖水瓶。

他把剩余不多的热水倒进茶杯里,向门外走去。

把盛满水的铁壶放在煤气灶上,开火。顾浩突然听到101室里传来隐约的交谈声。他立刻关掉嘶嘶作响的煤气,站在原地侧耳倾听。然而,那声音中没有小姑娘的,唯一的女声来自她的妈妈。

顾浩想了想,重新点燃煤气灶,向101室走去,在门上敲了敲。

101室内的声响戛然而止,随即,一阵脚步声出现在门后。

"谁啊?"

"我。"顾浩清清嗓子,"对门的。"

门开了,老苏的身后跟着他老婆。女人的脸上还有尚未褪去的期待表情,但邻居的到来似乎让她大失所望。女人冲顾浩点点头就回到客厅里。

老苏对他的突然来访颇感意外："老顾大哥，有事？"

"嗯。"顾浩笑笑，"姑娘在家没有？"

"没有。"老苏的眼神闪躲了一下，"怎么？"

"哦。"顾浩半转过身，"那就等她回来再说。"

"等会儿。"老苏皱起眉头，"你到底有什么事啊？"

"嗨，干儿子给买了个录像机，都是外国字。"顾浩无奈地撇撇嘴，"我寻思你家姑娘不是学过英语么，让她帮我翻译翻译。"

突然，一个男孩从屋子里冲出来，兴高采烈地大叫："我会，我也会英语，顾大爷，我帮你翻译吧。"

是苏家的小儿子。他背着一个颜色鲜艳的书包，看上去怪模怪样的，但是脸上的表情却非常兴奋。

"你会个屁！"老苏板起脸，推搡着儿子的肩膀，"回去！"

顾浩弯下腰，摸摸他的头："你呀，太小了。你姐姐呢？"

"我都上学了！"男孩抓住书包的肩带，一挺胸，"我姐不在家。"

顾浩马上问道："她去哪儿了？"

"去亲戚家了。"男孩快言快语，老苏想伸手捂他的嘴，已经来不及。

"进屋进屋！"老苏把男孩推进房间里，"把书包摘下来！"

他转过身，重新面对顾浩，脸上写着"还有事儿么"的表情。顾浩没等他开口，又问道："走亲戚去了啊，什么时候回来？"

"暂时不回来了。"老苏犹豫了一下，"高考结束之后再说。"

"为什么？"

老苏已经开始不耐烦："那边高考录取线低。"

顾浩继续追问："哪儿啊，这么好？"

"南方。"老苏握住门把手，"老顾，我得做饭了啊。"

"行，你忙着，打扰了啊。"

老苏匆匆点了点头，飞快地关上了门。

顾浩盯着那扇紧闭的门看了几秒钟，慢慢踱回自己的家。他坐回床边，又点燃一支烟，看着电视里播放的另一场比赛。

对苏家的冒险察访并没有让他的疑惑减轻半分，相反，他心中的问号越来越大。苏家人的表现很反常。他们似乎在等待什么、担忧什么。同时，又有某件事让他们，特别是那个小男孩，觉得兴奋。这一切应该与那个消失的女孩有关。顾浩虽然不知道这种联系是什么，但是，有一件事是确定无疑的——老苏在说谎。

整整一个下午，顾浩都在推演各种可能性，又一一推翻。想到心烦之时，自己又哑然失笑。当了半辈子保卫干部，习惯凡事都往坏处想。可人家爹妈都安之若素，一个邻居倒急得什么似的。

说到底，还是闲的。

顾浩赌气般走向冰箱。傍晚时分，肚子也饿了。操心那些八竿子打不着的闲事，还不如做点好吃的犒劳犒劳自己。

拿出一块五花肉和几个土豆，煮上一锅白米饭。顾浩在厨房里忙活起来。他把五花肉切成小块，在铁锅里熬上糖色，下肉进去翻炒。越来越浓的香味弥漫开来。顾浩哼起小曲，麻利地把葱、姜和八角、花椒扔进锅里，添汤、加盖。在咕嘟嘟的声音中，他拿起土豆，慢慢地削皮。

这时，101室的门开了。老苏先走出来，吸吸鼻子，又看看站在厨房里的顾浩。

"做饭呢，老顾？"

"是啊。"顾浩用手里的刀指指灶台，"红烧肉炖土豆，来点？"

"不了不了不了。"老苏急忙摆摆手，"你忙着。"

小男孩出现在老苏身后，表情兴奋，声音尖厉："我们今天下馆子！"

"哦。"顾浩挑起眉毛，"这是有什么喜事儿啊。"

"有啥喜事。"老苏无奈地苦笑一下，"这不都是他闹的嘛。"

女人也走出来，认真地锁好房门。她的神色中依旧有掩盖不住的悲苦，勉强冲顾浩笑笑。

"行，我们走了啊。"

在小男孩不停的催促中，一家三口很快消失在单元门外。顾浩把手里削了一半的土豆扔进水盆里，背靠在灶台上，握着刀，看着锅里翻开的肉汤，情绪又低落下去。

一饭一菜。米饭晶莹软糯，红烧肉也炖得酥烂，土豆吸饱了肉汁，入口即化。顾浩却食不甘味。坐在饭桌前，捧着瓷碗，顾浩吃上几口就要停下来喘口气，似乎胸口始终压着一块石头。这顿长吁短叹的饭吃到一半的时候，窗外又下起雨来。

最初只是淅淅沥沥的小雨，几分钟后，雨点密集起来，噼里啪啦地敲打在玻璃窗上。顾浩听得心烦，索性放下碗筷，点燃一支烟，坐在饭桌前，怔怔地看着窗外。

他并非不喜欢下雨，只是最近的每一场雨带来的都不是好消息。他又想到邰伟正在办理的案子。不知道那三个可怜的女人是否被带回到各自的亲人身边。那些长久等待的人们，即使早有心理准备，一旦看到那腐败不堪的尸体，想必都会感到天塌地陷。下落不明和确定遇害，哪一种会让他们更容易接受呢？

顾浩掐灭烟头。

应该是前者，因为至少还保有一丝希望。

希望，触手可及，又似乎远在天边。

还会见到那个女孩吗？

今天的雨带走了她的消息；带走了两个倒扣在一起的盘子；带走了两只煎蛋；带走了门把手上的野花。顾浩不知道这些对他的生活意味着什么。一个活了60年的人，上过战场，查过案子，阅人无数，满身风霜。一个女孩的出现和消失，实在算不了什么。厨房里的记忆，说不上刻骨铭心。但是，顾浩依旧清晰地记得女孩捂着眼睛哭泣的样子。

人和人之间的相遇，大概就是如此。没有征兆，没有预告。有的时候，连道别都没有。

他叹了口气。不管这孩子在哪里，希望能有书读，有口饱饭吃——在那存在或者不存在的南方。

窗外的雨声渐渐变成单调的旋律。傍晚的微风吹来，带着丝丝潮湿的凉意。顾浩的眼皮开始慢慢地垂下去。他看看餐桌上没有收拾的碗筷，犹豫了一下，还是站起身来，走到床边躺下。几乎是同时，浓重的困意猝然袭来，他连鞋都没有脱掉，就陷入沉沉的睡眠中。

再醒来时，天边已经泛起微微的青白色。晨僵让顾浩在床上挣扎了好一阵才勉强爬起来。被鞋子箍了一夜的双脚开始肿胀。他坐在床边，一边揉腿，一边摇晃着沉重的脑袋。

他睡得并不好，几乎做了一整夜的梦。内容模糊不清，只记得有人在呼唤他。神志渐渐清醒之后，那个声音也伴随着梦境的残片浮现在脑海里。

是对门的女孩，赤脚，带着满身的泥水，站在门口叫他顾大爷。

第六章・地下

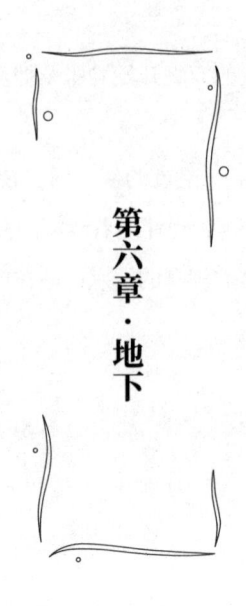

王宪江弯着腰,看着脚下的卫红渠。灰黑色的水面上漂浮着塑料袋、树枝、落叶、啤酒罐等乱七八糟的杂物。即使是雨后清晨,水中依然散发着阵阵腥臭的气息。王宪江向前看去,卫红渠弯弯曲曲地延伸至远方。两岸绿树如荫,却无法在水面上形成美妙的倒影——水渠像一条破烂不堪的灰色布带,垂头丧气地匍匐在尘土中。

他重新把视线投向脚下,脑海里又出现那三具腐尸在污水中载沉载浮的悲惨景象。

他是第一批赶到现场的警察之一。听完那个面如土色的环卫工的陈述后,王宪江仍然不敢相信,在微明的晨光中用手电筒反复照射着渠壁上的排水管道。的确,从管道口的铸铁网栅中探出的那个肿胀的暗绿色物,有着人手的形状。在汹涌而出的水流中,那只"手"轻轻地摇摆,似乎在无声地呼唤着。

王宪江还在犹豫的时候,邰伟已经脱得只剩一条内裤,跳进了卫红渠里。借助上涨的水位,他很快就游到了排水管道下方。拉住铸铁网栅,邰伟只向管道口里看了一眼,立刻大骂了一句。

王宪江心头一紧:"是死人?"

邰伟游向岸边,脸色变得惨白。即使隔着几米的距离,王宪江仍清晰地听到他的牙齿在咯咯作响。

"没错，而且不止一个。"

王宪江怔了几秒钟："能弄出来吗？"

邰伟踩着水，回头看看管道口，咬咬牙："给我找把扳手来。"

扳手很快送到。邰伟又游回管道口下方，小心翼翼地避开那只伸出来的手，奋力对付铸铁网栅。那玩意被四块铁片固定在渠壁上。邰伟用扳手又拧又砸，先后拆下来三个。随着网栅旋转着落下，让王宪江终生难忘的景象出现在他眼前。

僵硬、肿胀、瘢痕累累的一具女人尸体从管道口滑出来，扑通一声落在邰伟身边的水中，激起一阵水花。随即，她就仰面朝上，浮浮沉沉。

紧接着，第二具……第三具……

邰伟拉着铸铁网栅，手臂上青筋暴起，直勾勾地看着在身边漂浮的三具女尸……

王宪江闭上眼睛，身子一晃，立刻感到被人拉住了手臂。

"师父，不舒服？"邰伟的脸出现在面前，"我送你回去？"

"不用。"王宪江甩开他，"东西准备好了？"

邰伟点点头，从肩膀上拿下一个大大的帆布包，把防毒面具、塑胶手套、长靴一一掏出来。

王宪江皱皱眉头，用脚尖捅了捅一个潜水瓶模样的东西："这是什么？"

"空气呼吸器。"邰伟把气瓶拎起来，在身上比画着，"城建局的人说用得着。"

"我们他妈又不是……"

"他说得没错，确实用得上。"停在旁边的面包车里走下一个戴着眼镜的瘦长男子，"里面空气稀薄，含氧量很低。"

王宪江看看那个管道口，铸铁网栅还垂在旁边："这不是开放的吗？"

"我市的下水管线有47公里，位于地下5米深。"瘦长男子一副愁眉苦脸的样子，"不戴空气呼吸器，走不了多远。"

王宪江上下打量着他。邰伟赶紧介绍道："这是市规划院的陈老师。"

两个人互相颔首致意。王宪江看着从面包车上下来的其余几个年轻警察，脸色更加难看。

"就这么几个人？"

"这倒霉差事，谁愿意来啊？"邰伟粗手重脚地把空气呼吸器背在身上，"师父你放心，有我呢。"

王宪江不想再废话，从随身的皮包里拿出设计图，展开，转身向陈老师问道："您看，从哪里入手比较好？"

陈老师扫了一眼设计图，苦笑："按您这个来，那就真是大海捞针了。"

王宪江正要发问，陈老师就拿出另一张图纸，看起来也是管网设计图。虽然图上的线条纵横交错，十分复杂，大多数标识都是日文，但是比王宪江手里的图纸要简单得多。

"这是？"

"理论上来说，城市的下水道应该包括两类，一类是雨水管网系统，另一类是污水管网系统。不过，大多数中国城市，特别是旧城区，都是把这两类管网系统合二为一的。咱们这里比较特殊。日本人占领期间，对地下管网实行了雨水和污水分流的设计。"陈老师指指卫红渠里的管道口，"那就是一个雨水管道。"他敲敲手里的图纸，"如果那三具尸体是从这个管道里冲出来的，那就是在雨水管网系统中。换句话来讲，看这张图纸就够用了。"

王宪江松了一口气："那就容易多了。"

"不见得。"陈老师依旧是满脸愁容，"原管道本来就不短，日本人把它施工延长，达到了二十几公里。不过，雨水管网要宽敞得多，进去搜索问题不大。"他忽然嘎嘎地笑起来，"相信我，你们不会愿意进污水管网的。"

邰伟带来的装备数量有限，加之大多数人都不情愿进管道里搜索，最后，只有邰伟、王宪江和陈老师三个人下了卫红渠。

站在渠岸上看那个雨水管道，似乎很难容一个人进去。但是，几个人游到管道下方，发现从管道口钻进去还是绰绰有余。邰伟先上去，再把王宪江和陈老师先后拉进管道里。王宪江年龄大了，加之装备沉重，费了不少力气才爬进管道。随即，他就瘫倒在污水中，呼哧呼哧直喘粗气。

等他的气息稍稍平复一些，邰伟把他拉起来，自己在先，陈老师居中，王宪江殿后，向管道深处走去。

管道呈半圆形，内径在 2 米左右。三个人一字排开，在其中行走倒也没什么困难。昨夜又是一场大雨。管道内还有尚未排空的雨水，深度大约 15 厘米。防化长靴踩在积水里，能感到管道底部滑腻的淤泥。走出十几米后，能见度急剧下降。邰伟打开呼吸器面罩上的头灯，深一脚浅一脚地向前走着。

三个人默不作声地在管道里走了几分钟，陈老师突然问道："你们到底要找什么？"

王宪江犹豫了一下。的确，连续两场大雨的冲刷，让管道内留有相关物证的可能性微乎其微。然而，除了这里，警方无处再去寻找更多的线索。

"先看看雨水管道里是否还有其他尸体。"王宪江重重地呼出一口气，"如果没有，看能不能确定那三具尸体是从哪里被冲出来的。"

陈老师抖了一下，停下脚步，让王宪江走在自己身前。

"还是你们俩打头阵吧。"

最初，邰伟还用强光手电筒四处照射着，寻找着任何可能有价值的蛛丝马迹。然而，视力所及之处，都是看不到尽头的积水和潮湿的暗绿色管壁。几乎一模一样的景致很快就让他感到视觉疲劳，机械地一步步向前走着。王宪江的状况也好不到哪里去，几乎是拖着两只脚在走，步履踉踉跄跄。唯有陈老师始终处于高度紧张的情绪中，似乎在随时提防着一具面目狰狞的尸体在前方猝然出现。

不知走了多久，强光手电筒的照射范围内突然出现一片虚空。邰伟回过神来，马上放慢脚步。闷头走路的王宪江一头撞在他的后背上，不满地哎了一声。陈老师则吓得一哆嗦，倒退了两步。

"怎么了，怎么了？"陈老师从王宪江的肩膀上探出头去，"你发现什么了？"

"前面不太对劲。"邰伟用手电筒向那片虚空处照射过去，"好像没有路了。"

陈老师向前看看，反而松了一口气："没事，到管道节点了。前面有台阶，你注意脚下。"

邰伟把手电光下移，果真在前方几米处看到了管道的边缘。他小心地走过去，立刻发现了两排斜面向下的花岗岩台阶。

台阶上同样湿漉漉的。大概是因为长期经受水流冲刷，台阶表面非常光滑。邰伟侧过身子，慢慢地顺着台阶把王宪江和陈老师逐个搀扶下去。

此刻，三个人身处一个高约 5 米、宽约 3 米、长度未知的水泥空间中。顶部是圆弧形，拱壁两侧各有一个管道口，直径与他们一路走过来的管道相同。邰伟用手电筒向远处照照，发现在拱壁上每隔一段距离就有这样的一个管道口。

"这是什么地方？"

"管道节点。"

"那些管道口是？"

"我们所在的这个空间是通往卫红渠的主管道。"陈老师指向前方，"两侧的管道口都是管网的出口，雨水汇聚到主管道之后排放到各个水渠里。"

他走到一个管道口下面，看着从水泥管口不断淌出的浑浊水流。

"鬼子不怎么样，但是搞基建很扎实。当年是把这里当作殖民地的首都来建设的。"陈老师向某个方向指了指，"还修了好几个大型雨水调蓄池，用来应付所谓百年一遇的洪水。不过咱们这里地处平原，遇到洪水的可能性不大……"

陈老师兀自念念有词。王宪江和邰伟也凑过来看，心思却全然不在什么洪水上。

拱壁两边的管道口足可以容下尸体通过。看起来，那三具女尸就是从这里被冲到节点中，又沿着主管道漂流至卫红渠口，最后被网栅堵在管道口里。

她们可能出自同一条管道，也可能是其中几条。

王宪江和邰伟彼此交换了一下眼神，即使隔着呼吸面罩，也能感觉到大家面色都不好。

邰伟问道："主管道两侧的管道一共有多少个？"

陈老师懒洋洋地回答道："上百个吧。"

王宪江骂了一句。

邰伟不死心，又问道："那些管道的另一头都通往哪里？"

陈老师张开双臂，做出一个夸张的手势："全市各处。"

邰伟沉默了一会儿，沿着台阶走进其中一条管道，探头向那黑洞洞的管道深处看去。

"师父，我们要不要……"

"我看你们就别打算了。"陈老师拽起呼吸器上的长管,"空气量不足了。这事不是两三个人能做成的。"

邰伟倒退两步,双手叉腰,突然抬脚向管壁踹去。

"妈的!"

王宪江声音低沉:"先回去吧,再想别的办法。"

陈老师如蒙大赦,转身就向花岗岩台阶走去。邰伟站着没动,又看看那些管道口,抬脚踢起一片水花。

浑浊的污水中,有一个亮晶晶的物件腾空飞起,撞在拱壁上,再次落入水中。

邰伟心中一动,快步走过去。他弯腰在管道内的积水中摸索着,十几秒钟后,直起身子,手指间夹着一枚校徽。

第四中学。

电梯的不锈钢轿厢光可鉴人,马东辰看着渐渐合拢的电梯门,看着自己的脸被门缝一分为二。电梯下行,突如其来的失重感让他的胃里翻江倒海。被酒精几乎完全麻醉的大脑勉强发出指示——要体面地完成今晚的最后一程。

脖子被一只沉重的手臂搂住,紧接着,一张喷吐着浓重酒气的嘴巴凑到他的耳边。

"马总,你啊,就是太客气。"同样沉重的脑袋搁在他的肩膀上,"没多大个事,你搞了这么大的排场……"

"应该的嘛。"马东辰低下头,揽住对方粗壮的腰,"借这个机会,咱哥俩也很久没聚聚了。"

电梯门开,两个人搂脖抱腰,一路踉跄着走出酒店大堂。一辆奥迪80早已等候在门口,司机跳下车,动作麻利地扶住他们。马东辰甩开司机,一字一顿地说道:"一定要把董校长安全送回家,听到没有?"随即,他向后备厢努努嘴。

司机心领神会,连连点头:"一定送到,马总您放心。"

董校长坐进奥迪车的后座,又探出头来,拉住马东辰的手:"马总,老马,谢谢啊,下次我来安排,好不好?"

"我来。"马东辰一脸诚恳,"找机会一定要再聚聚。"

他挥挥手，示意司机开车。黑色奥迪80在董校长"你太客气"的嘟哝声中快速离开。

马东辰勉强站定，看着奥迪车的尾灯消失在远处。

此刻，另一辆奔驰S600悄然驶到他的身边。

戏已经做足全套。马东辰拉开车门，跌坐在后座上，拍拍驾驶座："回家。"

尘埃落定。眼前这一关算是过去了。马东辰彻底放松下来，瘫软在舒适的真皮座椅上，一动也不想动。时至午夜，马路上人车稀少，奔驰车一路高速飞驰着。十几分钟后，马东辰忽然感到胸口憋闷。他扯开领带，又解开领口的两粒扣子，降下车窗。

清凉的风一下子灌进车内。马东辰闭上眼睛，让麻木的脸颊迎着风，畅快地大口呼吸着。司机立刻降低车速："马总，我开空调吧，这么吹风不行的。"

"不用。"马东辰的声音如梦呓一般，"就这样，挺好的。"

身心俱爽的感觉并没有持续多久。凉风扑面，马东辰很快就觉得酒意上涌，胃里的东西又翻腾起来。他勉力坐直身体，一边用手在胸口上重重地捋动着，一边向车窗外看去。

奔驰车正行驶在一座桥上。举目望去，月光把桥下的河水映成长阔高深的亮白色。

"俪通桥？"

"没错。"司机从后视镜里小心翼翼地看着马东辰的脸色，"马总，要吐吗？"

"停车。"

"在这里？"

"停车。"

司机不再犹豫，稳稳地将车停在桥面上。马东辰拉开车门下车，摇摇晃晃地向桥栏边走去。

手扶栏杆，他向下俯视着这条贯穿城市南北的河流。午夜的俪通河显得更加平静，像一条亮白色的缎带，微微起伏着，不动声色地延伸至远方。马东辰甚至想到，如果此刻从桥面上一跃而下，也许不会沉入河水中，反而会被托起在水面上，悠然自得，随波逐流吧。

身后传来脚步声。紧接着，司机递过来一瓶拧开盖子的矿泉水。

"马总，吐出来会舒服点。"

马东辰接过水瓶，仰面喝了几口，擦擦嘴，步履蹒跚地沿着桥面向西侧走去。

司机急忙跟上："马总，你去哪里？"

"你回车上等我。"马东辰头也不回，只是冲他摆摆手，"我要一个人走走。"

"马总，我陪你吧。"

"回去！"

司机只好停下，无可奈何地看着他渐渐走出路灯的光晕，进入灰暗的阴影中。

马东辰扶着栏杆，喘着粗气，脚步却越来越快，似乎前方是他一直渴望的去处。几分钟后，他走到下桥口，沿着花岗岩台阶走下去。

很快，他踏上了潮湿、松软的土地，眼前是半人高的芦苇丛。哗啦的流水声、不知名的小虫的鸣叫声、风吹过芦苇丛的沙沙声，俪通河不再宁静，反而生动起来。

马东辰一动不动地站着，聆听着来自四面八方的声音。良久，他迈动脚步，拨开芦苇丛，向岸边走去。直至脚下的泥土危险地深陷下去，他才停下来。

隔着几株摇曳的芦苇，他看着面前的俪通河。河水失去了亮白色，看上去灰蒙蒙的，仿佛一条巨大的蟒蛇的脊背。

看不见首尾的巨蛇发出微微的呼噜声，散发着淡淡的腥味，一路逶迤前行，毫不留情地吞吃掉任何出现在它嘴边的东西。

马东辰打了个寒噤。他把视线移向桥洞，些许路灯的光泼洒在河面上，看上去宛若巨蛇背上金色的鳞甲。

他怔怔地看着，嘴角紧抿，似乎在等着某样物件漂浮过来，又怕它会出现。突然，他的喉咙哽住了，委屈又恐惧的情绪涌上心头。

马东辰呻吟了一声，捂住嘴巴。随即，他的身体就开始左右晃动。

面前的拱形桥洞向他飞速扑来。

第七章·家事

1994年5月25日，星期三，大雨。

　　我觉得有必要提醒一下未来的自己。今天的大雨从什么时候开始下的，我不知道。它会在什么时候停下来，我也不知道。我现在坐在下水道里的某条管道中，在几米开外，就是汩汩流动的污水。从流速来看，雨势似乎在减弱，或者停了。我不确定，毕竟那是在我头顶几米处发生的事情。

　　这是一篇很特殊的日记。我不清楚记录的意义何在。不过，如果将来有人能看到我的日记，就会知道在我身上发生了什么事情。至于彼时的我是死还是活，我并不是很在意。我甚至对自己还有心情写日记感到惊讶。但是，怎么办呢？从今天起，也许一切都不一样了。但是这该死的习惯还是在支配着我。

　　事情要从三天前说起。这让我想起在假期结束之前补作业的样子。

　　我知道马娜不会放过我。当着那么多人的面，特别是杨乐，我甩了她一记耳光。这口气她是无论如何不会咽下去的。我在地理课上写日记的时候，还在说为了那一刻的快感，我在所不惜。实际上，右手还没消肿，我已经在担心今晚还能不能安然回家。

　　所以，我早早就收拾好了书包。下课铃一响，我就拎着那双让我大出风头的鞋子，冲出了教室。

跑出校园，我发现马路对面的公交站已经是人山人海。同时，我也听到后面传来宋爽那尖厉的声音："还跑！你给我站住！"

我假装听不见，假装自己只是急着回家。这让我可以稍微自我欺骗一下：我并不怕她们。

事实上呢，我的双腿都在发抖。只是稍稍犹豫了一下，我就放弃了坐公交车。毕竟，在公交站被三个人围殴也不是一件体面的事情。

我穿过熙攘的人群，沿着人行道奔跑起来。换作平时，我可以轻松甩掉她们。但是，我已经一整天没吃过东西了。而且，我下午没敢去厕所。此刻，下腹仿佛悬垂着一个巨大的水袋，随时可能爆掉。

因此，仅仅跑出去几十米，我就已经头晕眼花，小腹坠痛。但是，我不敢停下来。我怕疼痛，我怕丢脸——持续了一下午的畅快情绪已经消失殆尽。

我只能不停地奔跑。穿过马路，穿过有轨电车道，穿过人头攒动的菜市场，穿过逼仄寂静的小巷。

然而，身后的叫骂声越来越近了。

我辨认了一下方向，前方不远处就是一个居民小区。即便在这个时候，我仍然清醒地意识到不能回家。回家有什么用呢？马娜她们不会因为我到了家就停止追打。搞不好，我还会再被父母责打一顿。我自己惹的祸，自己解决吧。

居民小区里人不多，这让我稍稍安心。跑到一栋楼旁边，我再也跑不动了，弯下腰，扶着墙大口喘息着。马娜她们的情况也好不了多少，在距离我几米处的地方停下来，一边喘粗气，一边断断续续地骂着。

打是打不过了，只能比拼一下耐力了。我把白球鞋塞进书包里，做了个深呼吸，准备再次逃跑。可是，我刚刚跑过楼角，就感到头发被人从后面揪住了。

紧接着，我就向后被拖倒在地上。几乎是同时，几只脚踢打在我的身上。在大声叫骂中，我只能蜷起身子，摘下书包拼命挥打着。

这时，我听见哗啦一声——铅笔盒被我甩了出来，在墙壁上差点儿撞裂成两半，文具都散落在草地上。我跪爬过去，捡起圆规，向身后挥舞了几下。

赵玲玲尖叫一声。随即，我就看见她蹲下来，拉起校服的裤子——小腿上的一道划痕上正渗出血珠。

事情闹大了。但是我已经管不了这么多。我站起来，把圆规的两脚掰开，紧紧地握着它。

"都别过来!"

我知道我此刻披头散发、满身尘土、声嘶力竭。然而,这都不重要。只要能吓住她们,免遭更多皮肉之苦,还要什么形象呢?

马娜的脸扭曲起来,优雅的小公主模样荡然无存。

"操你妈,你还敢动家伙!"

说罢,她打开书包,拿出一柄裁纸刀,哗啦一声推出刀片。

"娜娜。"宋爽突然拉住她,向小区门口努努嘴。

我也下意识地看过去,一个和我穿着同样的校服的女孩子,正背着双肩书包,慢悠悠地走过来。

我很想向她呼救,声音却哽在喉咙里。她也看见了我们,脸上的表情既恐惧又惊讶,停下了脚步。

马娜冲我挥挥手里的裁纸刀:"你,去那边,我跟你谈谈。"

赵玲玲则冲着那个女孩吼了一句:"没你事!"

女孩子低下头,快速向前走去。

"谈谈"这两个字给了我些许希望。我握着圆规,一步步倒退着,向小区的另一侧走去。

天色阴沉。低垂的乌云似乎触手可及。我慢慢地恢复了平静。退到围墙的边缘,我站住,定定神。

"今天的事情……"

话音未落,我就知道马娜嘴里的"谈谈"只是说说而已。三个人都扑了上来,马娜手里的刀片寒光四射。

"等一等!"我又把圆规挥舞起来,"今天的事情……"

我把书包挂在肩膀上,抬起左手,狠狠地在脸上抽打了两下。随即,头昏脑涨的我,趁着尚未消散的麻木感,迅速弯下腰,拉起裤脚,用圆规在小腿上扎了一下。

鲜血很快流出来。

"就这么算了,行不行?"

赵玲玲和宋爽愣住了,把视线投向马娜。

我直挺挺地站着，一言不发地看着她们。

自残是我保有尊严的最后办法。就算躲得过今天，我明天还得上学，同样要面对她们。只有让她们满意，我才能安安静静地把我的书读下去。但是，我不想让她们动手。

"你说算了就算了？"马娜上前一步，"你还敢打我脸？"

我咬咬嘴唇："我加倍还给你了。"

"放屁！你的脸有我的脸值钱吗？"

赵玲玲和宋爽又开始跃跃欲试："娜娜，你说怎么办？"

马娜眯起眼睛，上下打量着我，嘴角紧抿。突然，她抬脚踹在我的肚子上。相比刚才的拳打脚踢，这一脚的力度并不大。但是我立刻意识到坏了。

一股热流从下腹喷涌而出，沿着大腿流下来。

宋爽惊讶地看着我的蓝色裤子，看着浅蓝色变成深蓝色，尖声大笑起来："她尿了，哈哈哈哈。"

我捂着肚子蹲下来，感受到下身升腾起来的热气。我竭力想憋住，但是那道闸门一旦打开……

她们笑得前仰后合。

好吧。好吧。这下你们满意了吧？

然而，没有。

马娜止住了笑，又指向我："把她衣服脱了！"

紧接着，几只手抓住我的衣服，用力撕扯起来。我的大脑一片空白。我只知道，在当众小便失禁之后，还有更大的羞辱等着我。

我本能地挣扎起来。站起，被推倒。在自己的尿液和尘土中，翻滚，被踢打。想用手去撑住地面，却扑了个空。

在路边，有一个敞开的下水井。没有人注意到。

我栽了进去。在井沿和井壁上磕碰了几下之后，摔到了井底。

有那么一瞬间，我以为我摔死了，竟然既欣喜又安慰。死，就够了吧。然而我醒了过来。随即，我带着满身污泥，蒙头转向地爬了起来。

她们站在井口上，俯身看着我。

我看看四周，握住井壁上的铁梯。可以了吧？我要回家。就算因为晚归和一身的污秽挨顿责打，我也要回家。

这时，一大团带着泥土的青草砸在我的头上。马娜的声音响起。

"你还敢上来，就在下水道里待着吧！你个垃圾！"

我仿佛感觉不到痛，拂去头上的泥土，抬脚迈上铁梯。

又一团泥土砸下来。

好吧，好吧。下水道里总会有别的出口。

我退下铁梯，转身向管道里走去，脑子里只有一个念头。我要回家。

亲爱的日记，我恐怕不能写下去了，因为这根蜡烛就要燃尽了。很快，这里就要陷入一片黑暗了。伸手不见五指的那种黑暗。而且，有件事我得搞清楚。

下水道里，为什么会有蜡烛？

姜玉淑填好最后一个数字，啪的一声合上硬皮账簿，起身走向财务办公室。

"没核对。你帮我瞧瞧。"

说罢，姜玉淑去摘衣架上的外套，臂弯里已经挂上挎包。

出纳小韩接过账簿："有急事啊？"

姜玉淑穿上外套："接孩子去。"

小韩瞪大眼睛："庭庭都高中生了，还用接？"

姜玉淑没回话，旋风般跑出了办公室。

前夫突然造访之后，姜玉淑有了一种危机感。特别是女儿莫名其妙地说了"如果我忽然消失"之类的话，一大一小两个女人的平静生活似乎被打破了。她要做的事情，就是确保女儿除了上学之外，时时刻刻都在自己的眼前。

仿佛某种不知名的力量，会夺走自己的女儿。

下了公交车，姜玉淑就知道自己的担心不是没有道理的。孙伟明那辆黑色捷达车就停在校门口，在等候的家长中分外显眼。前夫倚在车头，抱着肩膀，吸着烟，脸上还是那副令人讨厌的自得模样。

姜玉淑的心里咯噔一下。离婚之后，孙伟明从未接过庭庭放学。此番突然出现，这狗东西肯定没安什么好心。

远远地，她听见校园里打响了下课铃。姜玉淑急了，三步并作两步向校门口疾行。一不留神，她被马路边的石头绊了一下，整个人顿时失去了平衡，侧身摔倒在路边，挎包也脱手飞了出去。

姜玉淑狼狈不堪地爬起来，一边拍打着身上的尘土，一边四下蹾摸着自己的挎包。这时，一只手把挎包递到她面前。姜玉淑急忙接过来，抬头说了句："谢谢。"

话一出口，她忽然意识到面前的这个老人看起来很眼熟。来不及多想，她绕过老人，快步向校门口走去。

放学的孩子们已经陆陆续续走出来。姜玉淑刻意躲开孙伟明，挤到校门口，伸长脖子向校园内张望着。

一贯慢吞吞的姜庭果真又是拖到最后一批才出来。她扶着书包带，低着头，仍是满腹心事的样子。姜玉淑不敢大声招呼，只是小幅度地冲她挥着手。姜庭快走到校门口的时候才看到妈妈，脸上换了笑模样，快步跑过来。

"怎么又来接我呀？"她抱住姜玉淑的胳膊，把脑袋倚在妈妈的肩膀上，"要带我吃好吃的？"

姜玉淑却没心思和她逗着玩，拽起她就走："回家。"

姜庭见她脸色不好，一时间有些莫名其妙，又不敢多问，只能跟着她一溜小跑。刚穿过马路，就听见背后传来孙伟明的声音。

"庭庭！"

姜庭下意识地回头，看见爸爸正快步走过来。她心下纳闷，正要和他打招呼，就感到妈妈的手越发用力，几乎是拖着她向前走。

孙伟明几步赶上她们，满脸讪笑："你们娘俩这是急着去哪儿啊？"

姜玉淑没有回头，固执地目视前方，一只手死死地拽着女儿。

姜庭更加疑惑。她看看爸爸，又看看妈妈，讷讷地回答道："我们……我们回家啊。"

"还没吃饭吧？"

"没有。"

"走。"孙伟明伸手去拿姜庭的书包，"爸带你俩下馆子去。"

姜玉淑突然爆发了。她转过身，当胸推开孙伟明："没人跟你下馆子！"

说罢，她又拽起姜庭："走，回家。"

孙伟明也急了，上前一步挡在她们身前："姜玉淑你讲不讲道理？咱们俩虽然离婚了，我还是姜庭的爸爸吧？"

姜玉淑阴着脸："滚，我跟你没什么好说的。"

"我一个当爸爸的，和女儿吃顿饭，这天经地义吧？"孙伟明瞪起眼睛，"你当女儿是你的私有财产呢？"

"你别以为我不知道你安的什么心！"

"我安的什么心？你说说看，说啊！"

父母当街吵起来。姜庭夹在他们中间，既疑惑又尴尬。这时，一位老人慢慢走过来，站在他们身边，不动了。

孙伟明还在大声嚷嚷，身边突然冒出一个一言不发的旁观者，注意力不得不被分散过去，既尴尬又气恼。

"你有事吗？"孙伟明冲他挥挥手，"没事别看热闹。"

"我没事。"老人慢条斯理地抽着烟，"你干吗呢？"

"这跟你有关系吗？"孙伟明一下子火了，"我认识你吗？"

"跟我没关系啊。"老人用夹着烟的手指指姜玉淑母女俩，"跟她们关系好像也不大——人家明显不想搭理你。"

"这是我女儿，这是我……"孙伟明指着姜玉淑，结巴了两句，最后不耐烦地挥挥手，"你赶紧走，这是我家的事！"

"是不是你家的事，我不清楚。但是警察肯定能搞清楚。"老人依旧一脸平静，"要不咱报个警吧。"

"报呗。"孙伟明被彻底激怒了，"我怕你啊。"

一直沉默的姜玉淑突然开口了："孙伟明，你那乌纱帽戴得稳当了，是吧？"

孙伟明愣住了，怔怔地看了姜玉淑几秒钟，泄了气。

"行，你俩先回家吧。"他把脸扭向另一侧，"庭庭，爸爸改天再来看你。"

说罢，不等女儿回答，孙伟明就大步离开。

姜玉淑看看他的背影，把视线投向那个前来搅局的老人。她已经认出他是刚刚帮忙捡起挎包的那个人，而且，之所以会觉得他眼熟，是因为前几天在校门口见过他。

三番两次相遇，姜玉淑并不觉得这是缘分使然，更多的，是油然而生的警惕。因此，当她察觉到老人要开口发问的时候，抢先开了口："谢谢您。不过，这的确是我的家事。"

"我知道。"老人笑了笑，指指姜庭，"我想问小姑娘点事，可以吗？"

姜玉淑很惊讶，下意识地看向姜庭。女儿同样莫名其妙："您想问什么？"

"你是高几的学生？"

"高二。"

"哦。"老人若有所思地点点头，"你们年级有几个班？"

"五个班。"

"你认识的同学里，"老人似乎在斟酌着词句，"在最近几天，有没有……转学、退学或者不明原因就……就消失了的？"

姜庭愣了几秒钟，摇摇头："没有。我不知道。"

姜玉淑看向女儿，感到她抓住自己的手骤然收紧了。

姜庭向老人微鞠一躬，拉着妈妈转身离开。

"妈，我们回家吧。"

本市的雨水管网共有 27 公里，支线复杂，逐条进入搜索难度极大。市公安局拟联合城建局和城管局联合排查，目前尚未得到两个单位的回应。

"完蛋。"胡副局长搓搓脸，"不用等他们了。这帮孙子不会帮咱们的。"

"问题是，咱们不进管网，搞不清楚还有没有被害人，"熬了几天，王宪江的脸颊已经塌陷下去，"没法收集更多的线索。"

"现成的三个死人还不够你摆弄的？"胡副局长瞪起眼睛，"再说，大水这么一冲，啥痕迹都没了，下管网还有个屁用！"

王宪江垂下眼睛，不说话了。

"话说回来。你们下了一次管网，什么都没发现？"

王宪江摇头。邰伟点头。胡副局长看得糊涂，更加恼怒："什么意思？"

邰伟小心翼翼地看看王宪江，说道："也不能说一点发现都没有……"

王宪江长叹一声："又来了，我都跟你说过了。"

胡副局长皱起眉头:"别卖关子,你发现什么了?"

"一个校徽。"邰伟更加胆怯,"四中的……"

胡副局长愣了一下:"你怀疑什么?有个学生掉下水道里了?"

邰伟结结巴巴:"我觉得……"

"你觉得个屁!"胡副局长火了,"谁家孩子失踪了不马上报案?你查过接警记录吗?"

"查过。"邰伟的声音越发低下去,"没有……"

"所以你们就拿个破校徽来糊弄我?"胡副局长一拍桌子,"老王,你这徒弟是脑子有问题吗?不能干就赶紧换人!"

"我批评他。"王宪江急忙举起手打圆场,"他太年轻,没经验。"

胡副局长哼了一声,起身走出会议室。

长条桌旁只剩下王宪江和邰伟。王宪江抱着肩膀,窝着脖子,盯着桌面一动不动。邰伟战战兢兢地看着他:"师父,我……"

"你说,将来会不会有这种技术?"王宪江没有责怪他的意思,看上去若有所思,"全市都他妈安上摄像头,谁都逃不过咱们的眼睛。"

邰伟一愣:"会吧。"

回到办公室,邰伟一眼就看到顾浩坐在他的办公桌旁,心下很是惊讶。

"顾爹,你怎么来了?"

他扔下手里的文件夹,忙着拿烟泡茶。顾浩抬手阻止了他:"你别忙活了,我找你有事。"

邰伟坐下来:"什么事?"

顾浩倒不着急:"你最近忙不忙?"

"怎么说呢?"邰伟苦笑一下,"说忙,挺忙的;要说不忙,也没什么可干的。"

他说的是实话。三条人命的案子摆在案头,不采取行动没有可能。可是从目前警方掌握的线索来看,确实不知道该从何入手。

顾浩皱起眉头:"这叫什么话?"

"没事。"邰伟拍拍他的膝盖,挤出一个笑容,"你说吧,顾爹。"

"你能不能帮我……"顾浩欲言又止,"去找一个孩子?"

"孩子?"邰伟更加莫名其妙,"多大的孩子?"

"十六七岁吧,女孩。"顾浩想了想,"现在应该在读高二。"

邰伟琢磨了一下,嘴角露出一丝坏笑:"顾爹啊顾爹,看来您老也没闲着啊。"

顾浩先是一愣,随即就踢了他一脚:"小兔崽子,你胡说什么呢?"

邰伟依旧嬉皮笑脸:"是不是您老的私生女啊?"

顾浩抄起桌面上的文件夹:"再说我就揍你啊。"

"行行行,我不问了。"邰伟掏出记事本和圆珠笔,"叫什么名字啊?"

"不知道。"顾浩犹豫了一下,"应该叫苏琳或者叫苏什么琳。"

邰伟抬起头看看他:"名字都搞不清楚?"

顾浩叹了口气:"她是我的邻居。她爸姓苏,平时叫那女孩琳琳——我猜的。"

邰伟更加吃惊:"非亲非故的,这是什么情况?"随即他又开始挤眉弄眼,"邻居啊……嘿嘿嘿。"

顾浩既恼火又无奈,把自己和女孩的渊源简单介绍了一遍,免得这兔崽子又生出什么龌龊的联想。

"八竿子打不着的小姑娘嘛,干吗这么大费周章啊?"邰伟撇撇嘴,"再说人家把孩子送到外地参加高考也合情合理啊。"

没那么简单。

女孩无缘无故失踪。一直待在家里的弟弟去上学了。苏家人遮遮掩掩的态度。

而且,他可以肯定在学校门口遇到的那个女高中生没说实话。

"你可以认为我这个退休老头是吃饱了撑的。"顾浩垂下眼皮,"一句话,你帮还是不帮?"

"帮。"邰伟看老头拉下脸来,急忙答应道,"你想让我怎么帮你?"

"要是那孩子转学的话,母校应该出个手续什么的。"顾浩顿了一下,"随便你想个什么理由吧,去学校帮我调查调查,看看是否确有此事。"

邰伟看着他:"然后呢?"

"如果是真的,就当我神经过敏;如果不是……"顾浩不说话了,静静地看着邰伟。

"行。"邰伟耸耸肩膀,重新拿起笔,"哪个学校?"

"四中。"

圆珠笔在记事本上停了几秒钟。

邰伟抬起头,怔怔地看着他:"四中?"

"嗯。"顾浩有些莫名其妙,"怎么了?"

邰伟拉开抽屉,拿出一个小小的物证袋,放在顾浩面前。

那是一枚校徽。第四中学。

"这是?"

"顾爹,我觉得咱俩是两个神经病。"邰伟把一只手放在顾浩的肩膀上,面色凝重,"但是,在两个神经病之间,有些话反而好说了。"

第八章·光

1994年5月某日，天气不明。

没有日期的日记还算不算日记？

这个问题显得很好笑。对于被困在地下的我而言，不去想怎样才能逃出去，反而在纠结自己的日记是否符合体例。

这也意味着，我没那么慌了。

的确，最初躲开马娜她们，试图寻找另一个出口的时候，我的脑子还是蒙的。不知道走了多久，转了多少个弯之后，我渐渐清醒过来。一个更可怕的念头清晰地出现在脑海里——我迷路了。

黑暗阻绝了光，似乎也把残留的理智排除在外。我以为相隔不远就是另一个向上的通道。然而，黑暗只会把我引向更深的黑暗。

我要疯了。我只能摸索着潮湿滑腻的墙壁向前走着，像个瞎眼的老鼠一样乱冲乱撞。最后，我实在走不动了，只好瘫坐在某条管道里。

我必须承认，我已经找不到回去的路了。这该死的下水道像蜘蛛网一样复杂。而且，在黑暗中，我连做记号的可能性都没有。

我想回家。我想离开这里。就算被爸妈责打，就算明天不能上学，我也要回家。

我终于大哭起来，撕心裂肺的那种。这消耗了我最后一点力气。不知道哭了多久，我睡着了。

我做了一个梦。

我在家里，睡在那张硬邦邦的木板床上。床脚用砖头垫起来，我的怀里抱着弟弟。他还是小时候的样子。胖胖的，小小的，有长长的睫毛和圆滚滚的脸蛋。说实话，我还是很喜欢那时的他。尤其是晚上抱着他睡觉，摸着他肉乎乎的胳膊，闻着他身上的奶香味，很快就会让人坠入甜美的好梦中。

只是这小家伙常常会闯祸，都四五岁了，还会尿床。这不，我又感到身下冰凉潮湿一片。我迷迷糊糊地爬起来，鼻子里都是难闻的味道。我在他的小屁股上拍了一巴掌，把他拽下床。他当然不乐意，挣扎了几下之后，扯开嗓子哭起来。

爸妈很快被惊醒了，一起跑进我们的房间。妈妈又是大呼小叫："怎么了？怎么了？"

弟弟哭得委委屈屈："我姐打我！"

我又困又气："他又尿床了。"

弟弟一只手揉着眼睛，一只手指着我："不是我，是我姐。"

妈妈看看我，立刻在我肩膀上打了一下："你都多大了，还尿床？"

我瞪起眼睛："这怎么可能？"

"你看看你的裤子！"妈妈一脸厌弃的神情，"还诬陷弟弟！"

我低下头，惊讶地发现自己的裤子已经湿透了，裤脚处正在滴着腥臊的液体，液体在脚边汇聚又漫延开。

脑子嗡的一下。我抬起头，看着板起脸的妈妈和严肃的爸爸，失声大叫："真的不是我！"

他们不回应，只是一动不动地看着我。我急了，上前去拉他们，却踩在那恶心的液体上，脚下一滑，摔倒了。

然后，眼前的一切就消失了。

我仍然身处黑暗中，几米深的地下。唯一不同的是，我的半个身子都倾倒在冰冷的水中。不知道这水从何而来，但是从扑面而来的难闻气味来看，想必脏污无比。我急忙站起来，发现自己的大半条腿都被淹没了。水流湍急，我用手撑住管壁才勉强站稳。

我彻底清醒过来。爸爸妈妈一定会来找我。但是，在他们找到我之前，我可能会淹死在这里！

我急忙站起来，沿着水流的方向走。走出十几步后，我又转身走回来，奋力逆流而上。

如果外面下了大雨，那么管道里这股大水的源头也许就是出口。

水势很猛，逆向而行的我每迈出一步都要付出很大的气力。在黑暗中，我辨不清方向，只能用手撑住管壁，咬着牙向前走。冰冷的污水中，数不清的杂物掠过我的身体。有几次，我摸到落水的老鼠，还伴随着吱吱的叫声。

我又惊又怕。更让我担心的是，越往前走，水位越高，几乎涨过了我的小腹。我正在犹豫要不要继续向上走时，撑住管壁的手突然扑了一个空。一股更猛烈的水流从左侧汹涌而至，我站立不稳，一下子跌倒在污水中。

我猛然意识到，大概是走到了两根管道的交界处。然而，容不得我多想，污水就已经灌进了我的嘴里。我挣扎着想爬起来，双手却找不到任何可以支撑的地方。脚下的淤泥更是滑溜无比，根本无法立足。我只能徒劳地挥舞着双臂，被大水冲向下游。

这才是真正的身不由己。我竭力让头部露出水面，在不断呛水的同时勉强呼吸着。一次次试图站稳，又一次次被奔涌的污水冲击得东倒西歪。很快，我没有力气了。一个清晰的念头出现在脑海里：我要死了。

水的终点，大概就是我的尽头。我不知道还要在大水中漂游多久。但是，我很清楚，我已经难以让自己的头撑在水面之上了。对于即将到来的死亡，我有慌乱、恐惧，更有一丝小小的期待——我实在是坚持不下去了，让这一切都结束吧。

突然，水面骤降，我的身体随之下跌，连续碰撞几下之后，重重地摔在了坚实的地面上。水的浮力忽然消失，身体的本能随即被唤醒。我发现自己侧身躺卧在积水中，耳边是大水落下的轰鸣声。我伸出手胡乱摸索着，除了感受到自上而下奔泻的水流，还摸到了台阶之类的东西。

我咳嗽了一阵，渐渐回过神来，拼命挪到距离台阶稍远的地方。虽然眼前仍是黑暗，身下仍是积水，但是，水深尚不及我的小腿。从越发响亮的回声来看，我似乎身处一条更加宽阔的管道里。

我哆哆嗦嗦地站起来，伸出手，摇晃着向水流的垂直方向摸索过去。果真，几步之后，我摸到了管道壁。我背靠着管道壁，滑坐下去。性命暂时无忧，我的心里也踏实了许多。坐在污水里休息了一会儿，我打起精神，向管道深处走去。

上游会有出口——这是我全部的信念。眼前仍然是不见五指的漆黑，而我能倚靠的，只有管壁和两条疲累到几乎没有知觉的腿。

走啊，走啊。

我别无选择，只能向前走。寒冷和疲劳带来的麻木感渐渐从双腿传递到全身。慢慢地，我的大脑也停止工作了。以至于当我的手掠过一道铁门的时候，又走出了几步才反应过来。

我犹豫了一下，倒退回去，重新摸到那扇铁门。没错，它是铁的，圆形。很快，我又摸到了一个方向盘似的东西，印象中好像叫什么密封阀之类的。我握住它，喘了几口气，用力旋转。

铁门发出难听的吱嘎声。我尝试着向里推，门纹丝不动。我又把铁门向外拉——门开了，随即，一股气流扑面而来。

我的精神一振。看起来，我也暂时不用担心窒息的问题了。我大口呼吸着，迫不及待地钻进铁门里。谁料，刚迈出几步，我就一脚踩空，整个人都摔了下去。

摔倒的一瞬间，我还以为自己坠入了万丈深渊。然而，我的肩膀很快就撞到了硬硬的地面上，紧接着，就沿着台阶之类的东西滚了下去。

眨眼间，我就侧身躺倒在冰冷的地面上，后背、肋骨、手肘和脸都在发出钻心的疼痛。这一下把我摔得晕头转向。然而，我很快就意识到，脸颊贴附到的地面居然是干燥的。我急忙跪爬起来，伸手在周围摸索。更大的意外出现了，我摸到了一个类似褥子的东西！

我扑过去，趴在褥子上，竭力伸展着四肢。虽然这张褥子的气味令人作呕，但是对于在水中浸泡了很久的我而言，已经再舒服不过了。

我的手在褥子上划动着，能感到破烂的布面和硬结的棉花。忽然，我的手碰到了一个小小的塑料玩意。

我愣了一下，心脏随即就狂跳起来。虽然难以置信，但是我可以肯定那是一个打火机。

我把打火机捏在手里，定定神，拨动转轮。

小小的火苗喷射出来，带着暖暖的光，摇曳多姿。我闭上眼睛。突如其来的光让我的双眼刺痛不已。泪水随即涌出。

然后，我就哭起来。

顾浩从校门口的矮墙后探出身子，看到邰伟跳下教学楼的台阶，快步向这边走来。他急忙扔下手里的烟头，冲他挥挥手。

邰伟刚钻出铁门，顾浩就问道："怎么样？"

"不怎么样。"邰伟撇撇嘴，"我找了教务处，人家说最近没有转学的。全校上下，高中部加初中部一共1214个学生，一个都不少。"

顾浩沉默了一会儿，咂咂嘴："那……"

"姓苏的是吧？这个姓比较少见，全校一共有四个，高中部一个，初中部三个。"邰伟摇摇头，"我挨个看了学籍登记表，高中部那个是男孩。"

顾浩嗯了一声，不再说话，又抽出一根香烟默默地吸起来。

"顾爹，会不会是你记错了，不是这个学校的？"邰伟看着他的脸色，"四中的情况对不上啊。"

"不会。那孩子穿着跟这里一模一样的校服。"顾浩皱着眉头，"而且，我见过她的校徽，就是四中的。"

"说到校徽，"邰伟叹了口气，"我也以为会有点发现，可学校一个人都不缺啊。"

"你那才是神经过敏。"顾浩哼了一声，"半大小子们丢了校徽，又被冲到下水道里，再正常不过了。"

"没错。"邰伟有些垂头丧气，"我师父也是这么说的。"

"你先去忙吧。"顾浩挥挥手，"我回家。"

邰伟看他脸色不好："你也别多想了，回去该干吗就干吗，非亲非故的，犯不上。"

"事出反常必有妖。"顾浩仿佛没听见他的话，"大家都不说实话，这事一定有蹊跷。"

"要不，得空了我去教育局问问？"邰伟想了想，"好歹搞清楚这个姓苏的小丫头到底在哪个学校。"

"不用了。"顾浩转身望向校园，"她肯定就在这里。"

教学楼二层，姜庭坐在靠窗的位置上，怔怔地看着在校门口交谈的两个男人。她认得那个年长的，也知道他们在谈什么。

讲台上的几何老师突然提高了声调，同时用黑板擦重重地敲了敲黑板。

"别溜号！"

姜庭回过头来，恰好遇见几何老师不满的目光。她慌乱地避开，视线却投向桌子上的圆规。

阳光正好，气温在渐渐升高，空气也开始变得干燥。马路上尘土飞扬，再也看不出曾经被大雨洗礼过的模样。

北京吉普驶上丰收大街，在小南一路左转，又开出几十米后，车速骤降，最后缓缓停靠在路边。

邰伟跳下车，左右张望一番，沿着小南一路向街口走去。

现在是上午十点左右，路上行人稀少。栽植于路旁的杨树已经枝繁叶茂，在微风中哗啦作响。

邰伟慢慢地走着，眼睛始终紧盯着地面，似乎在寻找着任何可疑的痕迹——尽管他知道这并不可能。

走到丰收大街与小南一路的交会处，他停下脚步，漫无目的地环视周围。这里的人和车都要比小南一路上多得多，个个不急不缓，看上去宁静祥和。没有人去关注这个伫立于街口的年轻人，更不知道这条街上曾经发生了什么。

邰伟把视线投向四周的建筑物，目光茫然。师父说得对，如果真有一双在天上始终圆睁的眼睛就好了，所有的罪恶都将无所遁形。

他重新看向地面。路边有一个下水井盖，布满灰尘，平凡无奇。他走过去，蹲在井盖旁，试着把手指伸进排水孔里，再用力向上提。然而，这个沉甸甸的铁家伙纹丝不动。他站起来，四下里踅摸一番，向墙边走去。

一个衣衫褴褛的流浪汉正靠在墙边晒太阳，一边懒洋洋地在身上抓挠着，一边看着手里抓到的虱子。

看见邰伟向他走来,他紧张地坐直身体,被蓬乱虬结的头发遮住的眼睛警惕地盯着这个高大的年轻人,手伸向旁边的一把铁钩。

邰伟看着那根污渍斑斑的铁钩,犹豫了一下,冲他摆摆手,径自从墙边捡起一根树枝,又返回下水井盖旁。他把树枝插进排水孔里,找好角度,用力上提。在一阵吱嘎声中,井盖被拖离原位,直径约半米的井口露了出来。

他弯下腰,捂住口鼻,向井口内望去。

井壁上的陈年污垢已经板结成块,气味令人作呕。即使现在光线充足,井底也只是隐约可见。那翻滚着各样杂物的污水流动着,在某个不知名的地方汇聚在一处,排向城市周边的河流和沟渠中。

邰伟咬着牙,把井盖归位,随手把树枝扔在一边。

即使只在下水道里待上几个小时,也是令人难以忍受的吧。

十几天前,孙慧就在这里消失了。

他扶着铁门,静静地看着躺在褥子上的女孩。她蜷缩着身体,一动不动。如果没注意到她轻微起伏的肩膀和不时发出的呻吟声,他几乎认为她已经死了。

他借助手里的蜡烛四下看看。除了多出一个人之外,"房间"里没有多大变化。只是他用来做"烛台"的那个啤酒瓶里的蜡烛已经燃尽,剩下的两个馒头和一个面包被吃掉了,半瓶自来水也被喝得一干二净。

他拿起烛台,端详一番,把手里的蜡烛插进瓶口,摆在女孩身边。

在这黑暗的地底,小小的烛光也足够明亮。突如其来的强光中,女孩的呼吸变得更加急促,眼睛微微睁开,眼球迟滞地转动了几下。她似乎想说话,或者要爬起来。然而,她只是动了动手指,双眼又重新闭合。

女孩看上去十六七岁的样子,穿着脏得看不出颜色的运动服。头发半湿半干,沾在同样脏污不堪的脸上。

他坐在女孩身边,看了她一会儿,又注意到她的身体旁边摆着一个书包。他把书包拿起来,倒转——里面的东西噼里啪啦地掉在褥子上。

课本。作业本。一双布满蓝色斑点的白球鞋。一个硬皮本子。

他拿起硬皮本子,随便翻了翻,纸张的边缘都有尚未干涸的水渍,字迹密密麻麻。他很快就失去了兴趣，扔下它，又把视线投向昏睡的女孩。

女孩的头发遮住了大半张脸，即使污渍斑斑，仍然能看出白皙细腻的本相。他迟疑了一下，伸出手指，碰了碰女孩的脸。

女孩抽搐了一下，似乎本能地想要躲避——滚烫的感觉从他的指尖传来。

她在发烧。

他站起来，居高临下地凝视着她。

面对一个全身无力，只剩下无意识呢喃的女孩，他似乎可以做什么，但是，他完全不想。

他又站了一会儿，从"烛台"里拔出蜡烛，向铁门走去。

随着密封阀发出刺耳的吱嘎声，小小的"房间"里再次陷入黑暗中。

第九章·别人的女儿

下课铃响。

几乎是同时，寂静的走廊里喧嚣起来。学生们离开教室，上厕所、接热水，或者利用这短暂的十分钟去操场上踢几脚球。

姜庭慢慢地收拾着书桌，拿出下节课要用的课本。一个相熟的女生从后面走过来，拉起她的胳膊："庭庭，陪我去洗手间。"

姜庭笑笑："好。"

两个女生挎着胳膊，肩并肩地在走廊里晃着。女生看看姜庭的脸："你最近是怎么了？好像总是闷闷不乐的。"

姜庭摇摇头："没有。"

女生凑近她，神秘兮兮地问道："你是不是谈恋爱了啊？"

姜庭觉得又好气又好笑，在她肩膀上拍了一下："别胡说。"

路过高二四班教室的时候，姜庭放慢了脚步，透过玻璃窗向室内张望过去。教室里的大多数人都不在座位上，然而，那张空空如也的书桌依旧很刺眼。

姜庭站住，怔怔地看着那张书桌。女生不解地催促她："走啊，你看什么呢？"

姜庭不知道该怎么回答，只是轻轻地推开她："你先去吧。我等会儿去找你。"

女生嘟囔了一句"莫名其妙"，不满地走开。

这时，一个男生拿着水杯走过来，好奇地看了看她："同学，你找谁啊？"

姜庭被吓了一跳："哦，我……我不找谁。"

男生的面色疑惑，转身向教室内走去。忽然，又听见姜庭在身后哎了一声。

他重新面对姜庭。女孩咬咬嘴唇，犹犹豫豫地指了指那张空书桌。

"那是……谁的位置？"

"我们班的一个……"男生显得很惊讶，"一个女生。"

"她人呢？"

"转学，或者退学……我不知道。反正好几天没看见她了。"男生上下打量着姜庭，"你认识她？"

姜庭的脸色越来越白："她叫什么？"

"苏琳。"男生想了想，试探着问道，"你到底有什么事？"

姜庭摇摇头。

两个人在门口的对话，引起了教室内的学生的注意。有些目光投射过来。姜庭的本能告诉她，其中几道目光并不友善。

是那个留着栗色卷发的漂亮女生，以及她身边的两个女孩子。

漂亮女生的视线在姜庭和男生之间来回流转，目光中有警惕，有敌意，还有一丝慌张。

姜庭开始抵挡不住。她冲男生点点头，说了声谢谢，转身向自己的班级走去。刚走到教室门口，那个相熟的女生就追上来，笑嘻嘻地拍了拍她的肩膀。

"行啊你，还说自己没谈恋爱。"她噘起嘴巴，"连我都瞒着。"

姜庭一时没反应过来："什么？"

女生用拇指向身后指指："看，人家目送你呢。"

姜庭下意识地转过身，恰好看到那个男生手扶着门框，一脸凝重地看着自己。

整整一个下午，姜庭都心神不宁。四班的那三个女生下课时曾聚在一班门口，隔着玻璃窗对她指指点点。栗色长发的漂亮女生一直冷着脸，视线像利箭一样直射在姜庭的身上。

虽然不在一个班级，但是姜庭对她早有耳闻。据说这女孩子有一个大款老爸，性格乖张，在校园里属于惹不起的那类人。更何况，在亲眼看见她们殴打那个叫苏琳的女孩之后，姜庭更是心生畏惧。因此，一放学，她就一改平时拖拖拉拉的作风，拎起书包就冲出了教室。

然而，刚走到楼梯口，姜庭就被那两个女生拦住了。其中一个不由分说地拽住她的胳膊："跟我走，有人要找你谈谈。"

"我不认识你们。"姜庭急了，用力挣扎着，"我不去……"

"闭嘴。"另一个女生也拽住姜庭，"别逼着我们在走廊里打你！"

"你们要干吗啊？"姜庭的声音里带了哭腔，"我告诉老师……"

这样的反抗和警告毫无作用。姜庭被她们两个人连拽带推，沿着走廊来到了与教学楼相连的礼堂。

礼堂里空无一人。姜庭一边小声哭泣着，一边被那两个女生推搡着穿过一排排座椅，登上舞台，又绕到后面的排练厅里。

排练厅里只开了一盏小灯，光线黯淡，室内的物品都隐藏在昏暗处，轮廓模糊。那个栗色长发女生坐在一个木箱上，抱着肩膀，目光锐利。

姜庭被推搡到栗色长发女生面前。她不敢抬头看对方，一边揉着疼痛的手臂，一边小声说道："你们要干吗啊？我不认识你们。"

栗色长发女生盯着她看了几秒钟："我叫马娜，你是一班的吧？"

姜庭点点头。

"你今天跟杨乐说什么了？"

"杨乐？"姜庭有些莫名其妙，"谁是杨乐？"

话音未落，她就感到自己的膝弯被身后的女生踢了一脚。随即，一个尖厉的声音响起："还他妈装傻！"

马娜一动不动地看着姜庭："你跟他打听谁了？"

姜庭低下头，不说话。

"上周三，在那个小区里，"马娜站起来，一步步走近她，"是你吧？"

姜庭闻到她身上浓烈的香水味，也看到她越来越明显的敌意。

她倒退一步，扭过头。

"你为什么要打听苏琳？"马娜死死地盯着姜庭，"她是你朋友？"

姜庭从牙缝里挤出两个字："不是。"

"我就说嘛。"马娜轻笑一声，"那个穷鬼怎么会有朋友？"

"没事了吧？"姜庭紧紧地闭了一下眼睛，旋即睁开，"我要回家了。"

"我说你可以走了吗？"

姜庭刚要开口，就感到自己的头发被马娜揪住了。一阵刺痛从头皮上传来。随即，一记耳光打在她的脸上。

"这件事，跟你没有关系。"马娜摇晃着她的头，一字一顿地说道，"不要有那么强的好奇心，听懂了没有？"

姜庭抓住她的手，上半身随着她的动作摇动着，一言不发。

"说话！听懂了没有？"

马娜抬起手，又要打下去。突然，排练厅门口传来一个男声。

"你干什么？"

马娜循声望去，看见一脸惊讶的杨乐快步走了进来。

她下意识地放开姜庭的头发，整整身上的衣服："你怎么来了？"

姜庭捂住头，发出低低的呻吟。杨乐看看她，皱起眉头："你们这是要干吗？"

"没干吗。"马娜叉起腰，歪着头，"私人恩怨。"

"神经病！"杨乐转向姜庭，"你没事吧？"

姜庭没作声，转身向排练厅的门口走去。

"你的事还没完呢！"马娜尖叫起来，"你敢走出这个门试试？"

姜庭的身体抖了一下，脚步慢下来。杨乐瞪了马娜一眼，拉起姜庭的手，大步走向门口。

马娜被激怒了，歇斯底里地叫道："杨乐！"

杨乐拉开排练厅的门，转身看了看马娜："怎么？你去找人打我吧。"说罢，他就拉着姜庭走出了排练厅。

刚走出礼堂，姜庭就甩开他的手，沿着走廊快步前行。

杨乐紧追几步："同学，你等等。"

姜庭索性跑起来，直至出了教学楼，杨乐才在操场追上了姜庭。

女孩一直低着头快步前行，杨乐喊了她几次，她都没反应。不得已，杨乐只好拦在她面前。

"同学，你等一下。"杨乐跑得气喘吁吁，"我有事情要问你。"

姜庭一言不发，绕开他，径直向校门口走去。

杨乐一把拉住她："你给我几分钟就行。"

姜庭用力甩开他，脚步越来越快。

"你为什么要问苏琳的事情？"杨乐在她身后喊道，"你是不是知道什么？"

姜庭突然站住，随即又小跑起来。

这时，校门口传来一阵争执声。姜庭抬头望去，看见妈妈正推开传达室的李大爷，向自己跑过来。

姜玉淑几步跑到女儿身边，一把将她拉到身后："怎么回事？"

等不及姜庭回答，她又看向杨乐："你是谁，你干什么？"

杨乐尴尬地站住："阿姨，我……"

"你拉拉扯扯的干什么？"姜玉淑的情绪激动，"你是哪个班的？"

"妈，没事。"姜庭拉住她的衣袖，"咱们回家吧。"

"他是你的同学吗？"姜玉淑上下打量着女儿，"他对你做什么了？"

"什么都没做。"姜庭扭过脸去，"回家吧。"说罢，她就放开手，自顾自向校门口走去。

整整一晚，姜庭都把自己关在房间里，晚饭也没有吃。无论姜玉淑怎么敲门、命令，甚至是恳求，姜庭都始终不开门。姜玉淑无奈，只能坐在客厅里的沙发上等着。临近午夜的时候，姜庭的卧室门忽然开了。姜庭蹑手蹑脚地走出来，直奔卫生间。

正在打盹的姜玉淑惊醒过来，直接叫住了她。姜庭低着头，垂着手，小声说了句："妈，我要去卫生间。"姜玉淑无奈，只得挥挥手。

姜庭一身轻松地从洗手间出来，已经闻到客厅里有了饭菜的香味。她揉揉瘪下去的肚子，乖乖地坐在了餐桌前。

饭菜虽然简单，姜庭却吃得狼吞虎咽。姜玉淑坐在她对面，耐心地等待她吃完。最后一口米饭塞进嘴里，姜庭推开碗筷，起身就走。姜玉淑厉声喝道："坐下。"

姜庭的身体抖了一下，不情不愿地坐了回去。

姜玉淑迅速调整了一下情绪，竭力用缓和的语气问道："今天是怎么回事？"

姜庭低着头，绞动着手指："没事。"

"那个男生是谁？"

"别的班级的，我不认识。"

"那他为什么要纠缠你？"

"我不知道。"

"你早恋了？"

"没有。"姜庭抬起头，一脸哭笑不得的表情，"怎么可能？"

"无缘无故的，人家会缠着你？"

"我怎么知道？"

姜玉淑停顿了一下："庭庭，不许对妈妈说谎。"

"我没有啊。"姜庭站起来，径直向卧室走去，"我睡了，明天还得上学呢。"

"你不跟我说实话，我只能去问你们班主任了。"

姜庭站住，转过身，眉头紧锁："为什么？"

"因为我要知道在你身上发生了什么！"姜玉淑盯着女儿，"你不觉得最近你很反常吗？"

"我怎么反常了？"

"整天心事重重。一个人半夜里偷偷地溜出去。"姜玉淑扳着手指，"又突然出现一个男孩子……"

她突然张大嘴巴，怔怔地看着女儿——在客厅顶灯的照射下，姜庭白皙的脸上有几处暗红色的印迹。

"你的脸怎么了？"姜玉淑起身离座，几步奔到女儿身边，"你跟别人打架了？"

她扳过姜庭的脸，正要仔细查看，却被女儿抬手挡开。

"没事。上体育课的时候不小心撞的。"

"谁干的？"姜玉淑急了，"是那个男生吗？"

"我都跟你说了，没有！"姜庭抓住妈妈的手，"妈，我向你保证，真的什么事都没有。"

姜玉淑咬住嘴唇，几秒钟后，她的语气软了下来。

"妈妈只是担心你。"她张开双臂，抱住姜庭，"你是我的宝贝女儿，我不能让你出任何事。"

姜庭依偎在妈妈的怀里，双眼微闭，心里想的却是另一个人的女儿。

他拧开密封阀，打开铁门，愣住了。

褥子上空空如也。

但是那个书包还在，硬皮本子和课本也在。

他迈进铁门，举着蜡烛四下照射着。很快，他在烛光的边缘看到了交叠在一起的双腿。

女孩保持着爬行的姿势，侧身俯卧在几米开外的水泥地上。他走过去，蹲下身子，看着她的右手——一个打开的圆规握在她的手心里。

他想了想，返回褥子旁边，把蜡烛塞进"烛台"里。紧接着，他走到女孩身边，抱起她，放回到褥子上。

女孩轻得像一片羽毛似的。不像她们。

伴随着他的动作，女孩似乎有了短暂的清醒，从喉咙里发出梦呓般的声音。随即，又悄无声息了。

他摘下身上的绿色帆布挎包，在里面翻找一番。最后，他取出一个小小的白色药瓶，倒出几片药。

然后，他从腋下拿出一个塑料瓶。瓶里的热水曾经把他烫得龇牙咧嘴，现在的温度倒是刚刚好。

他托起女孩的头，捏住她的双颊，让她的嘴微微张开。把药片塞进去之后，他把装满热水的塑料瓶瓶口对准她的嘴，缓缓倾斜瓶身。

热水入喉，女孩本能地吞咽起来。很快，她的眼睛微微睁开，主动代替了本能，含住瓶口吸吮起来。

她真的渴坏了。一瓶热水被她喝得干干净净。

他把她平放在褥子上，察觉到她的呼吸似乎平缓了一些。

他又盯着她看了一会儿，起身凑过去，拉开了她身上那件运动服的拉链。衣服半湿半干，颇费了一番工夫才脱下来。然后是里面的长袖薄秋衣。把女孩的双臂从秋衣里拉出来的时候，她发出大声的呻吟，手里的圆规无力地挥动起来，最后软绵绵地戳在他的手臂上。他夺下那个圆规，抛在一旁。

接下来是裤子。刚才的挣扎消耗了女孩的大部分力气，脱下她的裤子要容易得多。

现在，全身只着内衣的女孩平躺在褥子上，看上去更加瘦弱。

他端起"烛台"，仔细察看着女孩的身体。相对于手脚和脸而言，她的身体上要干净得多。因此，手肘、肋旁、胯部和小腿上的几处擦伤更加明显。特别是右小腿，已经肿胀起来，皮肤被撑得发亮。

他站起来，走到墙角，从成排的酒瓶中拿起一个，晃晃，丢掉，又拿起一个，晃了晃，返回到女孩身边。

他把酒瓶中的液体倒在手心里，在女孩身上的擦伤处揉搓着。白酒的辛辣气息在"房间"里弥漫开来。伤口处传来的刺痛让女孩再次悠悠醒转，呻吟了几声之后，开始剧烈地咳嗽。

他很快就擦拭到女孩的右小腿上。污垢被擦去后，他看到一个红亮发烫的肿块。他放下酒瓶，用力挤压着肿块，暗红色的血水从一个针孔大的伤口里流淌出来。

女孩痛极，无力地扭动着双腿，口中的呻吟断断续续。他按住她的小腿，持续挤压着，直到伤口里流出鲜红的血液。

如法炮制。他用白酒反复擦拭着那个伤口。女孩一直在发抖，却再也没有力气挣扎。

做完这一切，他脱下身上的军大衣，盖在女孩身上。随即，他把酒瓶里余剩的最后一点白酒喝干。

吹熄蜡烛。他躺在女孩的身边，静静地听着长久以来不曾出现的另一个呼吸声。

第十章·圆周假设

顾浩坐在区教育局办公楼走廊里的长椅上，又一次把手伸向衣袋里的香烟。他看看墙上张贴的"禁止吸烟"告示牌，琢磨着要不要先去洗手间过个瘾。这时，德育科办公室的门开了，一个戴着眼镜的中年人探出头来，冲他挥挥手。

"顾师傅？"

顾浩急忙答应一声，快步走进了办公室。

眼镜男先做了自我介绍，姓徐，德育科副科长。

"听办事员说，您要找一个学生？"

"没错。"顾浩略沉吟了一下，"我是个退休人员。前几天不是下大雨吗，我在回家的路上摔了一跤，有个女高中生送我回了家。我想让她留个姓名、学校啥的，我好写封感谢信送过去，表扬一下这种助人为乐的精神。结果这孩子什么都不说，转身就走了。"

徐副科长扶扶眼镜："嗯，做好事不留名，是个好孩子。您的意思是？"

"我觉得，这样的孩子，应该得到表扬，号召大家向她学习，您说是吧？"

"可是，您这边一点线索都没有。"徐副科长摊开手，"我没法帮您找啊。"

"那孩子穿了一身蓝色的运动服。"顾浩在自己身上比画着，"蓝白相间那种，在裤子外侧有一条白杠。"

徐副科长想了想，从抽屉里拿出一摞照片，挑选出一张递给顾浩。

"是这样的吗？"

照片的背景是一个舞台，上方拉着一条横幅，写着"红园区中小学庆祝五一国际劳动节歌咏大赛"。舞台上由高至低站着三排学生，正在表演小合唱的样子。他们的身上就穿着蓝白相间的运动服。

"没错，就是这种。"

"四中的。"徐副科长把照片收回，"您可以去学校问问。"

"在您这儿查不到吗？"

"我这里……也不是查不到。"徐副科长犹豫了一下，"在四中找这个学生会方便一些吧？"

"徐科长，是这样。"顾浩的语气颇为诚恳，"我呢，是个孤寡老人，没成家，也无儿无女。这个孩子在我最需要关心的时候，给了我非常大的帮助。我觉得，这种助人为乐的精神，一方面来自学校的教导，另一方面也是和咱们教育局对德育工作常抓不懈分不开的。以教育局的名义，对这个孩子给予表彰，不是能更好地反映出咱们教育局的工作成效，体现社会主义精神文明建设的丰硕成果吗？"

"顾师傅，您退休前是做什么工作的？"徐副科长被逗乐了，"说起话来还一套一套的。"

"我是发自内心感谢这个学生，感谢学校，感谢教育局。"顾浩一本正经，"什么样的老师教出什么样的学生，这道理我懂。"

"行。"徐副科长站起来，"您跟我去趟档案室吧。"

档案室的墙边摆着成排的灰色铁皮档案柜。徐副科长示意顾浩在办公桌前坐下，自己沿着铁皮档案柜一路数过去，嘴里念念有词。

"装备制造职业技术学校……二中……四中。"他打开其中一个铁皮档案柜，"人事政策……编制管理……职称评审……学籍管理……1992年……找到了。"

他抽出一个厚厚的硬皮文件夹，翻了翻："没错——你记得那孩子的长相吗？"

顾浩的语气斩钉截铁："记得。长头发，单眼皮，鹅蛋脸。"

"那你自己找找看吧。"徐副科长把文件夹递给顾浩,"15个班,一共600多人,够你老先生看一阵子的了。"

顾浩应了一声,接过硬皮文件夹。

这是学籍档案,按年级和班级顺序排列。顾浩逐页翻看着,不疾不徐。徐副科长很快就失去了兴趣,转身和档案室里的年轻女管理员闲聊。

顾浩开始加快速度,直接跳到高中二年级,并且把男生和苏姓以外的学生都略过。十几分钟后,在高二四班看到了苏琳的名字。

他的心脏猛烈地跳动了几下,立刻把目光移向学籍档案照片上。随即,他的眉毛就紧皱起来。

女孩的大半个脸都被红色的印泥覆盖着,看上去似乎血流满面。在长方形的印鉴中,"退学"两个字分外鲜明。相比之下,女孩的脸却难以辨别。

顾浩又看向"家庭住址"一栏,长长地呼出一口气。

没错,就是她。

顾浩合上硬皮文件夹。啪嗒一声让徐副科长回过头来。

"怎么样,顾师傅,找到那孩子没有?"

顾浩换上一副疑惑的表情:"没有,没看到像的。"

徐副科长有些意外:"难道是初中部的?现在的孩子都早熟。"

"你这么一说……"顾浩抓抓头发,"我还真有点含糊了。"

"那怎么办呢?"徐副科长回头看看铁皮档案柜,"再查查初中部?那工作量可就太大了。"

顾浩一脸为难:"是啊。"

"顾师傅,我这里也挺忙的。"徐副科长想了想,"我跟四中联系一下吧,他们找起来会容易得多。您看?"

顾浩连连点头:"那就麻烦组织了。"

徐副科长记下了顾浩的姓名、电话号码和地址,客客气气地把他送出教育局的办公楼。刚出门,顾浩一直挂在脸上的笑容就消失了。

在第四中学查无此人,区教育局的学籍档案却显示苏琳已经退学——这事变得越发扑朔迷离。

苏家的小儿子忽然可以上学,想必是已经落上了户口。老苏是如何做到的?

或者，是有人帮他做到的？

这个从天而降的合法身份，与苏琳的消失之间是否存在着联系？

顾浩带着一脑袋问号，再回过神的时候，已经到了家门口。

他站在楼前，环视四周。此时刚刚午后，阳光充沛。顾浩的视线一一扫过那些居民楼、小仓房、电线杆、凉亭、反射出日光的马路。他不知道自己在寻找什么，心底只是有一丝小小的期待：也许在一瞥之下，那个脸色苍白、身体羸弱的女孩子就会从某个角落里冒出来，冲他微鞠一躬，叫一声顾大爷好。

他会如何回应呢？也许只是嗯一声，背起手自顾自回家；或者冲她努努嘴，示意她去公共厨房找那两个扣在一起的盘子。

然而，视线所及之处，皆是一片空空荡荡。

顾浩轻轻地叹了一口气，起身走向单元门。

室内要清凉得多。顾浩擦去头脸上的汗水，喝了一大杯凉白开，点燃一支烟，躺在床上看着窗外发呆。

楼后是一排砖木结构的平房，供居民楼内的各户做小仓房之用。平房和居民楼之间是几个隔开的水泥花坛。有几个花坛里被居民种上大葱、生菜、油菜，侍弄得颇为精心。顾浩窗下的这个花坛则无人打理，各种叫不出名字的野花生长在其中，看上去虽然显得凌乱，倒也别有一番生机。

顾浩看着大丛随风摇摆的野花，忽然想到那些插在门把手上的花草也许就是出自这里。他对花花草草之类的并不在行，也无从分辨它们是否属于同一种类，只是依稀记得那些红色、黄色、白色、绿色插在瓶子中的模样。

他看向桌子上的酒瓶，只剩下瓶底干涸的水渍和几片卷曲的枯叶。顾浩想象着女孩弯腰在花坛里耐心采摘的样子，不知不觉中睡着了。

再醒来时，已经是傍晚时分。顾浩在床上静静地躺了一会儿，意识逐渐清醒的同时，感到饥肠辘辘。

他翻身下床，揉了揉肚子。从门缝里飘来炝锅的香气，顾浩吸吸鼻子，饥饿的感觉更甚。他打开冰箱，拿出两个鸡蛋，打开门走向厨房。

老苏正背对着他，翻炒着锅里的肉和土豆片。顾浩跟他打了个招呼，把两个鸡蛋磕在碗里，打散，又从电饭锅里盛出一碗冷饭，放好炒勺，拧开煤气。伸手去拿油瓶的时候，他摸了个空。顾浩正在发愣，老苏尴尬地把油瓶递了过来。

"家里的油用光了，借用一下。"

顾浩看向他的身后，盛油的大碗被盖得严丝合缝。他垂下眼皮："小事。"

烧油，倒入鸡蛋翻炒，又加入米饭继续翻炒。顾浩用力铲动着成块的米饭，直觉得胸闷气短。

这时，101室的门忽然被撞开，小男孩哭哭啼啼地冲出来，直奔老苏。

"哎，别烫着，别烫着。"老苏莫名其妙地看着儿子，"怎么了？"

"我妈打我。"小男孩躲到老苏身后，"爸你快救我。"

老苏老婆也急赤白脸地从房间里冲出来，嘴里还在不住地骂着。看到顾浩也在厨房里，她先是一愣，随即就胡乱冲他点点头，伸手去抓小男孩。

"干吗打孩子啊？"老苏丢下锅铲，抬手拦住她，"你有话好好说不行吗？"

"跟他好好说话有用吗？"老苏老婆气急了，"回家就是玩，一个字的作业都不写！明天你怎么跟老师交代？"

老苏转向身后的小男孩："为啥不写作业？"

小男孩抽噎着，瘪着嘴，一脸委屈地看着妈妈。

"我告诉你，你今天不写完作业就别吃饭，也别想摆弄你那些破玩意！"

说罢，老苏老婆瞪了儿子一眼，转身回房。

小男孩抓住老苏的袖子，连连摇动："爸……你看我妈……"

"没事，先吃饭。"老苏摸摸他的头，"不过吃完饭得好好写作业。"

"我不会。"小男孩又抽泣起来，"跟我姐讲的不一样。"

"那怎么可能呢？"老苏瞪大眼睛，"你姐就是这么学的啊。"

"老苏。"顾浩打断了他的话，指指他身后的铁锅。

老苏回头一看，炒菜已经煳在了锅底。他手忙脚乱地关掉煤气，拿起锅铲奋力翻炒，越来越浓的焦煳味还是在厨房里弥漫开来。

老苏骂了一句，把辨不清颜色的肉炒土豆片盛到盘子里，递给小男孩。

"先端进去。"

随即，他用锅铲刮着锅底，声音刺耳。

顾浩把蛋炒饭盛出来，点燃一支烟，又递给老苏一支："先用水泡着吧。硬刮太伤锅了。"

老苏接过烟，把锅扔在洗手池里，凑到顾浩身前把烟点燃，长吁短叹地吸起来。

"孩子上学了？"

"嗯。"老苏靠在灶台上，一脸愁容，"过去就没操心过这事，现在搞得焦头烂额的。"

"过去是姐姐在家里教小家伙吧？"

"没错。"老苏弹弹烟灰，"他学那玩意我和他妈也不会啊，看着干着急。"

顾浩透过袅袅上升的烟雾看着他："大姑娘呢？"

"去南方亲戚家了。"老苏低着头，"我记得跟你说过。"

"户口也迁走了吧？"顾浩一副漫不经心的样子，"要不小家伙也落不上户口。"

"嗯。"老苏掐灭香烟，看上去已经不想继续聊了，"顾大哥，我先去吃饭啊。"

"户口怎么落上的？"

老苏抬起头："你打听这个干吗？"

"我是孤寡老人嘛。"顾浩摊开手，"打算从亲戚那里过继一个孩子，将来给我养个老。"

老苏眨眨眼睛："那挺好的。"

"怎么落户口这事我还搞不清楚，跟你取取经。"

"我也是找人帮忙办的。"老苏犹豫了一下，"回头我帮你问问吧。"

"行。"顾浩冲他拱拱手，"不着急，你得空了就问问。需要花钱什么的就跟我说。"

老苏点点头，转身回房。顾浩扔掉烟头，端着蛋炒饭也回了自己的房间。坐在床边，打开电视，只吃了一口就扔掉了勺子。

妈的，忘记放盐了。

王宪江走进专案组临时办公室，发现室内只有邰伟一个人。徒弟正站在凳子上，拿着红色签字笔在一面巨大的本市地图上勾勾画画。

王宪江悄悄地走过去，一言不发地看了一会儿，意识到邰伟正在描绘的是三名被害人在失踪当天可能的行动轨迹。

"幻灯片上不是都有了吗？"

背后突然传来人声，邰伟被吓得差点从椅子上摔下来。他摇晃了几下，好不容易站稳身子，转头一看，立刻松了一口气："师父你吓死我了。"

王宪江面无表情："问你话呢。"

"哦，那玩意看着不太方便。"邰伟搔搔头发，"这张地图上看得比较醒目。"

王宪江哼了一声，环顾四周："其他人呢？"

"上午来了几个，陆陆续续又走了。"邰伟从椅子上跳下来，"估计是忙别的事去了吧，大家手里都有别的专案。"

"操！"王宪江把手里的文件夹重重地摔在办公桌上，"这个案子不用破了吗？"

邰伟垂着手，默不作声。

王宪江突然明白了他所说"醒目"的言外之意。然而，就算再醒目，仍然可以选择视而不见。而且，于情于理都无法去苛责那些溜号的同事——与其在无头案上浪费时间，不如去搞其他线索丰富、基础好的专案。

他在原地站了一会儿，挥挥手："就咱俩也能办事，走吧。"

邰伟眨眨眼睛："去哪儿？"

"走访。"王宪江重新拿起文件夹，"今天去查查死者的社会关系，先从第一个死者……叫什么来着？"

"杜媛。"

"嗯，先从她入手。"

说罢，王宪江转身向门口走去。迈出几步后，他意识到邰伟并没有跟上，回头看向徒弟。

"你想什么呢？"

"师父，"邰伟一脸为难的样子，"我觉得……"

"有话就说！"

"这种摸排，我觉得作用不大。"

王宪江看了他几秒钟："为什么？"

"这几个死者在社会关系上没有交集。"邰伟似乎鼓足了勇气，"就算把三个人的社会关系网全摸清,找到交叉点的可能性也很小……"

"那你说怎么办?"王宪江瞪着眼睛吼起来,"我们就干等着吗?"

他抬脚踹翻面前的一把椅子:"在这儿开会就能把案子破了吗?"

邰伟慌了:"师父你别生气,我只是觉得……咱们能不能换个思路?"

站在那幅巨大的地图前面,人高马大的邰伟竟显得矮小了许多。王宪江的视线越过他的肩膀,投向那些弯曲的红线。

忽然,他俯身拉起被踹翻的椅子,一屁股坐了上去。

"行,你说吧。"

邰伟摸着后脑勺,一时竟无语。王宪江又火了:"摆什么谱啊,有话快说!"

"没有,没有。"邰伟的脸涨得通红,"这个案子跟咱们以往搞过的都不一样,除了搞清楚三个死者的身份,没有线索,没有现场感知人,我们甚至连作案地点都不知道,只知道尸体被扔进了下水道里。所以,过去的老办法可能不管用了。"

王宪江盯着他:"你继续说。"

"我昨天去了一趟J大,有个教犯罪心理学的老师,叫乔允平。"

"我知道这个人。"王宪江点点头,拿出一根香烟点燃,"他以前帮咱们做过犯罪心理分析。"

"是啊。这家伙真的有两下子。"邰伟的眼睛亮起来,"根据这个案子的情况,他提出一个新的方法,叫犯罪地理画像。"

"犯罪地理……"王宪江皱起眉头,"画像?"

"没错。据说是美国人搞的玩意。"邰伟略做思索,从衣袋里掏出记事本,"我现学现卖,跟您介绍一下啊。"

他走到地图前面:"师父,不管咱们搞什么案子,最后的目的都是找到嫌疑人,对吧?"

王宪江冷着脸:"废话。"

"咱们现在都明白一点,嫌疑人肯定就住在本市。"邰伟指指身后的地图,"也就是说,他就在这张地图的范围内。"

"说重点!"

"按照我的理解,这个犯罪地理画像的作用就是找人的。怎么说来着?"邰伟翻开记事本,"发现犯罪人的个人生活空间和行为规律,指向他最可能的定位点。"

"具体呢?"

"有几个基本前提,我先跟您说说。"邰伟拿着记事本,一板一眼地读起来,"首先,大多数犯罪人不会刻意地去选择作案地点,但是,这种看似随机的选择往往是和犯罪人对空间的感知分不开的。比方说,犯罪人会选择让他感到安全、能控制局势发展的地点。例如他居住和工作场所的附近区域以及之间往来的路线,或者自己比较熟悉的领域和场所。"

王宪江摸摸下巴:"有点道理。"

"您也觉得是吧?"邰伟大受鼓励,声音逐渐提高,"其次,如果是系列案件的话,最初的案件往往会发生在犯罪人的工作居住地点。而且,在犯罪初期,他肯定是慌乱的,没那么强的反侦查意识,会留下比较多的线索和物证。随着他继续作案,手法会越来越熟练,信心也会越来越强,他会敢于到相对陌生的地点去尝试犯罪。"

王宪江又点燃一根香烟:"去相对远的地方作案?"

"拓展犯罪区域范围。没错。"邰伟有些得意忘形,看到师父严肃的表情,急忙收敛,"一个叫坎特的美国犯罪心理学家提出了'圆周假设'。他把同一系列案件中相距最远的两个案发地点连成一条线,用这条线做直径,就可以画一个包括所有案发地点的圆圈。"

他故意停顿一下,卖了个关子。王宪江看着他不说话,邰伟只好讪讪地继续说下去:"犯罪人就住在这个圆圈里,而且很有可能就在靠近圆心的地方。"

王宪江扬起眉毛:"为什么?"

"犯罪人初次作案,不太可能会选在离家很近的地方,否则他暴露的风险很大。所以,犯罪人的居住地或者工作地到初次作案的地点之间的距离,就可以被视为最适度的距离。当他进行第二次犯罪的时候,初次作案地点已经不够安全,他就会……"

王宪江自言自语道:"他就会在保持适度距离的同时,选择其他方向。"

邰伟打了个响指:"距离相等,方向不同,这不就是一个圆圈吗?乔老师还提到了一个什么'缓冲区'……"

"你说这些有个屁用?"王宪江突然打断了他,"对咱们有帮助吗?"

邰伟一愣："我……您刚才不也是……"

"这个犯罪地理画像的分析前提是掌握明确的犯罪地点。"王宪江毫不客气，"我们只知道抛尸地点是下水道。至于那王八蛋怎么和被害人接触上的，在哪里制伏了被害人，在哪里实施强奸，在哪里杀人——统统不知道啊。"

"您别急啊。"邰伟指指那张巨大的地图，"我这不是正在分析吗？"

王宪江瞪起眼睛："分析？"

"是啊。"邰伟扳起手指头，"咱们现在大致掌握了三个被害人的生活和工作地点、日常作息习惯、失踪当日的出发地……比方说那个孙慧，惠民路、丰收大街、小南一路——她就是在这三条街路上出事的。"

"所以呢？"

"咱们可以通过对这些街路的实地勘验，分析出最有可能的作案地点啊。"

"你那叫分析吗？那叫猜！"

"不然呢？"邰伟摊开双手，"咱们还有更好的办法吗？"

王宪江思索片刻，搓搓脸，长叹一声。

"走吧。"他站起身来，"去这几个地方转转。"

邰伟立刻换上另一副表情："师父，到时候还得靠您的丰富经验。"

王宪江依旧阴着脸："滚蛋！"

距离市公安局最近的是惠民路。王宪江和邰伟商量了一下，决定先分析孙慧的失踪地点。

起点：市属机关第一幼儿园。终点：北关区小南一路22号4号楼。

王宪江坐在副驾驶座上，看着市属机关第一幼儿园的门前，又看看几十米开外的惠民路："她平时是怎么回家的？"

"孙慧的同事说，她平时的交通工具是自行车，多数情况是独行。案发当天，她正常上下班。下午五点半左右，离开幼儿园。"邰伟指指前方的路口，"通常的路线是在这里左转，进入惠民路。"

"去看看。"王宪江指示道，"溜着边儿，慢点开。"

北京吉普缓缓驶入惠民路。邰伟驾车，王宪江始终盯着路边，视线一一扫过那些围墙、书报亭、水果摊、居民楼。偶尔，他会让邰伟停车，在地图上核实一条小胡同的走向，排除孙慧进入的可能性之后继续前行。

十几分钟后，吉普车开到了惠民路和丰收大街的交会处。这是本市的主干道之一，路面宽敞，行人和车辆都很多。

"师父，孙慧是在下班路上消失的。"邰伟把车停在路边，"时间大概在五点半到六点之间，晚高峰，这条路上正热闹着呢，不太可能是作案地点吧。"

"强掳是不太可能。"王宪江摸摸下巴，"如果是自愿跟对方走呢？"

"这有点说不通。"邰伟想了想，"我们之前分析过，那王八蛋应该是个低收入者，穿着打扮、谈吐应该都不怎么样——孙慧会毫无提防地跟他走吗？"

"不仅是她，另外两个被害人都存在这个问题。"王宪江仿佛在自言自语，"凶手是怎么跟被害人接触上的呢？"

邰伟不说话了，耐心地等着他做出下一步指示。思忖半晌，王宪江挥挥手："先按强掳的思路来，找僻静处。"

邰伟应了一声，发动吉普车，沿着丰收大街快速通过，又转入小南一路。王宪江只扫了一眼，就意识到没有必要慢慢探查了——路边尽是高高的围墙，岔路只有两条，而不远处就是孙慧的家。

吉普车很快就抵达终点：北关区小南一路22号。这里是材料试验机厂家属区，亦是孙慧的父亲生前从厂里分配得来的住房。

家属区属于封闭型，设有院墙。离开小南一路后，仍需在一条土路上行进1.2公里后方可抵达左侧家属区小门。土路右侧，是一片用铁皮围挡暂时隔离开的空地。

王宪江指指那排蓝色铁皮围挡："这是什么地方？"

邰伟看看地图："原来是变压器厂，看样子被拆迁了，大概是要建商品房吧。"

王宪江想了想："下车。"

两个人沿着蓝色铁皮围挡向前走了几十米，看到一片被扯开的铁皮，缺口刚好可以容纳一人通过。王宪江钻进去，看了看空地上残留的几堵矮墙和满地的荒草——残垣断壁间，几个拾荒者模样的人还在翻找着可以变卖的东西。

王宪江退出去，又看看左侧的围墙，转向邰伟。

邰伟知道他的意思，打开地图，仔细查看一番，向前方指了指："材料试验机厂在西侧，家属区正门也在西侧。员工下班后，多数会从正门进入，这条路上应该很少有人走。"

王宪江点点头："所以，这里比较符合作案条件。"

郐伟苦笑一下："孙慧离家的直线距离都不到五百米。"

他掏出红色签字笔，用嘴咬下笔帽，在地图上画下一个红圈。

第十一章·不速之客

每根蜡烛燃尽的时候，他都会一直盯着看。

看着那修长、摇曳的火苗渐渐地变得矮小、微弱，仿佛一个风华正茂的女人，在岁月的摧残中弯曲、松弛、干瘪下去。

然而，在熄灭的前一刻，它似乎总会聚起全部的能量，尽情燃烧一次。爆出最后的强光之后，它会坍缩如豆、如米、如针，直至慢慢消失。

黑暗降临前的噼啪声，仿佛是它在嘶叫。

每每到了这个时候，他都会长长地呼出一口气。他常常想，这种事情一定存在着某种意义。在地上，光的逝去意味着白天和黑夜的交替。在地下，则代表他与这里融为一体。他并不喜欢下水道。选择这里，是因为别无选择。还有光的时候，他可以做地下的主宰。蜡烛一旦燃尽，他就是一块砖、一段井壁、一摊污水——甚至不能与老鼠以及各种爬虫相提并论。

因此，他不能责怪那个小姑娘浪费了那么多蜡烛。

这几天来，除了去搞药和食物之外，他始终坐在"房间"里，静静地看着她。有很多时候，他觉得她会像蜡烛一样，慢慢地耗去最后一丝生命。当她躁动不安地扭动着身体，呻吟、哭泣的时候，他的脑海中就会出现那最后的强光。

然而，那跳动的火苗还在。微弱，却不屈不挠。如针、如米，再如豆。

他想，她小小的身体里，一定有一根长长的棉芯吧。

不管怎样，她还是在一点点好起来。虽然大多数时间内她都在昏睡，但体温已经不再高得吓人，而且清醒的时间也在变长。特别是喂她吃东西的时候，主动咀嚼和吞咽的次数多了起来。她的食欲正在恢复，常常把牛奶盒吸得咯吱作响还不肯罢休。

偶尔，她也会睁开眼睛看着他。尽管那目光往往是警惕、不安的，然而，她不再抗拒他。即使是用酒精擦拭伤口的时候，她也尽量保持一动不动。这让他想起曾经养过的一只猫。他为它断掉的后腿包扎的时候，那只猫也是这个样子。

在他常常混乱不堪的脑子里，那只黄白黑相间的猫是为数不多的记忆之一。当时它趴在马路中间，竭力向路边爬行，对每个试图靠近的人挥起爪子，发出哈气声。他不怕。他不知道其他人在怕什么。因此，他轻轻松松地揪住那只猫后脖颈上的皮，把它拎到了围墙下。

两根树枝和一根鞋带就解决了问题。猫不停地舔着自己的断腿，随即就安静下来，趴在晒太阳的他身边。当他起身离开的时候，猫也站起来，一瘸一拐地跟着他。于是，他不假思索地再次把它拎起来，放在随身的帆布挎包里。

它陪了他两个月左右的时间。他还记得它紧靠着他的腿，蜷成一团睡觉时的温暖感觉。某个冬天的晚上，它走了，再也没有回来。他没有觉得多失望，更没有觉得伤心，仿佛它从未出现过一样。

因此，当他带了食物回到"房间"里，发现那张褥子上已经空空如也的时候，他也只是坐了一会儿，然后慢慢地吃掉了那几个已经变凉的猪肉芹菜馅包子。

顾浩把话筒放在电话座机上。给邵伟打了一上午电话，这小子还是不见踪影。他尝试着打电话呼他，也没有回音。顾浩在屋子里来回踱了两圈，决定去公安局一趟。

老苏的话听起来似乎合情合理。但是，从他所处的社会层次来看，不太可能有这样能帮忙办理户口的"朋友"。而且，老苏遮遮掩掩的态度，也让顾浩怀疑他在撒谎。

更何况，就算如他所说，苏琳去南方的亲戚家落户，准备异地参加高考，那也应该办理转学手续而不是退学。

要搞清楚这些事，还得靠邰伟帮忙。

顾浩蹬上鞋子，从衣架上取下外套，边穿边去床头拿烟盒和打火机。这时，他听见房门被人叩响了。

他嘴里应着"来了"，走到门前，拉开门一看，不由得愣了。

杜倩带着局促不安的笑容，冲他点点头："在家呢。"

顾浩的一只胳膊还没有穿进袖子里，保持着这个姿势怔了两秒钟："是啊。"

"你要出门？"杜倩转身，"那我改天再来。"

"没有。不是。"顾浩急忙从门前让开，"请进。"

杜倩轻巧地走进来，站在屋子中央环视一周："原来老单身汉的家就是这样啊。"

"随便坐。"

杜倩在床边的一把椅子上坐下，看了看顾浩，又指指他身上的衣服。

顾浩这才意识到身上还半披着外套。他把它脱下来，又重新挂回衣架上。之后，他就不知道该做什么了。双手插进裤袋，又拿出来，眼睛一直在自己的鞋尖上。

杜倩又笑："你也坐啊。"

"哦，好。"

顾浩走到床边，刚坐下去又立刻站起来。

"你渴不渴？我去给你烧水喝。"

"你别忙了。"杜倩拿起床头的一份报纸，翻了翻，又放下，"我就是路过，坐一会儿我就走。"

顾浩重新在床边坐下，顺手把一只袜子塞进床单下面。

"退休的日子怎么样？"杜倩依旧笑吟吟地看着他，"轻松多了吧？"

顾浩抓抓头发："闲得难受。"

"最初一定是这样的。我刚退休那会儿，寻思着要天天睡懒觉。可是呢，每天到点儿就醒。做完饭，送大伟上了班之后，我就不知道该干什么了。"

"你好歹还有点事做。"顾浩笑笑，"我是一个人吃饱了，全家不饿。没人需要我照顾。"

"你可以找点事做嘛。"

"我能做什么啊。"顾浩指指门外,"组织个老头侦缉队?"

"哈哈。"杜倩笑得前仰后合,"你啊,老脑筋。就不能想点别的?"

顾浩眨眨眼睛:"比方说呢?"

"你有没有什么爱好啊,或者一直想学的东西?"

顾浩想了想,老老实实承认:"没有。"

"你可真是个无聊的糟老头!"杜倩挥起手来,做出要打他的样子,"那就培养一个爱好嘛。"

顾浩笑着躲避了一下。室内的气氛顿时微妙起来。

"说点正经事。"杜倩似乎也意识到刚才的动作不妥,脸颊绯红,"我在老年大学学舞蹈和电子琴呢,你要不要也去学点什么?就当打发时间了。"

"有适合我的吗?"

"声乐、围棋、水墨画……我觉得都可以啊。"

"我都不会啊。"

"不会才要学嘛。"杜倩白了他一眼,伸手从挎包里拿出一沓宣传单,"你拿去研究研究。"

顾浩接过来,看到宣传单上印着一男一女两个老人,都是鹤发童颜。女的穿着色彩斑斓的裙子,举着麦克风;男的戴着小圆帽,手里拿着画笔和调色板。

"每周都有新班开课,提前一周报名就行。"杜倩凑过来,在宣传单上指指点点,"对了,还有书法,也挺养心性的。"

顾浩闻到她身上干燥、清淡的香气,不由得心跳加速,呼吸也急促起来。

"毽球、乒乓球什么的也行。"杜倩还在自顾自地说着,"不过我觉得你和老邸一样,风风火火一辈子,老了应该做点心静的事情,对身体好。"

"嗯。"那个名字仿佛一个信号一般,顾浩直起身子,把那叠宣传单扔在床上,"我琢磨一下。"

"好。"杜倩察觉到他的态度变化,"选好了就打下面那个电话,就说是杜老师介绍的,学费可以打折。"

"行。"

"那我先走了。"杜倩站起来,仔细地扣好挎包,整整衣服。顾浩也站起来,一言不发。

她向门口走去，拉开门之后，又转身指向茶几上没来得及收拾的碗盘："你平时就吃这个？"

顾浩看看盘子里剩下的半个馒头和一小块豆腐乳："是啊。反正我一个人，对付一口得了。"

"没营养的。"杜倩的语气郑重其事，"改天来我家吧，给你做红烧肉焖蛋吃。"

顾浩点点头："好。"

"一定要来。"

"一定。"

笑容又浮现在杜倩的脸上："别送了。没一个省心的。"

直到房门关好，顾浩还在琢磨她说的是邰志亮、邰伟还是他自己。不过，他忽然什么都不想做了。

躺回到床上，顾浩随手拿起一张宣传单浏览着，脑子里想的是一碗油汪汪、热腾腾的红烧肉焖蛋。

姜庭仔细地拧好水杯的盖子，沿着走廊慢慢向一班的教室走去。即将经过四班的时候，她犹豫了一下，随即就加快了脚步。

教室里是午休时常见的喧嚷。姜庭目视前方，脚步不停。然而，教室门口出现的女孩仍然把她的视线吸引过去。一瞥之后，姜庭迅速收回目光。

马娜抱着肩膀，倚着门框，似笑非笑地看着她。姜庭垂下眼皮，从她身边绕过去。她的鼻孔里飘进几缕浓烈的香气，这让她脖子上的汗毛都竖起来。

走出几米之后，她仿佛才能正常呼吸。紧接着，她就听到马娜的声音从身后传来。

"少管闲事。咱俩的事儿还没完呢。"

姜庭把水杯捧在手里，迈开双腿，上身保持不动，一步步走到一班的门口，左转，进了教室。

坐回自己的座位，姜庭意识到肩颈的肌肉酸得厉害，紧紧握住水杯的手指僵硬无比，指尖泛白，几乎要痉挛了。她呼出一口气，甩动着手指，心情又变得非常糟糕。

　　值班的男生已经把饭箱拖回教室。同学们一拥而上，各自寻找着被蒸汽加热过的饭盒。姜庭不想去凑热闹，等到大家都散去的时候，她才走到讲台前，从里面拿出自己的不锈钢饭盒。

　　刚直起腰来，她的视线中出现两条腿。再向上看，爸爸正站在教室门口，笑眯眯地冲她挥着手。

　　"你怎么来了？"姜庭拿着还有些烫手的饭盒，一时间不知所措。

　　"来看看你嘛。"孙伟明摸摸她的头，"走，爸带你下馆子去。"

　　"我妈都给我带饭了。"

　　"这有啥好吃的。"孙伟明拿过饭盒，又放回饭箱里，"爸请你吃烤鸭去。"

　　姜庭无奈，只能跟着他向教学楼外走去。

　　来到操场上，孙伟明不停地东张西望。姜庭知道他在担心什么，不由得暗自好笑。

　　"我妈中午不会来的。"

　　"嗯？我怕她干什么？"孙伟明干笑两声，"你们学校还挺好的。"

　　走出校门，孙伟明把姜庭带到车前，帮她拉开车门，安顿她坐好之后，又一溜小跑绕过车头，钻进驾驶室里。

　　这突如其来的宠爱让姜庭有些惶恐，心中的疑惑更甚。直至坐到餐馆里，手里被塞了一张卷着鸭肉、甜面酱和黄瓜的薄饼，她还是一头雾水。

　　"快吃。"孙伟明又给她盛了一碗鸭架汤，"下午几点上课？"

　　"一点半。"

　　"抓紧时间。"孙伟明看了看手表，又催促道，"别愣着啊。"

　　姜庭小口咬着，眼睛一直在孙伟明身上打转。

　　"多吃点。"孙伟明又卷好两张饼递给她，"这家店我来过几次，鸭子不错，要不要再来个辣炒鸭心？"

　　"不用，吃不完。"姜庭想了想，"爸，你是不是有什么事啊？"

　　"傻孩子，我请我宝贝女儿吃饭，还得找个理由啊？"孙伟明瞪起眼睛，"你妈是不是总在家里说我坏话啊？"

　　姜庭低下头喝汤："那倒没有。"

"爸爸妈妈虽然不在一起生活了，但是都一样爱你，明白吗？"

"嗯。"姜庭不抬头，拿起卷好的薄饼，"我知道。"

"爸爸有时候工作忙，不常来看你。可是，爸爸从来都没忘了你。"

姜庭没说话，只是加快了进食的速度。

孙伟明似乎没有吃饭的想法，不停地给姜庭卷饼、夹菜、盛汤。之后，他点燃一支烟，默默地看着女儿。

在这样的注视下，姜庭无法再保持缄默。她抬起头看着孙伟明："爸，你也吃啊。"

孙伟明笑笑，视线始终在姜庭的眉眼处打转："其实，你还是像我的地方多啊。"

"嗯，嘴以下像我妈。"

孙伟明弹弹烟灰，深吸了一口气："庭庭，爸爸要去北京工作了。"

"哦？"姜庭有些诧异，"去多久？"

"调到总厂。"孙伟明抿抿嘴，"以后就在北京生活了。"

姜庭沉默了一会儿："以后放假的时候去北京看你。"

"好啊。"孙伟明笑笑，又看看姜庭，"不过，你想没想过换个生活环境？"

姜庭把最后一块薄饼塞进嘴里，用纸巾擦干净手指。

"去北京吗？"

"对啊。"孙伟明兴奋起来，忙不迭地说道，"你想想看，那是首都啊。咱们这儿跟北京比，简直就像个小县城。天安门、故宫、颐和园、长城……北京还有地铁呢，你知道吧，比公交车快多了……"

姜庭打断了正说得眉飞色舞的孙伟明："我妈也去吗？"

"这个……"孙伟明一下子变了脸色，"你妈不会跟我走的。"

"那我不去。"

"庭庭，你还小，大人的事情你不懂。"孙伟明苦笑，"你妈妈，不太可能会原谅我。"

"我要跟我妈在一起，她去哪儿，我就去哪儿。"

"可是你早晚有一天会离开她啊。"孙伟明急了，"你想想，北京的资源那么好，那是全国的政治、经济、文化中心啊。最重要的是，在北京参加高考，分数线比咱们这里低多了。以你现在的成绩，考清华、北大完全没有问题。"

姜庭眨眨眼睛："没那么夸张吧？"

"我能忽悠自己的女儿吗？"孙伟明摊开手，"如果你还留在这里，等你到了高三，学习压力会比现在重好几倍。可是，你在北京可以轻轻松松上北大、清华——这有什么不好呢？"

姜庭咬着嘴唇，低下头，沉默片刻。

"我不想去。"

"为什么啊？"孙伟明一脸不可思议的表情，"这对你完全没有坏处，只有好处啊。"

"我自己努努力，没准也能考上北大。"姜庭小声说道，"我不稀罕什么北京户口。"

"你这孩子！如果你们同学现在有机会去北京参加高考，非乐得一蹦三尺高！"

"我不能扔下我妈。"

"那你就忍心扔下你爸？"

"你还有弟弟，还有那个女人陪你。"姜庭抬起头，满眼倔强，"如果我跟你走了，我妈就一个人生活，这太不公平了。"

孙伟明愣住了。他怔怔地看着姜庭，忽然全身松懈下来。

"成年人的世界里，哪有什么公平？"

姜庭正在琢磨这话是说给她还是自言自语，孙伟明就打起精神，勉强挤出一个笑容。

"行，今天先不讨论这个了。"他指指剩下的大半盘烤鸭，"你再吃点吧。"

"吃饱了。"姜庭站起来，"你送我回学校吧。"

王宪江和邰伟保持着相同的姿势：双手按在办公桌上，上身前倾，俯视着桌上的地图。那张布满了大大小小红圈的地图旁边是塞满烟蒂的烟灰缸，几个被捏扁的烟盒散落在一旁。

邰伟眯着眼，从嘴边拿下烟头，随手摁熄在吃了一半的盒饭里。

"咱们再从头捋一下啊。这个儿科护士杨新倩当天休班，上午十一点左右从家中出发去逛街，目的地是春城商场，旁边的小商品批发市场也有可能。她在这里逗留了大概五个小时。下午四点半左右，她给家里打了一个电话，询问给丈夫买的休闲裤要卡其色还是黑色，并说很快就回家。"

"没错。"王宪江抓抓蓬乱的头发，"假设她下午五点至六点准备回家……"

邰伟眨眨眼睛："不是四点半吗？"

王宪江叹了口气："女人在逛街的时候是没有时间观念的。你这个光棍不会明白的。"

邰伟嘻嘻地笑："师父你继续。"

"时间是下午五点至六点，她回家时最有可能的就是乘坐6路公交车。"王宪江指向地图上的某一点，"距离春城商场150米左右。"

"那个时间段，公交车站上正热闹啊。"邰伟皱起眉头，手指在地图上移动，"十一站，车程40分钟左右，七十三中学站下车，下车后步行400米左右……柳条湖路在这一段上要么是居民区，要么是夜市。基本没有下手的可能啊。"

王宪江想了想："初步定在春城商场吧。"

邰伟应了一声，拿起签字笔在地图上做好标记。随即，他搓搓手："就剩下最难的一个了。"

王宪江又点燃一支烟，发了一会儿呆，仿佛在积蓄力量。

"杜媛，案发当晚乘坐54路有轨电车，去丰源大酒店参加同事的婚礼答谢宴。"王宪江盯着地图，"答谢宴晚上九点左右散场，杜媛在酒店门口和同事告别，没有同行者。当时，54路有轨电车已经停止营运。"

"3.6公里左右的距离。"邰伟摇摇头，"她回家的正常路线都不是繁华地带。"

"一个女人，在晚上九点多，无法乘坐公交车，她会选择如何回家？"

"打车。"邰伟脱口而出，"难不成步行？"

"3.6公里，不远不近。"王宪江仿佛在自言自语，"杜媛的同事回忆，她喝了一点酒，但是还不至于醉酒。"

邰伟想了想："会不会是个出租车司机？"

"不会。否则解释不了孙慧的案子——她骑自行车，完全没必要跟出租车司机接触。"

"如果是步行，那在这3.6公里的距离内，任何路段都有可能是作案地点啊。"

王宪江犹豫了一下："既然想不出来，就先放下——取中间点吧。"

邰伟说了声"好嘞"，在地图上做好标记，急不可耐地去拿圆规。

王宪江冷冷地问道："你干吗？"

"找相距最远的两个点画圆啊。"邰伟有些莫名其妙，"咱不是要找圆心吗？"

"你先别着急。"王宪江摇摇头，"还有抛尸地点的问题。"

邰伟一拍脑门，直奔墙角，在一堆杂物中找出一个半米左右长的纸筒。

王宪江有些莫名其妙："这是什么？"

"你还记得那个陈老师吗？"邰伟从纸筒里抽出一张卷好的透明硫酸绘图纸，"我请他做了一张雨水管网图，和这张地图等比例的。"

他把透明的雨水管网图覆盖在地图上，本市城区马上变得立体——地表上的街路和地底下的管网都呈现了出来。

王宪江笑笑："你小子可以啊，考虑得很周到。"

"在师父的英明领导下。"邰伟指指雨水管网图，"陈老师把雨水井的位置也标识出来了。"

王宪江俯身凝视着叠放在一起的两张图纸，沉吟半晌："咱们先捋清楚几个问题。"

"您说。"

"第一，性侵和杀人地点在雨水管网里还是外面某个地点？"

"我觉得是外面。"邰伟眨眨眼睛，"我们可以肯定的是其中两个被害人与凶手接触的时间是在傍晚，正常人不会乖乖跟着他下到雨水管道里。"

"嗯。"王宪江点点头，"第二，凶手为什么会选择雨水管道作为抛尸地点？"

"当然是掩盖罪行。"邰伟脱口而出，"如果不是那场大雨，谁也不会发现那三个死者被扔进了下水道……"

他突然停住，怔怔地看着王宪江："师父，这三具尸体既然从同一条管道中被冲出来，很有可能是被弃到同一个地点啊。"

"这说明他很熟悉其中的一个雨水井。"王宪江用手指在图纸上敲了敲，"换句话来讲，这个雨水井和他平时的生活轨迹有联系——这也是第二个问题的答案。"

邰伟的眼睛亮了:"凶手在不同地点和被害人发生接触,带至某处,强奸后将其杀害。再将尸体运出,弃置在某个熟悉的雨水井中。"

"弃尸时间应该是在夜深人静时。而且那个雨水井的位置相对偏僻,不易被人察觉。"王宪江摸摸下巴,"最关键的是,那个'某处'应该离雨水井不会太远。"

他拿起圆规扔给邰伟:"你现在可以画圆了。"

邰伟撤掉雨水管网图纸,看向本市地图:"最远的两个点是杨新倩和孙慧的推测失踪地——如果我们把杜媛的推测失踪地设在那个中间点的话。"

王宪江挥挥手。邰伟在地图上量好距离,标记好中心点,画圆。随即,他又在圆心和杜媛的推测失踪地连线,又画了一个圆。如此,在地图上出现了两个同心圆。

王宪江皱起眉头:"这又是什么?"

"乔老师说,以犯罪人的住所为中心,周围会出现一个缓冲区。"邰伟看上去信心满满,"在这个区域内,因为离住所太近,容易遇到熟人,所以他不会在这一区域作案。"

"嗯,有道理。"王宪江若有所思,"系列案件的话,初始案件地点往往更靠近犯罪人居所。"

"没错。"邰伟在较小的圆内比画了一下,"这个就是凶手的'缓冲区'。"

王宪江又把雨水管网图纸覆盖到地图上,"缓冲区"内的雨水井位置一一呈现,看上去数量不少。

"走吧,再去跑一趟。"王宪江指示邰伟,"看看哪些雨水井符合弃尸条件——从'缓冲区'圆心开始查。"

"看,思路这不就来了吗?"邰伟兴奋起来,手忙脚乱地收拾着图纸,"所谓名师出高徒……"

"你少嘚瑟!"

语气虽然严厉,王宪江的嘴角还是浮起一丝微笑。

第十二章·替身

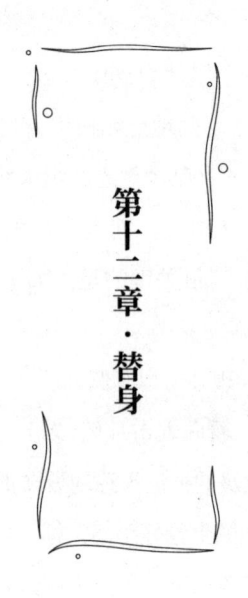

他一打开圆形铁门,立刻就感到了"房间"里的变化。

那卷丢掉的细麻绳乱七八糟地堆在褥子上。污浊的空气中残存着蜡油燃烧过的味道,仔细分辨,黑暗的角落里还有咀嚼饼干的咔嚓声。

他关好铁门,在门口站了一会儿,慢慢地向那黑暗处靠近。

烛光照射的范围内出现一双脏污不堪的赤脚,仿佛两只受惊的老鼠一般,快速向后回缩着。同时,两只灼灼发亮的眼睛也从幽暗中向他直盯过来。虽然看不清她的脸,但是从那不间断的咔嚓声来看,女孩还在不停地向嘴里塞着饼干。

他又向前迈出一步。

"你别过来!"

含混不清的警告声从她塞满饼干渣的嘴里发出来。同时,他的眼前寒光一闪。他把蜡烛伸过去,看到女孩的右手里握着一个圆规,正向他挥舞着。

他退回到褥子旁边,随便拿起一个酒瓶,把蜡烛插进瓶口。烛光在他身边形成一个暖色的光圈,中心明亮,外围逐渐黯淡。他从帆布挎包里掏出一个长条面包、一瓶水。想了想,他把长条面包一撕两半。然后,他蹲着挪到光圈的边缘,把面包和水瓶放在地上。

对面的黑暗中先是一阵缄默。几秒钟后,衣服和地面摩擦的窸窣声传来。女孩在地上爬行的动作隐约可见。紧接着，面包和水瓶被同样污渍斑斑的手飞快地拖进黑暗中。

他坐回到褥子上，拿起半个面包大口吃着。咀嚼声也在对面响起来，间或夹杂着咕嘟嘟的喝水声。

两个人对坐在烛光与阴影中，彼此静默无言。蜡烛那可怜的照明范围形成了一堵墙，他看不清她的样子，只能感到她的饥渴难耐和狼吞虎咽。

很明显，她的逃跑计划失败了。即使带着那一大卷细麻绳，她仍然没有走出这蛛网般的下水道。从时间上来看，她已经困在地底一天一夜了。能找回到这里，算是很走运了。

虽然有烛光，但是这顿并不浪漫的晚餐只持续了几分钟。半个面包很快就被他塞进肚子里。他并没有吃饱，也感到口渴。哐哐嘴，他从褥子上爬起来，拎起墙角的几个空啤酒瓶挨个摇晃着，最后只在其中一个里倒出几滴变味儿的啤酒。

这时，他听到背后传来轻微的沙沙声。随即，那个水瓶从黑暗中咕噜噜滚出来，撞在他的脚边，停住了。

他弯腰捡起水瓶，晃了晃，拧开盖子，把剩余的小半瓶水一口气喝光。

肚子里有了一点饱腹感，他把水瓶扔到一旁，在褥子上和衣躺倒。紧接着，他拿起"烛台"，噗的一口气吹灭。

"房间"里再次陷入一团漆黑。烛光消失的一瞬间，女孩发出了一声短促的惊叫，随即又归于无声。

他知道她正蜷缩在身后的黑暗中，目光灼灼地看着自己，或许手里还握着那个圆规。但是，这不能阻挡他迅速陷入沉睡中。

这一睡，不知道又过了多久。在这幽暗的地底，白昼还是夜晚没有意义，时间以怎样的流速逝去也没有意义。

准确地来说，他是饿醒的。昨晚的半个面包早就消化殆尽。他爬起来，从衣袋里掏出打火机，点燃身边的蜡烛。

"房间"里亮起了小小的烛火，似乎变得更温暖了一些。他揉揉眼睛，下意识地向身后看去。幽暗的光线中，女孩的双眼依旧明亮，甚至连蹲坐的姿势都没有变，似乎压根就没睡过。

他并不关心这个。既然睡醒了，就得出去干活。上次拿到的现金早就变成了墙角那些酒瓶。如果不捡点东西换钱，接下来就得饿肚子。

他从衣袋里掏出一个皱皱巴巴的烟盒，从中抽出一根压扁的香烟，凑到蜡烛上点燃。随即，他拔出蜡烛，从地上捡起帆布挎包背在身上，起身迈上台阶，向门口走去。

穿过管道，拉开圆形铁门，他沿着雨水主管道向右侧走去。管道里还有一些浅浅的积水，踩上去啪叽作响。走出十几步后，他听到身后传来同样的踩水声。

他转过身，借着烛光，看到女孩正背着双肩书包，站在积水中一脸恐慌地看着自己。

他沉默着再次转身向前走去。身后的踩水声又响起来，女孩和他保持着几米的距离，紧紧地跟着他。

他又停下来，一言不发地看着女孩。

女孩也看着他，悄悄地缩回手，似乎要将那个圆规藏起来。两个人对视了几秒钟之后，女孩仿佛鼓足了勇气，结结巴巴地开口说道："你……你能不能带我出去？"

吃过午饭，姜庭拿起一小瓶洗洁精，端着饭盒去了开水间。刷干净饭盒之后，她慢慢地沿着走廊往回走。刚走到教室门口，她就看到团委的周老师和班主任在讲台旁边聊天。看见她进来，班主任挥手叫住她："姜庭，你等一下。"

姜庭有些莫名其妙，看到周老师上下打量她的样子，更是觉得不自在。

"行，我带她去试试。"周老师拎起摆在讲台上的摄像机，冲姜庭摆摆手，"跟我走。"

姜庭看向班主任，后者只是笑笑："去吧，周老师要交给你一个重要任务。"

这个"重要任务"是什么不得而知。周老师自顾自地在前方大步走着，似乎也没有解释的意思。姜庭只好老老实实地跟在他身后。

两个人一前一后，行至走廊尽头，下楼，直到教学楼一层，又穿过一条长长的走廊。姜庭突然意识到他们的目的地所在，不由得放慢了脚步。

周老师拉开礼堂的门，转过头，发现姜庭正站在十几米开外的地方，一脸惶恐。

"愣着干吗啊，快进来。"

姜庭向前走了两步，又停下："周老师，你找我到底有什么事啊？"

"救场。"周老师的表情颇不耐烦，"快点吧。"

穿过成排的座椅，登上舞台，又绕到后台，排练厅出现在眼前。姜庭的手心里全是冷汗，恐惧的感觉在一点点放大。

终于，排练厅的门被周老师推开，她一眼就看到了穿着白色纱裙，正在和另外两个女生嬉笑的马娜。

马娜的表情同样惊诧，随即就充满了敌意。那个叫杨乐的男生倒是没表现出讶异，友好地冲她笑了笑。

"都别闲着，换衣服去。"周老师看看手表，"咱们只有不到一个小时的排练时间了。"

随即，他打开墙边的柜子，从成排的裙子里翻翻捡捡，嘴里似乎还在念念有词。

"找到了。"他取下一条裙子，甩给姜庭，"去更衣室换上，两分钟后集合。"

其他的女生们也纷纷起身去柜子里拿出自己的戏服，嘻嘻哈哈地涌进了更衣室。

姜庭知道，这是英语节的压台大戏——英语剧《海的女儿》。演员们都是从高中部各个班级挑选的，其中有几个和自己熟识的，看到她不知所措的样子，纷纷过来帮忙。

"后背有一条拉链，拉到腰那里。"

"要是嫌费事，可以不脱裤了。"

"不行，周老师要求高，每次都要求换好服装的——他说叫浸入性体验。"

"你怎么那么笨啊，把裤脚拉起来不就得了，反正有裙子挡着，看不见。"

同学们七嘴八舌，姜庭反而不知道该怎么办。她把视线投向手中的这条暗红色镶嵌白色蕾丝边的长裙，忽然发现在脖领的标签上有两个娟秀的小字。

苏琳。

姜庭最后一个走出更衣室。其他演员们，包括杨乐和马娜都围成一圈，站在排练厅中间。

周老师从摄像机后探出头来,把一摞订好的打印纸递给她。

"剧本。"周老师的眼睛始终盯着摄像机上的小屏幕,"你的角色是婢女C,台词不多,比较好记。你把头发散开。"

姜庭把剧本夹在腋下,解开马尾辫上的橡皮筋,用手拢了拢披散在肩膀上的头发。

"不错。"周老师离开摄像机,冲她笑笑,"你站到王子右手边第三个位置,他的斜前方。"

姜庭照做,站好之后,再抬起头来,恰好遇见马娜冰冷的目光。她抖了一下,迅速垂下眼皮。

"好,咱们今天从第四幕开始排练。"周老师拍拍手,"姜庭可以照着剧本念,其他人必须脱稿。"

大家都打起精神,唯独马娜抱着肩膀,歪着头,狠狠地看着姜庭。

"马……公主开始。"

所有人都把视线投向马娜。可是她一言不发,连姿势都没有变。

"怎么了?"周老师皱起眉头,"又忘词了?"

"没有。"马娜扭过脸,"看着新来的不习惯,没感觉。"

"适应一下就好了。"周老师撇撇嘴,"你将来不是要当女明星吗?这点小事都克服不了?"

"少一个就少一个呗,乱加什么人啊。"马娜翻起白眼,"真是吃饱了撑的。"

"苏琳退学了,必须找一个人顶替她的角色。"周老师开始不耐烦了,"否则舞台上的平衡就会被打破,看着很别扭。"

"找就找呗,什么眼光?"马娜还在喋喋不休,"找了一个这么难看的。"

姜庭猛地抬起头,脸红得仿佛要滴出血来,手里的剧本被她紧紧攥住,纸张哗啦作响。

旁边的女生嘀咕道:"没当明星呢,先耍起大牌了。"

"还有十几天就要演出了,不要影响排练!"周老师显然在克制情绪,"你把你那大小姐脾气给我收敛点!"

"跟我们吆五喝六的,算什么能耐?"马娜一脸不屑,"回家喝你媳妇的洗脚水去吧。"

宋爽和赵玲玲嘻嘻地笑起来。

周老师的脸色一下子变得惨白。他从摄像机后直起腰来，直勾勾地看着马娜。

"你再说一遍！"

马娜有些慌乱，却仍旧不服气："一个吃软饭的，嘚瑟什么？"

"马娜！"杨乐突然开口了，"你要是不能演，就请你退出。别耽误大家的时间！"

"公主"气鼓鼓地盯着"王子"，几秒钟后，忽然挥挥手："行了，行了，赶快开始吧。"

然而，没有人动，更没有人说话。周老师依旧看着马娜，五官扭曲，似乎随时会扑过去。

这时，人群中传来一个平静的声音。

"周老师，开始排练吧。"婢女 C 用手抚平皱褶的剧本，"我准备好了。"

洋脊火山多分布于玄武质新洋壳生长的地方，喷发的熔岩表层在海底就被海水急速冷却，但内部仍是高热状态。

姜庭想，哦，我是洋脊火山。

抛开令人不悦的部分来讲，第一次排练还算顺利。特别是姜庭纯正的发音，让平复情绪后的周老师表扬了几句。换好校服，拿上剧本，姜庭淡定地离开了礼堂，和同学们搭伴回到教室里，看也没再看马娜一眼。

下午是语文课、代数课、英语课和政治课。在其他人看来，姜庭和平时没有分别。安静、乖巧、认真听讲、仔细做笔记。

只有她自己知道，整整一个下午，她都处于亢奋的状态。她的脑海中反复重现马娜那张因为尴尬、怨恨和恼怒而变得丑陋的脸。她用不卑不亢的态度、流利的台词小小地做出了反击——这让她手脚发热，全身的毛孔都微微张开，脸色始终微红。

没错，就是要让你不能如愿，让你不舒服！

这种状态一直持续到晚上。姜玉淑也察觉到了女儿的异样。这段时间常常郁郁寡欢的姜庭今晚格外活跃。不仅跟自己有说有笑，写作业的时候还放着节奏欢快的音乐。尽管有些莫名其妙，姜玉淑还是不由自主地被她高涨的情绪感染。她切了一盘水果送到女儿的房间，看着她一边做数学题，一边跟着音乐的节奏晃动着肩膀，觉得更加好笑。

"你给我老实点。"她拍了女儿的肩膀一下，"像个猴子似的。"

姜庭叉起一块苹果塞进嘴里，顺便对她做了个鬼脸。

"你这孩子，今天是怎么了？"姜玉淑坐在床边，"发生什么好事了？"

"没有呀。"姜庭摇头晃脑，"猴子吃到水果就开心呀。"

"小鬼头。"姜玉淑伸出指头，在她脑门上戳了一下，"跟变了一个人似的。好好写作业吧。"

说罢，她就转身走出了卧室，带好房门。

姜玉淑没看到女儿手里的笔停在作业本上不动了。她更不知道，女儿的脑海里真的出现了另一个婢女C。

她什么都不知道，仍然沉浸在女儿带来的愉快心情里。于是，姜玉淑决定今晚也要让自己好好放松一下，暂时把那些令人劳神的账本扔到一旁。

她洗了一个又大又红的苹果，舒舒服服地窝在沙发上，打开电视机。本地的电视台正在播放《过把瘾》，正好，片头曲刚刚响起。

"过上一把瘾，说出我的心。天高莫忧愁，真意换真心……"

然而，一曲尚未终了，门铃就响了。

姜玉淑一边咬着苹果，一边哼着"爱就爱他个腾云驾雾"，轻快地走到门口，丝毫没去想深夜造访的会是谁。

刚打开一条门缝，她的好心情就荡然无存，本能地要关门。孙伟明急忙伸进一只胳膊，语气恳切："十分钟，就十分钟，行不行？"

姜玉淑回头看看姜庭的卧室，犹豫了一下，冷着脸从门旁让开。

孙伟明急忙钻进来，脱掉鞋子。看到姜玉淑已经坐到饭桌旁，他也跟过去，坐在她对面。

"就给你十分钟。"姜玉淑发现自己手里还拿着那大半个苹果，就把它重重地放在桌面上，"有话快说。"

"行，我也不跟你扯没用的。"孙伟明迅速组织了一下语言，"我要把庭庭带到北京去，你不同意，对吧？"

姜玉淑面无表情地点点头："没错。"

"玉淑，你得承认一件事。咱们俩是过不下去了，但是孩子是无辜的，对不对？"

"对。"

"为人父母，这辈子都得为孩子考虑。我这么想没错吧？"

"你到底想说什么？"

"为了孩子的前途和未来，咱们当父母的，受点委屈，也是应该的。你说是不是这个理儿？"

姜玉淑不说话了，皱起眉头看着孙伟明。

"关于孩子的事，我有两个方案，跟你商量一下。"孙伟明停顿了一下，见姜玉淑没有接话的意思，继续说下去，"第一个方案，你也跟我走，一起带着孩子去北京，你俩的生活我来负责。"

"哈！"姜玉淑发出大声的嘲笑，仿佛孙伟明说了非常可笑的话，"你直接说第二个方案吧。"

"明白了。"孙伟明丝毫没有表现出失望，似乎对姜玉淑的反应早有心理准备，"第二个方案，庭庭跟我去北京，参加完高考之后，去留由她来决定。你看行不行？"

姜玉淑怔了一下，随即就恼怒起来。

"孙伟明，别以为我看不出你那点花花肠子！"她站了起来，"你想来个既成事实，然后就死皮赖脸？"

"我完全不是这个意思。"孙伟明一脸无辜地摊开手，"要不这样，庭庭拿着北京户口参加高考，寒暑假都回你身边，这总行了吧？"

"你做梦！"

"你是不是脑子有问题啊？"孙伟明也失去了耐心，"你能把孩子拴多长时间？顶多一年吧？她要是考上外地的大学，不是一样会离开你吗？"

"那不一样！"

"有什么不一样？现在明明有一个这么好的机会，让庭庭可以轻轻松松上北大、清华。你偏偏就那么顽固,为了你的一己私利毁了孩子的大好前途?"

"对,我就是这么顽固!"姜玉淑气急了,忘了女儿就在卧室里,大吼起来,"因为那是我的女儿!不是你的!你他妈没资格做爸爸!"

孙伟明的脸一下子变得惨白,嘴唇翕动着,说不出话来。

"你想去北京,去吧!别打我女儿的主意!"姜玉淑已经歇斯底里,"带着你的小媳妇和那个崽子滚吧!安排你儿子上北大吧!"

"那不是我儿子。"

孙伟明的声音不高,却足以让姜玉淑瞬间就安静下来。

她怔怔地看着孙伟明,半晌,才从牙缝里挤出几个字:"你说什么?"

孙伟明长叹一声,面色由白变黑,脸上的皮肤塌陷下去,身形也佝偻起来,仿佛一下子老了十几岁。

"那孩子不是我的。"他捂住脸,"是我们厂长的。"

姜玉淑重新坐回到餐桌旁:"怎么回事?"

"她说自己是厂长的远房侄女,我信了。她说孩子早产,我也信了。"喑哑的声音从孙伟明的指缝里透出来,"孩子越长越像厂长,她说是表亲嘛,长得有点像也不奇怪,我他妈又信了。"

"你怎么发现的?"

"撞见了。有一次我从班上回家取材料,一进门,她和厂长……"

姜玉淑回头看看女儿紧闭的卧室房门,不知道说什么才好。

"你心里一定在偷着乐吧?报应啊,报应。是吧?"

姜玉淑沉默了一会儿,摇摇头:"没有。"

"我都觉得自己像个彻头彻尾的大傻子一样。"孙伟明把手从脸上拿开,"但是,我也不算太吃亏,先弄了个团委书记,现在又拿到北京户口了。"

他突然嘎嘎地笑起来:"他敢不答应?不答应就鱼死网破,看看谁最后死得惨。"

"以后怎么办?"

"我下个月就去北京上任,总厂办公室副主任。老主任快退休了。再熬几年我就是正处级。"孙伟明用力搓搓脸,"一年后离婚,两地分居,感情不和。"

"她和孩子呢?"

"表叔再安排下家呗。"孙伟明阴阳怪气,"那和我就没有关系了。"

姜玉淑突然笑了笑:"你还真是能屈能伸啊。"

"你也别笑话我。"孙伟明听出她的嘲讽之意,"大丈夫做事,不能拘小节。"

姜玉淑哼了一声:"我现在明白了。你想把姜庭弄到北京去,出发点并不是为了孩子的前途,而是你现在一无所有了,所以就想找补点什么回来,对吧?"

孙伟明垂下眼睛:"也不能这么说……"

"如果不是发现自己做了便宜爹,庭庭在你眼里就是个可有可无的孩子,对吧?"

"能不能别把话说得这么难听?"

"归根结底,庭庭就是那孩子的替代品,是不是?"

"这怎么可能呢?"孙伟明急忙辩白,"庭庭身上也流着我的血啊。"

"这正是我担心的事情。"

孙伟明愣住了:"你什么意思?"

"我的女儿要做一个堂堂正正的人。不欺负别人,但是,受了委屈,要打回去。"姜玉淑盯着孙伟明,"而不是夹着尾巴,觍着脸,拼了命也要再捞回点什么。"

孙伟明顿时变得尴尬无比:"我……"

"刚才,看你那可怜样儿,我真的有点同情你,甚至有那么一丝动摇。"姜玉淑一字一顿地说道,"但是,我不能让庭庭和你生活在一起,我不能让庭庭变成你这样的人。就算她身上流着你的血,我也要想办法把你那卑劣的基因清除掉,让她做个好人。"

孙伟明紧紧地闭了一下眼睛,旋即睁开。

"玉淑,再给我一次机会,我可以改。"

"你改不了。"

姜玉淑指指餐桌上的那大半个苹果,果肉已经氧化,变成黄褐色,看上去毫无食欲。

"坏了就是坏了。无论如何,它都不是原来的样子了。"

她拿起苹果,扔进脚边的垃圾桶。

"不要再来骚扰我和庭庭。我说得够清楚了吧。"

孙伟明向后靠坐在椅子上，一动不动地看着姜玉淑。渐渐地，冷硬的表情出现在他的脸上。

"行，那就没什么好说的了。"

他转身向门口走去，换好鞋。拉开门之后，他又看了看始终坐在餐桌前的姜玉淑。

"我绝不会放弃庭庭，咱们走着瞧。"

王宪江坐在副驾驶座上，一边嘬着快要燃尽的烟头，一边看着手里的地图。"缓冲区"里已经标记了十几个小红圈，可以与透明硫酸绘图纸上的雨水井一一对应。

他看得入神，直到嘴唇被灼痛才慌忙拔出烟头，扔出车窗。这时，他看见邰伟拎着两个塑料袋，一路小跑过来。

"前面是死胡同，晚上这里人一定很少。"邰伟钻进驾驶室，指指前方，"马路这边是围墙，那边是临街商铺。我看了一下，基本上都是小吃店、日杂店之类的，还有几家卖塑钢窗和配钥匙的。"

"这种店面基本都不会开业到很晚。"

"没错，夜深人静的时候，这地方不会有人。"邰伟凑到地图前，查找一番，"师父，我看这个雨水井可以标记一下。"

王宪江嗯了一声，掏出签字笔，在地图的某个位置上画了一个圈。

"最后一个！"邰伟握拳挥动了一下，打开塑料袋，香气顿时盈满了整个驾驶室，"来，师父，咱俩庆祝一下。"

"就拿几个破包子糊弄我啊。"王宪江笑骂道，"一点诚意都没有。"

"条件有限，克服一下。"邰伟嬉皮笑脸，"案子破了，咱爷俩喝他三天三夜。"

王宪江也是真饿了，拿起包子就往嘴里塞。两个人在车里沉默地吃着，四只眼睛却不约而同地瞟向标记着红圈的地图。

干掉了四个包子之后，王宪江拿起一杯豆浆，把吸管插进去，吸得吱吱作响。

"这一片，符合条件的雨水井最密集。"他指指地图，"其次是这里。"

"龙江医院附近。"邵伟不假思索,"还有惠山路和南京街周边。"

"排个序吧,先从龙江医院附近开始排查。"

"问题是,"邵伟拿着签字笔,却开始挠头,"咱们要找的是一个什么样的人?"

"三十到四十岁之间,独居,无业,或者工作时间比较自由。"

"男的。"

王宪江瞪了邵伟一眼:"废话!"

邵伟嘿嘿笑,随即又严肃起来:"不过,师父,我觉得之前对嫌疑人的刻画应该改一改。"

"比方说?"

"我们之前推测嫌疑人是个低收入者,现在看,这个思路可能有点偏。"

"为什么?"

"那些被害人的尸体都是光着的。衣服和随身物品都没在卫红渠里发现。"邵伟想了想,"就算嫌疑人住在抛尸地点附近,大半夜出来抛尸,就算他用自行车带着,也不可能弄一具光溜溜的尸体满街跑啊。"

"看来这家伙应该有车啊。"王宪江沉吟了一会儿,"杨新倩和杜媛的失踪也能说得通。"

"是啊。"邵伟学着他的样子摸摸下巴,"特别是杜媛。师父你想想,喝了点酒,又打不到车,这时候正好来了一辆顺风车……"

"如果他们是这么接触上的,"王宪江点点头,"那凶手应该是一个外表斯文,至少不会令人反感的家伙。"

"对,容易让人失去警惕的那种。"

"不过,"王宪江皱起眉头,"按说这样的人应该不会缺乏异性缘啊,何必去强奸杀人呢?"

邵伟眨眨眼睛:"心理变态。"

说完,他就等着师父在他后脑勺上扇一巴掌。然而,老头儿却没有反驳他的意思。

"如果是这样的话……"王宪江琢磨了一会儿,"你说的乔老师在哪个学校来着?"

一大早，顾浩就起来打扫房间。洗衣服，换上干净的床单、被罩，清理烟灰缸，整理冰箱，把昨天买好的各种食材、调料准备好，擦干净家里的每一个角落。

这一干就是大半天。终于收拾停当之后，顾浩一边擦汗，一边坐在床边抽烟。总觉得屋子里缺了点什么，浏览一圈之后，他把视线投向那个空酒瓶，起身出了门。

绕过居民楼，顾浩直奔楼后的花坛。他看看第一个花坛里茁壮成长的生菜、小葱和茼蒿，径直走到自家窗户下的那个花坛。

尽管没人打理，野花、野草们倒也长得郁郁葱葱，几乎要和窗台平齐了。顾浩打量着这些随风摇曳的红色、粉色、紫色和蓝色，正琢磨着要摘哪朵的时候，花丛中突然出现一张小男孩惊恐万状的脸。

顾浩被吓了一跳。小男孩却松了口气，没精打采地打了个招呼："顾大爷好。"

是对门苏家那个小儿子。顾浩大为惊讶："你在这里做什么啊？"

随即，他就意识到不对："你今天不是应该去上学了吗？"

"我……我没去。"小男孩的嘴扁起来，声音也带了哭腔，"我在游戏厅待了一上午，钱花完了，没地方去……"

顾浩伸手把小男孩从花丛里拉出来，又把他身上的泥土拍打掉，和他肩并肩坐在花坛上。

"你没有家里的钥匙吗？"

"有。"

"怎么不回家？"

"我不敢。"小男孩又要哭，"我妈知道我逃学会打我的。"

"你妈好像没在家。"顾浩想了想，"我早上出去晒衣服的时候，看到她出去了。"

"那我也不敢回去。"小男孩摇摇头，"她要是提前回家，就露馅了。"

顾浩叹了口气："为什么逃学？"

小男孩低下头，摆弄着自己的手指："老师讲的我听不懂，作业也不会写。"

他抽抽搭搭地哭起来："老师总批评我，同学们也笑话我。"

顾浩看他哭得可怜，伸出一只手在他后背上摸了摸："以前，不是你姐姐在家辅导你吗？"

"是啊，但是我还是跟不上。"小男孩边哭边揉眼睛，"我姐按照课本讲的。老师都是提前讲，都讲到初二课程了……他们都会，就我不会。"

"不行你就跟父母商量商量，再降一年级吧。"

"我不想去上学了。"小男孩的哭声大起来，"一点都不好玩。老师可凶了，不像我姐，我姐教我的时候可耐心了……我想我姐……呜呜呜……"

顾浩点燃一支烟，静静地听着小男孩哭。

"为什么逼着我去上学啊？我就在家待着不行吗？谁也不陪我，天天就知道让我写作业……"

"你姐姐去哪里了？"

"去我表舅家了，她要读完大学才回来。"

"哪个表舅，你见过吗？"

"没有。"

"你表舅住哪里啊？"

"江……江苏。"

"江苏哪里？"

"不知道。"

"你还说想姐姐。"顾浩笑了笑，"一问三不知。"

"我爸妈什么都不跟我说啊。"小男孩瞪起两只泪汪汪的眼睛，"我姐也不跟我说，那天我醒来她就不在家了，然后就一直没回来。"

顾浩沉默了一会儿："真的想你姐姐？"

"嗯。"泪水又从小男孩的眼眶里滚落出来，"我妈说，我姐会给我写信的。"

"收到了吗？"

"没有。"小男孩哭着摇头，"一封信都没有。"

"你问问爸妈，表舅家的电话号码是多少，可以给姐姐打电话啊。"

"我家没有电话。"

"你把电话号码要来就行，可以去我家打。"

"真的吗，顾大爷？"小男孩抓住顾浩的手，急切地看着他，"真的可以吗？"

"当然可以。"顾浩扔掉烟头，"你中午吃饭了吗？"

"没吃。"小男孩低下头，"午饭钱让我买币打游戏了。"

"走吧。"顾浩随便摘了几朵花，拉起他，"先去大爷家躲躲。"

一大碗鸡蛋面条被小男孩吃了个精光。顾浩让他不要出声，坐在床边看书，自己去公共厨房把一条五花肉切成小块。再返回房间的时候，小男孩已经靠在床头睡着了，课本也掉在了地上。

顾浩帮他脱掉鞋，把他平放在床上，盖好毛毯。随即，他把那个空酒瓶冲洗干净，把野花插进去，看着墙上的时钟，静静地等待着。

下午四点整，杜倩如约而至。一进门，刚来得及冲顾浩笑笑，她就被床上熟睡的小男孩惊得目瞪口呆。

"他是……"

"邻居家的孩子。"顾浩示意她降低音量，"逃学了，不敢回家，跑我这里避难来了。"

杜倩吐吐舌头："我还以为你这老家伙另有啥新情况呢。"

"我能有啥新情况？"顾浩哑然失笑，"大伟一会儿也过来吗？"

"他不来。"杜倩坐在床边的椅子上，掏出一条手绢来扇着风，"好几天看不着他了，不知道在忙什么案子。"

香气四溢。顾浩的心也在怦怦乱跳。

杜倩看到了酒瓶里的野花，面露喜色，上前摆弄了几下。

"给我准备的？"

"随便在后面的花坛里采的。"顾浩抓抓头发，"我估计你能喜欢这些花花草草。"

"挺好看的。"杜倩凑过去闻了闻，"香。就是花瓶差点意思——回头我送你一个。"

她挽起袖子，从挎包里拿出一瓶红酒，端端正正地放在饭桌上。

"给我找条围裙。"她在顾浩肩膀上拍了一下，"我给你做好吃的。"

两个人来到公共厨房里。杜倩先是夸奖了顾浩的刀工，随即就麻利地忙活起来。

　　熬糖色。把五花肉下锅翻炒。添汤。加调料。

　　杜倩手上不停。顾浩老老实实地站在旁边，根据她的指令打下手。两个人在狭窄的小厨房里来回穿梭，彼此说些不咸不淡的家常话。偶有身体接触，顾浩会本能地躲闪，杜倩却不以为意。渐渐地，顾浩也不再回避。

　　从未有过这样的经历。特别是她在锅里翻炒的时候，顾浩在她旁边切着葱段。两个人的肩膀挨在一起，弹性十足的触感清晰地传递过来。"刀工不错"的顾浩切得心不在焉，差点把手指当成葱白。

　　肉炖在锅里，发出响亮的咕嘟声。肉香很快就在公共厨房里弥漫开来。杜倩用汤勺尝了尝味道，满意地咂咂嘴。

　　"不错。去拿四个生鸡蛋。"

　　她的头发有一点乱，鼻尖上渗出了细密的汗珠。大概是因为蒸腾的水汽的缘故，她的脸颊绯红，眼中波光流转。

　　顾浩怔怔地看着她，直到杜倩推了他一把，嗔怪"你发什么愣啊"才反应过来。

　　他步履轻快地走回房间，一推门，就看到小男孩坐在床边，正在穿鞋。看见他进来，小男孩一脸惊恐地问道："我妈回来了？"

　　"没有，你不用害怕。"顾浩觉得好笑，"我做饭呢，看到她就给你通风报信。"

　　小男孩放下心来，吸吸鼻子："好香啊。"

　　"红烧肉焖蛋。"顾浩打开冰箱，"做好后给你家送一碗。"

　　小男孩顿时眉开眼笑："谢谢顾大爷。"

　　顾浩心说你小子心够大的，屁股蛋能不能保住还不一定呢。尽管如此，他还是从冰箱里拿出八个鸡蛋。随即，他愣了一下，又放回去一个鸡蛋。

　　"平时你几点放学？"

　　"五点。"小男孩眨眨眼睛，"五点半到家。"

　　顾浩看看墙上的挂钟："你小子就在房间里吧，别出声，也别出来。"

　　小男孩拼命点头。

顾浩用两只手抓着七个鸡蛋回到厨房里。杜倩瞪大了眼睛:"怎么拿了这么多?"

"给对门带一份吧。"顾浩向旁边努努嘴,"一家三口。"

"行,搞好邻里关系没坏处。"杜倩接过鸡蛋,"反正也炖得下。你再去拿个锅,把鸡蛋煮了。"

顾浩应了一声,弯腰从橱柜里找出一个汤锅,刚直起身来,就听到大门被推开了。

老苏老婆走进来,一脸倦色,看上去风尘仆仆的样子。看到扎着围裙的杜倩,她先是一愣,随即就跟顾浩打了个招呼。

"顾大哥。"

"回来了?"顾浩把汤锅放到燃气灶上,"这是我的朋友,来家里吃个饭。"

杜倩冲她挥挥手:"你好。"

老苏老婆的笑容勉强:"你好。"随即,她就打开101室的门,走了进去。

杜倩转身对顾浩小声说道:"你这个邻居,好像不太好相处啊。"

"别管她。"顾浩摇摇头,"他们家最近……事有点多。"

杜倩好奇心起:"怎么了?"

顾浩正要回答,就听见101室的门又开了。老苏老婆拿着一个茄子和两个土豆,拖着脚步走出来。

她冲顾浩和杜倩点点头,就一言不发地开始做饭。

"妹妹,今天别做太多菜。"杜倩指指冒着热气的铁锅,"红烧肉焖蛋,一会儿给你盛一碗过去。"

老苏老婆放下菜刀,转身冲她笑笑:"那多不好意思。"

"没事。"杜倩摆摆手,"我们就两个人,也吃不完。"

"闻着就好吃,那我就不客气了。"老苏老婆吸吸鼻子,"正好我今天也累了,省事了。"

她的确看上去疲惫不堪。茄子炖土豆下锅之后,她没精打采地搅拌着,似乎手里的长柄铁勺有十斤重。

"妹妹,要是不舒服就进屋歇着吧。"杜倩看不下去了,"反正我也在厨房待着，我替你看着锅。"

老苏老婆犹豫了一下，放下铁勺："行，调料我都放好了，收完汤帮我关火就行。"

她解下围裙，在手里揉作一团："大姐，那就多麻烦你了。"

"没事，放心吧。"

老苏老婆向杜倩道谢后，晃晃悠悠地回了 101 室。

顾浩看看手表："差不多了，该把那个小家伙放回家了。"

他走回 102 室，打开门，冲小男孩嘘了一声，又向门口摆摆头。

小男孩心领神会，悄无声息地把书包背在身上，猫着腰要溜出门去。

"谢谢顾大爷。"

"别谢我。"顾浩板起脸，"就这一次啊，不许再逃学了，也别再指望我会掩护你。"

小男孩做了个鬼脸："知道了。"随即，他把门拉开，又关上，向 101 室走去。

"妈，我回来了。"

红烧肉焖蛋。煎带鱼。油炸花生米。清炒油麦菜。

丰盛的晚餐已经准备好。杜倩关掉老苏家的燃气灶，盖好锅盖，又盛出一碗红烧肉外加三只焖蛋放在灶台上。

顾浩把四个菜依次端到房间里的餐桌上，摆好碗筷。平时只能容纳一菜一饭的小餐桌上挤得满满当当。杜倩解下围裙，洗了一把脸，跟着他回了 102 室，回手关好了房门。

她拿起酒瓶，吩咐顾浩再找出两个杯子。顾浩翻了半天，只找出两个普通水杯。

"没有那种高脚杯，这个行吗？"

"凑合用吧。"杜倩把酒瓶递给他，"来，爷们发挥作用的时刻到了。"

两只杯子里倒满了暗红色的液体。顾浩和杜倩对坐在餐桌的两端。杜倩端起酒杯，笑吟吟地看着他："不说两句？"

顾浩也端起杯子，想了一会儿："要不还是你来吧？"

杜倩又笑："你是主人啊，哪有让客人致辞的？"

"我还真不大会这个。"顾浩抓了抓头发，"那就祝咱们的晚年生活开开心心，平平安安吧。"

"你啊。"杜倩和他碰了碰杯子，喝了一口酒，"还是那副笨口拙舌的样子。"

美酒醇厚，菜也有滋有味。两个人慢慢地吃喝，低声聊着。话题不外乎过去的生活，邰伟的现状。杜倩似乎谈兴很浓。大多数时候，都是她在说，顾浩静静地听。不知不觉中，酒瓶已经空了一大半。顾浩渐渐地恍惚起来，似乎这样的场景并不是第一次，而是习以为常。他和杜倩把酒对饮，似乎不是难得的老友重逢，而是天长地久。

就在此地，102室内，两个人仿佛已经一起生活了一辈子。

这个念头让他本能地警惕起来，却又不愿意从中抽离。一个声音告诉他不行，而另一个声音却懒洋洋地拉着他，让他只想沉浸于此。

杜倩又把自己的杯子倒满，抿了一口。随即，她就以手托腮，歪着头看着他："你怎么不说话啊？"

顾浩点燃一支烟，笑笑："想不到你的酒量还不错啊。"

"嗨！你想不到的事情多了。"杜倩摆摆手，"以前你去我家的时候，都是你和志亮边喝边吹牛，哪有我出场的份儿。"

提到这个名字，顾浩耳边的其中一个声音骤然放大。

"我这辈子就这么一个好朋友。"他深吸了一口气，"我也就跟他在一起的时候，才有那么多话想说。"

"是啊。"杜倩笑笑，眼中水汽弥漫，"要不是他说漏了嘴，打死我也不相信那些信是你写的。"

她忽然冷下脸："你说，你是不是骗子？"

顾浩咧咧嘴："你喝多了啊。"

"你是不是？"

"是是是。"顾浩举起双手做投降状，"我是大骗子，行了吧？"

杜倩把手里的酒杯递过去："那你把它喝了。"

顾浩拗不过她，只好接过杯子，一饮而尽。

杜倩看他龇牙咧嘴的样子，哈哈地笑起来。

"你啊，就该找个人归置归置你。"

"找什么啊？"顾浩夹起一粒花生米塞进嘴里，"我都这岁数了。"

"拿出你那骗人的本事啊。"杜倩凑过去，定定地看着他，"是个女人就会上钩的。"

顾浩的心头一荡，急忙掩饰道："你可别扯了。喝酒喝酒。"

他拿起酒瓶，却被杜倩一把夺过。

"你说实话，为什么不结婚？"

顾浩看着她。杜倩的眼神专注，仿佛一只蓄势待发的猎隼，带着灼热的温度。

"没……没遇到合适的。"

"我要听实话！"

顾浩彻底慌乱起来，几乎想起身逃走。这时，外面的铁门发出咣当一声。随即，沉重的脚步声响起。

"邻居回来了。"顾浩总算找到了一个勉强说得过去的理由，"我把红烧肉给他送去。"

杜倩眯起眼睛。这模样更让顾浩感到心慌。他站起来，不敢再看她，拉开门去了厨房。

老苏还穿着工作服，一身煤灰，眉眼都辨别不清。顾浩叫住他："老苏，我给你家留了一碗红烧肉焖蛋。"

老苏只是哦了一声，就急匆匆地推开101室的门："苏哲回来没有？"

"回来了啊。"老苏老婆的声音传出来，"在屋里写作业呢。我去把菜热一下……哎，你这是干吗啊？"

乒乒乓乓的声音响起来。随即，小男孩的哭号声夹杂着老苏的怒骂声传到走廊里。

"你他妈还敢逃学！要不是老师打电话，我还以为你乖乖地在学校上课呢！"

"怎么回事啊？老苏你先别打他……苏哲你今天没去上学？"

责问声。劝说声。小男孩断断续续的辩解声。

顾浩站在101室门口，端着一碗红烧肉进退两难。想了想，他转身回了102室。

杜倩显然也听到了争闹声，见他进来，投以询问的目光。

"小家伙逃学的事情露馅了。"顾浩苦笑着摇摇头，"他爸妈正收拾他呢。"

杜倩也笑笑："你这个包庇犯怕不怕引火烧身啊？"

"我能怎么办，总不能让那小家伙饿着肚子在外面闲晃。"顾浩把那碗红烧肉放在饭桌上，"等他家消停了再说吧。"

他坐回到桌旁，始终垂着眼皮。他知道杜倩还在盯着他看，脸上依旧是那副不问清楚不罢休的模样。

果真，沉默了几秒钟之后，杜倩又开口了。

"你还没回答……"

"菜是不是有点凉了？"顾浩抢着说道，"我去厨房热一下。"说罢，他就伸手去拿菜盘。

冷不防，杜倩一声低喝："你给我坐下！"

顾浩身子一震，缩回了手。

又是一阵尴尬的沉默之后，杜倩轻轻地叹了口气。

"老顾，我是个女人。有些事，我这辈子可能只做这么一次。有些话，我也只会问一遍。"

顾浩低下头，不说话。

"你不傻。我心里的想法，你一定知道。"杜倩的声音低沉，却很清晰，"你到底怎么想的，不妨说出来。"

"我……"

"一个男人，婆婆妈妈的。"杜倩坐直了身体，"好歹也是从死人堆里爬出来的，别让我一个女人瞧不起你。"

顾浩一下下捋着头发，嗫嚅了半天，终于鼓起了勇气。

"杜倩，从一开始，我就……"

突然，门外传来巨大的碰撞声，似乎是101室的门被用力推开了。紧接着，小男孩的哭声在走廊里响起。

"我去找我姐，呜呜呜……我不跟你们好了。"

老苏暴怒的声音又响起："你还有脸找你姐，要不是她，你能有户口？你能上学？"

杜倩拍拍顾浩的手:"你继续说……"

顾浩却甩开她,示意她不要说话,一脸凝重地看着门口。

"我不想上学!呜呜呜……我要我姐回来!"

"你给我回家!找什么你姐,你找不着了!"

顾浩腾的一下站起来,直奔门口,拉开门冲了出去。

小男孩的脸上还有清晰的掌印,双手扳着入户门的门框,大声哭号着。老苏拽着他的衣领,用力向101室的方向拖着。

"你对得起你姐吗?她舍了自己才给你换了户口,你还逃学?你……"

看到顾浩出来,老苏的责骂声戛然而止,手上却更加用力。

"你给我回去!再犟嘴我就打死你!"

顾浩上前拉开他:"老苏,你这是干吗?"

小男孩顺势躲到顾浩身后。老苏余怒未消,胸口急剧地起伏着:"小兔崽子逃学!我他妈今天卸了一天货。老师都把电话打到我们车间了!我他妈下了班,碰见调度员才知道!"

"小孩子好好管教,你这么打,会把孩子打坏的。"

"老子费了多大的劲才把他户口落上。"老苏伸手去抓小男孩,"早知道你他妈是这块料,我都不能留着你!"

小男孩拼命向顾浩身后躲着。顾浩一只手挡住老苏,另一只手护着小男孩,不停地劝着。这时,老苏老婆从室内冲出来,一言不发地走到顾浩身边,拽起小男孩的衣领就拖了回去。

她的动作迅速又坚决,小男孩只来得及挣扎踢打了几下就消失在101室的门口。老苏愣在原地,叉着腰喘了一会儿,勉强冲顾浩笑笑。

"顾大哥,让你笑话了。"

"没事,家家有本难念的经。"顾浩摆摆手,"回去跟孩子好好讲道理。"

"行,那我先回去了。"

老苏转身走进101室,关好房门。

顾浩悄悄地走近几步,竖起耳朵听着室内的声音。

责骂声、拍打声和小男孩的哭声不时传出来。随即,他大声保证再也不逃学,好好上课。然后,他被赶回房间。

"今晚别吃饭了，饿着吧。"

事情看来告一段落了。接着就是老苏两口子的对话。

"你别整天出去逛了。从明天开始，早上送他去学校，晚上再把他接回来。"

老苏老婆的声音很低，听上去模糊不清，似乎在辩解着什么。

"还找什么？她要是还活着，早就回家了。别干那些没用的事了。"

老苏老婆呜咽起来。

"你就听我的！让你干啥你就干啥！"老苏又吼起来，"这事就这么过去了，别再提了，就当没养过她吧。"

老苏老婆的声音清晰了一些："……那也是我身上掉下来的肉啊。"

"儿子就不是了？就算你能找到她，咱家还能占理吗？老马家能甘心吗？儿子的户口怎么办？那些钱怎么办？"

老苏老婆的声音又听不清了，似乎在指责他。紧接着，就是踹翻椅子的哐当声。

"我能怎么办？你说，我能怎么办？你别做梦了，孩子没了就是没了。拼个鱼死网破有意义吗？你不为儿子的前途着想吗？"

老苏老婆的哭声更大。

"别号了，该吃饭就吃饭吧。我他妈的……这一天天也不知道是图个啥！"

顾浩听得浑身发凉，双手紧握成拳，几乎想破门而入。这时，身后的102室门开了。

杜倩穿好了外套，胳膊上挂着皮包，快步走了出来。

顾浩愣住了："你这是……"

"我先回去了。"她看也不看顾浩，拉开入户的铁门，"你也挺忙的，不打扰了。"

"我没有……"顾浩急忙去拉她，"这不是……"

杜倩甩开他的手，径直走了出去，重重地摔上了铁门。

顾浩在紧闭的门口站了一会儿，慢慢地踱回家里。

餐桌上的菜还剩下大半。顾浩拿起酒瓶，仰头喝光，又点燃了一支烟。

思绪如麻。顾浩连抽了几根烟，却丝毫理不出头绪。他不知道自己究竟在想杜倩还是那个失踪的女孩。脑子已经乱成一锅粥，沸腾、翻滚。胸口始终憋着一股气,却无从发泄。

  他闭上眼睛,连做了几个深呼吸,只觉得满口都是苦涩的味道。

  突然,他觉得背后有人在看着自己。

  急速转过身去,眼前却依然是空荡荡的房间以及窗外漆黑如墨的夜色。

  远方,雷声隆隆。暴雨将至。

第十三章 · 零的意义

1994年6月某日，雨。

尽管我还在写，但是这大概出自一种惯性。而且，我已经放弃把它当作日记的想法了。搞不清楚日期，那还叫什么日记呢？更何况，我发现放弃并不是一件很难的事情。从小到大，我不是一直在我的生活中做减法吗？

此时此刻，我坐在下水道里写下这些，内心始终有一种奇怪的感觉。似乎我过去、现在、将来一直都属于这里。我身上的某种牵绊——与头顶那个世界联结的——已经被彻底割断了。在我的生活中始终出现的减号，终于到了尽头，画上了等号。

零。

那个人带我爬上铁梯的一刹那，我很想哭，又很想笑。我没想到出口就在距离那个"房间"这么近的地方。当我举着蜡烛，在漆黑一片的下水道里横冲直撞的时候，回家的路近在咫尺。

他推开头顶的井盖，温暖的日光泼洒进来。同时，无数嘈杂的声音涌进我的耳朵。一时间，我的脑子里嗡嗡作响。

我究竟在黑暗和寂静中待了多久？

然而，我已经顾不得思考这些事情。他刚刚钻出下水井，我就手脚并用地爬出去。当我的手按在干燥的柏油马路上，呼吸着新鲜的空气，泪水夺眶而出。

紧接着，我就跑起来。我不知道自己为什么这么做，似乎想要证明我还活着，或者别的什么。跑出几十米后，我才想起身后的他。

我气喘吁吁地转过身。他还站在敞开的井口旁边，一动不动地看着我。这是我第一次在强烈的光线下看到他。

蓬乱虬结的头发、胡须遮住了大半张脸，辨不清颜色的军大衣模样的衣服，斜挎在身上的帆布包。

我向他挥挥手，"谢谢你"三个字却哽在了喉咙里。

他迟钝地抬起手，学着我的样子挥了挥。

我会回来看你。我会给你带很多好吃的。我会送你一件干净的衣服。我让爸爸带你去洗澡、剪个头发。等我长大了，我帮你找一个工作。

无数个念头出现在我的脑海中。然而，它们都不及一个念头强烈。

我要回家。

于是，我又转身跑起来。

这是一条并不长的街道。我很快就跑到了它和另一条大路的交叉口。这里更加热闹，车多，人也多。我站在十字路口，向四处张望着，惊喜地发现，我认识这条路！

很多人都在用诧异的目光打量着我。一个满身脏污恶臭的少女，穿着一双湿透的鞋子，每踏出一步都会在地上留下一个散发着难闻气味的脚印。但是，我已经顾不得这些。我辨明回家的方向，飞快地跑过去。

那些熟悉的街路。那些熟悉的建筑。那些熟悉的街边小吃的香气。

真好。

穿过街巷和楼群，远远地，我能看见自家那栋楼顶了。

然后，我哭了起来。在黑暗中心心念念了那么久的地方，就在眼前了。

可是，我没有力气了。

我扶住一棵树，弯下腰，大口喘息着，感到嗓子里像着了火似的。同时，汗水带着浓重的臭味升腾起来。我低下头，打量着自己。

我太脏了，像一块在污水坑里浸泡了半年的抹布。

我朝天上看看，现在大概是下午三点多，家附近应该不会有很多人在外面活动。我不能让别人看见老苏家的大女儿是这副模样。爸妈把脸面看得比什么都重要。我不想让他们太丢人现眼。

我勉强迈动双腿，尽可能避开大路，绕到小道上向家走去。

十几分钟后，我终于躲进了自家单元的楼道里。妈妈和弟弟应该在家，顾大爷也是。我屏住呼吸，悄悄地打开进户门，几步走到101室的门口，轻轻地叩了叩。

室内毫无回应。

我不甘心，又敲了几下，还是没有人出来应门。

钥匙已经不知道丢到哪里了。我想了想，又溜出去，绕到楼后。

即使隔着玻璃窗，看到熟悉的家，我仍然觉得无比亲切。妈妈和弟弟都不在房间里。他们一定出去找我了吧。

不知道他们看见我，会有多高兴。

我坐在花坛里，面前是高耸的野草和野花，刚好可以把我挡得严严实实。我想，我就在这里等他们吧。没有人会看到这个鬼德行的苏家大女儿。我会在没人注意的时候，悄悄地从天而降。爸爸妈妈和弟弟一定会高兴得发狂。然后，我要好好洗个澡，美美地吃一顿，再狠狠地睡一觉。

然后，我就睡着了。

有一本书上说，睡眠其实是短暂的死亡。对于有些人来讲，睡着了，就再没醒过来，短暂变成了永恒。我的奶奶就是这样。

现在，我很羡慕她。

如果我躺在那些野花中长眠不醒……

如果我在这个没有人注意到的地方悄悄地停止呼吸……

如果我闭上眼睛，就永远不会再睁开……

我的身体就会腐化、分解，变成丰富的养分，滋养身下这些野花和野草。然后，我的灵魂就会附着在其中一朵花上，无知无觉，热烈绽放，默默凋零，等待着在下一个春天里破土而出。

我就不会听到他们的对话。

是的，他们。

醒来的时候，我蜷着身子，侧卧在花坛里。尽管费了很大的力气，尽管我不愿意去相信，但是，我还是弄清了一件事。

我被放弃了。

我的一切，换成了一个户口，一个合法的身份，一个可以去上学的孩子，或者，还有一笔不知道数目的钱。

嗯，就像他说的，"就当没养过她吧。"

我曾经以为她不喜欢我，原来，他也不喜欢我。

只是，弟弟哭着说要去找我的时候，我真的想冲出去。然而，我没有。我只是一动不动地蜷缩在花坛里，睁大眼睛，看着野草缝隙中透出的黑夜。

我已经死了。至少在他们心中，我已经死了。一个死人，是不应该动的。

好吧。好吧。如果我的死，能解决他们一直忧心的事情，那么，好吧。

弟弟，我摔坏了你的机器人。现在，姐姐补偿给你。

不必告别了吧。原本他们也没打算和我告别。但是……

我悄悄地爬起来，慢慢走到102室的窗口。

顾大爷背对着窗户坐在餐桌前，低着头，似乎在抽烟。

我张了张嘴巴，却没有发出任何声音。随即，我抬起手，对着他的背影挥了挥。

为了那两个扣在一起的盘子。为了那些饥饿夜晚中的些许满足。

再见。

走在那些街路上的时候，我什么都没想。行尸走肉。对，就是这样。似乎一切都理所当然，顺理成章。

我甚至连一点憎恨的感觉都没有，更不要提把我赶进下水道的马娜她们。我算什么呢？一个原本就不该存在的人，有什么理由憎恨这一切呢？

就连倾盆大雨落下的时候，我都没有感觉到。而且，没有人看到我吧。一个全身湿透，在大雨中踽踽独行的女生。

就这样，我一路走着，穿过那些灯火通明或者漆黑一团的地方。走着，只是走着。直到走回那条小路上。

仿佛是本能一般,我走到路中间,打开那个井盖,沿着铁梯爬下去。最后,我拉动井盖,让它在我眼前慢慢闭合。

在最后一丝昏黄的路灯光消失之前,我看到了井口的形状。

一个圆圆的,零。

乔允平教授的办公室和王宪江想象的差不多:光线较暗,墙上、地上、书桌上和椅子上到处都是书籍和各类资料。空气中弥漫着淡淡的霉味和烟气。原本还算宽敞的空间,因为物品摆放凌乱显得狭窄逼仄。

乔教授看上去五十多岁,花白的头发整齐地梳向脑后,眼镜片后透出的目光锐利。王宪江心想,他还真像一个整天和不正常人类打交道的模样。

乔教授搬开沙发上的几摞资料,招呼他们落座。随即,他又把一个烟灰缸放在茶几上。

"都抽烟吧?我这里可以随便点。"

他拉过一把椅子坐在王宪江和邰伟对面,自己先点燃了一支烟。

"怎么样?上次小邰警官到我这里咨询了一起连环杀人案,有什么进展吗?"

邰伟拿出标记了重点排查地点的地图,递给他。乔教授看得很仔细,一边吸烟一边听邰伟的讲解,又思考了一会儿。

"嗯,我同意你们的判断。"他把地图还给邰伟,"接下来,就是找人了吧?"

"没错。"王宪江点点头,"这也是我们要向您请教的问题。"

"还有更多的资料吗?"

"没有。"邰伟撇撇嘴,"没有现场勘查报告,没有访问笔录,也没有物证检验结论。我们现在掌握的,只有那三具尸体和这张地图。"

乔教授的脸上看不出什么表情,只是扶扶眼镜:"就是你上次跟我介绍的那些,对吧?"

"是的。"

他不说话了,转脸看向窗外,一只手在膝盖上轻轻地叩击着。

邰伟和王宪江互相看了看,耐心地等待他开口。

几分钟后，乔教授缓缓说道："所有被害人都是女性，且生前都被性侵，之后被铁丝类物品勒死，全身衣物及随身物品除尽，弃尸于下水道。"

邰伟看看他，不知道该不该接话。

乔教授似乎也没想得到他们的回应，仍旧自顾自说下去："首先，凶手不可能与死者在生活中有明显交集，否则很快就会查到他头上。你们没有在死者的社会关系上浪费时间是对的。"

邰伟得意扬扬地看了看王宪江，看到师父严肃的脸，急忙收敛了笑容。

"他需要以陌生人的身份和死者发生接触，并将她们带到合适作案的地点。"乔教授眯起眼睛，"这说明他至少要有一个令人容易产生信任感的外表。"

他停顿了一下，继续说道："这样的人，受教育程度不会很低，而且拥有一份还算体面的职业。而且，结合被害人失踪的时间，他不会担任什么实职，工作时间弹性比较大。"

乔教授看看邰伟："所以，你们判断他可能自驾车辆运尸、抛尸的思路也是对的。"

邰伟问道："如果考虑凶手驾驶车辆的话，'缓冲区'要不要画得再大一些？"

"那倒没必要。"乔教授看看地图，"你们设定的区域范围已经不小了，够你们查的了。而且，车辆的价值更多在于运尸和抛尸，他会选择熟悉的地点，对缓冲区影响不大。"

王宪江面无表情。乔教授的分析和他们的判断基本一致，这并不能给侦查工作带来新的突破口。

"其次，咱们再从表象看看内里。从被害人的情况来看，经济条件都不足以让凶手产生劫财的想法，更不用在大白天与她们发生接触。因此，凶手的作案动机应该是满足性欲。"

"可是，如果凶手像您描述的那样，这家伙应该有很多满足性欲的渠道啊。"邰伟有些不解，"有钱、有闲，犯不着去杀人啊。"

"这又是由里及外的问题了。"乔教授笑笑，"他实施强奸及杀人的地点应该是在室内，那么他应该满足独居的条件。"

邰伟眨眨眼睛："光棍儿？所以就……"

"我们可以做这样一个假设，但是并非绝对肯定。"乔教授说道，"他完全可能另有一套住房，这不奇怪。"

邰伟蒙了："我不明白。"

"你们推测凶手可能把三具尸体弃置于同一个雨水井内，这一点我赞同。"乔教授皱起眉头，"那么问题又来了，他为什么要这么做？"

邰伟一时语塞，看了看王宪江："习……习惯？"

"他不太可能把尸体塞进雨水井了事。"乔教授摇摇头，"且不说雨水管道会定期检修、清淤，如果有人偶然打开那个雨水井盖，他的罪行立刻就会败露。"

王宪江想了想："他会把尸体放在雨水管道里的某个特定地点吗？"

"有可能。"乔教授沉吟了一下，"我们不妨大胆设想，这家伙也许会时常回去拜访她们。"

邰伟怔怔地看着他，一脸难以置信的表情："不会吧。他还要去……欣赏一下？"

"有这么干的。"王宪江若有所思，"我以前办过一个系列纵火的案子。嫌疑人放火之后，会留在现场观看。隔几天，还会去火灾现场转悠。就是因为他频繁出现在各个火场，才引起警方的注意，最终归案的。"

邰伟哼了一声："这是心理有毛病啊。"

"这起系列杀人案的凶手也有心理异常的表现。"乔教授又点燃一支烟，"或者说，他的心里有一个缺口。"

王宪江挑起眉毛："缺口？"

"嗯。长期压抑且得不到满足的性欲，发泄在这些与他素不相识的女人身上。如果我们的推测是成立的，那么他会把尸体弃置在雨水管道里的同一个地点，时常去欣赏自己的所谓成就，回味自己的作案过程，甚至会摆弄她们的尸体。"

王宪江立刻问道："他为什么要这么做？"

"因为尸体听话，不会反抗，任由他糟蹋。"

邰伟瞠目结舌："这他妈到底是什么样的人啊？"

"他在犯罪中满足了什么，就意味着他在生活中缺少了什么。强奸和杀人对他来讲，是一种补偿。"

乔教授深吸一口气："我觉得，你们要找这样一个人:年龄在30至40岁之间，大学本科或以上学历，中等身材，衣着整洁，人际关系正常。在事业单位工作，非实职，经济状况较好，有收藏物件的癖好。"

他又沉吟了一下："从婚姻状况来看，要么独居，曾有过非常不愉快的情感经历，他是受害一方；要么夫妻感情不佳，关系紧张，分居的可能性大，或者他另有一套住房。无子女，或者子女与其关系疏离。"

邰伟一一记录在记事本上。乔教授耐心地等他写完，抬起头："还有什么能帮你们的吗？"

王宪江看看邰伟，站起来："暂时没有了，谢谢您的帮助。"

"别客气，如果我这边还有补充，会联系你们。"乔教授和王宪江、邰伟分别握手，"不过，有件事情我得提醒你们。"

"什么？"

"尽快破案。"乔教授一脸凝重，"从他的作案频率来看，我觉得他还会杀人。"

马东辰嘱咐司机把车停在校门口，又从后备厢里拿出两条中华烟，用黑色塑胶袋包好，穿过校门向教学楼走去。

校长办公室在四楼。一进门，马东辰就看见董校长坐在宽大的办公桌后，正在打电话。

董校长一手拿着话筒，一边示意他坐在办公桌对面的沙发上。

"明白，明白，这是好事……许局长您放心，我一定办好，找到这个学生之后，我跟您汇报。"

马东辰点烟的动作停了下来，竖起耳朵听着董校长通电话。

董校长很快结束了通话，向沙发走过来。他先看了看茶几上的黑色塑胶袋，坐在马东辰旁边。

"你看，你又这么客气。"董校长拍拍他的大腿，"你上次送我那个……挺贵的呢。"

"移动电话，也有人叫大哥大。"马东辰笑笑，"你业务多，有一个联系起来也方便。"

董校长哈哈一乐："马总，真是不该把你折腾过来。不过，这次的事……的确有点棘手。"

"没事。"马东辰迫不及待地问道,"刚才您在电话里说要找一个学生?"

"教育局来的电话。"董校长漫不经心地挥挥手,"有一个女学生,学雷锋做好事了,教育局打算宣传一下。"

"哦,那是好事。"马东辰放下心来,"是不是马娜又捅娄子了?"

"怎么说呢?"董校长斟酌着词句,"马娜呢,是个不错的好孩子。热情、活泼……跟同学们的关系呢,也还可以。"

马东辰一脸诚恳地听着,连连点头,等着那个"但是"。

"但是呢,可能这孩子的个性太强——我倒不觉得这完全是件坏事,现在也在呼吁个性化教育嘛。"董校长又沉吟了一下,"她有时候会和同学们之间有些争执。或者是因为家庭条件的原因?她对别人……总是表现得不太尊重,当然,我说的不是对我。"

"那她绝对不敢!"马东辰的语气斩钉截铁,"我在家里不止一次跟她说过,一定要尊重老师和同学,特别是校长。"他话锋一转,"唉,都是我工作太忙,她妈妈还总惯着她。这孩子确实有点不像话。"

"都是为人父母,这个咱们都理解。"董校长拍拍他的膝盖,"要是和同学们有什么冲突吧,我觉得还好办。好几十个孩子凑在一起,都处在青春期,吵个架动个手什么的很正常。但是这次……"

马东辰瞪起眼睛:"她该不会对老师……"

"是啊。而且还不是个一般的老师。"董校长换了一副严肃的面孔,"学校的团委书记,姓周,商业厅一个副厅长的女婿。你知道,我也挺难办。商业厅虽然跟学校没有直接联系,但是也算个大衙门。我呢,想来想去,只好请你过来一趟。"

"这小兔崽子干什么了?"

"现在马娜不是参加了一个英语剧的演出嘛。"董校长搔搔头发,"在排练的时候,不知道什么原因,她当众辱骂了周书记,还涉及人家的夫妻关系什么的,搞得周书记很下不来台。这不,都告到我这里来了。"

"这也太不像话了!"马东辰叫起来,"怎么能骂老师呢?这臭丫头,我这次准饶不了她!"

"你也别太生气。"董校长摆摆手,"孩子嘛,好好教育就行了。要不是这事影响挺恶劣的,我也不会劳动你的大驾。"

马东辰点头:"董校长,那您看,这事怎么处理比较合适?"

"周书记呢,也是觉得丢了面子,脸上不好看。"董校长想了想,"要不这样,我把马娜和周书记都叫过来,你让马娜好好给周书记道个歉。老师一般不会跟学生太计较的。态度诚恳点,这事也就这么过去了。"

"那没问题。"马东辰满口答应,"回头我专门请周书记吃个饭,认真给人家赔个罪。"

"那倒不至于。"董校长叫秘书进来,"咱们先说好啊,一会儿不许打孩子。"

"在您这儿绝对不会。"马东辰咬牙切齿,"回去我狠狠收拾她!"

十几分钟后,马娜晃荡着校服袖子走进了办公室,一看马东辰也在,先是一愣,随即就明白是怎么回事了。

"真他妈行。"她小声嘟囔道,"还学会四处喊冤告状了。叫他吃软饭的都是抬举他了。"

"你还敢满嘴喷粪!"马东辰腾的一下站起来,"谁给你的胆子骂老师?"

"他算个屁老师啊。他是懂文史地还是数理化啊?"马娜撇着嘴,"就知道整天拎个相机瞎晃悠,冒充艺术家。"

"你再胡说!"马东辰冲过去,抬手欲打。董校长急忙拦住他,连连劝解着。

"都说好了不许动手,马总你冷静点。"

"这他妈是什么孩子!"马东辰的额角青筋暴起,"你看看你还有个学生样吗?"

马娜白了他一眼,抱着肩膀,抖着腿,一副天不怕地不怕的样子。

"一会儿周老师来了,你必须给我好好道歉。"马东辰更火了,"他妈的,我就不信治不了你。"

马娜没好气地回道:"我不。我又没说错。"

"马娜!人家周老师家里什么情况关你什么事?"董校长沉下脸,"你再这样下去就无法无天了!要不是我和你爸爸是朋友,上次你把同学打退学的事情,就够你吃不了兜着走了!"

"喊！"马娜撇撇嘴，"大不了我也不念了呗。反正我明年就……"

"你他妈做梦！"马东辰指着她的鼻子，"你给我老老实实读到高三，否则什么美国、英国——你哪儿也别想去！"

马娜看了看马东辰，犹豫了一下，不耐烦地说道："行了，行了，我道歉，行了吧？"

"你给我站好！"马东辰余怒未消，"一会儿态度一定要诚恳。如果你还是这副德行，我回去饶不了你！"

马娜站直身体，依旧梗着脖子，两眼望天。

"气死我了！"马东辰一屁股坐在沙发上，"我怎么生了你这么个东西！"

几分钟后，校长办公室的门又被敲响。随即，一个三十岁左右的年轻男子探进半个身子。

"校长，您找我？"

董校长冲他挥挥手："周老师，快进来。"

周老师走到他的办公桌前，看到站在沙发旁边的马娜，脸色立刻阴沉下来。

"你上次反映的情况，事关师德尊严，学校很重视。"董校长从办公桌后绕出来，指指马东辰，"我让学生给你道个歉，让学生家长也拿出个态度来。"

马东辰立刻站起来，伸出手去："周老师……周书记，我是马娜的爸爸。这次的事，没什么可说的，全是孩子的错。我作为家长，教女无方，我先跟您道个歉。"

周老师握着马东辰的手，表情淡然，一言不发。

马东辰有些尴尬地抽回手，冲马娜喝了一声："过来！"

马娜哼了一声，不情不愿地走过来。

"向周书记道歉。"

马娜扭着头，飞快地吐出三个字："对不起。"

周老师笑笑："令千金都是这么道歉的吗？"

"没有，没有，您别生气。"马东辰火了，在马娜小腿上踢了一脚，"一个字一个字说，周老师，我错了，对不起，下次不敢了。"

马娜被踢了一个趔趄。她站稳身体，抬起眼睛，瞪着马东辰。

马东辰怒目圆睁，指指周老师："你给我快点！"

马娜移开视线，转身看了周老师一眼，又低下头去："周老师，我错了，对不起，下次不敢了。"

周老师盯着马娜看了几秒钟："让你道歉，是为你好。家长和学校没教育好你，将来会有人好好教育你。到时候，可不是道歉就能解决的了。"

马娜低头不语。

董校长又过来打圆场："周老师，你看……"

"就这样吧。"周老师还是一副似笑非笑的表情，"我接受她的道歉。"

"行。"董校长拍拍马娜的后背，"让孩子先上课去吧，别耽误学习。"

马娜连招呼也不打，拔腿就走。

马东辰既无奈又恼火："这孩子……"

周老师转向董校长："校长，要是没别的事的话……"

"周老师，您先等等。"马东辰急忙开口，"今晚您方便吗？潮汕楼，我给您赔罪。这次真是太过意不去了……"

"不必了。"周老师摆摆手，"您有时间，多管教管教您家的大小姐吧。"

"一定，一定。"马东辰摸出名片，双手递给周老师，"我是做建材的，您家有什么需要，尽管来找我。"

周老师接过名片，扫了一眼，随手塞进衣袋里。

"校长，我回去上班了。"

随即，他冲马东辰微微颔首，转身出去了。

"行了，马总，这事就算解决了。"董校长摊开手，"你回去之后，真得好好管管这个马娜。"

"董校长，又让你费心了。"

马东辰一脸诚挚，心里在暗暗祈祷，送这个瘟神出国之前可千万别再出什么幺蛾子了。

老苏家大女儿苏琳并不像老苏所说的那样转学去南方，而是已经失踪，这是一个既定事实。

但是并不确定她已经死亡，否则老苏老婆不会每天都出去寻找她。

苏琳的失踪与一个姓马的人有关。

这个姓马的人倒是颇有一番能量，居然能说服苏家不再追究。当然，代价是给苏琳办理了退学，帮苏家小儿子上了户口，入了学，还给了一大笔钱。

然后，这孩子就可以当她死了。

顾浩把一张大白纸贴在电视机旁边的墙上，上面写着若干人名及横七竖八的连线。苏琳的名字格外醒目。旁边的"死亡"二字上画了一个问号。

自从那个雨夜开始，他就避免再和苏家人接触。一来，通过偷听苏家人的对话，他已经对整个事件的来龙去脉有了大致了解，再问下去，除了徒增不必要的敌意与猜疑之外，不会再有更多有价值的线索；二来，他怕控制不了自己的情绪，会狠狠地揍老苏一顿。

他坐在床上，一边吸烟一边看着那张大白纸，视线始终在苏琳的名字和"死亡"二字上游移。

窗外依旧是一片阴沉，大雨转到中雨，再到小雨，淅淅沥沥地下了快两天。天空依然没有放晴的迹象。

他突然开始厌烦这个多雨的夏天，似乎每次下雨的时候，都会有不好的消息。

门上忽然传来急促的叩击声。顾浩已经猜到是谁来拜访，却坐着不动。这猴崽子就是学不会敲门的规矩，该让他长点记性。

不过，坚持了几秒钟之后，顾浩还是起身去开门。毕竟，他需要这小子帮忙。

邰伟一头闯了进来，嘴里还在嘟囔："老头儿你还没起来啊，这都几点了？"

顾浩刚要骂他没大没小，却被他的德行惊了一下。

头发又长又乱，脸颊凹陷，细密的胡茬也冒了出来。

"你小子最近在忙什么？呼你也不回我电话。"顾浩关好门，拿起热水瓶，"怎么瘦成这个鬼样子？"

"卫红渠里那三具女尸的案子嘛。那天可能是呼机没电了。"邰伟扑倒在床上，"顾爹，有吃的吗？"

顾浩想了想，冰箱里还有杜倩做好的红烧肉焖蛋。

"有，你等着。"

米饭和红烧肉焖蛋很快就加热完毕。邰伟爬起来，毫不客气地开始大吃大喝。吃着吃着，这小子扑哧乐了。

坐在一旁吸烟的顾浩看看他："你笑什么？"

"一尝就是我妈的手艺。"邰伟一脸坏笑，"老头儿你可以啊，什么时候和我妈联系上的？"

"闭嘴吧你。"

"不过我妈这两天好像不大开心啊。"邰伟拿着筷子指指顾浩，"你这老东西，是不是……"

"你吃不吃？"顾浩的脸上挂不住了，"不吃就滚！"

"吃吃吃。"邰伟不敢再开玩笑，埋头吃喝，很快就把饭菜一扫而空。吃完饭，他端着碗盘要去公共厨房，被顾浩拦住了。

"我来。"顾浩指指床铺，"你去躺会儿。"

顾浩把碗盘刷洗干净，起身返回房间，看见邰伟并没有老老实实休息，而是叼着烟，眯着眼睛，凑在那张白纸前仔细看着。

"顾爹，这是什么？"见他进来，邰伟在白纸上指了指，"这个苏琳我还记得，'死亡'是怎么回事？"

顾浩擦擦手，拉过一把椅子坐下："这就是我今天找你来的原因。"

邰伟看他态度郑重，自己也严肃起来："你说。"

"两件事。"顾浩扳起指头，"第一，你去帮我查一查，最近在本市范围内有没有出现无名尸体，十六七岁的女孩；第二，去收容站看看，被收容的无家可归人员中，有没有这样的人。"

"长什么样？"

"一米六五左右，瘦，长头发。"顾浩想了想，"尖脸，单眼皮。"

"好。"邰伟皱起眉头，又看看那张白纸，"顾爹，我还是有点糊涂，这到底是怎么一码子事啊？"

顾浩犹豫了一下，还是把整个事发经过以及自己的推测说了一遍。邰伟听他说完，眼睛越瞪越大。

"他妈的！"邰伟看向门口，"你这邻居一家够可以的。孩子生死未卜，下落不明，他就这么忍气吞声了？"

"你不懂。梦寐以求的东西送到你面前，难保不会动心。"顾浩摇摇头，"再说，从日常表现来看，老苏家确实没把大女儿当回事，儿子才是宝贝。"

"我确实不懂。为了一个带把儿的，可以连自己的女儿都舍了。"邰伟哼了一声，"顾爹，你打算怎么做？"

"很简单，我要找到这孩子。"

"顾爹，你得有个心理准备。"邰伟斟酌着词句，"如果她还活着，早就回家了。所以……"

"生要见人，死要见尸。"

"行，这事交给我。"邰伟点点头，"你老就歇着吧。"

"不用，你负责帮我查那两件事就行。你忙你的案子，其他的我自己来。"

"你可得了吧。"邰伟不以为然，"你一个退休老头儿，能干什么啊？找点别的事打发时间吧，哪怕你在我妈那边多用用心呢。"

顾浩盯着他看了几秒钟，平静地说道："你是不是也觉得我是闲着没事，自寻烦恼呢？"

"我不是那个意思。"邰伟有些慌了，"我是说……"

"你说得没错。我就是一个退休老头儿，没权没势，但我有的是时间。"顾浩打断了他的话，"这孩子跟我无亲无故，也谈不上有什么交情。但是，她叫我一声顾大爷……"

"还给你送过一些花花草草。"

"对。因为那些花花草草，这事就跟我有关系。"顾浩提高了音量，"小姑娘来到这个世界上，没人疼，没人爱，这和我不挨着。但是，就算拔掉一根草，地上还得留个坑——我不能让她这么不明不白地就没了。"

他说得气喘，不得不停顿了一下："我得找到个人给我说清楚，你为什么拔，怎么拔的，拔掉之后他妈的给我扔到哪儿去了！"

"顾爹你消消气。"邰伟急忙伸出手去拍他的肩膀，"这事咱管到底，我帮你，行不行？"

顾浩甩掉他的手："我交代你办的两件事，记清楚没有？"

邰伟连连点头："记清楚了，有消息我就通知你。"

顾浩嗯了一声，指指门口："你去忙你的吧。"

邰伟乖乖地走到门口，又转过身："不过，顾爹，你老有时间的时候，跟我妈联系一下。"

顾浩抬起头，一言不发地看着他。

"老太太的心思，你也清楚。别冷着她。都这么大岁数了，没多少好日子可过了。"邰伟想了想，脸上的表情一本正经，"我这也是为你好，长期压抑且得不到满足的话，人容易变态。"

顾浩瞪起眼睛："你说谁变态？"

"不是我说的啊，一个心理学家说的。"邰伟辩白道，"你得相信科学啊。"

顾浩直奔墙角的拖布："我现在就让你知道知道什么叫变态。"

"你看你，说着说着又急眼。"邰伟慌忙打开门，逃之夭夭，"你等我电话啊。"

"滚！"

顾浩冲着门外吼了一嗓子，把拖布放回原位，心里不由得又想起杜倩。

第十四章·牡丹

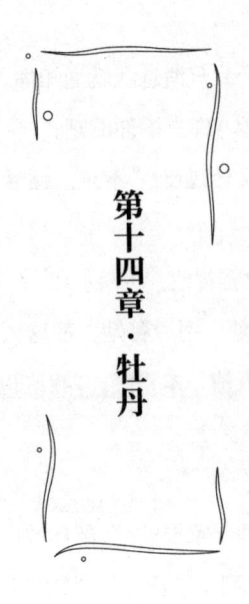

1994年6月7日，星期二，天气多云转阴

　　他给我带了一张报纸回来，于是，我知道了现在是何月何日。当然，我并不确定这是今天的报纸，因为它是用来包馒头的。然而，住在地底的我已经不能要求更高。有了日期的日记，看起来显得正规多了。

　　现在回想起来，写日记的习惯大概始于小学。当时，每天的日记也是作业的一部分，要交给老师检查和批改的。我历来是一个听话的孩子，所以，日记里事无巨细，像写作业那样认真。上了中学之后，不必每天都交日记上去，但是，这个习惯保留了下来，直到现在。

　　日记，当然要日日记。在这些年中，除了在黑暗中摸索以及昏迷的那几天之外，我没有落下一天的日记。所以，这本日记已经不够完整了。如果它会说话的话，一定会说，主人，主人，我已经不配做一本日记了。哈哈，我会告诉它，没关系呀，这样我们才相配啊。

　　一个不配做女儿，甚至不配做人的我，拥有一本"不配"的日记，有什么奇怪？

　　马娜说得对，我的确不配做人鱼，不配做公主。所以，我到现在仍然都不记恨她。只不过是揭穿了我一直不肯面对的事实而已，我不配恨她。

就好像我在大雨中不假思索地钻进了下水道，仿佛我天然就属于这里。理所应当。再说，他也对我的去而复返完全没有惊讶的表现。

不过，他好像对什么都不会惊讶。

我丝毫不怀疑他的智力有问题。这从他只能用简单且含混的词汇来表达就看得出来。如果用带有侮辱性的字眼来形容的话，他是一个傻子。我不知道他从哪里来，不知道他多大，只知道他在下水道里已经生活了很久，甚至比老鼠还要熟悉这里的环境。他应该是靠捡废品来谋生，每天带回来的或多或少的食物是一天的劳动所得。

他这样的人，在这个城市里应该成百上千，但我从来没有注意过他们。在大多数时候，他们仿佛都消失得干干净净。

然而，此时此刻，只有他和这个"房间"愿意接纳我。也许，他把我当成了他的同类吧。或者，在他眼里，我和一个水瓶、一块废铁或者一个旧轮胎没什么分别。

其实，我觉得无所谓。一个"死"了的人，想必也不会比水瓶、废铁、旧轮胎高贵到哪里去。

天知道我有多想在那个雨夜死去！

可是，我偏偏还活着。我还有呼吸、痛觉和饥饿感，我还能在极度疲劳的时候沉沉睡去。更糟糕的是，我还能醒过来。

没错。清醒对我是一种折磨。这让我不得不面对那个残酷的问题——我究竟是什么？

苏琳。苏家的大女儿。苏哲的姐姐。第四中学高二四班的学生，学号27。婢女C。

不。都不是。

其实，从我被赶进下水道开始，我就失去了这些身份。一个都没有剩下。这让我发现一个事实：一个人，可以消失得如此彻底。

有一种很浪漫的说法，即使一个人真的死了，只要还有一个人记得他，那他就没有真正地死去。

但是，我想，用不了多久，大家就会把我遗忘得干干净净。因为他们没有理由记得我。我不曾有过朋友，现在也没有家人。在他们或短暂或漫长的人生里，我会渐渐变得面容不清，最后彻底消失。

这样也好，原本我就可有可无，悄无声息大概是最好的结局。

零，就要有零的样子。

苏琳这个名字，最终也会变成两个毫不相干的汉字，静静地躺在字典里吧。

哦，对了，我忘记说了。我现在和他一起生活在下水道里。我不知道该如何称呼他，但是他似乎叫我小蓝——我是从他模糊不清的发音中猜出来的。我想，是因为我身上那件蓝白相间的校服的原因。

亲爱的日记，你好，我是小蓝。

王宪江在门上叩击几下，听到里面传出"请进"，这才推门进去。

办公室里尚有几个人在向胡副局长汇报工作，其中有两个是专案组的成员。看见王宪江进来，那两个人各自移开目光，表情颇不自然。王宪江一脸平静地站在门口，耐心地等着。

工作汇报完毕，胡副局长又对下一步侦查工作做了指示。前面几个人起身告辞，有相识的和王宪江打招呼，他统统点头以做回应，依旧一言不发。

胡副局长抬头看了他一眼："老王，找我有事？"

王宪江走到他的办公桌前："汇报工作。"

胡副局长皱起眉头："什么工作？"

"'5·24'连环杀人案。"王宪江垂着眼皮，"我是专案组副组长，照例向您汇报工作。"

胡副局长怔了几秒钟，忽然叹了口气，搓搓脸，指向对面墙角的沙发。

"你先坐吧。"

王宪江站着不动："几句话的事，不用坐了。"

"老王，我知道你心里有气。"胡副局长摊开手，"你说我能怎么办，案子一个接一个来。这个贩毒案子已经跟了半年多，基础也好，我不能眼看着因为人手不足就浪费了这么久的心血。把你的人调走，实在是不得已。"

"我都理解啊。革命工作，不分高低贵贱。能破的案子当然不能放过。"王宪江依旧神色淡然，"我手里的案子先天不足，谁也怪不了。"

"你是老同志了，多担待点。"胡副局长打起精神，"你们的案子怎么样了？"

"有了一些进展。"王宪江把几张文件放在办公桌上，"我们对嫌疑人重新进行了刻画，而且基本锁定了他的所在范围。"

"嗯？"胡副局长显得很意外，拿起文件翻看着，"有新线索了？"

"没有。老办法结合新思路，打开了一点突破口。"

"就你和邰志亮的儿子两个人搞的？那小子叫什么来着？"

"邰伟。没错，目前就我们俩在搞这个案子。"

"你们可以啊。"胡副局长点点头，"需要我做什么？"

"现在我们要在这几个区域里进行摸排。"王宪江指指文件，"我不用局里的人手，但是你得帮我往分局和派出所下发协查通报。最好措辞严厉点，我怕下面的人不用心。"

他加重了语气："凶手还会继续作案，我们的时间并不多。"

"没问题。"胡副局长满口答应，"我这就办。"

"行，就这事。"王宪江转身向门口走去，"我干活去了。"

"老王，"胡副局长又叫住他，"拿下这个案子，退休之前，我让你提一级。"

王宪江笑笑："你说了算。"

马娜依旧对周老师态度冰冷，但是至少不再主动发难。至于姜庭，则顶多投以恶毒的目光，倒也没有过激的言行。几日下来，《海的女儿》排练还算顺利。姜庭的演出更多是凑数而已，如果对马娜视而不见的话，完全应付得来。

今天中午的排练结束之后，周老师关掉摄像机，看上去颇为满意。

"大家辛苦了。"周老师拍拍手，"还有一件事。大家把各自的戏服带回去洗干净，明天再带回来。"

演员们纷纷答应。于是，人人从更衣室里再出来的时候，胳膊上都搭着一件颜色、款式各异的戏服。

姜庭换好衣服之后，独自在更衣室里坐了一会儿。她拿着那件原本不属于自己的深红色长裙，看着标签上的名字。

她和这个叫苏琳的女孩并不熟，只知道她在四班。而且，她和自己一样，在校园里属于最不起眼的那一类人。她们无论是在外貌、家境、学习成绩还是文体方面都不甚突出。因此，她们没有理由被更多的人关注，老师们都很难记住她们的名字。在大多数时候，她们都是沉默着走进教室，寡言少语地度过一天，然后沉默着离开校园。即使遭到欺凌，也往往是选择逃避或者忍耐。偶尔，她们会有几个稍微谈得来的同性伙伴，这让她们不至于在若干年后的同学聚会中成为那个怎么也回忆不起来的"谁谁谁"。总之，她们不属于别人火热、丰富多彩的青春记忆的一部分，以至于她们自己的年轻时代都显得乏善可陈。

悄无声息地出现，又悄无声息地消失。这大概就是她们最真实的写照。对于那些和她们一起度过三年高中生活的少年而言，唯一的线索，大概就是毕业合照上那紧张、羞涩的脸。

然而，有些人却连这最后一丝痕迹都没有留下。

你在哪里呢？

你知不知道我穿上了你留下的戏服，继承了"婢女C"这个角色？

以姜庭的性格，绝不会去主动招惹马娜这样的人。直到现在，她也说不清为什么会站在那个打过自己一记耳光的人面前，冒着再次得罪她的风险，扮演一个可有可无的角色。说不准那条疯狗会在什么时候又来找自己的麻烦。但是，姜庭知道自己必须这么做。

因为，那件暗红色镶嵌白色蕾丝边的长裙里，似乎躲着另一个人的灵魂。

她还不懂得命运是个多么奇妙的东西，更不知道它那漫不经心的触角会把什么样的人裹缠在一起，直至生根发芽，直至血肉相连。

她只是记起了《神探亨特》里的一句台词：上帝安排的。

姜庭摇摇头，拿起长裙，走出了更衣室。

杨乐从卫生间里出来，甩甩手上的水珠，沿着走廊向教室走去。刚转过一个弯，他就看到马娜倚靠在栏杆上，向楼下的操场张望着。

他垂下眼皮，只想快点回到教室里。果然，马娜迎着他走过来，脸上带着笑容。

"杨乐，我有话对你说。"

杨乐不得不站住："什么？"

"上次跟你说的事情，你考虑得怎么样了？"

杨乐眨眨眼睛："什么事情？"

"出国留学的事儿啊，和我一起。"

"哦。"杨乐绕过她，"我暂时没这个打算。"

马娜拦住他，脸上的笑容已经消失："那你想怎么样啊？"

"什么怎么样？"杨乐皱起眉头，"我该怎样就怎样啊。"

"留在国内参加高考？"

"嗯。"

"你可想好了！"马娜的脸色阴沉下来，"那是全美排名前十的大学！"

"感谢好意。"杨乐笑笑，"我得去上课了。"

"杨乐！"马娜嚷起来，"你是真傻还是装傻啊？"

杨乐无奈，一言不发地看着她。

"一分钱都不用你出，你陪着我就行。"马娜摊开手，仿佛他是一个不可理喻的蠢货，"以你家的条件，有可能去美国名校读书吗？"

"我不稀罕什么美国名校！"杨乐忍不住了，"我也不想沾你家的光！"

马娜的眉毛竖起来，刚要开口，却生生地憋了回去。

杨乐听见身后传来脚步声。他下意识地回头一看，姜庭抱着裙子，目不斜视地沿着走廊一路走过来。经过他们身边的时候，加快了脚步。

马娜等她走远，才再次开口："杨乐，你不知道我对你的心思吗？"

"我知道。"杨乐有些不耐烦了，"但是我已经跟你说得很清楚了。"

"从小到大，我想要的东西，没有得不到的。"马娜咬着嘴唇，"你最好想明白，全美排名前十——不是任何人都有这样的机会。"

"不用考虑了。"杨乐盯着姜庭的背影，忽然哼了一声，"还全美排名前十——你能把校名拼全吗？"

马娜的脸一下子红了："你……"

杨乐不再理会她，拔腿向前走去。

姜庭刚走到教室门口，就听见身后有人叫她的名字。她回过头，看到杨乐气喘吁吁地跑过来。

"请等一下。"杨乐跑到她面前站定，"能和你说几句话吗？"

姜庭向教室里看了一眼，虽然老师还没有来，但是同学们基本都坐好了。

"马上要上课了。"

"五分钟就行。"

姜庭把裙子抱在胸前："你说吧。"

"我长话短说。"杨乐擦去额头上亮晶晶的汗水，"苏琳的事，你知道多少？"

姜庭瞪大眼睛："嗯？"

"你去我们班问过她的事情，而且马娜处处针对你。"杨乐的语气很急，"所以，我觉得你一定知道什么。"

姜庭静静地看了他几秒钟："你为什么要知道？"

"我听说她退学了。"杨乐一时语塞，"我……我觉得这件事多多少少和我有关。"

姜庭摇摇头："这个我不知道。"

杨乐立刻追问道："那你知道什么？"

姜庭想了想，反问道："你想知道什么？"

"嗨！你……"她的反应让杨乐有些出乎意料，"我想知道她到底出了什么事。都读到高二了，她不可能辍学。那么，她是暂时休学，还是转到哪个学校去了？就这些。"

姜庭低下头，小声说道："那你去她家问不就行了。"

"我不知道她家的地址。"杨乐撇撇嘴，"说来也奇怪，大家同学两年，居然没有任何人去过她家。"

姜庭还在犹豫，数学老师捧着一堆试卷走了过来。看到站在门口的姜庭和杨乐，老师立刻板起脸。

"快上课了，你们俩还晃荡什么呢？"

姜庭急忙向数学老师点点头，又转向杨乐："我得上课了，找个时间再说吧。"

杨乐很无奈："那我再找你。"

说罢，他转身向四班的教室走去。刚走出几步，就听到姜庭叫住了他。

"哎。"

杨乐下意识地回过头，看到姜庭把手伸向他，指间夹着一包纸巾。

"给你……"姜庭指指自己的额头。

杨乐接过纸巾,还没来得及说谢谢,女孩已经快步跑进了教室。

姜玉淑对女儿带回来的深红色长裙感到奇怪。姜庭解释了一番之后,她才恍然大悟,随后就嗔怪了女儿几句。

"你这个小家伙。"她点点姜庭的额头,"参加课外活动了,也不跟我说一声。"

"我就是个龙套,台词也没几句。"姜庭漫不经心地吃着苹果,"我自己都没当回事。"

"排练不耽误学习吧?"

"午休时才排练。"

"行。"姜玉淑翻看着深红色长裙,"料子还可以啊。咦,你是不是拿错别人的衣服了?"

她把长裙的领子凑到眼前:"苏琳?"

"没有。"姜庭沉默了一会儿,"我是顶替她的。"

"哦。这个苏琳怎么不演了?"

"她退学了。"

"退学?"姜玉淑很惊讶,"都高二了还退学?为什么啊?学习成绩跟不上?"

"不知道。"姜庭低着头,"她是四班的。"

姜玉淑嘀咕道:"这家长是怎么想的,好歹读完高中啊。"她拿着衣服走向书桌,"我帮你把名字改成你的吧。"

"不用。"姜庭抬起头看着她,"就那么着吧。"

"改了吧,衣服上带着别人的名字,怪别扭的。"

"真的不用。"姜庭的态度很坚决,"反正演出完了还得还回去。"

"行吧。"

姜玉淑走进洗手间,把裙子塞进洗衣机。倒洗衣粉的时候,她突然想起那个在校门口和姜庭说话的老人。

无名尸体查找未果。

救助站里没有体貌特征相符的，甚至连年龄相仿的女性被救助者都没有。

顾浩捏着签字笔，站在那张白纸前犹豫再三，还是没有把"死亡"两个字涂掉。尽管他很想这么做。

邰伟带来的调查结果并不能完全排除苏琳已经死亡的可能性。城市那么大，阴暗的角落那么多，更不要提穿城而过的河流——让一个人悄无声息地消失太容易了。

顾浩坐在床边，一边吸烟一边看着纸上的人名和纵横交错的连接线。正想着，电话铃突然响了。

拿起话筒，顾浩刚喂了一声，就听见对方略显急促的呼吸声。他的心脏也剧烈地跳动起来，立刻猜到了致电者的身份。

果真，几秒钟后，杜倩的声音幽幽地传来："你可真行，我不找你，你就不联系我？"

顾浩一时语塞，干咳了两声之后，讷讷地说道："邻居家出了点事……"

"这跟你有什么关系呢？"

"都是熟人嘛。"顾浩结结巴巴地解释道，"能帮一把就帮呗，反正我也没什么事。"

"嗯，你可真是个热心人。"杜倩仿佛生怕顾浩听不出自己嘲讽的意思，"是啊，你多闲啊，把客人扔家里，自己跑人家门口偷听去。"

"不是那么回事儿。我……我找机会再跟你解释吧。"

"得了，我没心思听这些。"杜倩飞快地打断了他，"你考虑得怎么样了？"

顾浩有些莫名其妙："考虑什么？"

"老年大学啊。"杜倩的音量陡然提高，"你不是忘到脑后了吧？"

"没有，没有。"顾浩用脖子夹着话筒，拉长电话线，从床尾处拿起那一摞宣传单，快速翻动着。

"书法班吧，这个好，修身养性的。"

杜倩的叹息声从听筒里传来："你看看开课日期，书法班只有秋季才开班。"

"那就素描吧，象棋也行。"

听筒里只有沉默。顾浩不敢贸然开口，只能耐心等待着。最后，他实在忍不住，小声问道:"你觉得怎么样？"

"交谊舞，就这么定了。"杜倩飞快地说道，"今晚就有课，六点半到八点，工人文化宫一楼牡丹厅。"

"交谊舞？"顾浩慌了，"我都多少年没跳过了，不行，不行。"

"那玩意一练就会，何况你还有基础。"杜倩的语气不容辩驳，"我现在就打电话给你报名，六点半到八点，你别忘了。"

"要不等等吧，不是需要提前……"

"你去不去？"

"去。"

这时，门上突然传来叩击声。

"来了。"顾浩冲门口喊了一声，随即又转向话筒，"家里来人了。"

"老东西，还真闲不住。"杜倩的语气里既有嗔怪，又有喜悦，"牡丹厅啊，实在想不起来你就记着蒋大为。"

"放心，忘不了。"

"行，晚上见。"

"晚上见。"

顾浩挂断电话，快步走到门口，拉开门，看到一个戴着眼镜的中年男人站在走廊里，身后还跟着一个高中生模样的女孩。

中年男人冲他露出笑容："顾师傅，抱歉打扰了。"

"你是……"顾浩迟疑了一下，立刻认出他是教育局德育科的那个人，"徐科长吧？您怎么来了？"

他侧身让开，招呼他们进屋。

"家里空间小，你们随便坐。"

顾浩拉过两把椅子，自己坐到床边上。

"这不是您上次来局里咨询那件事嘛。"徐副科长跷起二郎腿，"我们跟四中联系了一下。校方也在积极帮您寻找这个学雷锋做好事的学生。但是，始终没找到。"

"嗯。"

顾浩心说你们能找到才怪。他把视线投向那个女孩。染成栗色的卷曲长发，面容姣好，能看出还化了妆。虽然也穿着蓝白相间的校服，但是从敞开的衣领处能看到脖子上细细的金项链，脚上的运动鞋也是名牌，价值不菲。

女孩脸上看不出拘谨的神态，反而在室内东张西望，颇不怕生。

顾浩站起来，拿起暖水瓶放在电视机旁边，挡住墙上那张写满人名的白纸。

"您别忙了。"徐副科长继续说道："其实，没找到也很正常。毕竟咱们在德育这一块常抓不懈，学生整体素质都有提高。人人都会去做好人好事，记不起来也在情理之中，您说对吧？"

顾浩点点头："没错。"

"所以，教育局和学校商量了一下，您看这么处理行不行？"徐副科长仿佛受到了鼓励，"咱们重点要宣传的是当代中学生的精神风貌。那么，具体是谁做的，并不重要，关键是要让全社会感受到我们的德育工作确实有很大成效。"

"我明白了。"顾浩指指那个女孩，"这是个替身，是吧？"

"也不能说是替身吧。"徐副科长似乎对这个词不太满意，"应该说是代表。这孩子是四中推荐的，各方面表现都很不错。个人形象什么的，也很好。"

"嗯，确实不错。"顾浩只想快点把他们打发走，"需要我做什么？"

"您呢，把当天的情形再跟这孩子讲一遍。之后我们会找电视台的人来，分别采访您和这孩子，争取下周就上新闻。"

女孩的眼睛亮起来，似乎对上电视这件事非常期待。

顾浩笑了笑："先对对词儿是吧？"

"也可以这么说。"徐副科长无奈，"至于时间，就说前几天吧，下大雨那天。"

"行。"顾浩转向那个女孩，"你叫什么？几年级几班啊？"

"我叫马娜。"女孩坐直身体，声音清脆，"四中高二四班的。"

"嗯？"顾浩一怔，脑子里随后就快速运转起来，"四班？"

女孩点点头，笑容灿烂："是的。"

顾浩突然倾身上前，紧紧地盯住她："你们班里还有姓马的吗？"

"什么？"马娜被吓了一跳，"就……就我一个，怎么了？"

顾浩的目光中充满了审视的意味："你家里是做什么的？"

"我爸是做生意的。"女孩仿佛是一只刺猬，立刻竖起了全身的尖刺，"怎么了？"

"随便问问。"顾浩垂下眼皮，伸手从衣袋里拿出香烟，"平时和同学们相处得怎么样啊？"

马娜瞪着眼睛，不说话。

顾浩点燃香烟，又转向徐副科长。后者也有些蒙："应该还不错吧，毕竟是学校推荐过来的。顾师傅，你打听这些干吗啊？"

"我得配合演出嘛。"顾浩呵呵地笑起来，指指马娜，"我得了解一下这孩子啊。"

"嘻，差不了。"徐副科长摆摆手，"你就把助人为乐那件事跟她说清楚就行。"

顾浩上下打量着马娜，似乎要把她的样子深深地刻画在脑海中。在他的注视下，女孩越来越慌，在椅子上扭来扭去，不再敢跟他的视线接触。

徐副科长越发莫名其妙："顾师傅？"

"还是深入了解一下吧。"顾浩依旧盯着马娜，"要不，对那孩子也不公平，你说呢？"

马娜低下头，小声嘀咕着："什么啊，学校让我来的……"

"那是个跟你差不多年龄的女孩。"顾浩一字一顿地说道，"一米六五左右，单眼皮，很瘦，脸白白的，说话轻声细语，但是很有礼貌。你认识她吗？"

马娜腾的一下站了起来："干吗啊？审犯人啊？不就是上个破电视吗，我不去了还不行吗？"

说罢，她转身向门口走去，气冲冲地拉开门出去了。

"哎！这孩子，怎么说走就走呢？"徐副科长也急了，起身追了过去，走到门口，又转向顾浩，"顾师傅，你这是……"

顾浩摊开双手："我也没说什么啊。"

"这……这事闹的。"徐副科长看上去心烦意乱，"行吧，我回头再来找你。"

他关上门，匆匆而去。

顾浩坐在床上，静静地吸完一支烟，起身走到电视机旁边，挪走暖水瓶，在那张纸上写下"马娜"两个字，画上一个圈，又画了一个箭头，直指"苏琳"。

工人文化宫兴建于 1964 年，地处市中心，毗邻人民广场，过去供大型群众活动以及文艺表演所用。改革开放之后，这栋巨大的建筑也开启了对外租赁合作的模式，单从墙体上的霓虹招牌来看，在此开设的歌舞厅、咖啡室、书店、婚纱摄影工作室、电脑学习班等等就有十几家。

顾浩张着嘴巴，看着暮色中的工人文化宫，心说这老年大学的牌子在哪里呢？

看看手表，现在已经是下午六点二十五分了。他想了想，决定先进去再说。

刚迈进大门，一个保安员就迎面走过来："老同志，去哪儿？"

"老年大学，学交谊舞。"顾浩皱皱眉头，"什么厅来着？"

他看看保安员："蒋大为？"

"什么蒋大为？"保安员有些莫名其妙，"'啊啊啊啊牡丹，百花丛中最鲜艳'那个蒋大为？"

顾浩一拍脑门："牡丹厅。"

保安员指指走廊右侧："走到头儿就是。"

牡丹厅看起来是一个宴会厅，只不过撤掉餐桌，把餐椅绕墙而立，设计成休息区，中间的空地当作舞池。

室内光线昏暗，乐曲悠扬，有几对男女正在舞池内翩翩起舞。顾浩站在门口，正在左右张望，一个看上去六十岁左右、体态匀称的老人走过来："同志，您是学员吗？"

顾浩点点头："是的。"

老人笑笑："能看看您的学员证吗？"

"学员证？"顾浩一愣，"我没有……"

"吴老师，他是我带来的。"杜倩从墙边走过来，冲老人挥挥手，"学员证在我这里。"

"嗯，我知道了。"老人对顾浩做了一个"请"的手势，"欢迎新同学。"

杜倩拉着依旧蒙头转向的顾浩在墙边的椅子上坐定，他才来得及仔细打量她。

她穿着一件宝蓝色天鹅绒长裙，胸口还佩戴着银色浪花造型的胸针。头发绾起，在头顶盘成一个发髻。看上去端庄娴雅，气质不凡。

顾浩看看自己身上的米色夹克衫、黑色裤子和旧皮鞋，小声问道："来这里学习跳舞，还有服装要求吗？"

"你随便啊，舒服就好。"杜倩笑出了声，"我还以为你不来了呢。"

"答应你的事情，怎么能不来？"顾浩拿出钱包，"学费多少钱，我给你。"

杜倩白了他一眼。在昏暗的光线下，她的神态颇为动人。

"以后再说。"她指指舞池，"你先熟悉一下环境。"

舞池内有几对男女共舞，看起来都是中老年人。舞姿优雅者有之，动作笨拙者有之，还有一对压根就没跟上节拍。被杜倩称为吴老师的人在众人之间穿梭着，不时大声地喊着拍子、纠正动作，或者亲身示范。举手投足之间，身穿白色衬衫、黑色紧身长裤的吴老师专业范儿十足。

"那是我们的指导教师，姓吴。"杜倩循着他的目光望去，"师大艺术学院退休的教授。"

顾浩点点头："怪不得。我还以为都是业余爱好者呢。"

"这可是正规的老年大学。"杜倩拍了他的手背一下，"还有考试呢。"

顾浩"嘿嘿"地笑起来。

这时，一曲终了。吴老师站在那几对男女中间，挨个点评他们的动作。随即，他走向大厅右侧的音响设备，挑出一盘磁带播放起来。

悠扬的乐曲再次响起。杜倩跟着节奏，用脚尖打着拍子。

"怎么样？"她向顾浩伸出手，"慢四步，跳一曲？"

顾浩面露难色："要不，我今天先当个观众吧？"

"老顾，"杜倩意味深长地看着他，"拒绝女士的邀请可不绅士哦。"

顾浩无奈，只好站起来，牵着杜倩的手。杜倩跟着他轻盈地走进舞池，面对面站好。顾浩低着头，不敢看她的眼睛，左手和她的右手相握，右手扶住她的腰。杜倩的左手搭在他的肩头，等到旋律一起，带着他慢慢地跳起来。

的确是她带着他在跳舞。顾浩的全身僵硬得像一块铁板，特别是扶住杜倩的腰的右手，几乎都要痉挛了。在她的带动下，顾浩跳得步履蹒跚，满头大汗，好几次踩中了杜倩的脚。

他连声道歉。杜倩却只是笑笑："没事，慢慢来。"

随即，她对他挤挤眼睛："回头赔我一双新鞋就行。"

顾浩也笑，情绪渐渐放松下来，曾经的肌肉记忆被唤醒，舞姿也变得顺畅了许多。

精神一松懈，各种胡思乱想的念头又涌入脑海。今天下午发生的事情再次出现在眼前。

苏琳的失踪和一个姓马的人有关，而同班同学中只有那个女孩姓马。看得出来，这个叫马娜的女孩属于娇生惯养那种，虚荣心强，性格暴戾，在平时的为人处事中，大概也是颐指气使惯了。而且，从她的穿着打扮和佩戴的首饰来看，家境颇丰。那么，这个马娜很可能就是导致苏琳失踪的罪魁祸首。

她对苏琳做了什么尚未可知，想必是某种严重的伤害，以至于苏琳被困于某处无法返家。

昏迷？

因身份不确定，只能在医院救治？这种可能性不大，医院会马上报警，邰伟肯定会有消息。

被拐卖至外地？这更不可能，一个高中生做不出这种事来，更何况，经济条件优渥的马娜没必要这么做。

你在哪里呢？

顾浩的心情越来越沉重。他很清楚，苏琳失踪的时间越久，越凶多吉少。

杜倩看着他愈加凝重的神色，不明就里："怎么了，不舒服？"

顾浩回过神来，急忙否认："没有，找感觉呢。"

"这就对了嘛。"杜倩放下心来，小声说，"以前你跳得多好。"

是啊，上次和她共舞，还是三十年前的事情了。当时他和邰志亮还是风华正茂的小伙子，杜倩也是鲜花一般的年龄。那会儿真是不知道疲倦啊，一场接一场地跳，没完没了地笑。

他忽然想起前段时间做过的梦，下意识地抬头去看杜倩，发现她正一动不动地看着自己，目光中似乎有千言万语。

顾浩再次慌乱不已，急忙移开视线，恰好遇到了站在音响设备旁边的吴老师。他似乎也一直在看着自己和杜倩，目光同样意味深长。

杜倩带着他旋转。顾浩的身体转了180度，又回头去看吴老师。他已经转向看其他学员，神态颇为落寞，脸颊仿佛都凹陷下去。

"你看什么呢？"

"吴老师。"顾浩笑了笑，"他好像很关注你啊。"

杜倩发出一种奇怪的声音，好似轻笑，又像是叹息。

"不要管他。"她向顾浩靠得更近，几乎要依偎在他怀里，"我们跳我们的。"

顾浩的下巴上有发髻摩擦的麻痒感，因体温升高而蒸腾出来的香气钻进他的鼻孔。他突然明白杜倩为什么让他来学习交谊舞了。

第十五章·文森特

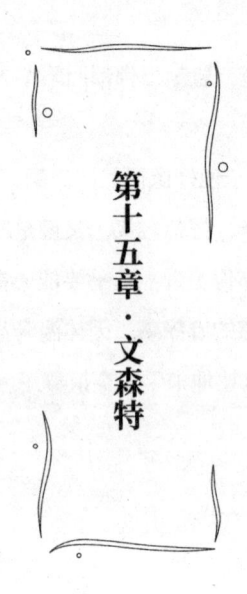

1994年6月11日，星期六，晴。

　　想来想去，今天的日记还是选择了这个日期，虽然现在已经过了午夜，但是我记录的是之前几个小时的事情。

　　现在，我的生物钟已经完全调整过来，开始了黑白颠倒的日子。在下水道里生活，要做到这个非常容易。他倒是适应了一段时间。因为他习惯白天出去干活儿，晚上回来睡觉。然而，我不想在青天白日下爬到地面上去。我已经确信自己就属于这里，所以，白昼并不适合我。我不是那个朝九晚五，日出而作、日落而息的群体中的一员。阳光属于他们，黑夜属于我和他。

　　好吧，我承认，我不是不想，而是不敢。

　　其实，我曾经幻想过，当我遇见熟人的时候会怎样。他们一定会远远地站着，仔细辨认着，确认是我之后，会大呼小叫，哎呀你怎么变成这个样子了？

　　他们会嫌弃，会惊讶，会幸灾乐祸，也许，会有一丝同情。

　　可是，同情我又怎样呢？如果他们足够好心，可能会送我回家。

　　我不想。

　　我最怕的是遇到苏家人。我最怕在起初的狂喜、相拥而泣、心疼的责备之后，看到他们为难的眼神和欲言又止的表情。

两个，只能留下一个。十几年前，他们肯让我留下，仅仅是因为我比弟弟先到一步。那时候，我从那个女人身体里出来之后，他们就来不及置我于死地了——我甚至能想出那个男人看到我时的神态。

所以，我选择在夜幕降临时再回到地面上。黑夜将世界一分为二，但是对我而言，没有区别。

黑夜是黑暗的同谋。它掩护着同样颜色的我，于万籁俱寂的时候，从地底一跃而出。晚风会吹散我身上的腐臭气息，而我的眼睛，将会像星星一样闪闪发亮。

不知道这个城市里还有多少人像我一样，选择在夜里游荡街头。白天，我将繁华景象拱手相让，夜晚，我会收复失地。彼此相安无事，和平共处。

寂寞？不，我有他陪着我。

我已经习惯了地底的生活。至少，对我每天的栖身之所足够熟悉了。我们俩共用的干燥地面大概只有二三十平方米，再往深处去就是一个大大的水泥铸就的水池。水池里大概有一米左右深的积水，污浊不堪，完全不能取用。水池角落里还有一架铁梯，连接到上方的一个管道旁。我对那里很好奇，因为那个管道里常常会有细细的水流出来。但是他说那个管道已经被堵住了——当然，我是从他的动作和含混不清的发音中猜出来的。

我很少看到他有表情。在大多数时候，他都是一副木讷的样子。唯一让他兴奋的，大概就是看到一个水瓶、几张硬纸板的时候。然而，他愿意跟着我，在街上漫无目的地走着。虽然偶尔他会离开我，直奔"猎物"而去，但是，用不了多久，我就会听到他那沉重的脚步声在我身后响起。

不得不承认的是，我在地底生活的唯一依靠，就是他。他甚至给我找来了几件衣服。虽然一看就是别人穿过的，而且也不算合身，但是，至少可以让我换下那套已经脏得发亮的校服。

他让我想起看过的一部电视剧《侠胆雄狮》——关于一个美女律师凯瑟琳和一个生活在下水道里，长着狮子面孔，却有一颗善良的心的畸形人文森特的故事。过去，每当我路过那些丢了井盖的下水井的时候，都会猜想里面是不是真的生活着面貌凶恶却好心的怪物。现在，我确认了这一点。

所以，我常常想，在我悲惨到不可思议的人生中，究竟会不会再发生更加不可思议的事情。无论如何，我对未来都有好奇心，并且，或期待或无奈地等着它的到来。

他时常看着她凑在烛光下，握着笔在那个硬皮本子上写写画画，却不知道她在想什么。

"房间"里突然多了一个人，同时，也多了很多东西。比如，生锈的铁丝衣架、旧牙刷、塑料桶、漆面斑驳的搪瓷盆、缺口的玻璃杯、没有提把的铁皮水壶、一张露出弹簧的床垫——天知道他费了多大力气才把这玩意从下水井里塞进去！

但是，这些"没用"的东西让小蓝很开心。他还记得她站在垃圾箱旁边，举着那几个衣架向他兴奋地挥手的样子。所以，他没有去计算这轻飘飘的几根铁丝能值几毛钱，而任由她把它们拿回了下水道。

在某种意义上来讲，小蓝打乱了他的生活——如果那算得上生活的话。她需要去上面透透气，却不肯在白天出去。他只好跟着她在夜深人静的时候爬出下水井。这让他很困扰，因为经过同行们一整天的扫荡之后，地面上残留的"猎物"已经所剩无几。这让他不得不花费比以往更多的精力去寻找那些可以换为食物和啤酒、香烟的东西。

小蓝倒是可以帮上一点忙。那样一个细皮嫩肉的女孩子，居然可以钻进垃圾箱里，耐心地翻翻找找。当然，她找到的多数是在他看来不值钱的玩意。不过，他还是愿意和她在一起。虽然收获很少，虽然夜晚的街道寂静无声，但是，即使是人潮汹涌、锣鼓喧天，又和他有什么关系呢？

身边多了一个人，似乎就多了一个伙伴。哪怕他不得不时常减少抽烟和喝酒的次数，从而让食物多出一份；哪怕他要分出精力去寻找圆珠笔和铅笔头；哪怕他要忍受蜡烛的消耗量超过平时几倍。

她有些奇怪的需求，例如酒精、香皂和毛巾。

即使选择价格最便宜的，这些东西仍然花掉了他近两天的收入。当天色微明，小蓝催促他回到下水井里之后，她就会扑倒在那个旧床垫上呼呼大睡。他却在睡了两个小时之后，勉强拖着疲乏的身体重返地面。一来，他要把昨晚的收获出手，好换取一天的吃喝；二来，他还得在懒惰的同行们起床之前，再想法捡一点什么。因此，他不得不走到更远且不熟悉的地方，冒着和其他流浪汉发生争斗的风险，尽可能寻获到更多、更值钱的东西。

然而，当他把香皂和毛巾递给小蓝的时候，听到她欢喜的叫声，看到她把香皂凑到鼻子下面的迷醉表情，他顿时感到通体舒爽，好像就着肉包子喝掉半斤白酒一样。

到了晚上，他也知道那瓶酒精的用途了。

小蓝把一个啤酒罐截成两半，用钉子和砖头在罐体下半部分耐心地钻出一圈小孔。随即，她拿出一个捡来的大塑料桶和几个大水瓶，央求他去搞一些干净的水来。

于是，他跑到附近的工地上，把所有容器都装满了自来水，费力地背了回来。

小蓝表现得欢天喜地。她用一些水把那个铁皮水壶洗干净，又用一节铁丝拧在水壶上代替提梁。之后，她在截断的啤酒罐里倒入酒精，点燃，火苗蹿了出来。她又把铁皮水壶放在这个简陋的酒精炉上，满怀期待地看着它。

烛光和酒精炉的火光充满了整个"房间"，似乎让室内温度也有所提升了。他拿出包子递给小蓝，和她一起围坐在酒精炉旁边，慢慢地吃着。

渐渐地，铁皮水壶内的水开始发出吱吱的声音，大团蒸汽也从壶口冒了出来。他的身体越来越暖和。这让他忍不住尽力伸展开四肢，好让那股热流蔓延到更多的地方。

真舒服啊，好像在墙边晒太阳一样。

小蓝始终守在酒精炉旁边。满是污垢的脸庞一片绯红，在脏乱的长发的遮挡下，她的眼睛闪闪发亮，似乎在期盼着什么。

偶尔，她会把视线投向他，遇到他的目光的时候，会报以感激的微笑。他不知道她究竟想做什么。然而，她开心，他也会觉得莫名的高兴。

终于，铁皮水壶里发出咕嘟咕嘟的声音，蒸汽喷涌。小蓝找出旧搪瓷盆，把毛巾放进去，又小心地拆开香皂盒，再次凑到鼻子下嗅了一会儿。

"起来。"她的神情似乎迫不及待，"你先出去。"

他有些莫名其妙，还是乖乖地照做。小蓝把他推到圆形铁门旁边，指指门外。

"出去在外面等我。"她睁大眼睛,认认真真地对他说道,"我不开门,你就不许进来,听懂了吗?"

他不满地咕哝了两声,点点头。

随即,她就把他推出去,关上了铁门。

离开温暖的"房间",雨水管道里的冷风让他打了个寒噤。他裹紧身上的衣服,背靠着管壁慢慢地蹲下来。

这里是一片漆黑。他过了好一阵才适应过来。除了隐约的流水声之外,四周皆是寂静。他开始觉得无聊,心想抓只老鼠玩玩也好。

小蓝在做什么呢?

他转头看看铁门的方向,又侧过耳朵仔细倾听着。片刻之后,他摇摇头,继续老老实实地蹲好。刚才在温暖中积攒出的睡意渐渐袭来,他把头埋在两个膝盖中间,慢慢地睡着了。

不知过了多久,耳边传来的咣当一声惊醒了他。他下意识地转过头,睡眼蒙眬中,眼前是一片光晕。小蓝站在其中。烛光形成的剪影中,她的身上蒸汽袅袅,仿佛在散发着柔和的光。

他怔怔地看着她。直到她轻声说"进来吧",他才反应过来。

"房间"内依旧温暖,空气中还弥漫着不可名状的香气。酒精炉上烧着另一壶热水,正发出欢叫声。

小蓝换了一件白色的衬衫,胸口的扣子缺了两颗。但是,罩在她瘦弱的身上,仍然显得肥大。

她的头发变得柔顺、干净、乌黑发亮,发梢还在滴着水,在白衬衫上洇出一块块湿迹。同时,她的脸蛋也洗得白净如初,脸颊上还有尚未褪去的红晕。

她把袖子高高地挽起,胳膊上的污垢已经消失不见,露出白皙的底色。白衬衫的下摆露出两条赤裸的长腿。赤足。如同她的面色一样,整个人都在发光。

和那个蓬头垢面的小蓝相比,眼前的女孩仿佛换了一个人似的。

她看上去心情不错,语调轻快地命令他在床垫上坐好。随即,她在搪瓷盆里倒上一些冷水,又把酒精炉上的热水兑进去,试试温度,把毛巾扔进去浸湿。

"不要动。"

小蓝跪在他面前，拨开挡住脸的乱发。他立刻闻到了从她身上散发出来的阵阵香气，下意识地向后躲了一下。

"不要动嘛。"小蓝嗔怪道。紧接着，她把湿漉漉的毛巾覆盖在他的脸上。

烫。柔软。湿润。沁人心脾的香味。

他不由得发出一声呻吟。

"太热了吗？"

他闭着眼睛，摇摇头，感到心满意足。

十几秒钟后，小蓝把毛巾从他脸上取下。他不情愿地睁开双眼，看到小蓝正撇着嘴，啧啧有声。

"哎呀，你这是有多久没有洗过脸了？"

她在搪瓷盆里重新浸湿毛巾，拧到半干，又凑到他面前，仔细地在他脸上擦蹭着。

毛巾上很快出现了一道道污渍。小蓝嘴里抱怨着，却一遍遍清洗毛巾，一遍遍在他脸上反复擦洗。

痒、痛、毛孔张开的舒爽感交替在脸上出现。他再次紧闭双眼，发出低声的呢喃，仰着脸，任由小蓝在他脸上忙活着。

搪瓷盆里的水已经变成浑浊的灰黑色。小蓝放下毛巾，双手分开他的乱发，捧住他的脸。

浓密蓬乱的胡须依旧，但是他的脸已经被擦得干干净净。皱纹沟壑中的陈年污垢被清理出去。一张面色偏黑，颧骨高耸，布满细密伤痕的脸出现在她面前。

他睁开眼睛，看到小蓝正温柔地端详着他。

他有些慌张，本能地想要抽身逃离。然而，那带着微微凉意的双手和定睛在他脸上的目光，却让他舍不得躲开。

"文森特。"

他瞪大眼睛，完全听不懂她在说什么。

"文森特。"她轻声重复了一遍，"从今天开始，你叫文森特，记住了吗？"

他还是不明白，只是呆呆地看着她。

"跟着我读。"她指向自己，一字一顿地说道，"文——森——特。"

"喔……"他笨拙地开口，"……撒特。"

"不对。"她盯着他,"文。"

"喔……文。"

"森。"

"森。"

"特。"

"特。"

"连在一起读。"小蓝的眼睛闪闪发亮,"文森特。"

"文……"他勉强吐出几个字,"文森特。"

她笑起来:"你是文森特。"

他也笑,指指自己:"我是文森特。"

小蓝拍着手,在狭窄的"房间"里,她欢喜的声音很是响亮:"以后叫你文森特,你要答应。"

他也学着她的样子拍手:"文森特。"

小蓝笑够了,伸手摸摸他的头发和胡子:"找机会再给你打扮打扮。"

她随手指着某一个方向:"如果再看到剪刀,要留下,明白了吗?"

他的脸色却突然一变,倾身向前,飞快地抓住她的手。

"那里,永远,"他直勾勾地盯着被吓了一跳的小蓝,嘴里含混不清,"你一个人,不要去。"

长条会议桌上的文件堆积如山。王宪江坐在其中一堆旁边,鼻子上架着老花镜,正在翻看手中的一份居民信息表。这时,办公室的门被推开,一个年轻警察抱着一摞厚厚的文件走进来,回身用脚带上房门。

王宪江摘下眼镜:"哪儿的?"

"小北中路派出所送来的。"年轻警察累得气喘吁吁,"放哪里?"

王宪江指指会议桌上的一块空地。年轻警察把文件放好,抬手擦着额头上的汗。

"你去找 B2 那堆信息表。"王宪江推过去一张打印纸,"按照上面的条件把人筛出来。"

年轻警察哦了一声,却站着不动。

王宪江继续埋头于手上的文件，过了一会儿，看他毫无动作，问道："你想什么呢？"

"王大爷，你看这样行不行，我在这儿干到午休，然后……"年轻警察面露难色，"我队长安排我的活儿还没做呢。"

"嗯。"王宪江垂下眼皮，"你现在就走吧。"

"别，我还能帮你干一个多小时。"

年轻警察的脸红了。他抓抓头发，尴尬地站了几秒钟，看王宪江没有继续说话的意思，只能讪讪地拉开门出去了。

另一堆文件后传来一声叹息。随即，邰伟探出头来，慢慢地走到刚送来的那些文件旁边。

"小北中路派出所……"邰伟拿出一张白纸，拧开签字笔的笔帽，"师父，F几来着？"

王宪江想了想："F3。"

邰伟应了一声，在白纸上写下"小北中路派出所""F3"几个字。随后，他又来到那张巨大的市区地图前，选中一块画着红圈的地区，一边查看，一边念念有词。

"小北中路派出所、岷江街派出所、百花山派出所……"他抬手在红圈内打了一个对钩，"师父，F区的资料已经齐了。"

"还有哪些区的资料没送全？"

"我看看啊。"邰伟又凑到地图前，"B区和E区还差几个。"

"嗯。"王宪江头也没抬，"继续筛人吧。"

"妈的。"邰伟撇撇嘴，"适龄男性、A型血的人还真不少。靠咱爷俩得筛到什么时候啊？"

"没办法。"王宪江幽幽地说道，"派出所能帮着筛出这些人就不错了。至于工作条件、居住情况、婚姻状态什么的还得咱俩自己分析。"

"我这哪是警察啊，简直就是统计员啊。"

"你以为呢？"王宪江笑笑，"你觉得警察就是开着车，拉着警笛，拿着枪去抓人啊？"

邰伟重新坐回到桌前，拿起一份居民信息表："那多带劲。"

"少废话了你。"王宪江揉了一个纸团丢过去,"赶快干活儿!"

"先筛出离异或者单身的,是吧?"邰伟笑着躲避,"还有别的吗?"

"第一轮先筛出这些。"王宪江想了想,"过一遍之后,再筛在事业单位任职的和个体工商户。"

"什么时候去车管所?"

"筛两遍再说。"王宪江摸摸下巴,"咱们先摸摸情况。"

忽然,他似乎想到了什么,放下手中的居民信息表,起身打开了墙边的文件柜,从一个文件夹里抽出一张照片,端详一番之后放进了衣袋。

随后,他拿起电话机,拨通了一个电话号码。

两个人分别坐在长条会议桌的两端,仔细筛选着来自各个重点区域的男性居民。两个小时的时间转眼即逝。王宪江站起身来,舒展了一下酸痛不已的腰背,又喝了一口凉透的茶水。

"这就中午了啊。"王宪江看看手表,"小子,饿不饿?"

"稍等啊。"邰伟的注意力还在手里的居民信息表上,浏览完毕之后,把它放在筛选出的那一摞上,"确实有点饿了。"

"走吧。"王宪江站起来,"出去搞点东西吃。"

午饭就安排在市局对面的一家开封灌汤包。两个人点了四笼灌汤包、两个小菜,埋头吃喝起来。

邰伟吃得满嘴流油,很快就消灭了一笼包子。王宪江倒是吃得很不专心,常常盯着眼前的桌面出神。

"师父,想什么呢?"邰伟夹了一块肉皮冻塞进嘴里,"吃饭不积极,思想有问题啊。"

王宪江用筷子敲了他的脑袋一下:"你筛出多少人?"

"六十多个吧。"

王宪江想了想:"咱们划定的重点区域估计要筛出四百人以上。"

"没事。"邰伟倒是满不在乎,"去车管所还能筛下来不少——有车的没几个人。"

"那也够我们一呛。"王宪江摇摇头,"就像乔老师说的,咱们现在要争分夺秒。"

"没办法。"邰伟哼了一声,"愿意在大海里捞针的就咱爷俩。"

"所以还得另辟蹊径。"

邰伟不解:"什么另辟蹊径?"

"那三具女尸都是一丝不挂。"王宪江拨动着盘子里的油炸花生米,"她们的衣服、随身物品什么的哪儿去了?"

邰伟眨眨眼睛:"烧了、埋了或者扔了。"

"嗯,小物件都好处理。"王宪江点点头,"大家伙呢?"

"孙慧的自行车。"邰伟立刻反应过来,"可是,我们在本市内的几个二手自行车市场都找过了,没发现啊。"

"流入市面了也说不定。"

"那可有得找了。"邰伟有些泄气,"本市骑自行车上路的得有上百万人。"

"是啊。"王宪江慢条斯理地说道,"所以咱们需要多几双眼睛。"

邰伟更糊涂了:"什么意思?"

这时,店门被推开了,挂在门上的铃铛发出清脆的响声。

王宪江抬起头:"这不,眼睛来了。"

邰伟转过身,看到一个三十多岁的男子走进来,四处张望一下,就直奔他们而来。

男子一屁股坐在王宪江身边,毫不客气地拿起桌上的烟盒,抽出一支香烟点燃。

"王大爷,算我求你了,下次能不能别让片警直接去我家薅人?"男子打着哈欠,懒洋洋地抽着烟,"把我的妞都吓跑了。"

"刘胜利,你叫他胜利就行。"王宪江向他努努嘴,又指指邰伟,"我徒弟,叫邰哥。"

刘胜利打量着比他小很多的邰伟,点点头:"邰哥。"

"邰哥"已经猜到了他的身份,不动声色。

刘胜利伸手去拿小笼包,被王宪江打掉:"去洗洗你的爪子,再去拿一套餐具。"

趁他离开，邰伟小声问道："你的壳子？"

"老壳子了。骑马的（意为盗窃自行车和摩托车的）。"王宪江笑笑，"小北街那一片的贼头儿，和本市的几个盗窃团伙都能搭上线。"

"明白了，让他去找车？"

"没错。咱俩继续筛人，扫街的活儿让他们去做。"

刘胜利端着一套餐具回来，又点了两笼灌汤包和一盘肘花、一瓶啤酒。

他用牙咬开瓶盖，吐到地上，仰面喝了一口："什么事找我啊？"

王宪江从衣袋里掏出一张照片，是孙慧推着自行车，在自家楼下和母亲的合影。

"侄媳妇的自行车丢了，帮我找回来。"

刘胜利扫了一眼照片："飞鸽啊。不好找，一模一样的车太多了。"

"红色，没有前瓦盖，车筐瘪了一块。"王宪江指着照片上的自行车，"右边握把是裂开的，后瓦盖反光尾罩也没了。"

"这破车，还要它干吗啊。"刘胜利撇撇嘴，"我们都看不上眼，有那工夫再买一辆了。"

"结婚时买的，有纪念意义。"王宪江把照片放在桌子上，"把车找到之后，别惊着对方，摸清住址，马上联系我。"

"怎么？"刘胜利"嘿嘿"地笑起来，"一辆破车，不至于把人家送进去吧？"

"你少管，照做就得了。"王宪江冷着脸，"这事很急，把你认识的人都发动起来。"

"行。"刘胜利把照片揣进衣袋里，又冲他伸出手，"三百。"

王宪江盯着他看了几秒钟："刘胜利，我给你脸了是不是？"

"找人帮忙不需要花钱啊？"刘胜利一脸委屈，"你老先生还说是急活儿，我还得求老四、文官儿他们。"

"二百。"

"那不行。"刘胜利夹起肉片往嘴里送，"我还得倒搭钱。"

"好。"王宪江眯起眼睛，"那咱就看看，以后你这马还有没有得骑。"

"王大爷，咱们是老朋友了，不用这样吧？"刘胜利看上去很无奈，"行吧，就算我孝敬你了。"

王宪江掏出钱包，拿出两张五十元的钞票："剩下一百元见车拿钱，一个礼拜内给我消息。"

"你等我电话吧。"刘胜利把钱捏进手里，嘴里还在嘟嘟囔囔，"真够抠门的。"

"麻利点，别等我找你。"说罢，王宪江站起身，示意邰伟跟他出去。

"哎！"刘胜利急了，"你把账结了啊。"

王宪江没理他，和邰伟一前一后扬长而去，留下刘胜利看着吃了一半的肘花小声咒骂着。

第十六章·无关之人

吃过午饭，姜玉淑去了公司附近的菜市场，买了二斤排骨和莲藕。今天是周三，姜庭下午三点就放学。如果能早点下班，回去还能给她熬一锅排骨莲藕汤喝。

心里惦记着手头尚未完成的工作，姜玉淑拎着塑料袋加快了脚步。刚走到公司门口，她就听到有人叫她的名字。

姜玉淑循声望去，看到孙伟明从路边的一辆桑塔纳轿车中探出头来，冲她挥挥手。

她皱起眉头，慢慢地走过去："你怎么来了？"

"关于庭庭的事，我想找你谈谈。"孙伟明的表情很严肃，指指副驾驶座上的一个西装革履的男子，"这位是施律师。"

姜玉淑的心一沉，拔腿就走："我跟你没什么可谈的。"

孙伟明拉开车门下来，紧跑几步追上姜玉淑："玉淑，你今天必须给我留出点时间。"

"凭什么啊？"姜玉淑大声说道，"你是我什么人啊？"

孙伟明依旧板着脸："姜玉淑，这是在你们公司楼下，要丢脸也是丢你的脸，你想清楚。"

姜玉淑看看四周，的确，有几个路人已经向他们投来好奇的目光。

她咬咬牙，压低了声音："你要跟我说什么？"

"找个说话方便的地方吧。"孙伟明指指马路对面的街心花园，"去那里行吗？"

姜玉淑一言不发，径自走了过去。

三个人选择了街心花园中的一个小凉亭作为谈判地点。天气并不热，姜玉淑却出了一身汗。坐在水泥凳上之后，她就侧着身子，拿出手绢来扇着风，看也不看孙伟明和施律师。

另外两个人倒是很耐心。施律师从黑色皮质公文包里拿出一摞文件，又和孙伟明小声商量了几句。随即，孙伟明清清嗓子："玉淑，咱俩上次谈过之后，虽然没有结果，但是我的态度不会变。"

姜玉淑哼了一声："我也一样。"

"但是呢，解决问题有很多种方法。"孙伟明面不改色，"可以刀兵相见，也可以和平协商。"

"你有话快说！"姜玉淑不耐烦了，"我下午还得上班呢。"

"行。"孙伟明向施律师使了个眼色，"咱们先讨论一个协议解决的办法。"

施律师从那摞文件中找出一份，放在姜玉淑面前。

"这是由律师起草的抚养权变更协议书。"孙伟明指指那份文件，"你先看一下。具体条款咱们还可以商量。"

"我不看。"姜玉淑保持着原来的姿势，"想把女儿从我身边抢走，这事没得商量。"

孙伟明和施律师对视一眼，拿起协议书，翻了翻："这么说吧，女儿这个暑假就跟我去北京。她的一切生活费用，包括学费都由我来负担。大学毕业后，她如果还想继续读硕士以及博士，我也都包了。完成学业后，她自己来决定和谁继续生活。"他顿了一下，"你不用拿一分钱。而且，每个月，我还可以给你三百元作为补贴。"

姜玉淑不说话，只是连声冷笑。

"五百元。"孙伟明递过去一支笔，"同意你就签字。"

姜玉淑转过头，盯着他看了几秒钟："你就别白费口舌了，行吗？"

"好吧。玉淑,你把这条路堵死了。"孙伟明叹了口气,"那咱们就只能对簿公堂了。"

"你去告我吧!"姜玉淑噌地站了起来,"我随时奉陪!"

"你等等。"孙伟明伸手拉住她,无奈地看向施律师,"你来吧。"

"好的。"施律师似乎对这样的场面早已见惯不怪,一脸平静,"姜女士,您请坐。"

姜玉淑甩开孙伟明的手,悻悻地坐下。

"我的委托人孙先生对于取得女儿姜庭的抚养权十分执着。"施律师把手肘放在水泥桌面上,十指相对,"但是,他并不希望和您闹上法庭。一来,他顾及你们曾经的夫妻情分;二来,他也不想让女儿姜庭有过多的心理压力。"

姜玉淑看着他:"然后呢?"

"如果协议不成,那么孙先生将会去法院起诉您。不过,他想再做最后一次努力。"施律师扶扶眼镜,"所以,他委托我就你们之间关于抚养权归属的法律事项做一个分析,供您参考。"

"还分析?"姜玉淑嗤之以鼻,"你是他花钱雇来的,当然要帮着他说服我——你不用费那个力气了,我不同意就是不同意。"

"我并没有说服您的意思。实际上,你们俩上法庭,我赚得更多。"施律师笑笑,"我只是站在法律的角度,对您和孙先生之间的抚养权变更诉讼做一个预测。然后,您再来决定要不要签署那份协议。"

"你的意思是……"姜玉淑瞪起眼睛,"如果打官司的话,我必输无疑,别给脸不要脸呗?"

施律师既不肯定,也不否认:"那我可以开始了吗?"

说罢,他不等姜玉淑回答,自顾自说起来。

"子女抚养权的归属问题,涉及两个方面的因素:一是要有利于子女的身心健康,保障子女的合法权益;二是要结合父母双方的抚养能力和抚养条件。"施律师看着姜玉淑,"我毫不怀疑您对女儿的责任心和关爱,我的委托人孙先生也不否认这一点。不管孩子和您二位任何一方生活,我相信都会保障她的身心健康。"

姜玉淑抱着肩膀,一言不发地听着。

"那么我们就来看看双方的抚养能力和抚养条件。"施律师继续说道,"根据孙先生提供的资料,您目前每个月的收入大概在一千一百元左右……"

姜玉淑忍不住插话道:"一千三!"

"好的。"施律师点点头,"那么,实际上,您的经济收入不及孙先生的一半。而且,以您的收入和抚养一名高中在读学生的生活支出来看,您的银行存款应该不会太多。"

"这你管不着!"

施律师只是笑笑:"因此,等姜庭考上大学之后,您的经济状况会比较紧张。换句话来说,您其实无法为女儿提供更高品质的生活。例如,女儿如果有出国留学的机会和想法,您是满足不了的。"

姜玉淑一指孙伟明:"他就没有义务吗?"

"当然有,按照您和孙先生当初的离婚协议,他每个月要给付两百元的抚育费。但是,我觉得这没法在很大程度上缓解您的经济压力。"

姜玉淑咬咬嘴唇,似乎难以启齿:"我……我可以要求他多出钱。"

"那是另一回事。子女要求增加抚育费的,另行起诉。"施律师还是一副公事公办的语气,"我们现在回到这个抚养权变更的事情上,再说说我的委托人孙先生。根据他向我提供的资料——当然,具体内容我不便透露——他的个人经济条件要远远比您优越。而且,他能为女儿提供的平台,也是您无法提供的。换句话来说,跟着父亲,她的未来所能达到的高度,比跟着您要高很多。"

"你是指北京?"

"这不仅仅是一个户籍的问题,而是平台、眼界、见识、综合素质、机会等等。"施律师指指自己,"我就是在北京读的大学。至于高考难度的问题,相信孙先生已经反复跟您沟通过。别的不说,单说教育资源。我们的孩子顶多在课外学个钢琴什么的,北京的孩子已经可以学习马术、戏剧、小语种外语等等。和其他城市的同龄人相比,他们更自信、更大方、更有魅力——您不希望姜庭成为这样的人吗?"

姜玉淑的脸上第一次出现了犹豫的神色。

"庭庭……自己努力一下,也能考上北京的大学。"

"这又回到了父母对子女的培养问题上了。"施律师说道,"道理很简单,当女儿要翻越一道高墙的时候，明明可以给她一把梯子，您却只给她一条绳子——孩子会怎么想呢？"

姜玉淑低下头，不说话了，手绢被她攥成了一团。

"你还犹豫什么呢？你想做拖孩子后腿的人吗？"孙伟明看出她内心的动摇，急忙添油加醋，"庭庭将来会有大好前途。你想让她成为像你这样庸庸碌碌，一辈子窝在小城市里的人吗？"

姜玉淑的脸色顿时变了："我不知道将来庭庭会怎么样，但是我至少可以保证，她不会成为你这样卑鄙无耻的乌龟王八蛋！"

说罢，她站起来，瞪着孙伟明："你不用说了，不同意就是不同意，有本事你就去告我吧！"

随即，姜玉淑拎起装着排骨和莲藕的塑料袋，快步向街心花园外走去。

孙伟明气得说不出话来。施律师叹了口气，摘下眼镜，揉揉太阳穴："孙先生，你实在是太性急了。"

"这混账娘们脑子里就一根筋！"孙伟明一拳捶在桌面上，"没事，不行咱就去法院起诉她。我的胜算很大，对吧？"

施律师戴好眼镜："不大。"

孙伟明瞪大眼睛："你刚才不是说……"

"那是我试图说服她签署协议。"施律师摇摇头，"根据最高人民法院去年颁布的一个意见，这官司你并不能稳操胜券。"

他扳起指头："抚养权变更的事由包括她患严重疾病或因伤残无力继续抚养女儿；不尽扶养义务或者虐待女儿，或者她对女儿身心健康有不利影响；女儿愿意跟你生活；其他正当理由。"

孙伟明琢磨了一会儿："妈的，好像还真没什么优势啊。"

"你条件好，但并不是拿到抚养权的决定性因素。"施律师开始收拾桌子上的文件，"抓紧时间和女儿搞好关系，其他的我来想办法。"

杨乐从冷饮店里拿着一盒冰激凌出来，坐在店门口的凉伞下，一边用小木勺吃着，一边向路口张望。

现在是下午三点二十分左右。下班晚高峰还没有到来，路上的人和车都不多。在街头走过的，多是结伴而行的中学生模样的年轻人。杨乐不时地看看手腕上的电子表，神情颇为焦急。

终于，那个瘦高的女孩出现在他的视线中。杨乐站起来，冲她用力地挥着手。她也看见了他，脸上却看不出什么表情，只是微微点头，慢慢地走过来。

"喝点什么？"

姜庭摇摇头："不用了。你有什么话就说吧，我还得回家呢。"

"那也不能干坐着啊。"杨乐看看面前吃了一半的冰激凌，"汽水还是冰激凌？"

姜庭想了想："汽水吧。"

杨乐应了一声，起身进了冷饮店，再出来的时候，手里拿着一瓶插着吸管的可乐。

姜庭道了谢，接过可乐小口喝着："你要找我问什么？"

"是这样，"杨乐斟酌了一下，郑重其事地说道，"我发现你很关注我们班的苏琳。"

姜庭低下头："这有什么奇怪的？"

"自从她退学以来，我们班的同学几乎没有人注意到她的消失，老师们也不会提起她，更别说是外班的。"

姜庭咬着吸管："那你又为什么在意这件事？"

"嗯？"杨乐怔了一下，"我是班长啊。"

姜庭笑了笑，望向路边，不说话。

"再有，"杨乐面色尴尬，"我上次跟你说了，她退学……可能跟我有关。"

姜庭看向他："怎么讲？"

"这个……"杨乐看上去很为难，嗫嚅了半天才开口说道，"我们班有个女生，你也认识的……"

"嗯。"姜庭点点头，"马娜，是吧？"

"对。"杨乐勉强笑笑，"怎么说呢，她是那种被宠坏的女生，无法无天的。然后，她对我有一点……你明白，是吧？"

"明白。可是，这个跟苏琳有什么关系呢？"姜庭突然挑起眉毛，"我知道了，你喜欢她。"

"没有，没有。"杨乐急忙摆手，"我就是觉得……"

他的脸上突然出现了交织着疑惑和怀念的神情，还带着些许笑意。

"她是个不太爱说话的人，对大家都很友善，学习成绩也很好。但是，从穿着打扮来看，她的家境不太好。所以，她在班级里不是很出风头的那种人，甚至可以说，存在感很低。"

没错。姜庭在心里说，如果不是目睹了那件事，她也不会注意到这个女孩。

"大家都是以貌取人嘛，所以，总会听到有人取笑她。但是，她从不跟别人发生争执。相反，每次班里组织大扫除啊，扫雪啊什么的，她都是最卖力气的那个。但是，不知道为什么，大家都不怎么喜欢她。特别是马娜，总是针对她。不管是在班级里，还是在排练英语剧的时候。"

杨乐停顿了一下："仅仅因为人家经济条件不好，就冷落、忽视她，甚至是欺负她，我觉得是不对的。"

"你同情她？"

"不算是同情吧。"杨乐摇摇头，"有时候，我看不下去，会帮她出头。她看着我的眼神，我总觉得有些不一样的东西。"

他摸摸后脑勺，有些不好意思地咧咧嘴："她应该不会喜欢我吧？毕竟我们都没怎么说过话。"

姜庭轻笑一声："你看不出来。但是，在马娜眼里可不一样。"

"嗯？"杨乐眨眨眼睛，"你的意思是？马娜认为我喜欢苏琳，所以才处处为难她？"

姜庭低头喝了一口汽水，没作声。

"应该不会吧。"杨乐琢磨了一会儿，"事情的起因跟这个好像也没关系。"

姜庭看向他："什么起因？"

"有一次，我们中午排练《海的女儿》。苏琳先去了排练厅。她扮演的是婢女C的角色——就是你现在的角色。"

姜庭点点头："我知道。"

"可是，我们到排练厅的时候，她站在镜子前面，身上穿的是马娜——也就是公主的那件裙子。"杨乐耸耸肩，"马娜那种性格的人，当然不会善罢甘休，对苏琳说了很多难听的话。"

"后来呢？"

"说老实话，我还是第一次看见苏琳发火。"杨乐苦笑，"她打了马娜一记耳光。"

干得好。姜庭握紧了汽水瓶。要是我也敢这么做就好了。

"她给自己惹了个大麻烦。当天下午课间的时候，我就听见马娜和另外两个同学商量着要报复苏琳。"杨乐叹了口气，"结果，第二天苏琳就消失了，再也没出现过。"

姜庭的脑海里又出现了披头散发的苏琳和马娜等三人对峙的场面，以及苏琳看向自己、饱含哀求的眼神。

她不由得抖了一下。

"我猜，马娜会不会对苏琳做了很可怕的事情，以至于让她不敢再上学。"杨乐没有察觉到姜庭的神色有异，自顾自地说着，"如果马娜对苏琳的敌意中有我的原因，哪怕只有一点，我也觉得非常过意不去。"

他看向姜庭："所以，我一直想问你——你是不是知道那天的真相？"

姜庭咬着吸管，心中犹豫再三，终于鼓足了勇气。

她抬起头，看向杨乐："那天下午放学后，我看见……"

一句话还没说完，她就恐惧地睁大了眼睛。

杨乐下意识地向身后望去，看到马娜紧抿着嘴唇，正带着宋爽和赵玲玲大步走过来。

他刚来得及站起来，马娜就已经走到了他面前。

"行啊，我说怎么一放学就看不到你的人影了。"马娜瞥了姜庭一眼，"在这儿约小妞呢？"

"你说话小心点。"杨乐皱起眉头，"什么乱七八糟的？"

"都被我抓住了还不承认？"马娜抱着肩膀，歪着头看着杨乐，"速度挺快啊，刚走了一个，又来一个？"

姜庭低下头，抓起书包，起身要走，却被宋爽一把推倒在椅子上。

杨乐急了："你们别胡来啊。"

"宋爽，别让她跑了。"马娜冷着脸，"再办砸了你就给我滚蛋！"

宋爽的脸一红，双手按住姜庭的肩膀。

"你不肯跟我出国，该不是为了她吧？"马娜指指姜庭，"你他妈怎么想的？好的不要，偏要这些下三烂的玩意？"

正在挣扎的姜庭突然抬起头，死死地盯着马娜。

"一个垃圾也就罢了，又找一个垃圾？"马娜一脸嘲讽，"你是捡破烂的啊？"

"你闭嘴吧！"杨乐吼了一句，"我已经跟你说得很清楚了！我不稀罕什么出国留学，我跟你也没有半毛钱关系！"

"杨乐，你给我把话讲明白！"马娜气得满脸通红，当胸推了杨乐一把，"我究竟哪里不如这些臭婊子！"

"你哪里都比不上！"杨乐站稳身体，大声喊道，"你看看你自己，你像个学生吗？你像个女孩儿吗？"

马娜的胸脯急速起伏着，突然转身冲到姜庭面前："你跟他说什么了？"

"你做过什么，"姜庭的嘴唇哆嗦着，声音也开始发抖，"你心里不清楚吗？"

马娜的脸色一下子变得惨白，牙齿咬得咯吱作响。

"我告诉过你，少管闲事。"她伸手拿起桌子上的汽水瓶，"同样的事，我敢做一次，就敢做第二次！"

姜庭见势不好，本能地要站起来逃跑，却被宋爽死死按住。

马娜握住瓶颈，瞄准姜庭的头，高高地扬起手来。正当她要用力砸下去的时候，突然感到手腕被人牢牢地攥住，同时，衣领也被抓住。眨眼之间，她整个人已经飞到马路边，重重地摔倒在地上。

她狼狈不堪地爬起来，抬头一看，一个六十多岁模样的老人站在凉伞旁边，一脸平静地看着她。

"小朋友，打架可不是这么打的。"老人把手里的汽水瓶轻轻地放回到桌面上，"下这么重的手，要出大事的。"

马娜立刻认出他就是那个所谓的"顾大爷"，又惊又怒："你……你怎么在这里？"

"如果不在这里，我怎么会知道四中的学生代表有多么谦恭有礼、与人为善呢？"

"这关你什么事？"马娜揉揉摔疼的手肘，破口大骂，"你他妈凭什么打我？"

赵玲玲拽拽她的袖子，一边胆怯地看着老人，一边小声说道："娜娜，别说了……"

"打你？我是在帮你。"

老人在姜庭身边坐下，上下打量着她："你没事吧？"

姜庭怔怔地看着他，缓缓摇头。

马娜甩开赵玲玲，瞪着老人："老不死的，你以为你多牛呢？我今天……"

"差不多就得了，快走吧。"老人轻轻地叹了口气，"你有几个老爸啊，每次都能帮你把事摆平？"

马娜愣住了。这时，杨乐开口说道："马娜，你够了，别在这儿撒泼了！"

宋爽和赵玲玲也走过来，分别拉住马娜的一只胳膊："走吧，娜娜，改天再说。"

马娜已经脸露怯意，嘴上还不依不饶："你们都给我等着，这事没完！"

半推半就，马娜夹在宋爽和赵玲玲中间，一边回头咒骂着，一边向街口走去。转过一个弯，三人都不见了。

老人冲杨乐点点头："坐吧。"

杨乐一脸犹疑："您是？"

"我姓顾，叫顾浩。你们可以叫我顾大爷。"

"哦。"杨乐想了想，"您认识马娜？"

"说来话长。"顾浩明显不想回答这个问题，转向姜庭，"小姑娘，遇到麻烦了？"

"我认得你。"姜庭依旧盯着他，向后缩着身体，"你在跟踪我？"

"没有。遇到你，纯属偶然。"顾浩摇摇头，向马娜消失的街口努努嘴，"其实，我跟踪的是她。"

中午和前夫的会面让姜玉淑心烦意乱。回到公司之后，她看着面前摊开的账本，脑子里却乱成了一锅粥。枯坐了一个多小时之后，她再也忍耐不住，索性向经理请了假，拎着排骨和莲藕回了家。

家务暂时让她分散了注意力。然而，把排骨莲藕汤熬在锅里之后，她又无事可做。焦虑的情绪再次袭来。

姜玉淑很清楚孙伟明盘算的是什么主意。他并不是有多爱姜庭，只是不想成为孤家寡人而已。在失去了家庭和原本就不属于自己的"儿子"之后，他唯一的情感慰藉就是姜庭。当然，他或许可以在北京再找个女人结婚。但是，已经过了不惑之年、非北京本地人的他在婚恋市场上得不了什么高分。更何况，他再有子嗣的可能性也不大。至于和另一个带着孩子的女人重组家庭？呵呵，一点亏都不肯吃的孙伟明怎么可能给别人当便宜爹呢？

所以，她可以理解孙伟明的执念，却不能接受。

然而，姜玉淑不得不承认的是，尽管那个施律师是站在孙伟明的立场上，但是他的话也并非完全没有道理。

孙伟明把女儿带走，她自然是一万个不愿意。不过，从女儿的角度来看，或许是迈上一个人生新台阶的机会。

如果她横加阻挠，是不是太自私了？

可是，成全了女儿，她怎么办呢？难道就只能一个人孤零零地生活，数着日历盼望女儿放假回来吗？

姜玉淑的眼泪又流下来，心中不停地痛骂亲手毁掉这个家，又要把女儿从她身边夺走的孙伟明。

偏偏这个王八蛋还那么理直气壮！

现在看起来，对于姜庭的抚养权，孙伟明是志在必得，而那个施律师也是个蛮厉害的角色。置之不理恐怕不是良策。姜玉淑想来想去，决定给公司的法务打个电话。

和法务的通话结论让她稍感安慰。女儿一直由她抚养，她也没有什么重大疾病或者伤残，按照法务的话来说，"只要你女儿保持身心健康，愿意和你一起生活，你前夫折腾不出什么花样来"。

她当然愿意和我一起生活！

姜玉淑不再那么焦虑，心想着要给女儿熬上一锅好汤。她起身向厨房走去，刚走到客厅，就听见门开了。

姜庭低着头走进来。姜玉淑换上一副笑脸："回来了？去洗洗手吧，今天有……"

话未说完，她就惊讶地瞪大了眼睛。

姜庭身后还跟着一老一少两个男人。而且，这两个人她都见过。

曾经在校园里和姜庭拉拉扯扯的那个少年显得很拘谨，向她微鞠一躬："阿姨好。"

在四中校门口打过几次交道的老人则向姜玉淑点点头，站在门厅里不动。

"你们……"姜玉淑瞠目结舌，只好转向姜庭，"这是怎么回事？"

姜庭看上去很疲惫，把书包挂在餐椅背上，一屁股坐下，黑色的长发垂下来，挡住了脸。

"你说话啊。"姜玉淑越发莫名其妙，伸手推推姜庭，"怎么了？"

姜庭抬起头，却面向另外两个人："谢谢你们送我安全到家。现在没事了，请你们……"

少年看看姜庭，又看看姜玉淑，犹豫了一下："那我们在学校聊吧。我先走了。"

说罢，他又向姜玉淑鞠了一躬，说了声"阿姨再见"，就拉开门出去了。

老人却站着没动。令姜玉淑惊讶的是，姜庭似乎并不意外，还默默地跟他对视着。

这诡异的气氛让姜玉淑再也按捺不住。她用力推搡着姜庭："你怎么回事，哑巴了？"

"抱歉，抱歉。"老人上前一步，试图阻止姜玉淑，"我该先说清楚的。"

他清清嗓子："我们之前见过，我叫顾浩。我认识的一个人和您女儿在一个学校，现在她失踪了。"

顾浩转向姜庭："如果我没猜错的话，你应该知道她为什么会失踪。"

姜玉淑张大了嘴巴："失踪？谁失踪了？学生吗？"

"嗯，一个女学生。"顾浩点点头，"她叫苏琳。"

姜玉淑一愣。这个名字她有印象。随即，暗红色镶白色蕾丝边的长裙、苏琳、姜庭、失踪、英语剧、面前这个言辞恳切的老人，齐齐地涌入脑海中。

她怔了几秒钟，没头没脑地问道："这个苏琳……和您有什么关系？"

"一时间恐怕也说不清楚。但是，我有非管不可的理由。"顾浩面色凝重，"我知道的是，她的失踪和四中一个叫马娜的学生有关。您的女儿可能了解这件事的内情。而马娜因此或者别的什么原因,今天要对您女儿不利。所以,我把她送了回来。"他看看姜庭,"当然,我的主要目的是想知道这件事的真相。"

姜玉淑也看向女儿:"庭庭,这……这到底是怎么回事?马娜是谁?"

姜庭突然站了起来,头也不回地向卧室走去。咣当一声关上门之后,又上了锁。

"你这孩子。"姜玉淑跟过去,心里又急又气,"出来把话说清楚……"

话音未落,她就听到卧室里传来撕心裂肺的哭声。

姜玉淑敲门的手停在半空,下意识地回头看了看站在客厅里的顾浩。

"算了,让孩子先冷静一下也好。"顾浩看上去也很无奈,"如果她想说的话,可以打电话给我。"

他从衣袋里掏出记事本和圆珠笔,撕下一页,写上电话号码和姓名,放在餐桌上。

"我先告辞了。"说罢,顾浩拉开门走了出去。客厅里只剩下手足无措的姜玉淑和回荡在室内的哭声。

接下来的几个小时,姜庭都没有从卧室里出来。姜玉淑坐在沙发上,始终盯着那扇紧闭的门。尽管心急如焚,但是她很清楚,女儿虽然乖巧,可骨子里有一股倔强劲儿。在这种时候,硬闯或者逼问都会适得其反。她想说的时候,自然会把事情原原本本地向妈妈道来。

而且,现在和前夫的抚养权争夺战刚刚拉开序幕。就像公司法务所说的,姜庭的个人意愿对于抚养权归属很重要。她不想在这个阶段和女儿把关系闹僵。孩子毕竟是孩子,如果因为女儿一时赌气让孙伟明钻了空子,那就得不偿失了。

利弊权衡得很清楚,但是姜玉淑仍然对一墙之隔的女儿感到深深的担心。她突然发现,尽管每天都和女儿在一起,但是,从姜庭离家上学到放学回家的这段时间里,她对女儿的生活一无所知。作为母亲,她很关注姜庭吃得好不好,穿得暖不暖,作业写没写完,考试成绩如何。除此之外,姜庭对她而言就是一片空白。每一天,在这孩子恢复到女儿的身份之前,两个人都不在彼此的生活之中。她是如此粗心,以至于没有对女儿脸上出现的掌印刨根问底。姜庭可能挨了欺负,甚至在她身上发生了某些可怕的事情,作为母亲却始终懵然无知。

这让姜玉淑心生恐惧，自责不已。

临近晚上八点的时候，姜庭的卧室终于开门了。一直在胡思乱想的姜玉淑立刻从沙发上跳起来，却不知道该如何向女儿开口。

姜庭还穿着校服，眼睛已经哭得肿起来。不过，她的神色还算平静，甚至对姜玉淑笑了笑。

"妈，我饿了。"

加热后的排骨莲藕汤端上餐桌。姜庭吃得很香，甚至颇有些狼吞虎咽。她这个样子让姜玉淑更加担心。因为这意味着她已经放下了心中的石头，或者做出了一个重要决定。

果真，吃过晚饭后，姜玉淑收拾好碗筷，姜庭还坐在餐桌前，盯着水杯出神。她小心翼翼地坐在女儿对面，沉吟再三，开口问道："庭庭，有什么想对妈妈说的吗？"

姜庭抿了一下嘴唇，点点头。

姜玉淑坐正身体："你说吧。"

"妈，你还记不记得，有一天，你在阳台上看到一个女孩子被掳走，你以为是我，拼命追了出去？"

"记得。"姜玉淑下意识地摸了摸手肘，"当时我还摔了一跤，伤口一个多星期才好。"

"嗯。"姜庭深深地吸了一口气，"妈，其实，你那天没看错。"

"什么？"姜玉淑瞪大了眼睛，"是那个苏琳吗？"

"对。"

"你都看见了？"

"嗯。"姜庭低下头，声音轻微，"马娜和另外两个女生，在后面那片空地上。三个人打一个。"

姜玉淑的手一下子攥紧了："她们也打你了吗？"

"没有。"姜庭摇摇头，"她们让我不要管闲事。我当时很害怕，就躲在楼后面看了一眼，她们把苏琳带到围墙那边了。"

姜玉淑松了一口气："后来呢？"

"后来就遇到你了。"

姜玉淑想了想:"然后,那个苏琳就失踪了?"

"第二天,我去四班看过,她没来上学。"姜庭咬咬嘴唇,"放学之后,我去了围墙那边……有一个没盖子的下水井。"

姜玉淑立刻想起她偷偷溜出去的那个深夜。

"所以,你就钻到下水井里去了?"

姜庭不说话。

"傻孩子,"姜玉淑又是感动又是心疼,伸手在她头上摸了摸,"她怎么可能在下水井里?"

姜庭把手伸进衣袋里,再拿出来的时候,手上多了一串钥匙。

"我找到了这个。"

"这……她们怎么会……"姜玉淑怔怔地看着那串钥匙,"也许是别人的吧?"

"我不知道。"姜庭面色黯然,"但是,我觉得是她的。"

一时间,两个人陷入了沉默。良久,姜玉淑低声问道:"她是你的朋友吗?"

"不是。"姜庭苦笑,"我都没和她说过话。"

"那你为什么要管这件事?"

"我并不想管,我也不想给自己惹麻烦。"姜庭的眼眶里又盈满泪水,"但是,当时她看着我,那是在向我呼救……可是,我太害怕了。"

她看向母亲:"我没法假装这件事不曾发生过。这段时间,我睡不好,也不能集中精力做任何事情。更没想到,我接替了她的角色,穿上了她曾经穿过的裙子。"

姜庭捂住脸,抽泣起来:"妈妈,我觉得她还在跟我说,救救我。"

姜玉淑的眼眶也湿润了。她站起来,坐到女儿身边,把她抱在怀里。姜庭像一只受伤的小猫似的,顺从地蜷缩在母亲的臂弯里,浑身颤抖着。

"怎么会有这样的孩子?"姜玉淑抚摸着女儿的头发,"怎么能这么欺负人?"

"妈,你不知道。"姜庭双眼无神,声音低微,"她们欺负人是不需要理由的。有时候,仅仅是因为别人跟她们不一样。"

"你打算怎么办？"

"我要把这件事情说出来。"姜庭抓住母亲的手臂，"我不能再做一个胆小鬼了。那样对苏琳不公平。"

姜玉淑犹豫了一下："你不怕那个马娜报复你吗？"

"怕。她们甚至可能让我没法好好读书。"姜庭离开母亲的怀抱，坐正身体，直视着姜玉淑，"你记不记得，有一天我爸爸来家里，你和他说了很多话？"

姜玉淑挑起眉毛："哦？"

"你说，'我的女儿要做一个堂堂正正的人，不欺负别人，但是，受了委屈，要打回去'。"姜庭停顿了一下，提高了音量，"妈妈，我要做你的女儿。我要打回去。"

"你要去告诉苏琳的家人？"

"对。我要告诉他们，马娜对他们的女儿做了什么。"姜庭坚定地点点头，"他们应该知道。"

"可是，"姜玉淑皱皱眉头，"你知道她住在哪里吗？"

"不知道。"姜庭指指餐桌，"但是他一定知道。"

姜玉淑也看过去。那张写着顾浩的电话号码的纸还放在桌面上。

第十七章・破晓之前

小蓝是个很奇怪的女孩子。

她会做一些他完全不明白的事情。比如,她一定要把水烧开了才喝;衣服要挂起来才行;定期洗澡;大小便必须要到离"房间"很远的地方……

如此,"房间"里的东西越来越多。但是,小蓝会把它们摆放得整整齐齐,伸手可及。尽管他常常会被这些杂七杂八的东西绊倒,他仍然不得不承认,在地底的生活更舒服了。就像小蓝满心欢喜地擦去那个旧床垫上的灰尘时所说的"这是我们的家嘛"。

家。这对他而言,是一个遥远且不甚明朗的概念。他不曾有过一个家,更不知道它意味着什么。但是他知道家并不仅仅是可以睡觉的地方。否则,马路边、天桥下、公园的长椅都可以被称为家。

家也不是那些多出来的盆盆罐罐,因为他实在是觉得这些玩意大可不必。

家应该是因为那个人吧,他常常这样想,尤其是小蓝枕着他的胳膊发出均匀的呼吸声的时候。

小蓝真是个奇怪的女孩子。但是他喜欢。

他喜欢看着她大口吃东西;喜欢她把东西搬来搬去,直到符合她所谓的要求;喜欢她捡到一支圆珠笔时发亮的眼睛;喜欢她逼着自己把衣服脱下来洗干净,不得不换上一件女式外套时大笑的样子。

然而,她并不总是这么欣喜。

在大多数情况下,她是个很好的帮手。不过,偶尔她会什么也不做,只是沿着午夜的街路慢慢地走着。他不得不跟在她后面,静静地陪着她。即使发现"猎物",他也只能匆匆忙忙地跑过去,塞进编织袋后,再去追赶她。

每到这个时候,小蓝总是看起来很悲伤。虽然看不到她流泪,但是那低垂的眼角和紧抿的嘴唇,总是让他也开心不起来。

她会驻足于某个店铺前或者某条街道上,只是默默地站着,看着。在那些或黑暗或有路灯照耀的地方,小蓝看上去很孤单。这令他总忍不住想去站在她身边。之后,她会同样沉默着转身离开。他猜想,也许这是她曾经去过或者生活过的地方。至于她从哪里来,她不曾说过,他也没有问。

有天晚上,她走到了一个学校模样的地方,绕着围墙走了一圈又一圈。最后,她站在一面墙下面,四处踅摸着。

他走过去,指指墙里面。小蓝看着他,点点头。他蹲在墙根下,拍拍自己的肩膀。

小蓝瞪大眼睛:"可以吗?"

他不说话,把两手交叠在一起,示意她踩上来。

她犹豫了一下,抬起左脚踩进他的双手里,右脚随即上去,蹬上他的肩膀。

他一挺身,轻轻松松地把小蓝抬了起来。她发出一声小小的惊呼,双臂搭上了墙沿。站稳之后,她麻利地攀上去,很快就翻越到墙壁的另一侧。

他也爬上去,骑在墙头上向下看着。小蓝身处一片绿化带中,正从几棵树中间穿过去,走向一片开阔地。

他急忙跳下去,紧追几步,跟在她的身后。

校园里静悄悄的,只能听到小蓝急促的呼吸声。她脚步飞快,似乎很紧张,还有一丝兴奋。

他们穿过开阔地,来到一片水泥篮球场上。小蓝放慢了速度,挨个绕过那些篮球架,偶尔仰面看看只剩下铁圈的篮筐。最后,她站在场地中央,向四处张望。他刚想站到她身边,小蓝又拔脚向篮球场旁边的大楼走去。

她走到一楼的窗户外面,趴在窗台上向里面张望。他学着她的样子,也向室内看着，却不知道黑洞洞的教室里，那些一模一样的桌椅板凳有什么看的。然而，小蓝看得很入神。这一看，就是足足五分钟。之后，她发出一声轻轻的叹息，继续慢慢地向前走。

绕到大楼的正门，两扇对开的玻璃门被中间的长链锁紧紧封闭。门厅里的布告栏上贴着大大小小的海报。其中一张彩色的海报分外醒目。小蓝凑过去仔细地看着，几乎是逐字逐句地读着。

他看了几眼，很快就觉得无聊。海报上的字他大多不认识，只是觉得那个长着鱼尾的卡通女孩形象很好玩。小蓝却看了很久。最后，她伸出手，一把撕下那张海报。

寂静的夜空里，纸张撕扯的声音分外刺耳。他被吓了一跳。小蓝却一脸平静，把海报卷起来，塞进他手中的编织袋里。

随即，她又迈步向前走，绕过楼体，向远处的一大片空地走去。

这里应该是一个运动场。有绕圈的跑道、沙坑。中间是足球场模样的空地，两侧是铁质球门，球场上还有稀稀落落的青草。他跟着小蓝在跑道上慢慢地走着。突然，她跑起来，脚上的白球鞋和砂土地摩擦着，发出规律的唰唰声。

他不明就里，本能地跟在她身后跑。编织袋里的瓶瓶罐罐碰撞在一起，稀里哗啦地响成一片。他小声地"啊啊"叫着，想让小蓝停下来。可是她越跑越快。那瘦弱的身体里仿佛燃起了一团烈火，驱动着她向前狂奔。

在黎明前最后的黑暗中，两个人毫无缘由地在操场上一前一后地奔跑着。小蓝几乎保持着冲刺的速度，而他在后面跑得跟跟跄跄、气喘吁吁，在古怪的杂音里狼狈不堪。夜晚浓黑如墨。他稍稍放慢脚步，前方的小蓝就融入夜色中，变得若隐若现。他没来由地觉得心慌，只得咬牙追上去，似乎再慢一步就会永远失去她。

终于，小蓝跑不动了。那团火渐渐燃烧殆尽。她的速度降下来，最后，拖着两条颤抖的腿，蹒跚着走向跑道旁的看台。

手脚并用地爬到台阶的顶端，她坐下来，弯着腰，大口喘息着。他拖着编织袋爬到她身边，胸部剧烈地起伏着，感到肺似乎要炸开了。

因为奔跑提升的体温被冰冷的水泥台阶迅速带走。小蓝怔怔地看着眼前漆黑的操场，缩起身子，慢慢地向他靠过来。

他静静地坐着，一动不动，脸颊能感到小蓝汗水涔涔的额头带来的阵阵凉意。他不知道她在看什么，更不知道那暗处有什么。但是，他愿意这样坐在她身边，听着那有力的心跳声。

良久，她低声说道："文森特，天要亮了。"

他嗯了一声，仰起头，望向围墙之外的沉默的楼群，和她一起，等待着黎明破晓。

清晨。市公安局。

头发蓬乱、披着外套的王宪江坐在会议室的长条桌前，手里夹着一根即将燃尽的香烟，正在打瞌睡。

在他身后，邰伟横躺在几把椅子拼成的"床"上，鼾声如雷。

突然，王宪江的身子一抖。他骂了一句，把烧疼手指的烟头扔在地上，又在灼伤处反复搓了几下。

随即，他枯坐了几分钟，咂咂嘴，拿起茶杯，将仅剩的残茶一饮而尽。然后，他把手伸向桌面上的饼干桶，又拿起一份居民信息表浏览起来。

这个张姓居民现年 35 岁，按照他们的划分办法，住在 B3 区。离异，独居。《挚友》杂志社摄影记者。因嫖娼受过一次打击处理。从照片来看，倒是仪表堂堂。至于他名下有没有登记机动车辆，还要等车管所反馈的信息。

他咽下嘴里的饼干，在这份居民信息表的右上方打上一个红钩，放在一摞筛选出的信息表上。

正要伸手去拿下一份，会议室的门被推开了。法医老杜探进头来，嘴里还咬着馅饼。

"怎么着？"他一边咀嚼，一边含混不清地问道，"这是值大班了？"

王宪江不说话，只是向他伸出手。老杜把手里的另一个馅饼递给他。两个人一坐一立，默不作声地大口吃着。熟睡中的邰伟突然吸吸鼻子，响亮地吧嗒会儿嘴，又打起呼噜。

"这还有一个呢？"老杜把剩余的小半个馅饼塞进嘴里，顺手把浸透了油渍的包装纸揉成一团，丢在邰伟身上，"这个臭小子，让师父干活儿，他呼呼大睡。"

"别整他。"王宪江抬起一只手阻止他,"这小子一宿都没睡。"

"你们那案子怎么样了?"老杜看看办公桌上堆积如山的资料,"怎么就你们爷俩在搞?"

"局里人手不足。"王宪江不想多说。他吃完馅饼,拿起烟盒,抽出一支抛给老杜,自己也点燃一支:"我怎么好像有日子没看见你了?"

"去公安部二所培训了。"老杜吐出一口烟,"昨天刚回来——这不就找你汇报来了吗?"

"滚蛋!"王宪江笑骂道,"你跟我汇报个屁。"

老杜哈哈一笑:"我真有正经事找你。"他弹弹烟灰,"我这次参加的是DNA检测技术培训班,这玩意你听说过没有?"

"听说过啊。"王宪江点点头,"不就是搞亲子鉴定的技术吗?"

"现在已经应用到刑侦了。"老杜指指桌上的资料,"我在那三个女人的身体里提取到了精液,鉴定出是A型血的人干的。靠咱们局里目前的技术水平和检测手段,我也就能做到这些。"

"然后呢?"

"如果应用DNA检测技术,那咱们的结论就更精确了。"

王宪江眨眨眼睛:"能精确到什么程度?"

"这么说吧。"老杜表情神秘,"咱们要找这个A型血的王八蛋,排查出几十、上百人。谁干的?不知道,挨个问吧。但是用DNA检测,立马就能锁定唯一的那一个。"

"嚯!"王宪江挑起眉毛,"那不跟指纹鉴定似的?"

"它就叫DNA指纹嘛。"老杜很得意,"那王八蛋的样本我还留着呢。你这边要是有了大致的嫌疑人范围,干脆就送公安部二所鉴定去。"

"那敢情好啊。"王宪江顿时来了精神,"怎么搞?"

"抽血就行。"老杜挥挥手,"排查出嫌疑人范围,剩下的交给我。"

"妥了!"王宪江兴奋得两眼放光,"案子破了我请你吃大餐!"

"你以为呢?"老杜撇撇嘴,"你不得给我摆上七个碟、八个碗啊?"

邰伟忽然翻了个身,迷迷糊糊地坐起来:"大餐?什么大餐?"

老杜又"呵呵"地笑起来。王宪江无奈地摇摇头:"你这个兔崽子。"

"没错，没错，就是这个地址。她是我的邻居。您记好了？行，没问题，等孩子放学。我就在家等您。非常感谢。"

顾浩放下电话，在室内转了两圈，又坐回床边，目不转睛地看着贴在墙上的那张纸。

那天的"遭遇"让他几乎可以确定马娜就是造成苏琳失踪的罪魁祸首。同时，他也可以确信，他无法从马娜口中得出事情的全部真相。不过，接触到姜庭却是一个意外的收获。第二次见面，他就意识到这孩子没有说实话。个中原因，他当然可以理解。但是，女孩在当天的哭声让他仍然对她抱有一丝希望。就在刚才的电话中，这个希望即将变成现实。

距离约定的见面时间还有一个小时左右。届时，苏家人也应该回来了。顾浩不由得猜测，他会听到一个怎样令人恐惧、愤怒以及悲伤的故事。他甚至幻想姜庭也许会知道苏琳的下落。这样，他很快就能见到这个令人惦念的小姑娘。

不管怎样，他现在要做的，就是耐心等待。顾浩在室内环顾一周，决定先整理一下房间。一来，每隔几分钟就看看手表令人更加焦虑，还不如做点什么分散一下注意力；二来，如果能让姜庭母女身处一个相对整洁的环境，对于沟通可能会更加有利。

顾浩动手打扫起来。房子面积本来就小，加之个人物品也很少，不到半个小时，房间里看上去就整洁多了。他正在犹豫要不要把墙上的"分析图"摘下来，就听到门被敲响了。

顾浩一愣。难道这对母女提前到了？

他小跑过去开门，却发现杜倩站在门外。

"你？"顾浩瞪大了眼睛，"你怎么来了？"

"怎么，不欢迎啊？"

杜倩笑盈盈地迈进来，随手把挎包甩在床上，四处打量着。

"嗬！"她坐在床边，示意顾浩也过来，"莫非你知道我要来，家里收拾得挺干净嘛。"

"没有。就是日常打扫。"顾浩伸手去拿暖水瓶，"我给你倒杯水。"

"好。"杜倩突然眯起眼睛看向墙上的"分析图"，"那是什么？"

"没什么。"顾浩把水杯递给她,"我自己瞎琢磨着玩的。"

杜倩似乎对此不再感兴趣,喝了两口水之后,开口道:"家里有什么吃的吗?咱俩对付一口就走吧。"

顾浩有些莫名其妙:"去哪里?"

"去上课啊。"杜倩挑起眉毛,"今天有交谊舞课,你忘了?"

顾浩一拍脑袋:"忘得死死的。"

"你可真行。给你的课表不知道丢到哪里去了吧?"杜倩白了他一眼,挽起袖子,"家里总有挂面和鸡蛋吧?我去做饭。"

"你别忙活了。"顾浩犹豫了一下,吞吞吐吐地说道,"我今天去不了……一会儿我有事……约了人。"

"嗯?"杜倩愣住了,随即缓缓地放下袖子,"你应该提前打电话告诉我,也省得我跑这么远来找你。"

"临时决定的。"顾浩不好意思地咧咧嘴,"再说,我忘记今天要去上课的。"

杜倩转过脸,重新拿起水杯,小口抿着:"约了谁,什么事啊?"

"这个……一句话两句话也说不清楚。"顾浩想了想,"以后有机会再告诉你吧。"

杜倩不再说话,脸色阴沉下来。顾浩满心内疚,却不知道该怎么劝慰她,只好尴尬地站着。

几分钟后,杜倩突然没头没脑地说道:"吴老师约我下周去郊游。"

"哪个吴老师?"顾浩先是一怔,随后就反应过来,"哦,是那个教交谊舞的吴老师?"

"嗯。"杜倩依旧板着脸,"就我们俩去。"

"就你们俩?"

"怎么了?他离异,我丧偶,两个单身——有什么问题吗?"

顾浩低下头,一时无语,隔了半天又闷闷地问道:"去哪里郊游?"

"净水潭公园。"

"哦。"顾浩想了想,"你打算去吗?"

杜倩沉默了几秒钟:"要是没什么事就去呗,反正我也是闲着。"

踌躇再三之后,顾浩讷讷地开口:"我看,就别去了吧。"

"我又不是在征求你的意见！"

杜倩还是一副气哄哄的模样。然而，看看顾浩手足无措的模样，她又扑哧一声笑了。

"那你说说，我为什么不能去？"

"那家伙……"顾浩抓了抓头发，"好像对你有意思。你们俩单独出去，不太好。"

"你还知道啊？"杜倩白了他一眼，"那你陪我去。"

"我？"顾浩点点头，"行。什么时间？"

"就这个周末吧。"杜倩的眼睛又亮起来，"咱们就去净水潭公园好不好？可以划船的。我来准备吃的，你只要……"

"能不能换个时间？"顾浩不忍心再看她兴致勃勃地筹划，"我这几天有事要做。"

"你到底有什么事啊？"杜倩又皱起眉头，"你能不能……"

话未说完，门又被敲响了。

两个人都看向门口。顾浩两步跨过去，打开房门。姜玉淑略显拘谨地站在门外，身后跟着同样一脸紧张的姜庭。

"顾先生，您好。"姜玉淑微微颔首，随即就看到了室内的杜倩，"您有客人？要不我们一会儿再来吧。"

"没关系，您请进。"顾浩急忙从门旁让开，"随便坐。"

姜玉淑和女儿一前一后地走进房间里，环视一圈后，坐在了餐桌旁。

顾浩忙着给她们倒水。杜倩的视线则一直在姜玉淑身上打转。姜玉淑被她看得很不自在，勉强冲她笑了笑之后就扭过头去。

"老顾，也不介绍一下？"杜倩幽幽地开口问道，"这位是？"

"哦，这位……怎么说呢，算是我的朋友，姓姜。应该比你小很多，你叫她小姜就行。"顾浩又指指姜庭，"这是她的女儿，读高二了。"

随即，他又转向杜倩，完全没注意到她的脸上已经有了愠怒之意："这也是我的朋友，姓杜。"

姜玉淑有些尴尬地向杜倩欠欠身："杜大姐。"

姜庭也站起来，鞠了一躬："杜阿姨好。"

杜倩的脸上毫无表情："小姑娘长得真漂亮，像妈妈一样。"

姜玉淑更加尴尬，端起水杯来浅浅地抿了一口。

顾浩无心再客套，直接拉过一把椅子坐下："怎么样，咱们聊聊？"

姜玉淑看了杜倩一眼，神色犹豫："要不，去苏家说吧？"

"老苏应该还没下班，他媳妇可能在家。"顾浩站起来，"我去看看？"

姜玉淑刚要点头，杜倩已经噌的一下站了起来，抓起挎包："你们聊，我先走了。"

她大步走到门口，回头看了顾浩一眼，发现他居然毫无挽留之意，反而点点头。

"行，你今晚先去上课。"顾浩过来打开门，"今天实在是对不住了，回头我再联系你。"

杜倩一言不发，夺门而出。顾浩追出去，远远地喊了一句："你慢点走啊，注意安全。"回答他的只有单元门被重重摔上的咣当声。

姜庭看看母亲，吐了吐舌头。姜玉淑苦笑一下，心想这老头实在是不懂得如何同女人打交道。

顾浩从走廊里回来，探进半个身子："你们先坐一下，我去对门看看。"

姜玉淑站起来："一起去吧。"

顾浩转身走向101室，在铁皮门上敲了敲："弟妹，在家吗？"

室内毫无回应。

"苏琳妈妈应该是出去了。"顾浩指指自家的102室，"咱们回去等吧。"

姜玉淑看着门锁不说话。随即，她回头望向女儿。姜庭走上前去，从衣袋里掏出一串钥匙，挑出一把插进了锁孔，轻轻一转。

咔嗒一声，门开了。

顾浩先是一愣，随即就明白了。

姜庭推开101室的门，向室内看了看，确实没人。

她转身面向顾浩："顾大爷，还是先去你家吧。"

"孩子，不要等苏家人了。"顾浩一把抓住姜庭的胳膊，目光炯炯，"现在就告诉我。"

傍晚时分，倦鸟归巢。这个城市正进入一天中最后的喧嚣时光。单元门开了又关，关了又开。各家都在开火做饭，召唤贪玩的孩子们回家。小家伙们的吵闹声、邻居们的闲聊声不时传入紧闭的 102 室，室内却只有一个少女夹杂着抽泣的讲述声。很快，室内归于寂静。

顾浩坐在餐桌旁，一只手里夹着香烟，另一只手里捏着那串钥匙。姜庭正在用手绢擦着眼泪，姜玉淑一遍遍地抚摸着她的后背。

良久，顾浩低声问道："也就是说，你在那个下水井里发现了苏琳的钥匙？"

"是的。"

顾浩起身走向五斗橱，拉开其中一个抽屉，从中取出一样东西，递到姜庭面前。

"这是你们的校徽吧？"

姜庭看了看那个长方形的小小徽章，点点头："没错。"

"我早该想到的。"顾浩仿佛在自言自语，随即又面向姜庭，"你能说说那个下水井的位置吗？"

"我家楼后面，靠近东侧围墙下面那个。我前两天又去看过，已经盖上了。"姜庭的眼眶又开始发红，"我偷偷把它打开了，我总觉得她会从里面出来。"

顾浩叹了一口气："你真是个善良的孩子。"

"我不是。"姜庭摇摇头，"我应该第一时间就讲出真相的。"

"不能要求所有人都这么勇敢。更何况，你还是个孩子。"顾浩笑笑，"你跟学校的老师说过这个吗？"

"没有。"姜庭咬了咬嘴唇，"苏琳和我不是一个班级的。而且，我也怕马娜她们报复我。"

"顾先生，有一件事我想先说明白。"一直默不作声的姜玉淑开口了，"我女儿是这件事的目击者，她也愿意向苏琳的父母说明情况。但是，我觉得我们也只能做到这些了。至于这件事情该怎么处理，就跟我们没关系了。"

她想了想，又补充道："特别是，不管后续情况怎样，我都不会让我女儿再露面。"

顾浩马上点头："我完全理解。孩子还要继续上学，她不应该受到什么不好的影响。"

姜玉淑低下头，不作声。其实，除了怕姜庭受报复，她还有别的顾虑。女儿不知道，现在孙伟明为了获得抚养权已经磨刀霍霍。姜玉淑要做的，就是尽可能在孙伟明滚去北京之前，让生活一如既往，风平浪静。她不希望任何意外影响到自己在抚养权争夺战中的优势地位。毕竟，姜庭的"身心健康"可能有很多种解释，稍有不慎，也许就会被那个施律师抓到漏洞。实际上，如果不是姜庭一再坚持，她都不会同意来见苏琳的父母。现在，她只想快点了结这件事情，可以让女儿卸下心理包袱，不再郁郁寡欢，让一切回归正轨。

这时，门外的走廊里传来声响，似乎有两个人走了进来。其中一个男人在大声抱怨着："跟你说了多少次了，不要再出去瞎逛。饭也不做，家也不管。我和儿子回来还得饿着肚子等你……"

顾浩站起来："苏家人回来了。"

他看看姜庭："小姑娘，你可以吗？"

女孩的嘴唇有点发白，还是点了点头。

老苏一边喋喋不休，一边拿出钥匙开门。老苏老婆跟在他后面，脸色疲惫，一言不发。刚打开门，老苏突然听见身后102室的门开了。他下意识地回过头，看见顾浩和一大一小两个女人从屋里走出来。

"老苏。"

"顾大哥，"老苏点点头，"家里来客人了？"

顾浩径直走到他面前："老苏，聊几句？"

老苏有些莫名其妙："聊什么？"

"关于苏琳的事。"顾浩直视着他的眼睛，"去你家还是我家聊？"

老苏一怔，看向老婆。女人也瞪大了眼睛："什么？"

"5月23日，也就是苏琳失踪当天，"顾浩向身后的姜庭努努嘴，"这孩子看见了在你女儿身上发生的一切。"

老苏老婆发出一声惊呼。随即，她捂住自己的嘴，直勾勾地看向姜庭。

姜庭被吓得向后缩了一下。老苏的脸阴沉下来，推开自家的房门："进来吧，别站在外面说。"

不是所有的人都对暴力场面津津乐道，更何况，这很有可能是一个少女在这世界上留下的最后痕迹。这样的复述，对姜庭而言是残忍的。而且，她不知道这是对方期盼已久的信息，还是会带来更大的责难。

老苏坐在餐桌旁的椅子上，盯着斑驳的红漆地板，一言不发地抽着烟。老苏老婆则始终守在姜庭的身边，眼睛眨也不眨地看着她，似乎生怕自己听漏了一个字。

姜庭讲述完毕，低下头不再说话。其他人都保持沉默，老苏老婆斜靠在沙发上，捂着脸小声地抽泣着。

良久，老苏扔掉烟头，干咳了两声："你说完了吧？"

姜庭有些诧异地抬起头，又看看同样惊讶的姜玉淑，点点头："嗯。事情就是这样。"

"行。我知道了。"老苏站起来，"你们走吧。"

说罢，他冲老婆吼道："你哭什么哭！赶紧做饭去！"

姜庭和姜玉淑面面相觑，一时间不知所措。

顾浩沉声问道："老苏，这算什么？"

"算什么？"老苏盯着顾浩，"还能算什么？难道还要我做一桌菜感谢你们啊？要不要送个锦旗，写封表扬信啊？"

"老苏，小姑娘说了，苏琳最后出现的地方可能是那个下水井。"顾浩忍着气，"那是你养大的女儿，一起去找找吧。"

"那不是我的女儿。"老苏哼了一声，"这丫头肯定是看错了。苏琳在江苏呢，活得好好的。"

顾浩瞪起眼睛看了他几秒钟，指指饭桌上的那串钥匙："老苏，你该不会以为小姑娘在撒谎吧？"

"这说明不了什么问题。"老苏的脸白了一下，还在兀自嘴硬，"这天底下巧合的事情多了。"

姜玉淑突然打开挎包，从里面掏出一个用报纸包好的东西，啪的一声拍在饭桌上。

"你自己看吧。"

老苏犹豫了一下，慢腾腾地拆开报纸。一个陈旧的某品牌营养液的包装盒出现在他的眼前。老苏的脸抽动了一下,他拿起这个包装盒,已经开裂的盒体几乎要断成两截,里面的圆珠笔、橡皮、尺子和三角板噼里啪啦地落在桌面上。

老苏老婆噌的一下从沙发上跳起来,直奔餐桌前。她从老苏手里夺过"文具盒",仔细端详了一番,又看看散落的文具,立刻发出一声长长的哀号。

"孩子他爸!"她把"文具盒"抱在怀里,另一只手抓住老苏的衣襟,"这就是……这真的是琳琳的啊。"

姜玉淑看得心酸,语气也缓和下来:"苏先生,我女儿没说谎。"

老苏看上去心烦意乱。他甩开老婆的手,站在原地喘粗气,忽然冲姜庭吼道:"你怎么早不说?"

姜庭被吓得抖了一下:"我……"

"你现在才来报信,这算什么?"老苏似乎找到了攻击目标,以掩饰他的窘迫,"事情都过去这么多天了,你才想起来装好人?"

"你凭什么吼我的女儿!"姜玉淑顿时气得脸色发白,"你家孩子挨了欺负,我们来报个信。不指望你能感谢我们,可是也不能冲我们发火吧?"

"这是我家,你少跟我指手画脚的。"老苏指向门口,"我又没请你们来,不爱听就滚!"

这时,门被推开了。一个小男孩背着书包蹦蹦跳跳地跑进来:"妈,饭好了没有?我……"

突然看见一屋子大人,小男孩把后半句话咽进肚子里,一时间有些不知所措。

老苏向卧室的方向摆摆头:"进屋去!"

小男孩怯生生地看了他一眼:"爸……"

"我让你进屋去!"老苏冲儿子瞪起眼睛,"把门关好,不许出来!"

小男孩不敢再多嘴,一溜烟跑进房间里,砰的一声关上了门。

老苏老婆又抓住他的袖子,哀求道:"孩子他爸,我们去找找吧,也许她还在……"

"找什么找!"老苏一把推开她,"你把嘴给我闭上,再多说一句我就打断你的腿!"

"老苏!"顾浩看不下去了,低声喝道,"你别太过分!"

"我过分？"老苏指指自己的鼻子，"姓顾的，给你面子，我叫你一声大哥。做邻居这么久了，我得罪你了吗？"

顾浩盯着他："老苏，你这话是从何说起？"

"我没得罪你，你他妈管什么闲事啊？"老苏的脸色涨红，眼睛几乎要凸出眼眶，"我家的事，跟你有他妈半毛钱关系吗？"

"老苏，"顾浩竭力克制着自己的情绪，"那孩子也叫我一声顾大爷。"

"你生她了还是养她了，啊？"老苏几乎要歇斯底里，"你他妈莫名其妙地找两个人来我家扯这些没用的，你当我是孬种啊？"

姜玉淑听不下去了，她拽起姜庭："庭庭，咱们走。"

"都他妈给我滚！"老苏啪的一掌拍在桌面上，"我家的事我自己处理，不用你们他妈的操闲心。"

顾浩无奈，起身跟着姜玉淑走出了101室。

回到102室，姜玉淑依旧气得浑身发抖："这是什么人家啊，好心当作驴肝肺！"

顾浩给她倒了一杯水。姜玉淑一口气喝光，又拿出手绢扇着风："没想到还有这样的父母！孩子没了，不去找，还埋怨别人！"

姜庭坐在母亲旁边，小声地劝慰着她。

顾浩的脸色也很难看。他闷闷地抽了一支烟，叹了口气。

"小姜，今天的事闹成这样，我也没想到。算我对不住你，给你赔个不是。"

他向门外努努嘴："老苏家也有不少烦心事。你也看到了，他家还有个小儿子，超生的，过去连个身份都没有。因为苏琳的事，老苏可能和那个马娜家里做了交易，让儿子落了户口，还上了学。"

姜玉淑听得目瞪口呆："怎么？为了户口，连女儿都不要了？他那腔子里长的还是人心吗？"

"各有各的心结。"顾浩摇摇头，"别人的难处，咱们可能都理解不了。"

"我是真想不通。那么大的姑娘，生死不明，说不管就不管了。"姜玉淑突然想到了什么，"不过，话说回来，你跟那个苏琳……真的只是邻居关系吗？"

"不然呢？"顾浩哑然失笑，"你也觉得我是多管闲事？"

"那倒不是。"姜玉淑急忙摆摆手,"非亲非故的,你还能对她这么上心,挺难得的。"

"那孩子在家里不受待见,我看着可怜,平时就偷偷给她弄点吃的。"顾浩神色黯然,"她就这么突然消失了,我心里过不去。"

"老顾,你可真是个好人。"姜玉淑眼眶一热,"这年头,好人不多见了。"

"你也是啊。"顾浩对她笑笑,"你和那孩子是真正的素不相识。"

姜玉淑有些不好意思:"嗨,我是陪庭庭来的嘛。"

"不仅是这个。"顾浩一脸郑重,"我看你拿出那个文具盒来,就知道你是把别人的事当回事的人。"

"是啊。"姜庭也插嘴道,"我都不知道我妈还是个热心肠。"

姜玉淑拍了她的手一下:"就你会说话。"

顾浩又笑起来:"有其母必有其女。"

"不过,老顾,咱们把话说在前头。"姜玉淑收敛了笑容,咬咬嘴唇,"恐怕,我们也只能做到这些了。孩子放下一桩心事,我也算尽到责任了。就像咱们约好的,老苏家打算怎么处理这件事,我们不会再掺和了。"

"没问题。"顾浩爽快地点头,"你已经帮了我大忙了。"

姜玉淑起身告辞。走到门口的时候,她犹豫了一下,转身问道:"你……你还要继续找那孩子吗?"

"当然。"顾浩替她拉开门,"这事我不会善罢甘休。再说,我一个退休老头儿,又没什么事干,是吧?"

姜玉淑没有笑:"那……如果那孩子有了下落,你告诉我一声,行吗?"

顾浩看着她,认真地点点头:"一定。"

送走了母女俩,顾浩抽了两支烟,看看窗外已经落下的夜色,勉强克制住立刻动身去那个下水井的念头。

冷静下来想想,他一个人去下水井里找人是非常困难的。凭常识来判断,那地方一定四通八达,地形复杂。看来还得找邰伟那小子帮忙。

想到邰伟,他紧接着就想到杜倩。虽然顾浩仍然不知道杜倩为什么会发脾气,但是打个电话总是没错的。

谁料，电话接通，顾浩刚开口说了句"你好"，就被挂断了。

看来她还在生气。顾浩握着话筒琢磨了半天，还是不明所以，索性不去想了。

他从床底下拖出几个箱子，里面有以前工厂发的劳保用品。顾浩从中挑出棉线手套、长雨靴、口罩和雨衣。挨个查验一番，应该还能用。随即，他又拉开五斗柜，翻出一把长柄手电筒。这玩意既能照明，也能当作武器。顾浩不由得想起自己当保卫科长的时候，熬夜蹲守盗窃仓库的犯罪分子的情形。兴致所至，他操起长柄手电筒，挥舞了几下，还顺势打了一套军体拳。

折腾了几个回合，顾浩的额头上见了汗，手臂也开始酸痛。同时，肚子里也叽里咕噜地响起来。他心中暗自好笑。这是要打算搏斗吗？跟谁搏斗？那个叫马娜的女孩子？

顾浩把下井的装备都装在一个帆布包里，收拾停当之后，起身去了厨房。

101室有隐隐的说话声。顾浩已经懒得再去理他们，开始动手做鸡蛋汤面。刚下好面条，101室的门开了，有人走出来。顾浩没有回头，听脚步声应该是老苏老婆。她同样没开口，一边吸着鼻子，一边在灶台上叮叮当当地切着。几分钟后，顾浩听见她拧开了煤气罐，开始做饭。

两个人背对背，彼此一言不发。这局面实属尴尬。不过，经过刚才的一场大吵之后，还要勉强攀谈恐怕是更尴尬的事情。

因此，把汤面盛到碗里，顾浩径自端回了房间。他打开电视机，一边看新闻，一边吃着面条。

刚吃了几口，他就听见门上传来轻轻的叩击声。

顾浩把嘴里的面条咽下去，说了句"稍等"就起身去开门。打开门锁，他却愣在原地——老苏老婆站在门口。

他正要说话，老苏老婆做了个不要出声的手势，闪进了房间。

顾浩还在犹豫，女人已经反手关上了房门，小声道："顾大哥，老苏就在房间里。锅里还炖着菜。我也就几分钟时间，跟你说几句话行吗？"

顾浩点点头，放下防备："你说吧。"

女人还没说话，眼泪先流出来，随即，双膝跪了下去。

顾浩吃了一惊，急忙伸手去扶她："弟妹，你这是干什么？快起来。"

老苏老婆挣开他的手，伏在地上，重重地磕了一个头。

"顾大哥，这个头我必须给你磕。"她仰起脸，满面悲苦，"我实在不知道该怎么感谢你。"

"不用，不用。"顾浩又气又急，"你先起来。"

"你答应我一件事，行吗？"老苏老婆哀求道，"不然我不会起来的。"

顾浩一怔："什么？"

"帮我去找找女儿吧，求求你。"女人双手合十，连连作揖，"我觉得她还活着……行吗？"

顾浩沉默了几秒钟，慢慢站直身体："你和老苏……"

"他不让我去。他说孩子肯定没了，不然早就回家了。"女人拼命摇头，泪水四溅，"如果我再出门，他就不要我了。你答应我，行吗？我总觉得琳琳还在……求求你，求求你顾大哥。"

"你如果想跪，就跪着。你刚才也说了，你只有几分钟的时间。他如果发现你在我房里……"顾浩坐回餐桌旁边，指指门外，"我已经得罪老苏了，我不在乎再得罪他一回。"

女人捂住脸，全身颤抖着，无声地抽泣。

顾浩叹了口气："其实，你们全都知道，是吧？"

"是。琳琳当晚没回家。孩子他爸去派出所，人家说还不到二十四小时，管不了。"女人哭得上气不接下气，"第二天我们去学校，琳琳的班主任把那个马娜叫来问情况，她不承认。后来，有个叫宋爽的丫头说漏了嘴……"

"后来呢？"

"学校说发生在校园外，他们没责任，让我们自己协商解决。"女人捶着自己的胸口，"我只知道她们打了琳琳，可是我没想到她们下手这么狠啊……怎么也不能把她打进下水道啊……"

"弟妹，我说句难听话，"顾浩低声说道，"没见过你们这样的父母。"

"顾大哥，我们家……"老苏老婆的哭声又起，"我们对不起琳琳。从小到大，连个文具盒都没给她买过，她就用那个药盒对付着用。她那么懂事，那么听话，她不该生在我们家啊……"

"因为她懂事，因为她听话，所以，她就活该是被放弃的那个吗？"顾浩忍不住了,"所以,她就可以成为你们和老马家交易的筹码吗?"

"不是,不是。"女人拼命摇着头,"你别说了,你不知道我有多想她……"

"就算我答应你,找到她了,以后呢,怎么办?"

老苏老婆愣了一下,讷讷地说道:"我知道她还活着就好……"

"孩子还能回家吗?"顾浩盯着她,"老苏和你还不是要做选择吗?你们肯把钱吐出来吗?老苏肯冒着丢工作的风险,还给她一个堂堂正正的身份吗?"

"她活着就好,活着就好……"女人低下头,仿佛在疯狂地自言自语,"人在就行,我们慢慢想办法……"

"我会去找她,生要见人,死要见尸。"顾浩挥挥手,"你起来吧。"

女人猛地抬起头来,泪水又盈满眼眶:"顾大哥,我下辈子当牛做马……"

"我说过了,我是她顾大爷。"顾浩站起来,"你不用谢我,我不是为了你们。你走吧。"

女人怔怔地看着他,见他已经捧起面碗,不再理会她,只得慢慢爬起来,拍拍裤子上的灰尘。临出门时,她又转身看向顾浩,似乎有话要说。然而,她只是咬咬嘴唇,拉开门出去了。

顾浩费力地咽下一口已经冷透的面条,放下筷子,再也吃不下去了。

第十八章·水池

1994年6月13日，星期一，晴。

　　湛蓝底色，一轮圆圆的黄色月亮在海报左侧。月光下，海浪微微起伏。在一块礁石上，小美人鱼静静地坐着。栗色的卷发垂到腰际，一只手抱着修长的鱼尾。她半仰着脸，望向夜空，似乎在等待着幸福的降临。

　　这张手绘海报大概是出自周老师的手笔。不管他是有意还是无意，没有用马娜的真人照片作为海报的主题，我心怀感激。如此，我就可以看着这张海报，尽情地想象自己才是那条美丽的人鱼。

　　这听起来很可悲。但是我没法控制自己。就像我那天夜里在校园里看到这张海报，第一反应就是：它是我的，我必须把它带走。

　　它点燃了我心底已经熄灭为灰烬的某种东西。我能够清楚地感受到，那摇曳的小火苗，正在慢慢地烧起来。

　　它对于我的意义，要高于吃饱肚子、可以洗澡以及穿干净的衣服。它似乎意味着某种可能，是这深深的地底的一道光，是那蛛网般错综复杂的管网里的另一条出路。

　　文森特对于我时常举着蜡烛，坐在海报下一看就是几小时并不理解。虽然他也会陪着我看，但是，他常常看了几分钟就失去耐心，转而去摆弄捡来的东西或者呼呼大睡。我很难跟他解释这张海报对我意味着什么。同时，也对因为睡眠不足，无法跟他出去工作感到内疚。不过，文森特并不在乎。他甚至帮我把床垫挪到海报下面，好让我睁开眼睛就可以看到它。

他不知道的是，这会让那火苗越燃越旺。

我意识到一件事，当一个人的生活归零的时候，只要她还活着，之后的每一天都是在做加法。那壶热水、那些衣架、那件白衬衫，都是一个个"1"。那张海报，是"100"。

它们会在我心里打开一个洞，而那个洞会越来越大。从被动接受，到主动吸纳。我很清楚，这个叫欲望的洞填不满。它会吞噬掉一切可能获得的东西。它在说，我要，我要。

我要一双白球鞋。

我要那条白裙子。

实际上，我被我自己吓到了。一个声音说，你不能再要更多；另一个声音说，为什么不能？她们就这样争吵不休，我却无能为力。特别是文森特不在身边的时候，仿佛整个房间里都是她们的声音。

这看起来是一个选择。其实，当我犹豫的时候，我就已经做出选择了。

于是，在某一天，我坐在床垫上，仰面看着那张海报，看着海浪，看着礁石，看着远眺夜空的人鱼。在我身后，文森特正发出均匀的鼾声。我转过去，凝视他沟壑丛生的面庞和刚长出来的浓密胡须。

我伸出手，在他脸上轻轻地抚摸着。他皱皱鼻子，心满意足地咂咂嘴，继续沉睡。

文森特，我要离开你了。

会议室门外一片喧嚣。几十个人挤在走廊里，个个神色颇不耐烦，七嘴八舌地嚷嚷着。邰伟穿插在他们中间，高声喊道："排好队，排好队。那个同志，你把烟掐了，这里不许抽烟……"

王宪江抱着肩膀，倚在门旁，一言不发地看着乱哄哄的人群，试图从那些寻常的面孔中找到一些不寻常的神情。在他旁边，会议室门上的"5·24连环杀人案"的标签已经被撕掉。

突然，他大喊一声："都把嘴给我闭上！"

人群一下子安静下来。邰伟趁机推搡着身边的几个人："排成两列，快点！"

其中一个男人说道："我说警察同志，叫我们来到底干什么啊？"

"不用多问。"王宪江面无表情，"让你干什么，你就干什么。"

男人不满地嘀咕了几句，排进队伍里。

这时，会议室的门开了，老杜探出头来，对王宪江挥挥手："老王，有电话。"

王宪江走进会议室，从长条桌上拿起听筒："哪位？"

"王宪江警官吗？我是小北街派出所的许长明。"

"嗯，你好。有什么事吗？"

"所里提供给你们的居民信息表，都收到了吧？"

"收到了。怎么了？"

"我们这里有一个新情况。"听筒里传来翻动纸张的声音，"通知辖区居民去市局的时候，有一个居民说自己并不在这里住了，房子租出去了。"

"哪个？"

"汤乐平。"

王宪江拿起桌子上的名单，上下浏览一番，找到了"汤乐平"的名字。

"这个汤乐平现在住哪里？"

"在四道街那边。"

王宪江望向会议室前方挂着的地图——四道街距离"缓冲区"很远。

"知道了。租客的名字你们掌握吗？"

"有个基本了解：周希杰，男的，大概三十五六岁，好像是某个学校的老师。"

"明白，能不能请你们联系一下这个周希杰，让他明天来市局一趟，找王宪江警官或者邰伟警官。"

"没问题。"

王宪江道谢后，挂断电话。随即，他在名单上的"汤乐平"处打了个叉。

邰伟和老杜一前一后地走进会议室。邰伟看到王宪江手上的动作，问道："师父，什么情况？"

"没事，名单有个调整。"王宪江把笔扔在桌面上，"人来得怎么样了？"

"车管所筛出了71人，今天先排查一半人——35个，另一半明天再说。现在来了32个了。"

"没来的人里面，有没有叫汤乐平的？"

邰伟看了看手上的名单："有。B区的。"

"把他划掉。今天不用等他了。"

"其他没来的怎么办？"

王宪江反问道："你说呢？"

邰伟一愣。老杜笑起来："没来的就是心虚，那咱们就省事多了。"

邰伟有些尴尬："时间差不多了，要不咱们开始？"

王宪江看向老杜："怎么搞？"

"十个一组，我带着去抽血。"老杜指指桌上的电话机，"我让大伟帮我，你等我电话就行。一组完事了我就告诉你，你把人码好，我让大伟来领人。"

邰伟想了想："怎么跟他们解释呢？"

王宪江撇撇嘴："警察办案，跟他们解释什么，听话就行了。"

邰伟吐吐舌头，不再开口。王宪江捋捋头发："老杜，结果最快多久能出来？"

"我考虑这个了。"老杜沉吟了一下，"二所肯定能做，但是送检的不少，估计会比较慢。辽宁省从1988年就有这个技术。要不你跟胡局汇报一下，通过省厅送辽宁吧，也许比送二所要快。"

"行。"王宪江站起来，"我这就去。你要是找不到我，就打传呼。"

老杜点点头，和邰伟出了门。王宪江跟着他们出去，看到邰伟已经在队首清点第一组。他挤过密集的人群，向楼梯间走去。

迈上第一节台阶，他又向那个长长的队伍看去。他不知道那个夺走三条性命的凶手是否在这些人中间，更不知道破案的那一刻是近在咫尺，还是远在天边。

顾浩坐在电话机旁边，默默地吸着烟，不时看向墙上的挂钟。距离他最后一次给邰伟打传呼已经过去了十五分钟。

顾浩掐灭烟头，决定不再等下去。

他清点了一下帆布包里的雨衣、手套、口罩、手电筒、干电池和雨靴。随即，他又把一袋面包和一只装满热水的保温杯塞进去。揣好香烟和打火机，他把帆布包甩在肩膀上，起身走向门口。

刚摸到门把手，桌上的电话机就响了起来，顾浩急忙走过去，拿起听筒。

"喂？"

"顾爹，你找我？"邰伟似乎身处一个喧嚷的环境，声音嘈杂。

"你干吗呢？"

"我在局里啊，干活儿呢。"邰伟突然吼了一声，"都把嘴给我闭上！关上门——顾爹你说。"

"嗯，你先忙吧，回头再说。"

"没事，你快说，我一会儿又得出去了。"

"是这样……你正在查的这个案子，有三具女尸从下水井里冲出来？"

"没错。"

"你们去下水管道里搜查过没有？"

"去过啊。"邰伟有些莫名其妙，"你问这个干吗？"

"这么说，你们有下水管道的图纸之类的？"

"有。"邰伟啊了一声，"顾爹，你家邻居那个女学生？"

"是的。我调查了一下，这孩子最后出现的地方就在下水井里。"

"这么说，那个校徽真有可能是她的？"

"现在还不知道。"

"你不是打算要钻下水井吧？"

"事到如今，总得下去找找。"

"污水井还是雨水井？"

"嗯？"顾浩迟疑了一下，"这个我还真不清楚——有区别吗？"

"这里面学问大了去了。"邰伟又开始嘟囔，"老头儿，你别轻举妄动啊。等我找你，别回头你再走丢了。"

"滚蛋！你当我是小孩呢？"

"你听我的，在家等我啊。我得干活儿去了，挂了。"

顾浩放下电话机，琢磨了一会儿，决定还是先去看看。

倒了两趟公交车，又步行了一段，半小时后，顾浩来到了姜庭所住的住宅小区。很快，他在两栋楼中间的空地上找到了那个下水井。

从铁质井盖上的"雨水"二字来判断，这应该是邰伟所说的雨水井。顾浩换上雨靴，围着井口转了一圈，蹲下去，把手指插进排水孔里，尝试着把井盖拉起来。然而，这沉甸甸的铁家伙只是稍稍露出了一条缝。他不得不放弃，正在四下踅摸的时候，看到姜庭向自己跑过来。

女孩跑得气喘吁吁，站定在他面前的时候，脸上布满红晕。

"你怎么来了？"

"我在楼上看到你了。"

"今天不是星期五吗？"顾浩想了想，"你怎么没去上学？"

"高三要模拟考试，用一、二年级的教室。"姜庭走向旁边的草坪，捡起一根短树枝，"我上次用的是这个。"

顾浩接过树枝，插进井盖上的排水孔里，用力把井盖拉起，又拖向旁边——黑洞洞的井口露了出来。

"谢了。"顾浩扔下树枝，"你回家吧。"

"不。"姜庭探头向井口里看着，"我跟你一起下去。"

"不行。"顾浩挥挥手，"你赶紧回去，别让你妈担心。"

"我妈上班去了。"姜庭做了个鬼脸，"她不会知道的。"

顾浩这才注意到女孩穿着运动服，脚上套了一双紫色带白色斑点的雨靴——看来早有准备。

"那也不行。"他板起脸，"你以为下去是闹着玩呢。"

姜庭从衣袋里掏出几个绕着白色细线的线轮，向顾浩晃了晃："这个你用得上。"

顾浩眯起眼睛："什么？"

"我爸以前钓鱼用的渔线。"

顾浩琢磨了一下，伸出手去："你考虑得还挺周到。"

女孩却把线轮往身后一藏，歪起头看着他，神情不言而喻。

顾浩无奈："下去之后，一切听我指挥，让你做什么都必须听话，懂了吗？"

姜庭把其中一个线轮抛给他，率先走向井口，把脚探下去，踩住铁梯。

顾浩向四周张望了一圈，暗自祈祷不会被人看到一个老头带着小姑娘钻下水井。

下水井深四米左右。姜庭已经下到井底，看到顾浩也沿着铁梯爬下来，急忙给他让出位置。

井口看起来狭窄，里面却很宽敞。但是，除了井口照射下来的阳光所及范围，四周尽是一片漆黑。顾浩发现他们正处在一条圆形水泥制管道之中。管道可以容纳一个成年人直起腰来行走，底部还有一些积水，鞋底触感滑腻，想必下面还有淤泥。他从帆布包里掏出手电筒，分别向左右两侧照射一番，都是同样不见尽头的管道。

女孩看起来既兴奋，又有一点恐惧："顾大爷，往哪边走？"

顾浩想了想："你在哪里找到那把钥匙的？"

姜庭稍稍回忆了一下，指指脚下："大概是这个位置。"

顾浩把手电筒照向右侧的管道："碰碰运气吧。"

他嘱咐姜庭把渔线的一端拴在铁梯上，自己戴上棉纱手套，握住线轮。

"跟在我后面，注意脚下。"他又补充了一句，"什么都不要碰。"

姜庭点点头。

顾浩深吸了一口气，一手端着手电筒，另一只手缓缓地放着渔线，向黑暗的雨水管道深处走去。

走出十几米后，他回头看看下井的地方。那一缕光柱静静地伫立在原处，仿佛还带着暖暖的温度。有那么一瞬间，顾浩几乎想飞奔回去，立刻离开这个黑暗、阴冷的地方。然而，当他想到苏琳是如何在一片漆黑中摸索着前行的时候，他就转过身，咬咬牙，继续蹚着积水向前走。

至少我眼前还能看见光；至少我还有一个同伴——尽管这个小姑娘紧紧地跟在自己身后，一步都不敢远离。

的确，刚刚离开阳光可及的地方，姜庭的勇气就消失得一干二净。眼前除了手电筒照亮的地方，皆是一片黑暗。前方那个老人的背影能带给她些许安慰，也是她在这幽暗之处唯一的依靠。她开始为自己的一时冲动后悔。不过，她又不想现在就放弃。一种强烈的直觉告诉她，苏琳还在这里。

大概是因为恐惧，姜庭很快就开始觉得全身发冷。特别是穿着雨靴的双脚。管道里残留的积水仿佛接近冰点，寒气刺骨。她正在想为什么不换一双厚袜子，就感到有什么东西从她的雨靴上一掠而过。

她本能地发出一声尖叫，用力在积水中踢打了几下。顾浩回过头："怎么了？"

"有……有东西，"姜庭吓得脸色惨白，慌慌张张地四处张望着，"从我脚上爬过去了。"

"没事。"顾浩的语气轻描淡写，"大概是老鼠。"

姜庭的脸色更白了："这里有老鼠？"

"不然你以为它们生活在哪里？"顾浩笑了笑，"这样吧，你捋着渔线回去。"

姜庭沉默了几秒钟："不。"

她推推顾浩的胳膊："走吧。"

两个人继续沿着管道向前走。起初，顾浩还会留心脚下和管道壁上的痕迹。后来，他很快就放弃了获取任何蛛丝马迹的想法。从管道壁上的水印来看，这里涨溢的水位曾接近一米，无论留下什么都会被冲刷得无影无踪。

他不再分神，专心赶路。姜庭紧随其后。两个人似乎达成默契一般保持缄默。雨水管道里除了哗啦的涉水声和彼此的呼吸声，再没有别的响动。

这里的空气不甚清新，不可名状的难闻气味始终在鼻孔里萦绕。顾浩开始觉得有些头昏脑涨。他停下来，从挎包里掏出两个口罩，和姜庭分别戴好之后，继续前行。掩住口鼻虽然能暂时隔绝管道里令人不悦的气味，但是也增加了呼吸的难度。半小时后，顾浩已经气喘吁吁。身后的姜庭同样大口喘息着，脚步也变得拖拖拉拉。

他开始怀疑自己能否坚持下去。好在转过几个弯，又更换了一次渔线轮之后，这条管道终于走到了尽头。

眼前是一条横向的管道，更高、更宽，通过几节台阶和他们所在的管道连接。顾浩小心地走下湿滑的花岗岩台阶，又转身扶着姜庭下来。随即，他用手电筒向左右分别照射一番——同样是没有尽头的一片漆黑。

顾浩在原地站了几秒钟，忽然大喊一声："苏琳！"

他的呼喊声在管道壁上撞来撞去，渐渐延伸至远方。姜庭被吓了一跳，随即屏气凝神，仔细地听着管道里的声音。

在那黑暗深处，依旧是一片死寂。

姜庭看看顾浩："顾大爷，该往哪边走？"

顾浩想了想，把手电筒照向脚下。管道里的积水缓缓向右侧流淌着，看来出口在这一侧。

而且，人在辨别不清方向，或者情绪高度紧张的时候，在左右之间往往会选择后者。顾浩打定主意，扯动渔线，向右侧走去。

"来吧，今天咱们就赌一赌这边。"

除了更加宽敞之外，这条管道看起来和他们此前穿过的并没有什么区别。不过，难闻的气味要淡一些。顾浩把口罩拉到下巴上，一边小心地放着渔线，一边翕动着鼻子向前走。

走出很长一段距离后，第二个渔线轮被耗尽，他发现管道壁上又出现一个管道口，看来是另一条管线。顾浩猜想，他们目前所处的应该是城市地下雨水管网中的一条主管道，刚刚走过以及新发现的这条管道是支网的一部分。这和他设想的一致。这该死的雨水管网果真四通八达，错综复杂。邰伟担心他"走丢了"，不是没有道理。

顾浩尝试着继续向前走，发现每隔一段距离就会有支网的管道口出现在主管道两侧。这意味着每一条管道都可能是苏琳曾经的去向。

姜庭也意识到了这一点。又经过一条支管道的时候，她爬上台阶，向管道里张望着。随即，她犹豫了一下，颤巍巍地叫了一声："苏琳。"

同样毫无回音。

姜庭低下头，一脸沮丧地从台阶上走下来。

顾浩看看她："累了吧？"

姜庭没说话，轻轻地点点头。

顾浩从帆布包里掏出雨衣，铺在花岗岩台阶上。想了想，他又把自己的鞋子垫在雨衣下面，示意姜庭坐下。然后，他把面包和水杯拿出来，递给姜庭。

女孩看起来是真饿了。她撕下一大块面包，两三口就消灭掉，又在保温杯盖子里倒上热水，小口喝着。

顾浩也坐了下来，吃了一块面包，又喝了一些热水。虽然有雨衣隔着，但是冰冷、坚硬的花岗岩台阶仍然让人感到很不舒服。不过，顾浩不想站起来。酸痛的双腿需要休息，另外，他也有些事情需要想清楚。

其中，最重要的一个是：苏琳还活着吗？

假设一：这孩子还活着。那么，她应该还被困在地下雨水管网中。否则，她一旦返回地面，会第一时间报警或者回家，自然也就不会有后面这些事情。但是，目前距离她失踪已经时日颇多，她是如何在这里生存下来的？至少从他们的所见来看，地下管网里除了水，还没发现任何可吃的东西。这就使得第二种假设显得可能性很大。

假设二：苏琳已经死在了这里。当然，苏琳的尸体被连番暴雨冲进俪通河的可能性并不是没有。但是，邰伟的调查结果显示，目前在本市范围内还没有发现身份不明的无名尸体。因此，顾浩一直在管道里污浊的空气中分辨着某种气味。在当年的战场上，他对尸体腐败后的刺鼻臭味并不陌生。虽然时间已经过去了很久，但是那种气味只要闻过就不会忘掉。虽然现在没有任何发现，但是他必须做好看到一具面部狰狞、肿胀不堪，甚至被老鼠啃食得所剩无几的腐尸的心理准备。

他看看身边缩成一团的姜庭。这种场面，无论如何不能让这个孩子看到。

虽然第二种假设无论怎么看都是最有可能成立的，然而，顾浩还是情愿相信第一种假设。这显然是一种不抱希望的希望。但是，希望，就是这个世界上最好的东西。

如果这孩子还活着，她就一定会在雨水管网里某个适合生存的地方。那么，不管是主管道，还是支管道都不符合要求。别的不论，单单是这残存的积水就让人没法长时间停留。至于食物，姑且相信她能够并且肯抓住老鼠、壁虎之类的东西生吃吧。

顾浩吸了两根烟，转头看看姜庭："小姑娘，你还能继续走吗？"

姜庭把杯盖里的热水喝掉，点点头。

顾浩把雨衣、鞋子、保温杯和吃剩的面包塞进帆布包里，重新拽起渔线："出发吧。"

仿佛没有尽头的搜索再次开始。同样的积水；同样的挂满绿苔的管道壁；同样的台阶和支管道口；同样的黑暗和寂静无声。有时候，顾浩会怀疑他们只是在原地踏步，否则，这条主管道怎么会如此漫长。

每遇到支管道口，他们会稍做停留，向管道里搜索一段距离，然后大声呼叫苏琳的名字。这鬼地方似乎有一种魔力，让人不由自主地保持沉默，仿佛一旦发出声响，就会惹怒那黑暗深处中静静蹲伏的怪兽。因此，每次呼喊都令他们——特别是姜庭，心惊肉跳。她渴望那个女孩发出回应，又害怕会有其他古怪的声音出现。

又向前走了不知道多久，顾浩突然停下了脚步，同时哎了一声。身后的姜庭也停下来，看着他把手电光照向自己的脚下——一截渔线正在积水中漂荡着。

她的心一沉，下意识地看向顾浩手中的渔线轮。除了线轴之外，渔线轮上已经空空如也。

顾浩捡起渔线，在线轴上绕了两圈，一言不发。姜庭明白，这是最后一个线轮，所以今天的搜索已经到此结束。她说不清此刻的心情是失望还是庆幸，只默默地站着。

顾浩想了想，试探着问道："你拿着线轮在这里等我，行吗？我自己再往前走一段。"

姜庭立刻恐惧地瞪大了眼睛，连连摇头。

顾浩没有坚持。虽然自己有把握再找回来，但是把这小姑娘一个人留在黑暗中，确实有些强人所难。再说，他也不放心。然而，他还是有些不甘，却又无可奈何，只能用手电筒向前方照射了几下，打算鸣金收兵。

突然，他在十几米开外的管道壁上似乎看到了什么，那里的颜色和旁边的水泥壁不同，形状也有异样。

他转身对姜庭说："小姑娘，你在这里等我，我很快就回来。"

"不行不行。"女孩的头摇得像拨浪鼓一样，"我不要自己在这里待着。"

"就在那里。"顾浩向前方指，"你能看到我的。"

姜庭拉住他的衣袖："不行，我跟你一起去。"

顾浩无奈，琢磨了一下，从挎包里掏出保温杯，试试重量，又把渔线缠绕在杯体上，放在积水里。

"走吧。"

依旧是顾浩在前，姜庭在后，两个人向那个地方慢慢地走过去。手电光始终照在管道壁上。走到近处，顾浩看到一扇打开的圆形铁门，大小可容一人通过。他探进头去，用手电光照射一圈，发现里面别有洞天。

挨近铁门的位置是几节花岗岩台阶，积水已经漫至门口，最下面的几节台阶都没入水下。浑浊的积水，估摸着水深在一米左右。门口的这个空间类似于"走廊"，连接着深处更为广阔的空间。顾浩用手电筒向里面扫射着，只能模糊地看到挂着绿苔的水泥墙壁，墙角似乎还挂着一架铁梯。

这地方看起来像一个巨大的蓄水池。

姜庭从他身后探出半个身子，好奇地左右打量着。

"这么多水……"她突然吸吸鼻子，皱起眉头，"这是什么味儿啊？"

顾浩没有说话，只是示意姜庭站在铁门外，他继续用手电筒在一片死寂的水面上照射着。

他早就闻到飘浮在蓄水池上空的淡淡的难闻气味——那足以唤醒他的嗅觉记忆的尸臭。

有东西死在了这里。无论是人还是动物，它都应该膨胀如鼓，漂浮在水面上。

不过，从手电筒能照射的范围来看，水面平静如斯，除了能看到几根树枝枯草之外，再无别物。

难道沉在水底？

现有的装备并不适合下水探查。况且，即使有所发现，他也不想让姜庭在场。要想找到这股尸臭的来源，恐怕只能改日再来了。顾浩转过身，发现姜庭这丫头又偷偷地钻进来，正探头向台阶旁边看着。

"这里什么都没有，咱们出去吧。"

"顾大爷，"姜庭保持着刚才弯腰低头的姿势，指指台阶下面，"那是什么？"

顾浩用手电筒照射过去，发现在台阶与墙壁之间的夹角中，有一大团黑乎乎的东西在积水中浸泡着。

他仔细分辨着，仍然看不出它的本来模样。顾浩犹豫了一下，俯卧在台阶上，手臂尽量向下伸，抓住了那件东西。

令人厌恶的滑腻感出现在手指上，而这玩意浸透了水，颇为沉重。

顾浩把它拎到台阶上，拨弄开，发现这是一件深紫色女式短呢子大衣。他端详一番，抬头看看姜庭。

"你们上学的时候，不让穿这种衣服吧？"

"嗯。"姜庭看着那件湿淋淋的呢子大衣，皱着眉头，"必须穿校服。"

顾浩想了想，用脚尖把呢子大衣挑到铁门口："今天到此为止，撤。"

两个人先后回到主管道里，找到缠着渔线的保温杯，开始返程。有渔线做指引，加之他们都无心再停留，速度比来时要快得多。

终于，他们看到了那束照向地底的阳光。顾浩把渔线从铁梯上解下来，扶着姜庭先攀上梯子。然而，小姑娘刚把身子探出地面就不动了，两条长腿还留在梯子上。顾浩不知她怎么呆住了，只好连声催促她。好不容易等她出去，顾浩也三两下爬出井口，刚要畅快地呼吸一口新鲜空气，他就瞪大了眼睛，愣住了。

姜玉淑站在井口，一脸怒气地盯着他。

"老顾，"姜玉淑居高临下，语气咄咄逼人，"我以为我跟你说清楚了，我们不想再卷入这件事了。"

"您……您别生气，您听我解释。"顾浩双手撑住地面，"我先出来啊。"

姜玉淑哼了一声，从井口让开。

顾浩有些狼狈地爬出雨水井。站在阳光下，他才发现自己和姜庭的身上满是灰尘、蛛网、污渍，还散发着一股难闻的气味。

姜庭绞着双手，局促不安地站在母亲身边："妈，你不是去上班了吗？"

"上班？我是回来给你这个祖宗做饭的！"姜玉淑怒不可遏，"你知道我找了你多久吗？"

"小姜，你别批评孩子。"顾浩拍打着身上的灰尘，"都是我不好……"

"当然是你不好！"姜玉淑又转向他，"带着一个女孩子去那么危险的地方，你考虑过后果吗？"

姜庭小声嘀咕道："一点也不危险啊，就是黑了点……"

"我这么做确实欠妥。"顾浩向姜玉淑鞠了一躬，"小姜，对不起了。"

"你干吗说人家顾大爷啊？"姜庭看到顾浩的窘迫模样，不满地嚷起来，"是我自己要去的。"

"你逞什么能？你有那个本事吗？"姜玉淑推了姜庭一把，"要不是我赶回家做饭，我都……"

"你就知道做饭！"姜庭指指脚下，"你想过苏琳吗？你想过她有没有饭吃吗？"

说罢，姜庭转身就走。

姜玉淑看看女儿，又看看顾浩，一跺脚，追了上去。

顾浩劝也不是，不劝也不是，只能看着母女俩一前一后地消失在楼体的拐角处。他叹了口气，俯身把雨水井盖复位。随即，他换好鞋子，摘下口罩和手套，慢慢地向园区外走去。

一身脏污外加臭味扑鼻，顾浩放弃了坐公交车回家的想法。步行了将近一个小时后，他终于到了家。洗过手脸之后，他把帆布包和换下来的脏衣脏鞋扔在墙角。原打算躺下休息半小时就起来做饭，可是一挨到枕头他就睡着了。

再醒来时，已经是夜幕降临。顾浩在床上静静地躺了十几分钟，艰难地爬起来，琢磨着该搞点什么东西填饱肚子。

刚拉开冰箱，他就听到门上传来急促的敲击声。转身拉开门，邰伟一头撞了进来，上下打量他一番，劈头问道："你怎么不接电话啊？"

顾浩一怔："刚才一直睡觉来着，可能是没听到吧。怎么了？"

"我以为你出什么事了呢。"邰伟松了一口气，"干完活儿我就赶过来了。"

"你也没吃饭？"

"你说呢？"邰伟没好气地说道，一屁股坐在床上，吸吸鼻子，"这是什么味儿啊？"

随即，他就把视线投向墙角的脏衣脏鞋，一下子明白了。

"顾爹，你是真不听话啊。"邰伟皱起眉头，"都跟你说了不要一个人下去。"

"我先去探探路嘛。"顾浩从冰箱里拿出两个鸡蛋，"炸酱面吧，咱爷俩对付一口，行不？"

"随便。"邰伟拉开窗户，又走到帆布包旁边，蹲下去翻看着，"你准备得还挺充分。有什么发现吗？"

"有个屁发现。雨水管网大了去了,我没进去多远。"顾浩从墙上取下围裙,"就找到一个蓄水池之类的地方,捞到一件呢子大衣。"

邰伟抬起头,眨眨眼睛:"呢子大衣?"

"嗯,紫色,女式的。"顾浩向门口走去,"也不知道是谁的,看着还挺新呢。"

邰伟一把抓住他,双眼圆睁:"你再说一遍?"

第十九章 · 证明

1994年6月17日，星期五，晴转多云。

文森特受伤了，很严重。

此刻的他什么也不说，蹲在小酒精炉旁边，慢慢地搅拌着铁盆子里的玉米面糊糊。在火光的照耀下，他的头显得很大。一来是因为肿胀，二来是因为那几层缠在头上的布条。血迹正在一点点扩大。

他会受伤，是因为我的一个决定。

这几天，我一直在洗衣服。在反复揉搓，清洗了几遍之后，那套校服总算看起来不那么肮脏了。但是，等它在这黑暗的地底阴干却需要一段时间。有时候，我不得不在晚上出去干活的时候带着这套衣裤，至少吹吹风可以让它干得快一点。

不过，那双白球鞋要难对付得多。污水浸泡后的痕迹还好办，顶多会让鞋面泛黄。但是苏哲滴上去的蓝墨水却无论如何也弄不掉。

文森特大概对我如此固执地洗净这双球鞋很难理解。在他看来，鞋子只要能穿就行了，是什么颜色倒无所谓。

他不知道我的想法，更不知道我要干什么。因此，在我奋力刷洗那双球鞋的时候，他会蹲在我旁边，用疑惑的眼神看看我，又看看那双鞋。

他也许猜到了我要清除那些蓝色的墨点。于是，这家伙做了一件蠢事——他居然认为，用刀子可以把墨点刮掉。

趁我睡觉的时候，我的天才文森特开始了他的实验。他把一个木块塞进鞋子里，顶起鞋面后用刀刃反复地刮。的确，那些墨迹有所消退。这家伙大概在这种状况下受了莫大的鼓励，越发用力——后果就是，鞋面被割开了一个大口子。

我冲他大发脾气，然后又狠狠地哭了一场。我哭得如此伤心，并不是因为那双鞋子。其实它们还勉强穿得出去，只是不够尽善尽美而已。我只是想不通，为什么我所珍视的东西，总是会如此轻而易举地被摧毁？难道真的是因为我配不上吗？即使是一双穿了这么久、布满墨点的旧鞋子？

文森特被我吓得不轻，以至于他晚上叫我出去干活的时候都是小心翼翼的。我当然没有理他。他一个人悻悻地离开了这里。这一走，就是一夜加整个白天。

在这二十几个小时里，我从生气到疑惑，再到恐惧，最后是深深的担忧。他留下的食物让我不至于挨饿，但是我真的以为他永远离开了我。一个要浪费他的食物、饮水和蜡烛，常常提出稀奇古怪的要求，而且脾气极差的女孩子——有什么可留恋的呢？

就在我决定去地面上找他的时候，文森特回来了。

看到他从铁门里钻进来，我把一声小小的欢呼压在了喉咙里。

烛光的照映下，他的样子太可怕了。

文森特的半张脸都被凝结的血迹覆盖，其余的部分也能看到瘀伤和青肿。但是他看起来很开心，几乎是兴高采烈地跑到我面前。

我一把抓住他的手臂："你这是怎么了？"

他"啊啊"地叫着。我看向他的头，发现左侧的头发已经被黏腻的液体粘在一起，伸手摸摸，是还没有干涸的血迹。

我手忙脚乱地翻出酒精，又撕开一件他不知道从哪里拿回来的粉色秋衣的下摆，用水浸湿，一点点擦掉他头上的血。

拨开头发，一条长长的、还在渗血的裂口出现在他的头皮上。我又急又气，大声问道："你这是怎么搞的？"

文森特低着头任由我摆弄，嘴里含混不清地嘟哝着。我只能分辨出"东边""好几个人"之类的字眼。我又从那秋衣上撕下一块布料，蘸着酒精在伤口上擦拭。他抖了一下，手也从怀里抽出来，把一个纸包扔在地上，"啊啊"大叫着。

"别动，别动。"我按住他的肩膀，"忍一下，很快就好了。"

他乖乖地不再挣扎。但是，他不停地颤抖的身体告诉我，他很疼。

我硬起心肠，反复擦拭着伤口。然后，我把那件秋衣撕成若干长条，包裹在他的头上。

文森特看上去头大如斗，样子既可怜又好笑。我坐在他面前，看着他的眼睛，严肃地问道："你去哪里了？怎么受伤的？"

他还是呆呆地看着我，嘟哝着"东边"之类的话。随即，他又眉开眼笑，伸手从地上把那个纸包捡起来，打开，得意扬扬地看着我。

那是一双球鞋。雪白。簇新。

我的眼睛眨也不眨地看着这双球鞋，直到视线一片模糊。

我终于明白，文森特去了东边的垃圾场。那里并不是他的"工作范围"。我不能想象他是如何在那些充满敌意的"同行"们眼皮底下抢到一些战利品，更不愿去想他是如何跟他们争吵、嘶吼、缠斗，最终流着血，带着某些值钱的玩意去换回了这双白球鞋。

那大概是我没见过的，狂暴如野兽一般的文森特。他奋力如斯，仅仅是为了满足我那个可笑的愿望。

现在，野兽文森特蹲在酒精炉旁边，一边哼着跑调的小曲，一边搅拌着我们的晚饭，似乎已经忘了头上那个还在渗血的伤口。而我，则坐在角落里写下上面的文字。我的心里既有痛惜，也有悲伤，更有一丝小小的欢喜。

因为，文森特告诉我，我值得，我配得上。

电话铃响。

"喂？"

听筒内没有声音。顾浩心里一动，难道是杜倩？他正要开口发问，姜玉淑的声音传进耳朵里。

"老顾，我是姜庭的妈妈。"

"嗯，听出来了。"顾浩心中有些惊讶，"您……孩子还好吧？"

"很抱歉，昨天跟你发了那么大的火。"

"没事没事。"顾浩急忙说道，"我的确是欠考虑了，毕竟姜庭还是个孩子。"

听筒里传来一声轻轻的叹息。

"我和庭庭谈过了。怎么说呢，我们俩现在的处境比较微妙，很多事不得不小心为上。"姜玉淑的情绪似乎有点低落，"听孩子说，你们没找到苏琳？"

"没有。不过，我们找到一个类似蓄水池之类的地方，还发现一件呢子大衣。所以，一会儿我得去市公安局一趟。"

"市公安局？为什么？"

"我还不清楚，好像跟别的案子有关。而且，我在公安局的一个亲戚会给我一张地下雨水管网的地图。有了这个，我就不会像没头苍蝇似的在下水井里乱闯了。"

"这么说，你还是要继续去找那孩子吗？"

"当然。事情到了这一步，总得有个结果。"

"哦。"

姜玉淑沉默了一会儿："你什么时候去市公安局？"

"这就准备出门了。"

"嗯。"姜玉淑似乎下了很大的决心，"我也去。"

"你也去？"顾浩非常惊讶，"这……没必要吧？"

"咱们在市公安局门口集合吧。"姜玉淑飞快地说道，"见面再说。"

一见面，顾浩就发现姜玉淑心事重重，脸上的笑容也很勉强。心不在焉地寒暄了几句之后，姜玉淑的视线就转向武警把守的岗亭和不远处那座五层大楼。

"第一次来公安局吧？"

"还真是。"姜玉淑苦笑一下，"我一个老百姓，就没跟警察打过交道。"

顾浩想了想："那你为什么还要跟我来呢？"

"就像你说的，事情总得有个结果。"姜玉淑叹了口气，"我们也是这么想的。不过，接下来由我和你一起找吧。"

顾浩惊讶地瞪大了眼睛："这是从何说起呢？"

"这件事,已经成了庭庭的一个心结了。"姜玉淑摇摇头,"实际上,我们俩昨天大吵了一架。她坚持要帮你去找苏琳。至于我……我不希望孩子牵涉到这样的事情中。"

她看看顾浩:"老顾,我希望你别觉得我是个自私自利的人。其实,我也很记挂那孩子。特别是见了她的父母之后,我都恨不得马上找到她,领到我家去。"

顾浩笑笑:"你是个好人。"

"也不能这么说吧。"姜玉淑的脸红了一下,"最后,我和庭庭达成了协议。她好好学习,我去找苏琳。"

"马娜那边……会不会找孩子的麻烦?"

"她敢!"姜玉淑脱口而出,"上次打了庭庭一耳光,我还没找她算账呢!这天底下的事情,都离不开一个'理'字。我不信好人就该挨欺负,这还得了?"

顾浩点点头:"没错。"

这时,邰伟从五层大楼里走出来,看到顾浩和一个陌生女人站在一起,神色疑惑。

"顾爹,"他走到顾浩面前,看看姜玉淑,"这位是?"

"说来话长。"顾浩示意邰伟在前面带路,"进去再说。"

会议室的长条办公桌旁边坐着两个男人,一个中年模样,另一个年龄要大得多。看到邰伟带着顾浩和姜玉淑进来,两个人先后起身。

"这是我干爹顾浩,"邰伟向他们介绍道,"这位……"

"这是我带来的人,姓姜。"顾浩向他们伸出手去,"给大家添麻烦了。"

"哪里话。我叫王宪江,是大伟的师父。"年长的男人和顾浩握了握手,"这位是市规划院的陈老师。"

几个人互相打了招呼之后,各自落座。王宪江清清嗓子:"那咱们就直奔主题吧。大伟说您在地下雨水管网里发现了一件紫色女式呢子大衣?"

顾浩点点头:"没错。"

邰伟从桌面上拿过一个文件夹,从中取出一张照片递给顾浩。

"顾爹,你看看是这件吗?"

照片的拍摄地点应该是本市的公园,一个女人蹲在地上,怀里抱着一个小男孩，正笑着对镜头做出 V 字手势。在她身上，穿着一件紫色的短呢子大衣。

顾浩仔细端详一番，点点头："没错，就是这个式样的。"

邰伟右手握拳，用力挥舞了一下，表情很是兴奋。

王宪江的表情倒是很淡然："您是在什么样的地方发现的？"

顾浩稍做回忆，把那个空间的大致情况描述了一遍。王宪江望向市规划院的陈老师。陈老师扶扶眼镜，沉吟了一会儿："听您说的情况，很像地下雨水管网里的调蓄池。"

王宪江眨眨眼睛："这个雨水调蓄池是干什么用的？"

"雨水嘛，和生活污水不同，如果白白排放掉，那多可惜。所以本市的雨水管网里有几个调蓄池，可以把雨水收集起来。如果需要的话，能够加以利用。"

王宪江又转向顾浩："老顾，你还能找到那个地方吗？"

顾浩慢条斯理地点燃一支烟："王警官，你能不能先告诉我，我找到的那件呢子大衣究竟是什么？"

邰伟看看王宪江，后者点点头。

"顾爹，你还记得我跟你说过卫红渠里的强奸杀人案吗？"邰伟向那张照片努努嘴，"我们高度怀疑你捞到的那件衣服属于其中一个死者。"

姜玉淑发出一声短促的惊呼，随即就捂住了嘴巴。

王宪江说道："换句话来说，你去过的那个地方，很可能就是抛尸现场。"

"明白了。"顾浩的神色凝重起来，"再走一遍的话，我觉得没问题。"

"不用那么费劲。"陈老师摆摆手，"你是从哪个雨水井下去的？"

"具体地址……"顾浩转向姜玉淑，"小姜，要不你来说？"

姜玉淑的脸色很不好看，还是把自家小区的名称告诉了陈老师。

陈老师拿过一张雨水管网图纸，仔细查找一番，在某个雨水井的位置上画了一个圈。

"应该是这里。"他把图纸推到顾浩面前，"老顾，你当时是往哪个方向走的？"

顾浩看着雨水管网图纸，上面纵横交错的细线仿佛变成了那些黑暗、潮湿的水泥管道。

"我下了井之后，向右走……"顾浩接过陈老师递来的铅笔，在图纸上慢慢移动,"拐了几个弯,然后进入一个横向的管道,更大更宽……"

陈老师点点头:"主管道。然后呢?"

"然后继续向右,一直走……"顾浩回忆着当时的路线,又看看图纸上标注的比例尺,"我们一共用了三卷渔线……"

笔尖停留在主管道旁边的一个方框区域:"应该是这里。"

陈老师凑向图纸:"博物院下面那个雨水调蓄池。"

邰伟立刻起身奔向会议室前面悬挂的巨大地图,仰面看去。几秒钟后,他转过身,恰好遇到王宪江征询的目光。

"B区。"

"很好。"王宪江终于露出了兴奋的神情,"咱们……"

突然,会议室的门被推开了,一个戴着眼镜的青年男子探进半个身子。室内围坐的几个人都把视线投向他。姜玉淑皱起眉头——这个人似曾相识,好像在什么地方见过。

青年男子面色疑惑:"请问,哪位是王宪江警官?"

王宪江上下打量着他:"我就是。"

"哦,派出所的同志打电话,要我来市公安局找您。"青年男子走进来,"我叫周希杰。"

"周什么?"王宪江皱起眉头,突然一拍脑门,"邰伟,带他去找老杜。"

"王警官,"周希杰脸上的疑惑神色不减,"我能问问找我来有什么事吗?"

王宪江指指邰伟:"他会告诉你需要做什么。"

周希杰犹豫了一下,点点头,跟着邰伟走出了会议室。

王宪江也站起来:"我现在去找技术队的人,大家稍等我一下,邰伟回来之后咱们就出发。"又看向顾浩,"老顾,待会儿还得麻烦你跟我们走一趟。"

顾浩点点头:"没问题。那张地下管网的图纸能给我复印一份吗?"

"当然可以。一会儿让邰伟去做。"王宪江又看向姜玉淑,"这位姜女士……"

姜玉淑的脸白了一下:"我也去。"

一个多小时后,当姜玉淑跟着大批警察从博物院附近的下水井里进入雨水管网的时候,她终于承认高估了自己的勇气。

尽管有警察在前后左右相伴，尽管强光手电筒把水泥管道里照射得宛如白昼，但是，只要她一想到曾有三具尸体在这里载沉载浮，她就会忍不住头皮发麻，呼吸加快。

在地图的指引下，他们很快就找到了那个所谓的雨水调蓄池。顾浩留在圆形铁门旁边的那件湿漉漉的紫色女式呢子大衣让警察们兴奋起来。很快，探照灯在管道里架设起来，现场勘查人员在铁门上勘验着。几个年轻警察脱得只剩下内裤，下水摸索。一时间，照相机的闪光灯和手电筒的强光在宽阔、空荡的水面上不停地闪烁着。

那件紫色女式呢子大衣被收纳进一个大大的塑料封口袋里。很快，更多的东西从水池中被打捞上来。

泡涨的牛皮钱夹。生锈的钥匙。皮带。牛仔裤。胸罩和女式内裤……

姜玉淑始终站在主管道里，尽管穿上了邰伟带给她的雨靴，仍然觉得周身冰冷。特别是看到那一件件被警察们带出来的物品，更是让她瑟瑟发抖。

太可怕了。

她能想象在几米开外的那个幽暗的地方，三个一丝不挂、毫无生机的女人被随便弃置在冰冷的水池里。因为一场突如其来的暴雨，她们无可奈何地漂浮起来，游荡着，彼此碰撞着，最后在越发迅猛上涨的水中，从那扇狭窄的铁门中鱼贯而出，浮游在主管道里，带着凄惨又狰狞的面目一路奔向不可知的下游。

一想到脚下的积水可能浸泡过她们那苍白的躯体，姜玉淑就觉得更加恐惧，却无处躲藏。

顾浩始终守在铁门口，静静地看着警察们工作。王宪江和他并肩而立，脸上的表情同样凝重。

邰伟封好一个物证袋，看着里面那个深红色化妆盒，转身向顾浩说道："顾爹，这回你立了大功了。"

顾浩笑笑："误打误撞的。"

王宪江看看邰伟："那个周希杰表现怎么样？"

"挺配合的。不像其他人，打听个没完。"邰伟耸耸肩，"抽完血就回去了。"

王宪江想了想："老杜怎么说？"

"据说胡局托了私人关系，咱们在辽宁省厅排第一号。"邰伟看上去信心满满,"估计一个星期就能出结果。"

"回去联系一下老杜,让辽宁省厅先查 B 区送检的那几个。"

"明白。"

顾浩突然想起什么,拉拉邵伟的衣袖:"大伟,那张图纸帮我复印了没有?"

"你不说我差点忘了。"邵伟一拍脑门,从衣袋里掏出一张折好的复印件,"你的事还没解决呢。"

顾浩打开图纸的复印件,草草浏览了一遍,下意识地看向姜玉淑。她抱着肩膀,一个人孤零零地站在灯光的阴影处,看上去非常惶恐。

顾浩走过去,从挎包里拿出保温杯,倒了些热水在杯盖里,递给她。

"喝点吧,暖暖身子。"

姜玉淑一脸感激地接过来,小口抿着:"老顾,他们什么时候能结束?"

"不知道。估计要挺久——他们好像要把水池排干,看看有没有什么遗漏。"

"那咱们……"

顾浩想了想,望向同样无所事事,站在铁门另一侧抽烟的陈老师。他拿着地图走过去:"陈老师,打扰一下。"

"没什么打扰的,他们暂时也用不上我。"陈老师叼着香烟,"您说。"

"是这样,我们要在雨水管网里找一个人。"

"嗯?"陈老师挑起眉毛,向正在忙碌的警察们努努嘴。

"不是一回事。"顾浩摇摇头,"我们要找的这个人,可能还活着。"

"在这里?"陈老师更惊讶了,"什么人啊?"

"其实这个雨水调蓄池给了我一些思路。"顾浩指指图纸,"我想请教您,在雨水管网里有没有能让人生活一段时间的地方?"

陈老师沉吟半晌:"在管道里不大可能,这地方常年都有积水,坐不能坐,卧不能卧。不过,你说的雨水调蓄池倒是有可能。"

"有可能?"顾浩看看那扇透着光的圆形铁门,"那里面也全灌满了水啊。"

"雨水调蓄池一般都会建设在绿地下面,通常都是低洼地。如果遇到特大暴雨之类的,雨水就会通过管道流进调蓄池。一旦蓄满,就会流入主管道。"陈老师搔搔后脑勺,"这个调蓄池里的水,就是5月23号那场特大暴雨留下的。不过,如果管道堵塞的话,调蓄池里可能也不会有这么多水。"

"也就是说，可能会有相对比较干燥的地方？"

"没错。"

"管道堵塞……"顾浩自言自语道。突然，他想起了5月24日一早读过的报纸。

"全市一共有几个雨水调蓄池？"

"四个。"

"文化广场的绿地下面是不是有一个？"

"是啊。"陈老师看看图纸，"前段时间，那里好像还报修过，可能是以前施工的建筑垃圾被胡乱填埋，堵住了管道。"

"明白了。"顾浩的眼睛亮了起来，"陈老师，如果我要去那个调蓄池，从哪个位置下井比较方便？"

陈老师凑向图纸，一边用手指在那些标记上移动，一边念念有词。最后，他指向其中一个标记："这里吧，距离应该是最近的。"

"非常感谢。"

顾浩和他握了握手，把图纸小心地收到帆布包里，转身向邰伟喊道："大伟，我先走了。"

邰伟快步走过来："顾爹，你……"

"我还得去找那孩子。"顾浩向王宪江努努嘴，"跟你师父说一声就行。"

邰伟犹豫了一下："顾爹，我跟你去吧。"

"不用，别耽误你干正事。"顾浩拍拍帆布包，"我有图纸呢，丢不了。"

"那……也行。"邰伟点点头，"你自己多加小心。"

顾浩向姜玉淑挥挥手："走吧，咱们上去。"

在黑暗的地底会让人失去时间的概念。两个人从井口钻出地面，才发现已经是傍晚时分。到文化广场需要坐两趟公交车。顾浩和姜玉淑各自换下雨靴后，走到公交站，翘首等待着下一辆抵达的13路公交车。

顾浩不时地看向手表。姜玉淑则一直在身上嗅来嗅去，生怕还残留着难闻的味道。上了车之后，她始终躲在车厢后部，尽量避免挨着其他乘客。

大概半小时后，他们到了文化广场。广场上还聚集着不少散步、放风筝、拍照的游人，很是热闹。顾浩从流动小贩手里买了几只荧光棒。随即，他拿着图纸，在游人中间匆匆穿行，姜玉淑紧跟其后，走得气喘吁吁。在图纸的指示下，他们很快就找到了那个位于两块绿地中间的柏油路上的下水井。

这个位置相对偏僻，旁边还有一大丛灌木作为掩护。顾浩和姜玉淑再次换好雨靴。之后，顾浩挪开下水井盖，又折下几支灌木放在井边做提示其他路人之用。随即，他和姜玉淑一前一后地钻进了井里。

这次只有两个人、一只手电筒和几支荧光棒，姜玉淑的心里要紧张得多，几乎和顾浩寸步不离。好在图纸上的标识足够清楚，从支管道进入主管道之后，走了没多远，手电光就在管道壁上扫到了一个圆形的铁门。

顾浩小心翼翼地走过去，用手电筒在铁门上照射了一圈，又尝试着去转铁门上的密封阀。尽管有生锈的涩滞感，但是那个阀门还是被转动了。吱呀一声之后，铁门打开了。

他看看姜玉淑，后者盯着那条门缝，脸上是荧光棒发出的绿色微光，看上去既兴奋又恐惧。

顾浩拉开门，率先钻了进去。

一踏上管道地面，他就意识到这里是干燥的。同时，一股难以名状的气味扑面而来——燃烧过的蜡油、隔夜的肉包子、凉透的玉米粥、香皂、变质的啤酒……

有那么一瞬间，他甚至以为自己就置身于那个公共小厨房里。

身后的姜玉淑吸吸鼻子，显然也注意到了这里的异常之处。

两个人穿过管道，踏上花岗岩台阶。随着手电筒光照范围的扩大，眼前的一切都呈现出来。

顾浩首先注意到地面上铺设的一张床垫，上面还有叠成方块的被褥。此外，还有插着蜡烛的啤酒瓶、大桶清水、盛着干涸的玉米粥的不锈钢盆、看起来像自制酒精炉的几个易拉罐……

他听到姜玉淑的呼吸急促起来。顾浩下意识地看向她，姜玉淑也回望着他，眼睛闪闪发亮。

毫无疑问，这里有人居住。

顾浩拿起那个不锈钢盆，伸出手指在干硬的玉米粥上戳了戳。玉米粥的表面已经形成了一层硬壳，下面依然没有凝固，这说明它存留的时间不太久。此外，那些凌乱地摆在空地上的没有燃尽的蜡烛，同样证实居住者已经在此生活了很长时间。

顾浩的心脏开始狂跳。住在这里的会不会是苏琳？

他开始在这个"房间"里快速搜索，试图寻找到能够说明居住者身份的其他物品或者痕迹。越来越多的东西被发现——铅笔头、撕成布条的棉质秋衣、空的红梅牌烟盒、小瓶酒精……

突然，顾浩听到姜玉淑发出一声惊呼。他循声望去，看到姜玉淑正怔怔地盯着黑暗中的墙壁。

"老顾，你看，那是什么？"

顾浩用手电筒扫射过去，发现水泥墙壁上有一条被钉子固定的铁丝，上面挂着几件衣服。其中一件，是蓝白色相间的运动服。

他立刻感到呼吸几乎要停止了。三步并作两步奔过去，顾浩拿起那件衣服反复端详着，随后，他看向姜玉淑。

"没错，和姜庭的一模一样。"

突然，姜玉淑的眼角迸出泪花。她抓住顾浩的袖子，连连摇动，边哭边笑："老顾，我们找到她了！"

"先别急着高兴。"顾浩还是不敢相信，大脑在飞速转动着，"只有一件衣服，这说明不了什么问题……万一只是被别人捡到了呢？"

"它是洗干净的啊。如果只是当作废品，没必要洗啊。"姜玉淑激动地把那件运动服凑到鼻子下面，"你闻闻，有洗衣粉的味儿啊。"

顾浩刚接过衣服，姜玉淑就劈手夺过他的手电筒，向黑暗处照射。几秒钟后，她又欢叫一声，冲向那张床垫。转眼之间，她从被子下面拽出一只书包。

急不可耐的她把书包里的东西都倒在床垫上，拿起一个本子翻看着，扔下，又拿起一本教材模样的书，翻开。

随即，姜玉淑跪在床垫上，向顾浩伸出手臂，手上拿着那本教材。

顾浩接过来，在第一页上看到了一行字：高二四班苏琳。

六个字。顾浩足足看了十几秒钟，脸上终于露出了笑容。

"小姜，我们找到她了。"

姜玉淑突然捂住嘴，坐着床垫上，呜呜地哭起来。

"这孩子……就住在这样的地方……就吃这些东西……"

顾浩为这孩子难受，也不知道该怎样安慰她，只好把床垫上的东西逐件收拾起来，放进书包里。然后，他坐在姜玉淑身边，点燃一支烟，默默地吸着。

几分钟后，姜玉淑的哭声渐止。她擦擦脸上的眼泪，不好意思地小声说道："唉，当妈的，看不了这个。"

"我能理解。"顾浩笑笑，"好在咱们没白忙活一场。"

"可是，"姜玉淑向四周看了看，"这孩子去哪儿了？"

"大概是去找吃的了吧？"顾浩想了想，"没事，既然她住在这里，就一定会回来。"

"可是，"姜玉淑欲言又止，"她好像不是一个人在这里。"

顾浩点点头。的确，那些烟盒和喝干的啤酒瓶肯定不是苏琳的。而且，如果没有其他人的帮助，他很难想象一个女孩子能在地下生活这么久。至于她是否要为此付出代价以及是什么样的代价，他不愿意去想。

"等等她吧。"顾浩沉吟了一下，"见到她之后，就什么都清楚了。"

姜玉淑沉默了一会儿："找到她之后，你打算怎么做？"

顾浩知道她的言外之意。苏琳的"复活"，对苏家人而言是一件尴尬的事情。他们势必还要做出选择。而那个可怜的女孩依然会面临着随时被放弃的命运。然而，顾浩心中对此早有了答案。

"能怎么做？"顾浩对姜玉淑笑笑，"撬你的行呗。"

姜玉淑挑起眉毛："嗯？"

顾浩收起笑容，郑重其事地说道："我会收养这孩子。如果她觉得和生父母住对门不方便，我们可以换个地方住。"

他伸展了一下腰背："我虽然老了，再陪她十年应该没问题，起码能供她到大学毕业。"

姜玉淑笑了笑，闭上眼睛，摇摇头："你可真是个好人。"

"算不上什么好人。"顾浩长出了一口气，"都这岁数了，还白捡了一个闺女，占了大便宜了。"

"你别想得那么简单，苏家人没准会来闹的。"

"闹呗。我不在乎。"顾浩又点燃一支烟,"孩子大学毕业之后,该怎么生活由她自己选。"

姜玉淑被触动了心事,又低下头不说话了。良久,她看看手表:"老顾,你要等那孩子回来吗?"

"是。"顾浩点点头,"今天不见到人绝不罢休。"

"可是……"姜玉淑为难地咬咬嘴唇,"我得回家了,庭庭还在家里等我。"

"哎哟!"顾浩一拍脑门,"我都忘记问你了,今天怎么还有空陪我找孩子?"

"本周可以双休嘛。"姜玉淑从床垫上站起来,"今天周六,刚好不用上班。"

"行。"顾浩也站起身,向她伸出手,"万分感激你。你等我电话。"

姜玉淑跟他握了握手,神色依旧犹疑。

"老顾,你能不能……"姜玉淑看看铁门外黑洞洞的管道,又看看手里的荧光棒,"你能不能带我出去?我一个人……有点害怕。"

"没问题。"顾浩拎起手电筒,又想了想,"要不今天咱俩都撤吧——明天你有时间吗?"

姜玉淑眨眨眼睛:"你的意思是?"

"没有你和姜庭的帮忙,我不可能这么快就找到她。"顾浩看着她,语气恳切,"我希望你能看到她,她也能认识你。"

姜玉淑的眼眶一热,用力地点点头:"好。"

顾浩一直把她送上公交车才离开。姜玉淑坐在车窗边,看着站在夜色中向她挥手告别的老人,心中百感交集。车子驶出几站后,姜玉淑尽快回家的欲望慢慢强烈起来。特别是看到苏琳在地下所处的环境后,她更加渴望给自己的女儿做一顿美味可口的晚餐,再和她一起舒舒服服地窝在沙发上,亲亲她,抱抱她。

下车后,姜玉淑几乎是一路小跑。气喘吁吁地爬上楼之后,她迫不及待地掏出钥匙打开房门,开口说道:"庭庭,妈妈……"

随即,她就愣在门口,把后半句话憋在了喉咙里。

三个人围坐在餐桌旁。正对着她的是姜庭,一边咬着鸡腿,一边向她挥手。孙伟明和施律师分坐在她的两侧。

孙伟明看见姜玉淑进来，勉强地冲她笑笑。施律师站起来，一脸得体且职业的笑容，向她微鞠一躬。

"姜女士，打扰了。"

姜玉淑把挎包放在门旁的地上，冷起脸："你们来我家干什么？"

孙伟明脸上的笑容也消失了："你去哪儿了？这都几点了？孩子还饿着你不知道？"

姜玉淑挽起袖子，一言不发地向厨房走去："庭庭，妈这就给你做饭。"

"还做什么饭啊？"孙伟明发出大声的嗤笑，"要不是我下楼给孩子买了吃的东西，现在指不定饿成什么样了！"

姜庭放下鸡腿，神神秘秘地凑过去："妈，怎么样？"

姜玉淑抿抿嘴唇，向她微微点头。

女孩立刻做欢呼雀跃状："太好了！你跟我说说，怎么找到她的？她还好吗？她住在什么地方，吃什么？"

姜庭抛出一连串问题，却让姜玉淑更加烦躁："你先回房间写作业去。"

女儿拉着她的手臂撒娇："妈，你快跟我说说吧，我这一天都急死了。"

"回房间去！"姜玉淑又急又气，伸手指向她的卧室，"别跟我讲条件！"

姜庭吓得急忙缩回手，噘起嘴巴，踢踢踏踏地回了卧室。

孙伟明一拍桌子，瞪起眼睛："你冲孩子发什么火啊？本来就是你不对！"

"跟你没关系！"姜玉淑转过身，"这里也不欢迎你！你们走吧！"

"都别吵了。咱们的目的是解决问题，不是吵架。"施律师出来做和事佬，他扶扶眼镜，"姜女士，今天你外出是去找人了吗？"

姜玉淑没好气地说道："还要我重复几遍，跟你没关系。"

"听姜庭刚才的意思，这个人她也认识，而且还很关心。"施律师指指孙伟明，"我的委托人也有权利了解女儿的生活状况。"

孙伟明立刻附和："没错。"

姜玉淑犹豫了一下："是庭庭的同学，失踪了，庭庭知道她的大致下落。"她停顿了一下，特意强调道，"我不想影响到孩子，所以自己去找。"

"失踪？"孙伟明有些吃惊，"为什么啊？"

"在学校挨了欺负。"姜玉淑不想多说，"庭庭放学的时候看到了。"

"哦，知道了。"施律师点点头，"现在的校园暴力也挺严重的。天晓得这些孩子都在想什么。姜庭也挨欺负了吗？"

"我不知道。"姜玉淑低下头，"但是我觉得她勇敢说出真相的做法是对的，我也会支持她。"

孙伟明哼了一声："你这是给孩子找麻烦！"

"是吗？"姜玉淑冷笑，"我的女儿要做一个堂堂正正的人，不会做忍气吞声的绿毛乌龟。"

孙伟明的脸色一变，正欲发作，施律师用眼神示意他少安毋躁。

"那个欺负人的学生被处理了吗？"

"具体情况我不了解。我只想找到那孩子，让姜庭别再为这件事分心。"

"嗯，那你考虑过姜庭将来在校园里的处境吗？"施律师的语气平静，"我的意思是，她会不会遭到报复啊？"

"我不信这世界上没有说理的地方。"

"那当然。大多数人还是讲理的。"施律师叹了口气，"不过，失踪这种事可能会涉及刑事案件。我还是觉得你让女儿牵涉其中有点不妥。"

"我没有。"姜玉淑瞪起眼睛，"我都说了，我替她去找那孩子。"

"实际上，姜庭的确牵涉进去了。"施律师突然笑笑，"比方说，你任由她和另一个陌生男子钻进下水井。"

姜玉淑立刻瞠目结舌，愣了半天才说道："你……你怎么知道？"

"那是很危险的地方。"施律师摇摇头，"你作为母亲，实在不应该。"

"不是……我……"

"我看今天就谈到这里吧。"施律师向孙伟明使了个眼色，"先告辞了。"

姜玉淑还欲分辩，却发现孙伟明一直盯着桌上的公文包看，还对施律师投向征询的眼神。

"你动什么手脚了？"姜玉淑伸手去抢那个公文包，"你的包里有什么？"

施律师抢先一步把公文包拿在手里："对不起，您没有权利查看我的个人物品。哦，对了，"他把公文包紧紧地护在胸前，指指桌上的一个信封，"我的委托人已经向法院递交了诉状。这是法院送达的起诉状副本，刚好今天送到——您尽快提出答辩。"

说罢，施律师就向门口走去。孙伟明紧随其后，一脸得意扬扬的表情："咱们法庭上见吧。"

铁门被他重重地关上，发出刺耳的声响。姜玉淑呆呆地站在餐桌旁，看着那个尚未开启的信封，巨大的不安感猝然袭来。

他停好车，放下半截车窗，坐在驾驶室里点燃一支香烟。晚归的邻居们从车身旁边走过。多数人目不斜视，拎着刚买回来的新鲜蔬菜和肉类，准备回家做饭。这年头，有一辆汽车的人固然是少数，但对于这辆停在这里一年多的丰田佳美，看多了，自然就没有新鲜感。偶有熟悉一些的邻居，走过来打个招呼，他一律微笑着回应。

就跟平时一样。

他已经开着车在街面上转悠了大半天，反复思忖之后，才决定回到这里。虽然这么做并没有多大意义，他还是觉得令人看起来一切如常是最理想的状态。

一支烟吸完，他慢慢地下车，锁好车门，向临街的那栋楼走去。

他做好了向所有人露出"跟平时一样"的表情和态度的准备，但是，直至他打开门锁，进入室内，都没有遇到任何人。

他站在漆黑一片的门厅里，点点头。其实，这也跟平时一样。

当时他选择租住这里的房子，也是因为地理位置相对隐蔽，居民不多，平时比较安静。这实在是一个逃离现实生活的好地方。不上班的时候，他喜欢待在这里。哪怕不去摆弄相机和胶卷，只是静静地坐着，他也不想回家。

回去干吗呢？做一个大家庭的局外人和旁观者？端起精美的餐具，吃着昂贵的食物，然后告诉自己，这一切都不是你赚来的？在每个夜晚，独自一人在客厅里看着令人无聊到想吐的电视节目，只为了熬到她先睡着？还是早早地爬起来，趁所有人起床之前，逃命似的去上班？

是啊。这里多好。一个人，做着自己喜欢的事情。不用看谁的脸色。不用卑躬屈膝。不用忍受冷嘲热讽和无奈的叹息。

他走进卧室，躺在墙角的床上，又拿出烟盒。看，我甚至可以随心所欲地在床上抽烟。

烟雾飘起来，在他头顶盘旋，又被窗户外吹进来的风冲得七零八落。他看着微微抖动的窗帘，以及露出的玻璃窗的一角，又想起了那双充满了原始欲望的眼睛。

他还记得那个花钱雇来的模特的尖叫，记得她一把抓起衣服挡在胸前时的窘迫模样。他的眼睛离开相机，看到了玻璃窗上那张脏污的脸。

他追出去。偷窥者当然逃走了，还带着叮叮当当的奇怪声响，却在窗下的墙边留下了一个装着各种破烂的编织袋。

他非常恼火，因为那个模特吵着要走。本来他打算在拍完照之后，就想办法勾引她上床。因为那个偷窥者，原本美好的夜晚也泡汤了。

然而，当他发现这个混蛋居然半夜里偷偷摸摸跑回来，试图拿走那一袋子破烂的时候，实在是又好气又好笑。

他没有难为这个流浪汉，甚至还有点可怜他。这个满身脏臭、头发打结，而且智力有缺陷的家伙除了生理本能之外，一无所有。就连基本的男性需求，他也满足不了。比方说，女人。

最初，他完全是出于恶作剧的心理，在给他的瓶瓶罐罐里夹上几张女人的裸体照片。然后，不无恶意地想象着他是如何欲火焚身，煎熬得抓耳挠腮。

他喜欢这种感觉。给予，同时不妨碍他捉弄一下对方。而且，这可笑的家伙越来越喜欢往他这里跑，希望得到那不能解渴的毒药。

然而，他渐渐发现，他和流浪汉之所以能建立起这种奇妙的关系，是因为他在对方身上看到了那个不能满足的自己。

他当然不服气，更不能接受。

所以，在那天……

挎包里那个沉甸甸的家伙突然响起来。他依旧躺着，一动都不想动。他很清楚那是谁打来的电话。他不喜欢带着它招摇过市，同样不喜欢那个俗气到极致的"大哥大"的名字。所以，知道这个电话号码的只有家里人。

然而，那响声没完没了，固执得像这间屋子里散不出去的气味。

他叹了一口气，起身从挎包里拿出移动电话。

"喂？"

"今晚回来吃饭吗？"

"不了。"他躺回到床上,"要冲洗一批照片,单位急着要。"

"嗯。"

之后,就是长久的沉默,直至电话里的女人叹了一口气。

"我妈叫我去吃饭了。"

"行,你去吧。"

"今晚有我爸朋友送来的海鲜,要给你留一点吗?"

"不用,我不太爱吃海鲜。"

"好。"女人犹豫了一下,"对了,你前段时间给我买的那条牛仔裤,还记得吗?"

"记得。"他一下子从床上弹起来,"怎么了?"

"我当时就告诉你,我穿不上,让你去退掉。"

"发票被我弄丢了,退不掉。"他紧紧地攥着移动电话,"怎么了?"

"那就算了,我给我表妹吧。她比我瘦一些。"

"可以啊。"他的手指略略放松,"你看着处理就行。"

"知道了。你早点回来。"

"好。"

挂断电话之后,他丢下那个砖头一样沉重、硕大的东西,仰面躺了下去。刚才因紧张而几乎要痉挛的肌肉开始慢慢松弛下来。同时,他也感到左臂上的针眼传来的阵阵刺痛。

他挽起袖子,借着窗外照射进来的灯光看着自己的手臂。那个针眼几乎看不清,但是周围的皮肤已经是一片瘀青。他想起那个法医嘱咐过,抽血后要用力按住针眼。他照做了,而且非常用力,这样就不会被人察觉到他的手指在剧烈颤抖。

不能这么干等下去。他轻声对自己说。

需要做点什么了。

第二十章·逃跑的公主

1994 年 6 月 19 日，星期日，阴。

昨天晚上回来的时候，我和文森特都发现，有人来过了。空气中还飘荡着尚未散去的烟味。文森特从地上捡起几个烟头，呆呆地看了许久。我注意到压在被褥下的书包被人动过，好在日记本还在。否则，我不知道该如何记录下去。

文森特看上去很紧张，几乎到了坐立不安的程度。我很理解，如果是城管或者警察发现了这个地方，很可能会把他赶出去。我倒不怎么担心，以文森特那么强的生存能力，再找一个临时住所应该很容易。再说，下水井里那么宽敞，像这里的地方一定还有，大不了就去另外一个，比方说……

对了，文森特为什么不让我一个人去那个地方？

实际上，在这段日子里，他已经带着我走遍了下水井中几乎每一个地方。然而，在主管道的某一段，始终是我们的禁区。确切地说，是我的禁区。他用那种罕见的严厉语气和表情告诉我，一个人绝对不要走进去。我并非没有好奇心。但是，不得不承认，没有他的陪伴，我的确不敢在那伸手不见五指的地下行走。在漆黑一片的环境中绝望地摸索——这样的事情我不想再经历了。

我想安慰文森特。但是，他始终是一副魂不守舍的样子。即使在加热剩下的玉米粥的时候，他也只是机械地搅拌着，忘记把切好的火腿肠和榨菜加进去。直至焦煳味道弥漫开来,他才反应过来。

这顿饭吃得心不在焉。文森特用钢勺在盆子里戳来戳去,默不作声。我也吃得马马虎虎,只想快点把这点食物消灭掉。

他有他的心事,我也有我的。

吃过饭之后,我直接拉开被子,躺在了床垫上。文森特还没有睡觉的意思,垂着头,摆弄着今天的"战利品"。我静静地看着他,看他头上那个还没有完全愈合的伤口,看烛光在他身后的墙壁上投下的巨大阴影。

突然,我没来由地伤感起来。我钻出被子,赤着脚走过去,从身后紧紧地抱住了他。文森特的身体颤抖了一下。随即,他就发出一声轻轻的叹息,嘴里含混不清地嘟哝着。听起来,好像是"没事的,没事的"。

他在尽力抚慰我,是因为他不知道我心里想的事情。但是,我只能硬起心肠。十几秒钟后,我松开手臂,慢慢地退回去,重新钻进被子里。

我知道他在背后看着我。所以,我把脸转向墙壁,看着那张小美人鱼的海报。随即,我闭上眼睛,尽力入睡。

我必须养足精神。天亮之后,就是我的 big day。

在位于博物院下方雨水管网中的调蓄池里共发现各类物证十七件。经死者家属辨认后,确认为三名死者留下的遗物。由此,警方判定这个调蓄池为"5·24系列强奸杀人案"的抛尸现场。在路政部门和市规划院的帮助下,警方将调蓄池内的积水排空。现场勘查部门正在对此地进行仔细勘查,寻找其他线索与痕迹物证。

同时,在王宪江与邰伟给凶手所做的犯罪地理画像中,博物院所处的"B区"成为嫌疑人最可能的藏身区域。结合乔允平教授对凶手所做的犯罪心理画像,警方拟对该区域符合特征的人员再次展开排查行动。

王宪江放下手中的资料,向后靠坐在椅子上,呆呆地看着天花板。

"大伟?"

邰伟头也不抬:"嗯?"

"你发没发现，同样的文字看久了，你就不认识这个字了。"

邰伟扑哧一声乐了："师父，我现在看'小北街'这仨字都得琢磨一会儿。"

"妈的。"王宪江笑骂了一句，"不知道现勘那边有没有啥进展。"

"别抱太大希望。"邰伟撇撇嘴，"我问了技术队的人，在水里泡了那么久，估计啥也提不到。"

王宪江想了想："老杜那边呢？"

"师父啊，您老沉住气行吗？"邰伟又笑，"第一批送去才两天啊。"

"你跟老杜说，让辽宁省厅先查B区的人了吧？"

"您放心，交代得清清楚楚。"

王宪江咂咂嘴，伸手去拿桌上的烟盒。刚抽出一支香烟，就听见腰间的BP机响了起来。他扫了屏幕一眼，立刻把香烟扔到桌子上，伸手拿起电话机。

"刘胜利。"

邰伟也兴奋起来，绕过长条办公桌，直扑电话机旁。

王宪江啪啪地按动着号码键，甫一接通，劈头问道："什么情况？"

刘胜利腻腻歪歪的声音从听筒里传出来："向南路和虹桥街交会处，王一手酱骨头馆。"

"马上到。"

王宪江挂断电话，向邰伟挥挥手："出发。"

邰伟刚把车停在路边，王宪江就看到刘胜利从饭店对面的一棵树后探出身子，向他挥手。

王宪江下了车，快步走过去："车呢？"

刘胜利吐出嘴里的瓜子皮，向饭店门口扬扬下巴："喏。"

邰伟走到那辆女式自行车旁边，查看一番，在车座上捶了一拳，对王宪江点点头："没错。"

王宪江的眼睛亮起来，转向刘胜利："人呢？"

"不知道，手底下的小兄弟发现的。"刘胜利飞快地嗑着瓜子，"店里啃骨头呢吧？"

还没等王宪江说话，邰伟已经行动起来。

"师父，需要叫支援吗？"邰伟从腰间拔出五四式手枪，"还是咱爷俩就扑了他？"

刘胜利吓了一跳："王大爷，多大个事啊？偷了你侄媳妇的车，不至于崩了人家吧？"

王宪江板起脸："你他妈干什么？把枪收起来。"

邰伟一脸疑惑，指指饭店的窗户："这不是……"

"是你个头！"王宪江已经抬脚向门口走去，"那王八蛋有钱、有闲、有车，能骑着这破玩意满街转？"

邰伟乖乖地把枪插回枪套里，摸摸后脑勺："也对。"

王宪江走进饭店，在大堂内扫视一圈。店里食客不多，除了一对老夫妇，还有两个大学生模样的男孩以及四个穿着工作服的男子。

一个女服务员迎过来："先生，请问几位？"

王宪江没有理会她，把视线投向大堂尽头的几间包厢。其中一间正传出喧闹的欢叫声。

他径直走过去，掀开门帘。围坐在圆桌前推杯换盏的几个中年男女齐齐地把视线投向他，音量骤然降低。

"你……你找谁啊？"一个喝得满脸通红的胖子问道，"走错包间了吧？"

王宪江看看桌上被吃掉大半的生日蛋糕，又看看坐在主宾位上那个戴着生日帽的中年女人，"门口那辆红色飞鸽自行车是哪位的？"

胖子斜起眼睛："怎么了？"

邰伟不耐烦了："让你回答你就……"

王宪江拦住他去掏工作证的手："刚才倒车没注意，把那辆自行车撞了。"

"哎呀！"另一个中年女人跳起来，"我的，我的。"

"不好意思了。"王宪江向门外摆摆头，"大妹子，出去看看吧。"

中年女人一边小声咒骂，一边快步走出饭店，看到那辆自行车好端端地停在路边，顿时一脸惊讶。

王宪江向自行车努努嘴："是你的吧？"

"没错。可是……"

"你这车从哪儿弄来的？"

"什么叫从哪里弄来的？"女人立刻沉下脸，"我自己花钱买的！"

"你这车是赃物。"王宪江掏出工作证，"从哪里弄来的？"

女人脸色一变，知道无法抵赖，忸怩了半天，讷讷地承认道："我老公在绿园二手车市场买的。"

王宪江和邰伟对视了一下——又是在 B 区。

几个跟过来看热闹的中年男女看见王宪江手里的工作证，纷纷从门口缩了回去。

王宪江吩咐邰伟把自行车抬进吉普车的后备厢里，又对中年女人说道："给你老公打电话，让他马上到绿园二手车市场门口。你跟我们上车。"

中年女人一脸惧色："我不去，我又没偷没抢。"

刘胜利凑过来："大姐，警察让你干啥你就干啥吧，别给自己找麻烦。"

中年女人犹豫了一下，满脸不情愿地上了吉普车的后座。

刘胜利笑嘻嘻地转过身，向王宪江一伸手："王大爷，咱把账结一下？"

王宪江刚掏出钱包，邰伟已经抢先从衣袋里拿出两张五十元纸钞递给刘胜利。

"以后找你办事，痛快点。"

"没问题啊，邰哥。"刘胜利把纸钞弹得哗啦作响，又在鼻子下面闻了闻，"有这个，比啥都好使。"

中年女人的老公自称姓高，机车厂的工人，看上去老实巴交。见到王宪江和邰伟之后，他一个劲儿地鞠躬，还拿出香烟往他们手里塞。

王宪江无心跟他客套，直接让他带路去购买自行车的二手车店。高姓男子自然是连连答应。他拿着收据，看着上面模糊不清的财务章，带着王宪江和邰伟一头扎进了二手车市场。

绿园二手车市场占地近千平方米。场地上密密麻麻地摆满了各种品牌、各种款式的二手自行车。其中，不乏盗抢所得的赃物。对此，王宪江和邰伟都心知肚明。

高姓男子凭着记忆以及财务章上的店名，在二手车市场里绕了大半圈之后，终于找到了那家店铺。

说是店铺，其实只是一间十几平方米的活动板房。板房外的一大片空地都被自行车占据着。店主四十几岁，正捧着盒饭狼吞虎咽。王宪江说明来意，店主最初死不承认。高姓男子拿出收据后，他才不得不从活动板房里出来，绕着自行车看了一圈，点点头："好像是从我这里卖出去的。"

王宪江看着他："这车从哪里来的？"

"收的呗。"店主的眼神躲躲闪闪，"我这儿收的都是正规二手车，没有原始发票的我都不收。"

"那我提示你一下，5月10号左右，谁把这辆车卖给你的？"邰伟向活动板房努努嘴，"你去把凭证都拿来给我看看。"

店主开始推托。一会儿说凭证没在店里，一会又说弄丢了。邰伟不耐烦了："我没工夫跟你废话！这辆车是赃物！你要是说不清它从哪里来的，那你就跟我们回去！"

店主既害怕又犹豫。王宪江趁热打铁："老弟，我们要查的是别的案子，销赃这事不归我们管，我们也不想管。你把这事说清楚，我们马上就走。否则你就得跟我们回去。"他停顿了一下，"你的屁股干不干净自己心里有数。到了局子里，可就没有人能帮你了。"

店主咬咬牙："老哥，说话算数？"

王宪江面无表情："那要看你说不说实话。"

"一个捡破烂的人卖给我的。"店主撇撇嘴，"5月11号还是12号来着，记不住了。"

"你确定吗？"

"确定。"店主点点头，踢了自行车一脚，"现在赛车和山地车最流行。这车太旧了，车况也不好。他走了好几家都没人要。最后我压到20块卖给我了。"

"20？"高姓男子瞪起眼睛，"你要了我90块！"

"90？"中年女子也不干了，一把揪住丈夫，"你跟我说花150块买的！"

两个人争吵起来。王宪江没有理会他们，继续问道："这个捡破烂的你认识吗？"

店主摇摇头："不认识。"

"他长什么样？"

"挺壮的，穿个破军大衣，头发胡子都很长，都擀毡了。"店主想了想，"背了一个大帆布包。"

"你这话等于没说。"郜伟哼了一声，"捡破烂的不都这样吗？"

"还有……"店主伸出食指在脑袋上比画了一下，"他这里好像有点问题，看起来傻呆呆的，话也说不清楚，总像嘴里含着个苹果核似的。"

一行人从绿园二手车市场里出来。那辆红色飞鸽自行车当然不能还给那对夫妇。郜伟告知他们可以明天一早去市局办手续，其他问题和二手车店主自行协商。随即，他和王宪江上了吉普车。

"师父，真要去找那个捡破烂的吗？"郜伟发动吉普车，"困难不小啊。"

"那也得找。"王宪江皱着眉头，"好不容易捋出一条线索，能不跟吗？"

"不过，"郜伟想了想，"一个流浪汉，跟咱们对嫌疑人的刻画对不上啊。"

王宪江沉默了几秒钟："至少他能告诉咱们，在哪里发现那辆自行车的。"

"行吧，怎么找？"

"他把自行车送到这里来卖，应该就在这附近。"王宪江从挎包里拿出电话本，"捡破烂的都会分区干活儿，各有各的地盘。而且，肯定有熟悉的废品收购站——我问问这一片的兄弟。"

半小时后，王宪江已经把这一区域的几个废品收购站的地址搞清楚了。两个人挨个查访。然而，在前三个废品收购站都一无所获。到了第四家名为"聚财"的废品收购站的时候，郜伟已经不抱太大的希望。

王宪江把那个流浪汉的体貌特征描述一番，收购站的老板和郜伟之前的说法如出一辙。

"不是我不帮忙啊……"收购站的老板皱起眉头，"到我这里来卖破烂的人，基本都是这个德行啊。"

王宪江仍旧不死心："这家伙的脑子好像不太灵光，看起来比较愣，而且口齿不清，说话应该是含含糊糊的。"

"脑子好使的谁会去干这个啊。"收购站的老板笑了笑，"那帮家伙看着都不聪明。"

王宪江和邰伟互相看了看，表情都很无奈。正当他们起身准备去下一家废品收购站的时候，收购站的老板突然想到了什么。

"等会儿。口齿不清，说话含含糊糊……"他眨眨眼睛，"你们要找的该不是那谁吧？"

他爬上铁梯的顶端，伸手推开井盖，探出头去张望着。大概是因为休息日的缘故，街上的人并不多，也没有人注意到路边这个打开的井盖。

他爬上去，向下伸手。几秒钟后，她也钻了出来。趁着她拍打身上灰尘的工夫，他把井盖复位，静静地看着她。

她整理一下肩膀上的书包，对他嫣然一笑："那，我们一会儿见？"

他也咧开嘴，点点头。

她冲他摆摆手，转身离开。他一直站在下水井旁边，默默地注视着她的背影。待她走远之后，他拎起脚边的编织袋，向另一个方向走去。刚迈出几步，他就听到路边一辆车的鸣笛声。

绕过街角，她放慢脚步，攥着书包带，低下头。最终，她还是忍不住，转身返回。她想再看他一眼，远远地，不会让他察觉到任何真实情感。

他还在路边，正和一辆黑色轿车里的人说话。她有些疑惑，但是也没有时间去弄个清楚了。于是，她再次转身，沿着这条街向前走去。

天色开始放晴，太阳在大朵云彩的缝隙中向地面放射光芒。这是一个宁静的早晨，大多数人还在被窝里贪恋着慵懒时光。但是，她必须打起精神来。这寻常的天气，这寻常的日子，对她而言，却是一个最不平凡的标记。

没有人会留意这个背着书包，留着披肩长直黑发，穿着蓝白色相间运动服的女孩子。人们顶多会对她脚上那双白得耀眼的球鞋多看两眼。她和那些普普通通的高中生并没有什么两样。整洁、文静、表情淡然，身上还散发着淡淡的洗衣粉的气息。

这就是她想要的。

尽管这会让她产生些许幻觉，似乎自己又回到一个月之前的寻常生活中，然而，这可以让她毫不起眼地走到四中门口，然后混进穿着同样校服的少男少女们中间，一路穿过校门，进入校园中。虽然胸前的校徽已经失落在那个大雨之夜，但是，她仍然不用刻意去掩饰，只需低下头，让长发垂下来遮住脸颊，就没有人能把她从那些喧闹的学生中分辨出来。

踏上通往教学楼的水泥路之后，她就离开身边不停抱怨周日还不能休息的学生们，一个人向体育场走去。

她知道，此刻，各个班级的学生正汇聚到各自的教室。然后，他们会在九点十五分左右集体前往礼堂，观看本届英语节的压台大戏——英语剧《海的女儿》。

果真，体育场上空无一人。她爬上看台，找了一个角落坐下，看着空旷的砂土地，脑子里又想起了今早的情形。

她早早地醒来，没有打扰身边呼呼大睡的他，轻手轻脚地刷牙、洗净头发和手脸。随即，她把自己所有的东西都整理到书包里。穿上校服，她把那双一直包在纸里的白球鞋穿在脚上。在微弱的烛光下，它散发着幽幽光芒，看上去竟有了几分圣洁的味道，似乎与这里的一切都格格不入。

犹豫再三，她还是从他扔在床垫旁边的破军大衣里掏出了所有的钱。数了一下，一共是17块6毛。

她把钱小心地放在校服的衣袋里，然后，起身在"房间"里环视一圈。最后，她把视线锁定在那张海报上。几秒钟后，她抿起嘴，走向圆形铁门。踏上第一节花岗岩台阶时，她回头看看，赫然发现他正盯着自己。

顿时，她的脑子里一片空白。

两个人就这么默默地对视着。她踩在台阶上，双手攥住书包的背带。他斜躺在床垫上，眼睛眨也不眨。

良久，她艰难地开口："文森特，我要走了。"

他低下头，似乎在琢磨这几个字的意思。随即，他掀开被子，猫着腰走到墙边，在一堆塑料袋里翻翻找找，拿出两个冷包子。

他赤着脚，小跑着凑过来，把包子递到她面前，讨好地笑笑。

"你吃。"

眼泪夺眶而出，她用手背擦擦脸，盯着他的眼睛，一字一顿地说道："文森特，我要走了。"

小小的光瞬时就在他的眼睛里消失了。他的嘴角垂下来，不知所措地看着手里的包子。

她强忍泪水，伸出手在他的脸上摸了摸："你一定要好好的。我会回来看你。"

他抬起头，怔怔地看着她，喉咙里呼噜作响。突然，他一把抓住她的手，含混不清地说道："我，我们……"

她有些惊讶："嗯？"

他指指自己，又指向她："一起……"

紧接着，他指向上方，胡乱挥舞着："外面……"

她瞪大眼睛："你要和我一起走？"

他连连点头，同时，热切地看着她。

眼泪又从她脸上流下来："文森特，我都不知道自己要去哪里……"

"都可以……"他费力地吐出几个字，"哪里……都可以。"

她紧紧地闭上眼睛，感觉到他握住自己手腕的那只手越发用力。她想，如果他有尾巴的话，此刻一定晃个不停。

她点点头："好。"

他发出一声欢叫，把包子塞进她手里，张牙舞爪地跑向床垫，飞快地往身上套着衣服。剧烈的动作带起一阵风，微弱的烛火被吹得几乎要熄灭，在她的眼睛里变成两个摇摆不定的光点。

她摇摇头，想把这些画面从自己的脑海中赶出去。

此刻，那两个冷包子就在她的书包里。尽管从今早开始她就没吃过东西，却一直保持着亢奋的状态。她竭力要把这种状态保持下去——至少在做完那件事情之前——她不会让任何事情动摇自己已经下定的决心。

哪怕是这片熟悉的操场。

哪怕是曾经稍稍安定的生活。

哪怕是文森特。

尽管在那个雨水调蓄池里的发现令人感到由衷的振奋，但是年过六旬的顾浩还是对连日奔波力不从心。他早早就睡下，再醒来时已经是天光大亮。

顾浩一边埋怨自己睡得太死，一边手忙脚乱地爬起来整理装备。如果运气好的话，今天就可以把苏琳带回来。他自然有好多话想问她，不过，当务之急是给她找一个住的地方。家里只有一张床，两个人一起睡肯定不合适。也许跟杜倩商量一下，可以让孩子先去借住几天？

顾浩用前几天剩下的面包打发了早饭，抬手拿过电话机，拨通了姜玉淑的电话。

"喂？"

"小姜，我是老顾。"顾浩抹掉嘴边的面包渣，"我们在文化广场集合吧。我现在过去的话，大概半个小时左右。"

听筒里是长时间的沉默。

"你准备好雨靴就行，别的我来准备……"

"老顾，"姜玉淑突然打断了他的话，"我今天不能去了。"

"哦？"顾浩心下纳闷，"是有别的事情要做吗？"

"算是吧。"姜玉淑轻轻地叹了口气，"我想，苏琳的事情，我不能再参与了。"

"没关系。"顾浩听出她的情绪不高，"孩子已经算找到了。可惜的是，不能和你第一时间分享胜利果实。"

他自顾自地笑起来，姜玉淑却不接茬，只是低声说道："非常抱歉。"

"我都说没关系了。"顾浩忽然心一沉，"我多嘴问一句，是姜庭遇到麻烦了吗？"

"没有。"姜玉淑犹豫了一下，"你还记不记得，我和一个男的曾经在四中校门口发生过争执？"

"记得。"

"他是我的前夫。现在，他去法院起诉我，要争夺庭庭的抚养权。"姜玉淑又沉默了几秒钟，"他委托的律师挺厉害，好像还在我们交涉的时候偷偷录音了。我怕我们帮你找孩子的事情会被他抓住把柄。"

"这是见义勇为，做好事啊。"顾浩皱起眉头，"你有什么可怕的？"

"你不知道，我前夫那人没什么底线，为了达到目的可以不择手段。现在又有了律师做帮手……"姜玉淑的情绪更加低落，"所以，我觉得，最近我还是别掺和任何事情，平平安安的，应付过这场官司再说。"

"没问题。孩子的事情不能大意了。"顾浩立刻表态，"我找到苏琳之后，马上通知你。"

"行。老顾，实在是对不住你。"

"哪里话。你已经帮了我大忙了。"

"那，我先挂了，一会儿要送庭庭去演出。你自己也要多当心。"

"放心吧。你也别太担心，法院是讲道理的地方。"

"嗯。回头我们再联系。"

挂断电话，顾浩定定神，检查了一遍下井的装备，起身向门口走去。刚摸到门把手，他就听到门上传来轻轻的叩击声。

顾浩顺势拉开门，看见老苏老婆站在门外。

"你这是？"

老苏老婆迅速闪身进来，回手关好门："顾大哥，琳琳有消息了吗？"

顾浩犹豫了一下，点点头："我可能找到她了。"

"真的吗？"老苏老婆的眼睛一下子亮起来，伸手抓住顾浩的衣袖，"她在哪里？"

"在下水井的某个雨水调蓄池里。"

老苏老婆的脸顿时变得惨白，声音也颤抖起来："她……她还活着吗？"

"应该还活着。我上次没遇到她，今天打算再去找找。"

"你带我去行吗？"老苏老婆摇晃着顾浩的衣袖，哀求道，"我想见见她，行不行？"

顾浩向门外努努嘴："你们家老苏……"

"他带孩子上辅导班去了，得下午才能回来。"老苏老婆的语气急切，"他不会知道的。你带我去，行不行？"

顾浩叹了口气："你想见她，我能理解。可是，你想没想过，她想见你吗？"

这也是顾浩一直想不通的问题。苏琳既然可以在下水井里找到住的地方，想必也能找到出去的路径。可是，她为什么不肯回家呢？

老苏老婆一怔："我……"

随即，她就拼命摇头，声音里带了哭腔："我不管！她不想见我也行，我只

267

要亲眼看到她还活着就好……"

说罢，女人就大声号哭起来。

顾浩无奈，沉吟半晌后，指指门外。

"别哭了。"他甩开老苏老婆的手，"去准备一双雨靴。"

礼堂里灯火通明，但是大部分座位还空着。演员们都聚集在礼堂前端，有的在紧张地默诵着台词；有的无所事事地东张西望；有的在注视着舞台，确认自己的站位；有的更在意自己的妆容——比如马娜，正由宋爽举着小化妆镜，赵玲玲捧着化妆盒，自己在脸上涂涂抹抹，还不时地因为宋爽的角度不对或者赵玲玲的动作慢了而大发脾气。

周老师沿着观众通道慢慢地走过来。执行导演正招聚几个演员，认真交代着注意事项。他打起精神，拍拍手，大声喊道："都别晃悠了，进去换服装。化妆组的同学们准备好！"

说罢，他绕过他们，沿着舞台侧面的木质阶梯爬上去，穿过帷幕，直奔后面的排练厅。

杨乐在排练厅里，已经换好了王子的戏服，正打开服装柜，在成排的红色长裙里翻翻捡捡。

周老师走到另一侧的柜子旁边，拿出钥匙，打开柜子上的铁锁，回头看了看鬼鬼祟祟的杨乐。

"你干吗呢？"

"没干吗。"杨乐的神色慌乱，手上也加快了翻捡的速度，"周老师……你来得挺早啊。"

周老师从柜子里拿出摄像机，按下开机键，抬起头，看见杨乐从裤袋里拿出一样东西，塞进了某件红色长裙的衣袋里。

他皱起眉头："你小子搞什么鬼呢？"

"我？"杨乐转过身来，竭力装出一副若无其事的样子，"我没有啊。"

"去化妆吧，抓紧时间。"

杨乐连连点头，快步跑出了排练厅。

周老师想了想，走到衣柜前，在那件红色长裙的衣袋里摸索着。随即，他的手抽出来，指间夹了一张叠成方块的纸条。

他打开纸条，两行工整的钢笔字出现在眼前。

姜庭：
今晚七点，我在校门口等你。关于上次那件事，我想跟你详细聊聊。杨乐。

周老师笑了笑，把纸条折好，正要放回原处。忽然，他犹豫了一下。拿着纸条在手指间摆弄了几下之后，他把它放进了自己的口袋里。

这时，演员们陆陆续续地走进来。周老师拎起摄像机，向礼堂走去。

找好机位，装好机器，又调试完毕之后，周老师返回排练厅。演员们正分别在男女更衣室里换戏服。换好服装的学生排成几队，等着化妆组依次给他们上妆。道具组的成员们在最后检查一遍道具。周老师暂时无事可做，坐在一旁静静地看着忙碌的演职人员。

九点左右，排练厅外渐渐传来喧闹声。看来，观众开始分批入场了。周老师想了想，起身走向舞台。

他站在幕布后面，看着某个班级正在班主任老师的安排下在指定区域逐个就座。他知道，再过十几分钟，这偌大的礼堂就会座无虚席。校团委和学生会联合举办的英语节也会在这出英语剧《海的女儿》结束之后落下帷幕。他原以为自己在今晚之后就可以松一口气，但是，现在看起来，还有更重要的事情要做。

他深吸一口气，又缓缓吐了出去。随即，他转身向排练厅走去。

不管怎么样，先把这场排练了几个月的戏剧对付过去吧。因为，好戏还在后面。

顾浩刚刚把铁门上的密封阀打开，老苏老婆就迫不及待地钻了进去，全然不顾眼前还是一片漆黑。如果不是手疾眼快的顾浩拉住她的胳膊，她一定会在花岗岩台阶上重重地摔下去。

当手电光照亮这个狭窄空间的时候，女人已经带着哭腔喊叫起来："琳琳，琳琳，妈妈来了。你在哪里，妈妈来了……"

然而，雨水调蓄池里空无一人。顾浩的心里咯噔一下。他跑到水池边上，用手电筒仔仔细细地在每个角落里都照射一圈，苏琳仍然不见踪影。

老苏老婆大失所望："顾大哥，琳琳呢？"

"我不知道。"顾浩眉头紧锁，"她会不会出去找吃的了？"

女人在"房间"里茫然四顾，视线一一落在简易酒精炉、漆面斑驳的搪瓷盆、空水瓶上。最后，她看着那张旧床垫，捂住嘴，呜呜地哭起来。

"她就住在这样的地方……连床都没有……"

老苏老婆的哭声让顾浩心烦意乱。更让他感到焦躁的是，苏琳的校服和书包——这些能够证明她在此生活过的东西统统不见了。

仿佛她从未在此地出现过一样。

顾浩甚至怀疑昨天看到的一切都是幻觉。然而，总不可能他和姜玉淑都产生了同样的幻觉吧？

如果苏琳仅仅是外出寻找食物，她不会把所有的个人物品都带上。换句话来说，她看起来并没有再回来的打算。

难道她又换了住处？或者，察觉到昨天有陌生人来过，所以急忙逃走？

还有一种可能性，但是，无论怎么想都不可能发生。不过，除此之外，似乎再没有别的指望。

"弟妹，咱们先回家。"顾浩起身向圆形铁门走去，"也许会有奇迹发生。"

深蓝色的幕布上是亮白色的波状光纹。在海王宫里，生活着一群自由自在的人鱼。其中，最小的那只人鱼是最美丽的，也是海王的掌上明珠。

海王让她们在沉船中选择自己中意的宝物，好去装饰各自的花园。小美人鱼选择的是一尊大理石雕像，那是一个英俊男子的半身像。

小美人鱼十五岁了，她被允许和姐姐们一起浮上海面，去看看外面的世界——那个令她神往的，有云朵和大山、葡萄园的地方。

在海面上，她看到了有三根桅杆的大船，看到船上热闹非凡的舞会，以及那个和大理石雕像一模一样的王子。

漫天烟火。仿佛天上的星星都落入大海中。然而，小美人鱼的眼睛始终看着年轻的王子，久久不能移开视线。

转眼间，海上掀起了滔天巨浪。大船在海浪中剧烈地颠簸着，直至被撕扯得四分五裂。王子从甲板上落入大海中。水手们急于四散逃命，没有人去搭救在海水中挣扎的王子。

小美人鱼向王子奋力游去，把王子托到一块木板上。她呼唤着他，拥抱着他。她多希望就这样和他在海浪中漂流着，到任何地方都可以……

最终，海浪把他们带到了岸边。有人发现了昏迷不醒的王子。小美人鱼只好回到海水里，看着王子被另一个公主救走了。

小美人鱼久久地看着他的背影。等你醒了，你还会记得我吗？

在之后的许多夜晚和早晨，小美人鱼都会游到海面上，在那片海岸边苦苦等待着。然而，王子再也没有出现。她忍不住了，向姐姐们倾吐自己的心事。姐姐们建议她去问问见多识广的外祖母。

外祖母警告小美人鱼，他们可以活到三百岁，但是人类的生命要短暂得多。所以，小美人鱼必须放弃这不切实际的幻想。

小美人鱼却甘愿化身为人，宁肯放弃三百岁的生命。她去向海中的巫婆求助。巫婆答应帮助她。那条美丽的鱼尾可以变成修长的双腿，代价是仿佛刀劈一般的疼痛以及永远失去美妙的声音。而且，一旦小美人鱼得不到王子的爱情，她就会变成水上的泡沫。

小美人鱼说，我不怕。

她喝下了毒药，立刻昏迷过去。再醒来的时候，王子出现在她的面前。

王子问道，你是谁，怎么来到这里的？

小美人鱼却说不出话来。

王子说，哦，可怜的哑巴孤儿。我不知道你从哪里来，但是我会照顾你。今天晚上我要举办宴会，你也来参加吧，我会给你美丽的衣服。

第三幕完结。除了马娜那蹩脚的发音曾经引发观众的哄笑之外，英语剧《海的女儿》演出一切顺利。

第四幕的开头，就是小美人鱼换上洁白的长裙，忍受着刀子切割身体般的巨大痛苦，和王子翩翩共舞。

马娜的情绪很焦躁。刚才观众们的倒彩声让她又羞又恼。她嚷嚷着让化妆组给她补妆，又嫌化妆品的档次太低，让宋爽来给她补。宋爽刚用粉扑在她脸上拍了几下，马娜又吵着要去洗手间。

周老师不耐烦了："你怎么有那么多事呢？快点回来换服装！"

马娜白了他一眼，推开宋爽，向后台的洗手间小跑过去。

其实她也是不得已而为之。因为紧张，从化妆开始，她就一直在喝水。此刻，她的小腹已经胀得很难受了。虽然周老师曾经开玩笑说，要表现出小美人鱼在起舞时的痛苦，最好的办法就是憋着尿。但是，她可不愿意委屈自己。

走进隔间，她把门插好，蹲下去痛痛快快地释放了一番。随即，她把自己擦干净，整理好身上绿色绘制金色鳞片花纹的鱼尾裙，拉开插销，向里拉动门把手……

木门纹丝不动。

马娜有些疑惑，再次用力拉动门把手。木门和隔断都晃动起来，门却依旧打不开。她慌了，凑到门缝上——一根粗粗的木棍横在门外。

音乐组已经开始播放华尔兹舞曲。在舞台的另一端，王子已经在婢女们和侍卫们的簇拥下走上了舞台。

然而，此刻应该从舞台这一侧迎过去的小美人鱼却不见踪影。

周老师急了。他扭头冲赵玲玲吼道："去洗手间看看，马娜是不是掉进坑儿里了？"

赵玲玲慌慌张张地应了一声，向洗手间的方向跑去。周老师又随便揪住一个演员："你，去更衣室看看！"

那个男生犹豫了一下，向更衣室走去，刚刚在门上敲了几下，更衣室的门就猛然打开了。

一个身穿洁白长裙的女生低着头，快步走了出来。

周老师无奈地摇摇头，挥起手："你可算出来了，快点……"

紧接着，他就察觉到不对——这女生要比马娜瘦很多，而且，她的头发是黑色的长直发。

他还在疑惑，女生已经和他擦肩而过，径直冲向了舞台。

在动听的乐曲中，杨乐正和众演员在舞台上尴尬无比地傻站着。台下的窃窃私语声已经越来越大。当疑惑的观众们看到一个身着长裙的女生从舞台左侧出现，礼堂内又归于平静。

杨乐也暗自松了一口气。他向小美人鱼伸出手，准备念台词。然而，还没等他开口，就愣在了原地。

在头顶的聚光灯照射下来的强光中，舞台上的一切都显得富丽堂皇。在一片夺目的金色光晕中，一身耀眼洁白的长裙和鞋子、款款向他走来的，是已经失踪多日的苏琳。

他身后的姜庭发出一声小小的惊呼。

杨乐恍惚起来，不知道自己究竟身处舞台，还是在一场漫长的不愿醒来的梦境中。他只是怔怔地站着，看着苏琳走到舞台中央，向他伸出一只手。

此刻，华尔兹舞曲似乎格外动听。他微笑起来，觉得在这样悠扬的乐曲中，在这样梦幻的氛围中，实在是应该做点什么。

他向前一步，也伸出手去。

就在他们的指尖刚刚触碰到一起的时候，舞台左侧突然传来一声怒吼："你个臭婊子！把裙子还给我！"

马娜披头散发地从幕布后冲出来，一脸狂怒的模样。随即，她的胳膊就被周老师抓住，硬生生地拖了回去。

观众席上顿时一片哗然。这出令人耳熟能详的戏剧突然出现了变奏，让所有人都始料未及。每个人的脸上都挂着或疑惑或兴奋的神情，彼此询问着，猜测着。特别是高二四班就座的区域，已经有人认出了苏琳，喧哗声不绝于耳。

气急败坏的马娜在周老师手里拼命挣扎着，一边大声叫骂，一边试图再次向舞台上冲去。

苏琳回过头，看了看状如疯癫的马娜，平静地转身，深深地看了杨乐一眼。随即，她向舞台边缘走去，拉起裙角，纵身跳了下去。

马娜终于挣脱出来，张牙舞爪地向苏琳扑去，却一脚踩在了绿色鱼尾裙上，重重地向前跌倒。

礼堂里已经一片混乱。苏琳的脸上带着神秘的微笑，沿着过道向门口跑去。周老师也冲到舞台边缘。这突如其来的变故已经让他的脑海中一片空白。他只知道，苦心排练了几个月的一出好戏已经彻底搞砸。他瞪着眼睛，五官扭曲，手指着越跑越远的苏琳大吼道："给我抓住她！"

坐在前排的董校长也站起来，胡乱挥舞着手："拦住她，快拦住她，太不像话了……"

几乎是同时，门口出现了几个男生，拦住了苏琳的去路。苏琳咬咬牙，转身向侧门跑去。然而，越来越多的人像潮水一般挤上来，她不得不退回来，气喘吁吁地面对着那些带着惊惧、疑惑神情的学生们。

她有些慌了。因为她看到马娜已经从舞台上跳下来，正像一头狂怒的母狮一般挤过拥挤的人群，向自己扑来。

苏琳向后倒退着，看看越逼越近的人群，又看看门口那几个随时准备抓住这个破坏者的男生。

难道又要受到一番羞辱吗？难道又要当众被马娜践踏吗？

突然，一个穿着红色长裙的女生从人群中跑出来，直奔苏琳而去。她本能地想要抵挡。然而，那个女生一把拉起她的手，拽起她向门口冲去。

守在门口的几个男生顿时慌了手脚，看着冲过来的两个少女不知所措。

红裙女生发出尖厉的喊叫："闪开！"

紧接着，她一把推开其中一个挡路的男生，拽着苏琳冲出了礼堂。

走廊里空无一人，两个少女飞快地奔跑。急促的喘息声和脚步声在那些挂着照片的墙壁间弹来弹去。一红，一白。彼此的黑色长发在脑后飞舞。两人仿佛被狂风卷起的花瓣与花蕊，向走廊尽头疾速飘去。

在她们身后，追赶者们被挤在了门口，只有几个男生突围而出。他们不知道为什么要去抓住那个女生，只是因为校长的命令，让这从未体验过的追猎游戏变得令人兴奋——他们大呼小叫地追了过来。

很快，红裙女生拉着苏琳跑到了礼堂连接过廊的那扇门前。她们穿过那扇门。红裙女生松开手，顺势在苏琳背后推了一把。

苏琳向前跑了几步，突然发现红裙女生并没有跟过来。她边跑边向身后张望着，看到红裙女生站在门前，双手放在身后，用后背顶住关闭的门。

她看起来很眼熟。

门上的玻璃窗后已经映出几张激动的面孔。他们用力推着门。红裙女生的脸上流淌着汗水，胸口在急剧地起伏着。但是，她竭尽全力地顶着门，任由自己的身体被推得摇摇晃晃。

她的眼睛一直盯着边跑边回首的苏琳。突然，她叫了起来。

"跑啊！快跑啊！"

苏琳看着她被撞击得不停颤抖的身体，看着她用力撑住地面的双腿……

"跑啊！不要再回来！"

苏琳不再犹豫。她转过身，双手提起白色长裙的下摆，沿着过廊飞快地跑去。

透过长廊的玻璃窗，能看到已经完全放晴的天空。那漫无边际的蔚蓝色，仿佛广阔的大海，等着这个奔跑的少女投身其中。

第二十一章 · 来不及的告别

奇迹并没有出现。

老苏老婆把 101 室的门锁打开的瞬间，顾浩和她齐齐地挤了进去，丝毫没有顾及身体挨在一起的尴尬。然而，客厅内空无一人。老苏老婆又冲进卧室，再出来时，脸色变为暗灰，眼角和嘴角都垂了下来。

她把征询的目光投向顾浩。顾浩只是摊开手，摇了摇头。

"我昨天去的时候，她的校服和书包都在。现在看起来……"

老苏老婆慢慢地挪到沙发旁边，坐下去，捂住脸大哭起来。

顾浩默默地站了一会儿，转身走了出去。

他先是看了看 102 室紧锁的门，随即走出单元楼，绕着楼体转了一圈，连楼后的花坛也没放过。

一无所获。

顾浩又走向楼前的水泥板搭制的凉亭，一屁股坐在凳子上，卸下肩上的背包，把水杯、面包依次拿出，赌气般重重地拍在桌面上。然后，他点燃一支香烟，岔开双腿，一只手扶在膝盖上，双眼在面前的马路上来回巡视着。

等。死等。就像以前当保卫干部的时候，等来那些背着麻袋的小偷。我他妈不信就等不来你这个臭丫头！

顾浩一支接一支地吸烟。他的脚下很快就出现好几个长长短短的烟蒂。然而，那恼怒的情绪却丝毫不见减轻。他发现自己一直在小声咒骂着，却不知道把怒火向谁发泄。

苏家人？马娜？苏琳？还是那个未曾谋面的同居者？

足足吸光小半包烟之后，顾浩不得不承认，他最痛恨的其实是自己。

这世间所有的愤怒，多数都来源于自己的无能。

他低估了这件事情的复杂性，更懊悔昨天没有在那个雨水调蓄池里一直等候下去。否则，此时此刻，他也许正在和吃饱睡足的苏琳平静地探讨未来的生活，而不是明知无望却还在这里期盼着那个孩子能回家。

是的。顾浩并没有指望苏琳能出现在这条路上。她应该早就摸清了走出雨水管网的路径。如果她肯回家，后面的事情就都不会发生了。但是，顾浩除了坐在凉亭里等，实在不知道还能做些什么。

而且，他突然发现，在这个孩子身上有太多的谜团无法解开。以至于他开始怀疑自己把苏琳当作一个柔弱无力的小女孩是否合适。事情比他想象的要复杂，苏琳亦是。他搞不清她的想法——这让顾浩意识到，找到她，也许只是一个开始。

第四中学的礼堂已经恢复了空旷。在靠近舞台的几排座椅上，演员们稀稀落落地坐着，大气都不敢出，看着站在过道上的董校长、周老师、马娜和姜玉淑母女。

董校长正在大发脾气，双手胡乱挥舞着："我问你，为什么要放她走？为什么要违抗我的命令？你回答我！"

姜庭笔直地站着，身上还穿着那件红色的长裙。她始终看着舞台的方向，脸上还带着一丝淡淡的微笑，似乎完全没听到校长的问话。

姜玉淑却是一脸惶恐。她伸手拉拉女儿的衣袖："庭庭，校长问你话呢——你快回答啊。"

姜庭缓缓地转向母亲，依旧是那副如梦似幻般的表情："妈，是她。"

姜玉淑愣了一下，随即就瞪圆了眼睛："真的吗，你看到她了？"

"嗯。"姜庭点点头，"我知道她要干什么。然后……"

越发灿烂的笑容出现在她的脸上:"然后,我帮助了她。"

姜玉淑看着女儿,突然,一把将姜庭揽进怀里,抬手抚摸着她的头发。

"妈,我好累啊。"姜庭把头埋在母亲的胸前,细声细气地说道,"我想回家。"

"嗯。咱们回家。"

姜玉淑把女儿的身体扶正,又拍拍她的脸,拉起她的手,转身向礼堂外走去。

母女的对话让董校长听得一头雾水。眼看着她们要走,董校长结巴了半天,挤出几个字:"这就完了?你们这是什么态度?"

姜玉淑转过身:"校长,实在对不起,改天我亲自来跟您解释。"

马娜忽然尖叫一声:"你不许走!我告诉你,这事没完!"

姜玉淑把视线投向马娜,盯着她看了几秒钟,一字一顿地说道:"你就是马娜吧?你给我听清楚,如果你再敢找姜庭的麻烦,我绝不会放过你!"

说罢,她就拉起姜庭,大步向出口走去。

杨乐看着姜庭的背影,笑了笑:"校长,没事的话,我们也可以走了吧?"

心烦意乱的董校长挥挥手:"走吧,走吧。"随即,他又补充了一句,"你们不许讨论这件事啊,跟其他同学也不许讨论!"

演员们纷纷离座,向后台走去。一直默不作声的周老师也开口了:"校长,那我……"

"周老师,这到底是怎么搞的?"董校长终于找到了靶子,"你是这个英语剧的总负责人,闹出这么大的乱子,你必须给我一个交代!"

"据我所知,"周老师想了想,向马娜努努嘴,"这应该是马娜和那个女生之间的私人恩怨。"

"放屁!你把责任往我身上推?"马娜的眉毛竖起来,蓬松的栗色卷发似乎要爆炸一般,"人他妈都是你选的!一个抢了我的裙子,一个是帮凶!"

董校长厉声喝道:"马娜!你怎么跟老师说话呢?"

"本来就是!"马娜丝毫没有收敛,"他算个男人吗?窝囊废!出事了只会把黑锅甩给学生!"

周老师表情淡然,只是皱着眉头看着马娜,摇了摇头:"看来,你没有从上次的事情中吸取到任何教训。"他转向董校长，"校长，我回去把录像带拷贝一份给您，详情容我慢慢跟您汇报吧。"随即，他从架子上取下摄像机，慢慢走向后台。

礼堂里只剩下董校长和马娜、宋爽、赵玲玲。董校长叉起腰，喘了一会儿粗气，又看了看马娜。

"你这个丫头，真是无法无天了。"他指指抱着肩膀、斜着眼睛的马娜，"你别以为你爸爸和我是朋友，你就可以为所欲为。"

马娜翻了个白眼："反正错不在我。但是，搞砸了我的演出，必须得有人受到处罚。"

"你当你是谁啊？还'必须得有人受到处罚'？"董校长挥挥手，"得了，我也不跟你废话了。让你爸赶紧给你办出国，我们学校容不下你这尊大神！"

马娜一扭身，向后台走去。

排练厅里只剩下几个正在换衣服的学生，都在谈论着演出时发生的事情。看到马娜三人进来，都不约而同地闭上嘴，没有理会她们。马娜扫视一圈，除了他们，还有周老师在柜子前面摆弄着摄像机。杨乐已经不见踪影。

马娜的心情更加恶劣。她快步走向女更衣室，一脚把门踹开，回身向宋爽和赵玲玲吼道："在这儿等我！"

宋爽和赵玲玲面面相觑，吐了吐舌头，乖乖地守在女更衣室门前。

马娜粗手重脚地脱掉身上的鱼尾裙，狠狠地摔在地上。随即，她就看到墙角那套蓝白相间的校服。不用想，这肯定是那个垃圾留下来的。马娜顿时怒火中烧。她冲过去，一边大骂，一边在校服上狠狠地踩踏着，仿佛里面真裹着一具鲜活的肉体。

发泄够了，她拿起自己的衣服一一穿好，又拿起挎包把散落在桌子上的化妆品都收进去。

突然，她的表情变得疑惑。紧接着，她从挎包里拿出一张折好的纸条，打开来。

纸条似乎是从作业本上撕下来的，边缘还带着些许毛刺，上面写着一行钢笔字。

今晚七点，我在校门口等你。关于上次那件事，我想跟你详细聊聊。杨乐。

马娜把纸条翻来覆去地看了几遍。最后，她把纸条折好，放回挎包里，刚才不快的心情已经消除了大半。

性别男，籍贯不详。年龄在35~40岁之间，身高180厘米左右，体重70公斤上下。存在一定的智力残疾，吐字不清，交流能力有限。以捡拾垃圾变卖为生，常年身着绿色军大衣，挎帆布背包。活动区域集中在本市宽平区。

模拟画像中是一张沟壑丛生的脸，看上去要比实际年龄苍老许多。眼神呆滞，在毫无智慧光芒的双目中，更多的是长期艰辛生活带来的麻木与冷漠。

王宪江快步走向立交桥下的一个由编织布搭成的窝棚，一个头发脏乱，正蹲在窝棚外啃黄瓜的流浪汉紧张地站起来，怔怔地看着他。

王宪江直截了当地问道："你叫什么？"

流浪汉结巴了一下："张……张德礼。"

"哪里人？"

"河南的，河南修武的。"

吐字清晰。思维正常。

王宪江上下打量着他。流浪汉越加恐慌，慢慢地向后退着："政府，这里是不让住了吗？我这就收拾东西……"

"没事，你就在这儿待着吧。"王宪江拿出模拟画像，"见过这个人吗？也是你们的同行。"

流浪汉凑过去看了几眼，摇摇头："没什么印象。"

王宪江转过头，看看十几米开外的邰伟。他正在询问靠在桥墩下晒太阳的另外几个人。从他们的表现来看，邰伟同样一无所获。

王宪江暗自骂了一句，向吉普车走去。拉开车门，坐上副驾驶座，他发现邰伟还站在原地，视线在那些懒洋洋的人身上打转。王宪江不耐烦了，用力拍拍车门。邰伟闻声望过来。王宪江冲他挥挥手："快点，上车！"

邰伟慢吞吞地走到吉普车旁，脸上依旧是若有所思的表情。

"去小民屯那边的垃圾场吧。"王宪江打开地图,"听说这些捡破烂的大多会集中到那里,也许会有线索。"

邰伟没有吭声,手扶着方向盘出神。

王宪江有些火了:"你他妈发什么呆呢?"

"不是,师父。"邰伟回过神来,眉头紧锁,似乎在拼命回忆什么事情,"我怎么总觉得在什么地方见过这个人呢?"

"正常。"王宪江示意他开车,"这样的人遍地都是。老杜那边有消息吗?"

"目前做检测的都是B区的人,还没有一个对得上的。"邰伟叹了口气,"要让老杜再催催吗?"

"不用。这玩意就是看运气。"王宪江脸上看不出失望的表情,"我有一种预感,咱们离他不远了。"

"嗯。"邰伟点点头,"那么多人送检,运气好的话,第一个就是他;运气不好,最后一个才是他。"

"没错。"王宪江抿抿嘴,"这两天就能见分晓。"

话音未落,他腰间的BP机就响起来。王宪江拿出BP机,扫了一眼。

"靠边停车,局里的电话。"王宪江向路边指了指,"闹心,什么时候能给咱们配个大哥大呢?"

邰伟照做,把吉普车停在了路边,看着王宪江跳下车,向一个公共电话亭小跑过去。

几分钟后,王宪江慢慢地踱回来。这一次,换他一脸沉思。

"什么情况?"邰伟看他面色不好,还没等他坐稳就开口问道,"有新线索?"

"宽平分局联系了局里。"王宪江目视前方,表情凝重,"那个流浪汉在辖区里经常出现。包子铺、小卖店的人都见过他。不过,最近他很少露面。有个废品收购站的老板反映,前几天他带着一堆破烂来卖,头破血流的,好像跟人打了架。而且……"

"而且什么?"

"你猜这家伙的收入除了购买食物之外,在小卖店里最大的开销是什么?"

"您就别卖关子了行吗?"

"是蜡烛。"

"蜡烛？"邰伟挑起眉毛，"他要那么多蜡烛干什么？"

"这说明他住的地方一点光亮都没有。"王宪江的嘴角露出一丝神秘莫测的微笑，"你想到什么了？"

邰伟一下子瞪大了眼睛："他就住在下水道里？"

她没见过真正的大海。小时候，父母曾带着她和弟弟去过本市的北湖公园。那片人工湖就是她见过的最辽阔的水域。她常常会想象那一望无际的蔚蓝海水和汹涌澎湃的巨浪，以及从海平面上喷薄而出的红日。

涨潮时，它扑向陆地，势不可挡；落潮时，它席卷而去，留下空荡荡的沙滩和无数秘密。

她想，如果她的心是一片海的话，此刻，大概就是落潮时分。

从礼堂里冲出来之后，她径直跑向运动场，在水泥台阶下拿出书包，从台阶顶端跃出围墙，一路狂奔。

她知道很多人都在好奇地看着这个穿着洁白长裙、背着书包的女孩，猜测她为何如此欢快地飞跑着。

是啊，她也很想停下来，告诉他们自己有多快乐。

是因为此刻暖洋洋的天气；因为体内躁动不安的生机；因为那久未体验过的畅快。

她清楚地知道，追赶者们已经被远远地甩在了身后。但是，她不想停下来。如果可以，她愿意一直这样跑下去。

她能感觉到小腿上紧绷的肌肉、白球鞋踩在柏油路上的回弹、心脏在胸腔里猛烈的跳动、风在脸上掠过的清爽……

这一切，都让她好快乐。

跑啊，跑啊。

直至跑到市中心的胜利公园，她终于没有力气了。挤在熙熙攘攘的游客中，她勉强挪到一片假山后的凉亭里，一屁股坐在石凳上，像一条濒死的鱼一般大口喘息着。

凉意从下半身迅速传至躯干和手臂上，满身的热汗很快就变凉。随着体温的急剧降低，她感觉到胸中的那一团火也渐渐坍缩，最后，完全熄灭了。

她呆呆地坐着。体力严重透支的结果清晰地反映在她的身体上。她甚至连手指都不想动一下，只是保持着同一个姿势，一动不动，似乎脑子里也一片空白。

这一坐，就是夜幕降临，华灯初上。

公园里喧嚣的人声渐渐消失。仅存的游客也是脚步匆匆，没有人注意到凉亭里那个宛若木雕泥塑般的女孩。

直至夜色完全将假山和凉亭笼罩，她才转转眼珠，勉强活动了一下僵硬的身体，长长地呼出一口气。

她知道，那持续了整整几个小时的狂热与兴奋已经完全消失。即使现在回忆起马娜因恼怒而扭曲的五官，也不会让她的心情有一丝波澜。更多的，是深深的失落与茫然。原来报复的快感只能让她快乐这么一小会儿——这让她非常不甘。

然而，更为急切的问题摆在眼前：下一步，她该怎么办？

其实，在"房间"里的时候，她对文森特说了谎。她并不打算回去跟他会合，然后一起离开。她不属于这个城市，不属于这条雨水管网，更不属于文森特。既然想要和过去一刀两断，那么，必须要斩得干脆利落，不留一丝牵绊。否则，她永远不可能和曾经的自己说再见。就像她毫不犹豫地抛弃掉那套蓝白相间的校服一样——从今天开始，她不再是苏琳，身上的这条白裙子可以作证。

"离开"是两个字、一个词语或者一个动作、一种姿态，同时意味着不可预测的未来。虽然听上去令人好奇，但是也蕴藏着各种未知的风险。比方说，在这会儿只穿着一件白纱裙实在是不合适——夜晚带来的凉意已经让她开始瑟瑟发抖。

她站了起来，步履蹒跚地向公园外走去。虽然前途未卜，但是她首先要去的是可以让她离开的地方。

半小时后，她步行至本市的火车站。虽然是傍晚时分，车站里依旧热闹非凡。她没出过远门，更没坐过火车。在站前广场蒙头转向地游荡了一会儿，她抬脚走向标示着"售票厅"的那栋二层小楼。

售票厅里同样挤着满满当当的旅客。同时，叫卖各种食物的小贩在购票的队伍里来回穿梭。她立刻闻到了烤香肠、煮玉米以及泡面的诱人香气。空荡的肚子马上发出抗议。她才想起来，从昨晚到现在自己还粒米未进，连口水也不曾喝过。被执念和兴奋暂时压制的饥渴此刻席卷而来，她摸摸书包里的冷包子，又看看购票窗口前长长的队伍，决定先填饱肚子再说。

她在售票厅里四处张望一番，走向开水间。

开水间在厕所外面，除了一个热水炉和一个大垃圾桶之外再无别物。她把装着冷包子的塑料袋放在热水炉上。随即，她轻车熟路地走向大垃圾桶，在里面翻翻找找。很快，一个空易拉罐出现在眼前。她刚要伸手去拿，却被另一只手抢了先。

她吓了一跳，下意识地转身看去，发现身边多了一个穿着草绿色破旧呢子外套、头戴棉帽、拎着一个大编织袋的中年男子。

她的脑子里轰的一下，怔怔地看着面前这个有着脏乱长发和黝黑面孔的男人。后者同样打量着她，满脸都是狐疑的神色，似乎很难相信这个干干净净的女高中生会是自己的同行。

"你……"他犹犹豫豫地把空易拉罐递到她面前，"你要这个吗？"

"不。"她把几乎冲到嘴边的"文森特"三个字咽回去，"我不要。"

他莫名其妙地看了她一眼，把空易拉罐扔进编织袋里，在清脆的撞击声中，扬长而去。

她在热水炉旁边默默地站了一会儿，舔舔干裂的嘴唇，还是鼓起勇气，把头探向垃圾桶。十几秒钟后，她拿出一个被捏扁的一次性纸杯，舒展开，在自来水龙头下反复冲洗一番，接了半杯冷水。

兑上热水炉中的开水后，她把一杯温水一饮而尽，又把杯子接满，拿起包子，走向售票窗口前长长的队伍。

一边随着队伍向前缓慢移动，她一边咬着包子，一边小口抿着热水。包子被嘴里的热水短暂加热后，虽然不那么硬邦邦的，但是依旧又冷又腻。饥饿难忍的她不能挑剔这些，囫囵吞下，然后用热水来缓解胃部的不适感。

那个酷似文森特的流浪汉在售票厅里走来走去，不时捡起一个被踩扁的烟头，边抽边盯着旅客们手里的塑料水瓶。她的视线始终在他身上，心里默念着那个名字。

他会不会煮好了挂面，焦急地等着她回来？

要过多久，他才会接受她已经完全消失这件事？

他会不会想她，他会怎么想她？

恼怒？记恨？还是失望？

有那么一瞬间，她觉得自己几乎要动摇了。

为什么要离开呢？

为什么要伤害文森特呢？

还会遇到这样全心全意对待她的人吗？

她低着头，看着脚上那双依旧白得耀眼的球鞋，紧紧地咬着嘴唇。

这时，排在前面的人离开了购票窗口。售票员坐在玻璃窗后面，一脸疲惫地看着她。

"去哪儿？"

她一怔，随即脱口而出："大连。"

这是她想去看大海的地方。

售票员查看一番："今天没票了，明天的可以吗？"

她立刻松了一口气："可以。"

她全部的现金只够买一张最便宜的硬座车票。当她把那张小小的车票拿到手里的时候，立刻小心地放进书包，转身向售票厅外走去。

她相信这是天意，相信这是老天爷给她的一个机会。

她和他不期而遇。但是，她可以跟他好好地告别。

也许是因为归心似箭，或者目标明确，归途也显得没有那么漫长。她很快就走到那条熟悉的街路上，掀开下水井盖，迅速沉入地底世界中。

令人不适，却让她感到亲切的气味扑面而来。她用手扶着铁梯，在黑暗中静静地站了一会儿。她再次提醒自己，只是来告别而已，不要多想。

书包里还有文森特给她准备的蜡烛和打火机。她没想到会再次用上它们，接过来的时候只是为了让他相信那原本并不存在的"一会儿见"。

不过，举起蜡烛的那个瞬间还是让她感到了一丝仪式感。她突然意识到，像这样在雨水管网里独自秉烛夜行，大概是最后一次了。也许，她应该牢牢记住眼前的这一切——这个让她尽失所有，又重新开始的地方。

她不知道能否再见到文森特，唯一能做的，就是不要忘记。

穿过支管道，她很快就来到主管道里。离"房间"越近，她的心跳得越厉害。她迫不及待要见到他，却不得不面对着势必要让他失望的结局。该怎么让他平静接受自己一定要离开的这个现实呢？或者，该怎么安慰他，以至于让他不那么难受？

正想着，她转过一个弯，突然看到前方有微弱的烛火。她在心里欢叫一声。那个背影实在是太熟悉了。然而，她立刻停下了脚步，同时瞪大了双眼。

他肩膀上扛着的是什么？

即使光线昏暗，她仍能分辨出那垂下的双手和一头长发。

越来越大的疑问和恐惧出现在她的脑海中——文森特在干吗？他为什么扛着一个似乎昏迷不醒的女人？

她吹熄蜡烛，悄悄地跟在他的身后。

几分钟过去，"房间"已经出现在不远处。打开的圆形铁门内照射出一缕白光，远比烛光要明亮得多。她的心中更加疑惑，难道还有别人在"房间"里？

文森特走到铁门旁边，钻了进去。她小心地扶着管道壁，一步步挪过去，刚要迈进铁门，突然听到重物坠地的扑通声。随即，另一个男人的声音响了起来。

"没有人看见你吧？"

她立刻退了出来，蹲伏在铁门旁边。同时，她的心里一惊，这个声音……

文森特嘟哝了一句，似乎在说"没有"。

"那就开始吧。"那个男人说道，"先把她的衣服脱了，然后像以前一样，你想怎么玩都行。铁丝什么的还有吧？这次不要太快把她弄死，让她多遭会儿罪。"

她用手捂住嘴巴，把惊呼憋在喉咙里。随即，她偷偷地探出头去，向"房间"里窥视着。

铁门与"房间"中间的管道遮挡了她的大部分视野。她看到刺眼的白光，一个男人的身影在光晕中若隐若现。文森特背对着她，低着头，似乎在看着地上的女人。

男人开始不耐烦了："你愣着干什么啊？快点！相机电量不多了！"

文森特还在犹豫。随即，他抬起头，轻轻地摇了摇。

"不。不行。"

"不行？怎么不行？"这格外清晰的回答让男人听上去很诧异，"以前行，现在不行？"

文森特嗫嚅了半天，口音又恢复成含混不清。

"什么蓝？"男人提高了声音，"小蓝？小蓝是谁？"

文森特一边摇头，一边向后退，嘴里断断续续地嘟囔着。

"你要走？我不是跟你说过让你走吗？"男人似乎恼怒起来，"钱我也给你了。你必须把这件事办完再走！"

文森特看上去有些惧怕，却仍旧一点点向台阶挪去。刚刚迈上一步，她就看到他忽然挥起手臂，几乎是同时，酒瓶碎裂的声音就在"房间"里响起来。

男人已经怒不可遏，捡起手边的东西向文森特砸过去。

"我他妈让你玩女人，让你有钱花。你他妈说走就走？"

文森特一边狼狈不堪地抵挡着，一边倒退着踏上台阶，含混的声音既像是道歉，又像是哀求。

她只感到全身发冷，转身从铁门旁边跑开。距此不远就是一条支管道。她踮起脚尖，手扶着管道壁，疾奔出十几米后，摸到了管道口。

她没有犹豫，纵身爬了进去。弯着腰潜行几米后，她转过身，蹲在地上，看着主管道的方向。

很快，文森特的脚步声传了过来。尽管周围一片漆黑，却丝毫没有影响到他的动作。她听到他快步走过自己藏身的支管道，渐渐远去。

她想了想，刚刚直起身子，就听见男人的吼声："你他妈给我回来！"

她被吓了一跳，急忙又蹲伏下去。紧接着，一串急促的脚步声在主管道里响起。支管道口出现一道光柱，越来越亮。

她屏住呼吸，把身子压得更低。几秒钟后，摇曳的光柱在管道口一闪而过——那个男人拿着手电筒从她眼前跑过，似乎去追赶文森特了。

直至脚步声消失，她才战战兢兢地起身，慢慢走了出去。回到主管道里，她看看"房间"的方向——那里已经是一片漆黑。

她又向另一侧望去，犹豫了一下，从书包里拿出打火机和蜡烛。

她要去找文森特，她要当面问个清楚。

夜幕降临。隔一周才有的双休日让人们有了更多休养生息的时间。随着周末的结束，大多数人都要面对即将开始的连续六天的劳作。这个夜晚成了重新打起精神之前的缓冲地带。因此，街上行人稀少。这让邰伟驾驶的吉普车畅行无阻。

他和王宪江已经在这个区域来回转了几圈。那个作案嫌疑陡然提升的流浪汉还是不见踪影。王宪江开始渐渐失去耐心。那即将破案的预感越来越强烈。

邰伟却显得疑虑重重，始终默不作声。再次回到某条街路上之后，他放慢车速，扭头看向王宪江。

"师父，咱们……"

王宪江眉头紧锁，手指前方："继续找。"

邰伟不敢回嘴，脚下用力，吉普车提升了车速，疾驶而去。开出几百米后，路口亮起红灯，邰伟把车停在停止线后面，又看了看王宪江，鼓足勇气问道："师父，咱们要不要换个思路？"

王宪江面无表情："你有话就直说。"

"你真的觉得那个流浪汉是凶手吗？"邰伟犹豫了一下，"他跟咱们推断出的嫌疑人特征不太符合啊。"

王宪江沉默了几秒钟："摁住他就知道了。"

绿灯亮起。邰伟踩下油门，想了想："要不要去地底下翻翻？"

"什么意思？"

"如果那家伙住在下水道里，肯定要有一个适宜居住的环境，起码不太糟糕。"邰伟向车下努努嘴，"咱们都下去过，能住人的地方并不多。"

"你带雨水管网规划图没有？"

邰伟一愣，摇摇头："没有。明天咱们下去看看？"

"不行，我等不了。"王宪江断然否定，"你去给那个规划院的陈老师打电话。"

"师父，咱们什么装备都没有。"邰伟吃惊地瞪大了眼睛，"贸然下去，不妥吧？"

"狗屁！"王宪江撇撇嘴，"你那个干爹比我大好几岁呢，他都能下去，我有什么不能？"

邰伟一拍脑门："你别说！我还真把他忘了。回头我问问他。"

"等你问清楚，黄花菜都他妈凉了。"王宪江指指斜前方，"靠边停车。"

"嗯？"

"让你停，你就停。"王宪江已经拉开车门，"他应该就住在这附近的下水道里。"

车还没停稳，王宪江已经跳了下去，快步走到附近的一个下水井旁，附身看向井盖上铸刻的字样。

"雨水井。"

他蹲下身子，用力将井盖抬起，探头向下看着，随即，把一条腿伸了进去。

邰伟也下车跟过来，看他急于下井，赶紧阻止他。

"师父，你等等。"他转身向吉普车走去，"我去拿个手电筒。"

刚迈出几步，他突然站住，怔怔地向马路对面看去。坐在下水井沿上的王宪江以为他又要磨蹭，刚要开口斥责，却把一句脏话憋在了喉咙里。

十几米开外的马路边，在路灯的照耀下，一个头发脏乱，穿着绿色军大衣的男子匆匆走过来。从身高和体形来看，和那个流浪汉颇为相似。而且，他两手空空，看上去并不像出来捡拾垃圾，倒像是奔逃的模样。

邰伟盯着他，忽然高喊一声："哎，你站住！"

流浪汉被吓了一跳，下意识地停住脚步，看向邰伟。路灯的光自上而下地照射在他的身上，他仿佛舞台上孤零零的哑剧表演者。三个人隔着马路默默地对视着。王宪江迅速爬起，心脏突然开始狂跳。

邰伟穿过马路，王宪江紧随其后。他们走到那个流浪汉面前，上下打量着他。流浪汉神情紧张，腰背也佝偻起来，眼神躲闪。

邰伟看了看王宪江，师父正看着流浪汉脸上尚未愈合的细小伤口，脸上出现了熟悉的硬冷表情，眼睛闪闪发光。这让他也兴奋起来——面部特征也很符合。

"你叫什么？"

流浪汉愣了几秒钟，口齿不清地吐出几个字，听起来很怪异，似乎是个外国名字。不过，那含混的口音已经让邰伟更加确信自己的判断。

妈的，运气这么好？

"你跟我们走一趟。"他抬手去抓流浪汉的胳膊，"我们是警察。"

"警察"这两个字仿佛某种信号，瞬间就打开了他身上的某个开关。还没等邰伟碰到他的袖子，流浪汉转身就跑。

邰伟来不及多想，拔脚追了上去。这家伙看上去呆呆傻傻，身手倒是很利落。转眼之间,已经和邰伟拉开了一段距离。邰伟咬咬牙,发足狂奔,紧紧地追在他的身后。

只是苦了王宪江。看见流浪汉逃跑,他本能地追了上去。然而,仅仅跑出几十米,他就感到上气不接下气,肺部也传来强烈的灼烧感。他不得不放慢脚步,一边死死盯着越跑越远的两个人,一边嘶声吼道:"大伟,不能让他跑了。"

此时此刻,"站住""不许动"之类的警告已经纯属废话。三个人都清楚,除非他能逃脱,否则接下来就是生死相搏。邰伟憋住一口气,疾冲到流浪汉的身后,纵身一跃,试图将他扑倒。然而,他刚刚抓住流浪汉身上的军大衣,就被对方甩脱出去。邰伟狼狈不堪地摔倒在马路上,又踉跄着爬起来,眼看着流浪汉穿过马路,向对面的文化广场跑去。

他正暗叫不好,不远处却射来两道耀眼的白光。紧接着,一辆飞驰而来的汽车出现在街口。强烈的恐惧感骤然袭上心头,他徒劳地伸出手,似乎想要阻止即将发生的事情,然而……

那辆汽车径直冲向跑到路边的流浪汉。在刺耳的撞击与刹车声中,流浪汉飞出十几米远,身体撞上路灯杆,又重重地摔在路面上。

邰伟半跪在马路上,怔怔地看着一动不动地蜷缩在路灯下的流浪汉,脑子里一片空白。王宪江快步从他身边跑过,吼了一句"你他妈看什么呢",就向流浪汉直奔过去。

邰伟哆哆嗦嗦地站起来,踉跄着向他们走去。路灯杆还在不住地摇晃,照亮路面的光晕抖动着。王宪江蹲在流浪汉旁边,用力把他的身体翻转过来。他的手脚以怪异的姿势弯折着。昏黄的光线下,流浪汉的脸依稀可辨——双眼半睁半闭,脸上还有擦伤,大股鲜血正从他的嘴里冒出来。

王宪江眉头紧锁,挥手拍打着他的脸:"哎,你能听到我说话吗?醒一醒,别睡觉!"

流浪汉的头随着他的动作无力地摇晃着,眼神慢慢地涣散开。

王宪江骂了一句,转身对邰伟说道:"赶快去叫救护车!马上!"

邰伟嘴里答应着,身体却不听使唤。他茫然地看向四周,视野中却似乎空无一物。他没看到那辆车上正走下一个揉着额头的男人,更没看到在不远处一个敞开的下水井口里,有一只捂住嘴的手以及一双缓缓沉下去的眼睛。

第二十二章 · 黑处有什么

1994年6月19日,星期日,阴转晴。

文森特。

顾浩从出租车上下来,看到路边拉起的警戒线和几辆警车,以及忙碌的警察们,先是一愣。随即,他就看到了靠在吉普车上抽烟的邵伟,快步走了过去。

"大晚上的把我叫过来——这是什么情况?"

邵伟正在向警戒线里张望,闻声转过头来,苦笑了一下:"顾爹,辛苦你了。"

顾浩这才发现他的身上满是灰尘,裤子的膝盖处也有破口:"你跟别人动手了?"

"小事,刚才抓人来着。"邵伟的情绪很消沉,"图纸带来了吗?"

顾浩点点头,从随身的挎包里拿出雨水管网规划图递给他。邵伟拿着图纸浏览一番,开口问道:"你刚才在电话里说找到了一个有人居住的地方?"

"没错。"

"但是没见到人?"

"嗯。"顾浩向那群正在工作的警察看看，小声问道，"到底怎么回事啊？"

"我们查到一个流浪汉，现在怀疑他就是奸杀那三个女人的凶手。"邰伟向路灯杆下的警戒线努努嘴，"有线索说他可能就住在雨水管网里。所以，我们想去看看你发现的那个地方，也许就是他的老窝。"

"让他带路不就得了？"

邰伟撇撇嘴："他逃跑的时候，被一辆车撞死了。"

顾浩吃惊地瞪大眼睛："那怎么办？"

"不知道，先下去看看再说吧。顾爹，你还能找到那个地方吗？"

"没问题。"

"行。"邰伟转身向警戒线里喊道，"老杜，老杜。"

一个年长的警察直起腰来："什么事？"

邰伟向他挥挥手："走了，下井。"

顾浩和邰伟走在前面，身后还跟着老杜和几个技术员。很快，顾浩就找到了文化广场上那两块绿化带中间的下水井。众人先后钻入雨水管网中，用手电筒照明，在漆黑憋闷的雨水管网里默不作声地前行。

凭借记忆和图纸的指引，十几分钟后，顾浩就找到了那个雨水调蓄池。圆形铁门敞开着，老杜率先钻了进去，难闻的气味让他伸手掩住口鼻，随后就感叹一声。

"还真是别有洞天啊。"

调蓄池边的陈设和顾浩上次看到的区别不大，只是地上多了几个摔碎的酒瓶，各类杂物也扔得到处都是，看上去很是凌乱。

邰伟环视一圈，向老杜问道："怎么搞？"

"让他们去提取手印，从那些瓶瓶罐罐上。"老杜向技术员们盼咐着，自己打开勘查箱，"我来找毛发，验验 DNA 就知道是不是他在这里住了。"

技术员们分头忙碌起来。顾浩和邰伟暂时无事可做，退到圆形铁门外，各自倚在管道壁上吸烟。

邰伟依旧情绪不高，脚下很快就扔了几个烟头。顾浩看看他，低声问道："在你面前被撞死的？"

邰伟沉默了一会儿,点点头。

"第一次看到这种事?"

邰伟不说话,又从衣袋里摸出香烟盒。

"慢慢会习惯的。"顾浩拍了拍他的肩膀,"我第一次在战场上开枪的时候,手都是哆嗦的……"

"不光是因为这个。"邰伟摇了摇头,"顾爹,我总觉得有些不对劲儿。"

顾浩眨眨眼睛:"哪里不对劲儿?"

"我说不清。"邰伟吐出一口烟,撇撇嘴,"我就是不敢相信——这就完了?"

顾浩想了想:"你觉得那个凶手就住在这里吗?"

邰伟犹豫了一下:"八九不离十吧。"

顾浩的脸色顿时阴沉下来。

临近午夜的时候,雨水调蓄池的现场勘查工作完毕。众人返回地面。路灯杆下的警戒线已经被撤掉,地上只有勾勒出人形的白线和一摊尚未完全凝结的暗红色的血迹。

邰伟、顾浩和老杜依次上了停在路边的一辆警车。车里除了王宪江之外,还有一个神情委顿的男人,额角处有一大片青肿。虽然他低着头,顾浩还是认出了他。

王宪江正在闷头吸烟,看见他们上车,立刻问道:"找到他的老窝了吗?"

"找到了。"邰伟一屁股坐下,看看那个男人,突然笑了笑,"周希杰,怎么会是你呢?"

周希杰脸色惨白,嘴唇也哆嗦着,直勾勾地看着邰伟,看上去吓得不轻。

王宪江转向老杜:"有什么发现吗?"

"提了一些手印和毛发,回头验验就知道了。"老杜从勘查箱里拿出几个密封好的物证袋,"还有几件女装,你让死者家属辨认一下。"

王宪江端详着其中一件白衬衫,眼中的光芒更盛。

"把他的 DNA 样本也送辽宁省厅吧。"

"行。"老杜点点头,"明天就送。"

周希杰的脸色略有好转,取而代之的是迷惑不解的神情。他试探着问道:

"警察同志,那我……"

王宪江用手在脸上搓了搓:"吓坏了吧?"

"那当然。刚才交警同志也说了,我没有违章,完全是正常行驶啊,他突然蹿出来……"周希杰急切地说道,"我就是有八只眼睛也反应不过来啊,我……"

"行了,行了。"王宪江摆摆手,"谁也不愿意发生这种事情。"

他看看周希杰依旧青肿的额头:"要不要送你去医院看看?"

"没什么大事,我自己去就行。"

"好,你先回去吧。"王宪江沉吟了一下,"明天来市局一趟,还有些手续要办。"

"知道了。"周希杰明显松了一口气,"那我走了。"

他下车离开。王宪江看上去疲态尽显。他弯着腰沉思了一阵,抬起头来,视线先后扫过邰伟和老杜,最后落在顾浩身上。

"对了,忘了跟您说声谢谢了。"他向顾浩点点头,"大晚上的,把您折腾过来。"

"别客气。"顾浩的神色凝重,"王警官,您能确定凶手就是他吗——住在雨水调蓄池里那个?"

"严谨点说,我们现在高度怀疑是他。"王宪江想了想,"如果您问我个人的意见——就是他。"

王宪江拿起那件封存在物证袋里的女式白衬衫:"这件衣服,很像其中一个死者在案发当天穿过的。"

顾浩的脸色更加灰暗,哦了一声之后就不再开口。邰伟想起他自从下井之后就神色有异,用手肘捅捅他。

"顾爹,怎么了?"

顾浩犹豫了一下:"还记得我正在找的那个女孩吗?"

"记得。"邰伟也皱起眉头,"你该不会……"

"没错。"顾浩点点头,"我曾经在那个雨水调蓄池里发现了她的东西。"

黑。伸手不见五指那种黑。黏腻。沉重。令人无法呼吸。没有边际的那种黑。

文森特口中的"禁区"和雨水管网里的其他地方并没什么区别。只是圆形铁门上还残留着几段蓝白相间的塑胶带，地面上有一层淤泥而已。除此之外，都是相似的气味，同样的黑暗。

　　此时此刻，她背靠在管道壁上，双腿蜷起，额头顶在膝盖上，一动不动。她不想动，也不能动。似乎黑暗已经化作无形的绳索，将她死死地困住。尽管双眼紧闭，可是，文森特那腾空飞起的身体仍然一遍遍地在她脑海中重现。

　　他死了。这是一个不可改变的事实。她终究没能和他亲口告别。奇怪的是，她没有哭，甚至连一点流泪的想法都没有。太多的震惊填满了她的心，似乎也堵住了泪腺。

　　文森特曾经做了什么？

　　从他和那个男人的对话来看，文森特曾经强暴过某个或者某几个女人，那个男人会拍摄下来。然后，他似乎还会给文森特一些钱。

　　那个或者那些女人后来怎么样了？

　　她突然想到文森特给她带来的那些女式衣服，更是感到浑身发冷。

　　难道……

　　不。不会的。

　　她在心里连连否定。文森特一定不是那样的人。否则，在和她相处的这段日子里，怎么会让她完璧无瑕？

　　可是，又怎么解释他把那个女人扛回家里，以及那个男人谈及的"合作"呢？

　　想到那个男人，虽然看不到他的脸，但是他的声音似曾相识。

　　他是谁？他为什么会认识文森特？又为什么会和文森特一起做了这么可怕的事情？

　　当她从铁梯上滑下来，瘫坐在井底，捂住嘴浑身颤抖的时候，大脑已经是一片空白。足足十几分钟后，她哆哆嗦嗦地站起来，原路返回。她要去找到那个女人。因为，女人现在面临着被灭口的风险。

　　这不是出于见义勇为的善念。她需要向那个女人问个清楚！

　　一路狂奔回"房间"，那个女人还侧身躺在地上，似乎已经恢复了些许意识，正在低声呻吟着。她把女人翻转过来，想要叫醒她。然而，烛光照亮女人脸的一瞬间，更大的震惊让她目瞪口呆。

那个不可一世，蛮横暴虐的人，那个把她赶进下水道，最终剥夺了她的一切的人，此刻带着满身的灰尘，无力地躺在她的面前。

把半昏迷的马娜带到"禁区"，足足耗费了几个小时。将这个令人憎恶的女孩扔到潮湿、冰冷的地面上之后，她已经一点力气都没有了。然而，她还是勉强打起精神，脱掉马娜脚上的名牌运动鞋，解下鞋带，把她的手脚都捆扎起来。随即，她挣扎着挪到墙边坐下，吹熄了蜡烛，蜷缩起来，静静地闭上眼睛。

黑暗中，马娜在轻轻地扭动着身子，不时发出低哑的呻吟声。娇生惯养的她，此刻想必难受无比。她一动不动地听着，心中竟生出一丝隐隐的快慰。

她原本打算搞清楚事情的来龙去脉之后，就带着那个女人爬出雨水管网。但是，从看到那张可恶的脸的那一刻起，她就改变了主意。

让你也尝尝这个滋味吧。你在我身上做过的一切，我终于有机会一一偿还。

她甚至想过，如果知道是马娜的话，她可能不会来救她，就任由她被灭口好了。然而，她仍然需要马娜把知道的一切都说出来。在此之前，能让她多痛苦一会儿也是好的。

同时，那张脸让她那因慌乱、悲痛和恐惧而混乱不堪的脑子里亮起了一点光，仿佛遮挡住记忆的盖子被掀起了一角。另一件她想搞清楚的事情和那张脸联系在了一起。她拼命地想要抓住那条线，将它找到真相，却常常在几乎触手可及的时候又断开了，各自飞回到混沌的脑海深处。

忽然，衣服的摩擦声和呻吟声都停了下来。她睁开眼睛，凝视着面前浓重的黑暗。看起来，马娜已经醒过来了，正在徒劳地观察周围的环境。

果真，在几米开外，颤巍巍的声音传过来。

"喂……"

紧接着，马娜就咳嗽了几声，停下来喘息着。

"有……有人吗？"

随即，就是一声惊呼，马娜大概刚刚发现自己的双手被绑在身后，双脚也动弹不得。窸窣的挣扎声再次响起，还夹杂着恐惧的抽泣。

她压低声音:"不要乱动。"

顿时,前方的声音消失了。她能想象马娜正圆睁着双眼,屏住呼吸,竭力向自己的位置张望着。

片刻,马娜又战战兢兢地问道:"谁……谁在那儿?"

"你怎么到这里来的?"

"你……你是谁?"

"回答我的问题。"

马娜沉默了一会儿,声音里带了哭腔:"我不知道……这是哪儿啊?"

"你先回答我,我就告诉你这是哪里。"

"我真的不知道啊。"马娜呜咽起来,"我去学校门口见朋友,走着走着就被人从后面抱住,把我的嘴捂住了,然后我就什么都不知道了……"

她脱口而出:"四中?"

"是啊。"马娜迟疑了一下,"你……你怎么知道?"

"谁约你见面?"

"我的……我的同班同学。"

"叫什么?"

"你……你到底是谁?"

"我问你叫什么?"

"他叫杨乐。"

她不再作声,心中的疑惑更甚。死寂渐渐填满她们之间的黑暗。良久,马娜犹疑的声音又传过来。

"你……你还在吗?"

等了一会儿,看她不回答,马娜又小心翼翼地说道:"你能带我离开这里吗?"

随即,这个被吓坏的女孩又急切地补充道:"我不会亏待你的。我身上有钱,我家里也很有钱。只要你把我送回家,我爸爸一定会给你很多很多钱。"

她突然愤怒起来。

是啊,你爸爸很有钱。有钱到可以掩盖你的恶行,可以让别人家的女儿无声无息地消失!

"闭上你的嘴！有钱很了不起吗？"

马娜的声音戛然而止。然而，几秒钟后，她的哀求声又响起来："求求你了，行吗？你把我送回家，你想要什么都可以……"

她重新闭上眼睛，不再理会她。马娜见她不回应，更加恐慌，索性开始大喊救命。尖厉的叫声在调蓄池里回荡，听起来令人甚觉心烦。

"闭嘴！"她低声喝道，"如果你再叫，我就把你扔在这里，让老鼠吃掉你！"

这一招果然奏效。马娜立刻停止喊叫。良久，她又讷讷地说道："那……你把我放开行吗，我……我想小便。"

那屈辱的一幕又出现在她的眼前。随即，那道盖子被猛然掀起。仿佛有一道闪电在她的脑海中亮起。锁链一环扣住另一环，那个男人的影子从记忆深处被拉了上来。

马娜还在兀自喋喋不休："行吗，你把我的手解开就可以。"

"你就尿在裤子里吧。"

她恶狠狠地回了一句。然后，她站起身，不顾马娜在身后的哀求和哭泣，摸索着走向圆形铁门，穿过管道后，将铁门关紧，锁死了密封阀。

她想独自待一会儿，好好整理一下混乱的思绪。因为，她已经知道那个男人是谁了。

顾浩失魂落魄地回到家里。一路上，郜伟知道他的忧虑所在，不停地安慰着他。顾浩始终怔怔地看着车窗外，偶尔应付几句，直至打开门锁进入102室内。顾浩坐在床上，看着墙上写着人名的白纸，巨大的恐惧感猝然袭来。

他相信那个老刑警的直觉与判断。苏琳曾停留的地方有一个凶残的连环杀人犯。他把三个女人掳到下水井里，强奸并杀害了她们。那么，当一个孤立无援的女高中生出现在他的地下王国里，他没有理由放过她。

难道在雨水调蓄池里发现的校服和书包，只是她的遗物吗？就像其他被害人穿过的衣服——凶手收集的"战利品"？

不过，后来下井的时候，为什么其他"战利品"都在，唯独苏琳的校服和书包不见了呢？

可惜那个王八蛋已经被撞死了。否则至少可以从他嘴里问出苏琳是否还活着。

顾浩越来越沮丧，这种几乎触及又脱手而出的感觉太糟糕了。

这时，电话铃声突然响起来。顾浩不想动，任由它响了几声，才不得不走过去拿起听筒。

"喂？"

"我的老天爷，你总算回来了。"姜玉淑急切的声音立刻传过来，"我打了一晚上电话了。"

"怎么了？"

"苏琳回家没有？"

"嗯？"

"今天庭庭看见她了！"

顾浩一下子捏紧了听筒："什么时候，在哪里？"

"上午的时候。这孩子可真行，在一场英语话剧上大闹剧场，抢了马娜的裙子就跑了。"即使看不到她的脸，顾浩也能猜到姜玉淑此刻一定眉飞色舞，"庭庭还帮她来着。你说，我女儿是不是挺勇敢？"

"然后呢？"

"然后就不知道了。"姜玉淑依旧很兴奋，"你不知道，当时很多人追她。庭庭帮她顶住门，都没说上几句话。"

顾浩一下子放松下来，感觉握着听筒的手都在发抖。

那女孩还活着。虽然现在还不知道她是怎样从杀人犯的手中幸免于难，但是，至少可以确定她现在是安全的。

姜玉淑还在絮絮叨叨："虽然得罪了校长和那个什么周老师，但是我没批评庭庭。我觉得孩子做得对，苏琳受了太多委屈了。就算为她挨个处分我们也不怕。不能这么欺负人啊。姓马的丫头太嚣张了，我都想给她一巴掌……"

良久，姜玉淑突然意识到顾浩始终没说话。她停顿了一下，试探着问道："老顾，你还在吗？"

顾浩急忙说道："在，听着呢。"

姜玉淑失笑："我是不是说太多了？"

"没有，没有。"顾浩也笑，"我能理解你的心情。庭庭真是个好孩子，那么有正义感。"

"其实我也没想到。"听筒里传来摩挲头发的声音，还有一声小小的"喵"，"我一直觉得，她做个循规蹈矩、本本分分的孩子挺好的。但是，我又不想她唯唯诺诺、任人欺凌。"

"不得不说，庭庭表现出的勇气和担当超过我的想象了。"顾浩诚恳地说道，"她还继承了你的善良和同情心。"

"你别这么说，我们其实也没做什么。"姜玉淑似乎有些不好意思了，"那，你接下来打算怎么做？"

"当然是继续找她，找到为止。"

"嗯。"姜玉淑突然犹豫起来，"老顾，接下来，我们可能……"

"没关系。"顾浩知道她的忧虑所在，"你集中精力应付和前夫的官司。我自己可以的。"

"行吧。真是对不住你。"姜玉淑又补充了一句，"找到那孩子之后，你一定要告诉我一声。"

"没问题。你早点休息吧。"

"你也是。再见。"

挂断电话之后，顾浩又回到床边坐下。心头的沮丧虽然已经一扫而光，但是，疑惑却没有减轻半分。

对门一片寂静。如果苏琳回家，此刻肯定正是热闹非凡。而且，她也不太可能重返雨水管网。那么，在这偌大的城市里，她究竟在哪里呢？

顾浩又把视线投向墙上写着人名的白纸，直至"苏琳"两个字变得陌生起来。

他的晚归并没有让妻子感到意外。不过，额头上的伤却把她吓了一跳。妻子先是嚷嚷着要去医院，被他回绝后，又手忙脚乱地去找药箱。睡在二楼的岳父母也被惊动起来，先后下到客厅查看情况。

于是，他坐在他们中间，手放在膝盖上，又把晚上发生的事情陈述了一遍。当然，内容是他自己的版本。

演出遭到破坏。被校长训斥了一通。心情郁闷。车开得稍快，但是没有超速。那个人突然冲出来。刹车不及。交警部门鉴定为死者全责。

人没事，又无须承担法律责任。岳父母很快就放下心来，又问了问车辆的受损情况，再次回房休息了。

他仔细地洗了个澡，回到客厅里的时候，看到卧室里还亮着台灯。他犹豫了一下，没有走进去，而是坐在沙发上，点燃了一支香烟。

他睡不着。倒不是因为撞死了流浪汉，这家伙的死并不会让他觉得可惜。相反，还有些庆幸。从警方的态度来看，他们已经把那个流浪汉列为嫌疑人。他一命呜呼，自己就死无对证。

毕竟是流浪汉强暴了那些女人，也是他勒死了她们，连抛尸都是由他来完成的。他只是以寻找摄影模特或者搭顺风车为理由，将她们带到那间出租房而已。即使是拍摄那些画面时，他也小心翼翼地不发出任何声音，或者在镜头前暴露出半点踪迹。

平时想到那些录像带和照片，他会感到身体的蠢蠢欲动。但是，此时此刻，他却完全兴奋不起来。

因为警方在那个雨水调蓄池里没发现马娜。

他原本计划强行把流浪汉带回去，和过去一样强暴并干掉那个令人讨厌的小婊子。然而，当他看到那两个人正在追赶流浪汉时，已经没有别的选择。他更没有想到的是，对方居然是警察。所以，他借口要去报警，打算回到下水井里把马娜处理掉时，那个年长的男人直接命令他待在原地不要动。

他只能强作镇定，回答问题时却依旧前言不搭后语。不过，这倒很好地诠释了一个刚刚撞死人的无辜司机的应有表现。他惦记着地下那个要命的证人，却又无法抽身离开，只好暗自祈祷乙醚的作用能持久一些。

然而，警察们只在调蓄池里发现了手印、毛发和几件衣服。这让他心中暗叫"走运"的同时，又感到迷惑不解。

这小婊子哪里去了？

虽然是流浪汉把她掳到下水井里，而且，在他们到达调蓄池的时候，马娜似乎还昏迷不醒，但是，她会不会是在装昏呢？万一她已经认出了自己的声音呢？

尽管警方还没有怀疑到他头上,他仍旧觉得不安心。这件事一天不盖棺定论,头上的那把剑就会始终悬着。

他开始暗自祈祷让马娜在雨水管网里迷路,最后饿死或者渴死在那里。这对他而言,实在是一个再好不过的结局。

第二十三章·代价

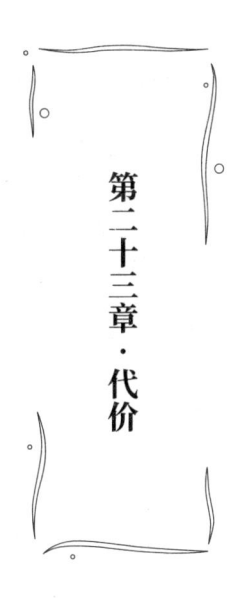

1994年6月22日，星期三，晴。

在黑暗中待得久了，人的嗅觉和听觉会变得特别敏锐。我曾经是这样。现在马娜也是这样。

现在，我只要把食物扔在她身边，她就会翕动着鼻子爬过去，狼吞虎咽。只是她现在臭不可闻，不知道她的鼻子是否对自己身上的味道也同样敏感。

有一件事她没有说谎，那就是她身上真的有很多钱。这些钱，是我们这几天的生活来源。

我不敢在一个地方停留太久。而且，现在我也能猜到文森特把那个地方视为"禁区"的原因。所以，我们一天要换好几条支管道来藏身。每次蒙住马娜的眼睛，带她去另一个地方的时候，她都吓得要死，生怕我会杀掉她或者把她一个人扔在这里。

其实，我不是没这么想过。我所遭遇的种种，皆是拜她所赐。她让我的生活归零，居然还能活得心安理得、趾高气扬。有那么几次，天知道我有多想把她的头按在管道中的积水中呛死她，或者丢下她一走了之。然而，我没有那么做。

实际上，我不知道我想做什么。我也不知道自己为什么要带着她在雨水管网里东躲西藏。这几天，我的脑子时而一片空白，时而混乱不堪。我会想到周老师,竭力把他和变态恶魔的样子重合在一起。我会想到杨乐,猜测他为什么要约马娜见面。我也会想到那个帮助我逃走的女孩——我甚至不知道她叫什么名字。

更多的时候,我会想到文森特。特别是在短暂的昏睡中醒来的时候,我会花好一阵时间来恢复意识,随后,我的心就会深深地沉下去。

脑海中出现的第一个念头就是,文森特已经不在了。这让我发现一件事情,所谓心痛,并不是夸大其词的比喻,而是一种实实在在的痛感——让人无法呼吸,只能蜷缩起身体的那种痛。

我后悔没有随便挑选一列火车离开这座城市,这样我就不用亲眼看见他被撞死。转念之间,又会稍觉安慰,因为我给他留下的最后印象,是干净、整洁,带着微笑的。然而,我知道这对他不公平。在文森特心目中,我永远是那个他甘愿为之拼到头破血流的小蓝。而我,却知道他做过的一切。

但是,这丝毫不能让我对他的思念减少半分。对于这个世界而言,他也许罪大恶极;对我而言,他是最温柔、最善良的文森特。这听起来虽然有些可笑,但是我的确从一个杀人犯那里得到了从未拥有过的东西——可以称之为爱的东西。

在所有人都把我当作可有可无的物件的时候,唯有他,视我为珍宝。

人生至高无上的幸福,莫过于确信自己被人所爱。

这份爱,沉甸甸的,就背负在我的肩头。我也终于明白自己还停留在地下雨水管网中的原因。

我要为文森特做点什么。不为别的,只为他。

回家睡了两天好觉,又吃了几顿老伴做的可口饭菜,王宪江感觉自己恢复了精神和体力。上午八点半,他才晃晃悠悠地来市局上班。

一进门,一个年轻警察就兴冲冲地走过来:"王大爷,您可算来了。"

王宪江不动声色:"怎么了?"

"您还记得在博物院下面的雨水调蓄池里发现的那些物证吗?"年轻警察眉飞色舞,"技术队的那帮家伙费了好大的劲,终于在那个钱包上提到手印了。您猜怎么样?"

"嗯?"

"和被撞死那个流浪汉能做同一认定！"

"哦，知道了。"

王宪江依旧神色淡然，背着手向专案组办公室走过去。

没有从王宪江那里得到预期的反应，年轻警察表情讪讪："王大爷，这回您立功了。"

"那家伙本来就是捡破烂的，钱包上有他的手印还不能充分说明问题。"王宪江"嘿嘿"一笑，"再等等吧。"

正说着话，门口突然传来一阵喧哗。王宪江循声望去，看见一个穿着休闲西装的中年男子，一手握着精致的手包，另一只手里抓着一个不停挣扎的男孩，径直闯进门来。

"有没有管事的？出来一个！"中年男子满脸通红，高声叫嚷着，"我要报案！"

年轻警察迎过去："你嚷什么？报什么案啊？"

中年男子扫了他一眼："我跟你说不着。"

随即，他在办公楼一楼正厅里扫视一圈，最后把视线定在王宪江身上。

"老同志，你是个当官的吧？"中年男子把那个男孩推搡到王宪江面前，"我要报案！"

王宪江皱起眉头："你慢慢说，怎么了？"

"我女儿失踪了。"中年男子表情狰狞，手指着那个男孩，"就是他干的！"

男孩揉着肩膀，没好气地说道："马叔叔，你不能这么冤枉人啊。"

王宪江越听越糊涂："你女儿叫什么，多大了，在哪里失踪的？"

"我女儿叫马娜，17岁，四中的学生。"中年男子猛推了男孩一把，"大前天晚上失踪的。其余的问他！"

男孩也激动起来："马叔叔，我真不知道马娜在哪里！"

"你他妈放屁！"中年男子抬手欲打，"马娜特意化了妆才出去的，不是见你还会是谁？"

王宪江急忙拦住他。中年男子依旧不依不饶："我都问门卫了，你小子那天晚上就在校门口转悠来着！"

"我的确约了人在校门口见面。"男孩急忙分辩，"但是我约的不是马娜啊。"

305

王宪江看看男孩："你又是哪位啊？"

还没等男孩回答，中年男子已经抢先说道："杨乐，四中的，和我女儿一个班。"

王宪江转向他："我说这位同志，你女儿大前天晚上失踪的，你现在才想起来报案？"

"我当天晚上就报案了啊。"中年男子瞪起眼睛，"都快十二点了，我女儿还不回来，我能不报案吗？"

"你向哪里报的案？"

"彩塔街派出所。"

"那你找他们啊，跑这里闹什么？"

"一个他妈派出所，屁用都顶不上！两天了，一点消息都没有。"中年男子怒气冲冲地指着王宪江说道，"我不管你是多大的官，这事你们必须给我重视起来！青天白日，朗朗乾坤，一个大姑娘就这么丢了，你们警察是干什么吃的？你花我们纳税人的钱不觉得脸红吗？"

王宪江暗自叹了一口气，心下知道碰见一个不讲理的主儿了。

"我还真不是当官的。你找我，也不管用。"他叫过那个年轻警察，低声说道，"带他去治安支队吧，再问问彩塔街派出所那边的情况。"

年轻警察无奈地撇撇嘴，冲中年男子挥挥手："跟我走吧。"

中年男子再次揪住那个男孩的衣领，大步跟着年轻警察向楼梯口走去。

王宪江径直去了专案组办公室。开门进去，办公室内空无一人。他坐在长条会议桌前，看着面前堆积如山的文件和资料，慢慢地吸了一支烟。

邰伟这小子不知道又去哪里了，两天都没有消息。后续的工作还有一大堆，看来只能靠自己来做了。不过，他的心情不错，挑拣文件和资料的时候不仅不觉得麻烦，反而有一种独享清静的感受。

不得不说，在钱包上发现那个流浪汉的手印让他有一丝兴奋。但是，长久以来的刑侦工作经验告诉他，不到板上钉钉的时候，言胜都为时尚早。否则，啪啪打脸的滋味可不好受。

事情进展到这个程度，他有耐心等下去。而且，他内心十分确信那将是一个好消息。

所以，整理文件和资料就有了一种忆苦思甜的意味。没错，这些枯燥的表格和数据，都能证明他们是如何在毫无线索的情况之下，一点点走向真相的。

他正在自得其乐，办公室的门被推开了。胡副局长大步走了进来，身后还跟着一大帮同事，邰伟也在其列。

王宪江放下手里的文件，瞪起眼睛看着他们："这是……"

随即，他的心脏就狂跳起来。

胡副局长清清嗓子："老王，刚才辽宁省厅发来一份鉴定结论。"

他扬扬手里的一张纸："被害人体内提取到的精液 DNA 与流浪汉的 DNA 相同。"

办公室内鸦雀无声。王宪江面无表情地看着胡副局长，身子忽然晃了一下。他靠在长条会议桌上，垂下眼睛，伸手去拿烟盒。

"哦，那挺好的。"

胡副局长盯着他看了几秒钟，忽然骂了一句，抬脚踹过去。

"你个老东西，还他妈端着架儿呢？"

王宪江终于笑了。办公室里也瞬间哄嚷起来。似乎人人都是胜利者，个个都在享受全案告破的喜悦。

只有邰伟站在嬉笑的人群之外，静静地看着师父。

王宪江的视线与他相遇，脸上的笑容略有收敛。他想了想，开口说道："案子能破了，不是我和大伟的个人功劳，首先要感谢胡副局长的坚强领导和大力支持……"他提高了音量，"以及各位同事的全力协作和默契配合。"

哄嚷声骤然降低。大多数人的脸上出现了尴尬的神色，那些热切的眼神也纷纷躲避。

王宪江找到法医老杜的脸，向他点点头："老杜，哥们真心感谢你。"

老杜摆摆手："嗨，自己人，客气什么。"

胡副局长无奈地摇摇头，开始打圆场："感谢的话庆功的时候再说，你们帮老王把资料整理一下。"

众人面面相觑，迟疑了一下，纷纷走上前来帮忙。不料，王宪江抬手阻止，语气坚决。

"不劳烦诸位了。"他的表情似笑非笑，"这些是我和大伟一点点搞出来的。你们不知道哪些有用，还是我们爷俩自己来吧。"

办公室内再次陷入寂静。众人的视线都集中在胡副局长身上。他咳了两声，挥挥手："行吧，那就把收尾工作也交给你俩，弄完了及时归档。"

王宪江的表情郑重其事："保证完成任务。"

胡副局长带头向外走去："你们先忙着吧，有什么需要就跟局里说。"

走到门口，他又转过身来，看着王宪江："老王。"

王宪江抬起眼睛："嗯？"

"这次干得漂亮。"胡副局长指指他，"我承诺的事情，一定兑现。"

王宪江点点头，笑了笑："您说了算。"

很快，办公室里只剩下王宪江和邰伟两个人。王宪江手扶着桌面，看着大堆的文件资料，苦笑着摇头。

"妈的，刚才不该吹牛。"他转身望向邰伟，"咱俩得整理到什么时候啊？"

邰伟慢慢地走过来，先是看了看桌面，又把视线投向墙上那面巨大无比、勾画着各种红圈和线条的本市地图。

"慢慢来吧，反正有的是时间。"王宪江向会议桌努努嘴，"先从居民信息表开始吧。"

邰伟突然开口问道："师父……这就完了？"

"还得在一起混，得饶人处且饶人。"王宪江叹了口气，"我是无所谓了，再有两年就退休回家。你不一样，往后的日子长着呢——出口气就得了，领导心里有数。"

"我不是这个意思。"邰伟急忙分辩道，"我是说，这案子就算结了？"

王宪江把手里的一摞居民信息表放回桌面上，上下打量着他："不然呢？"

"你真的相信那个流浪汉就是凶手吗？"

"这不是我相不相信的问题。"王宪江扳起手指，"他住在雨水管网里，也就是发现三具女尸的地方。死者遗物上有他的手印。孙慧的自行车是他卖掉的。衣服什么的也在他的老窝里发现了。"他指指门口，"你刚才也听见了，死者体内的精液也是他的。这还不算证据确凿吗？"

邰伟一时无语，默立了一会儿，讷讷说道："我想不明白他为什么要这么做。"

"你还记得吧？从一开始，我就觉得是个低收入者做的。"王宪江挑起眉毛，"这样的人，性需求得不到满足，压抑久了自然会爆发。干了第一次，就会有第二次。"

"可是，他和我们之前推断的那个人完全不一样啊。"邰伟指指墙上的本市地图，"这说明我们的思路根本就是错的。我觉得，我们简直就是……"

"撞大运？"王宪江"呵呵"地笑起来，"小伙子，相信我，有时候我们需要的不是智慧和洞察力，而是运气。"

邰伟瞪大眼睛："运气？"

"没错。"王宪江撇撇嘴，"好运气相当于超能力。"

"我还是想不通。"邰伟摇摇头，"我这两天又去拜访了乔教授。他对这个结果也挺惊讶的，他还说……"

"所谓专家的意见对我们而言只是参考，实实在在的证据才是破案关键。"王宪江打断了他的话，"不过，他也没有彻底搞错方向。抛尸地点的确是那王八蛋最熟悉的地方，B区也是他帮忙划定的重点区域之一。只不过，我们当初都没想到会有人生活在下水道里而已。"

"可是，师父，你有没有想过？"邰伟似乎还不甘心，"偏偏是周希杰出现在那条路上，撞死了他。这是不是有点太巧合了？"

"这不算什么巧合吧？"王宪江重新拿起那摞居民信息表，"人家就住在附近啊。演出搞砸了，被领导骂了一顿，心情不好就把车开得快点，不过也没超过六十迈。"

邰伟低下头："我就是觉得不对劲儿。"

"你的'觉得'，在证据面前也就是'觉得'。"王宪江瞪了他一眼，"去搞几个纸箱来。"

"师父，咱们姑且相信凶手就是那个流浪汉。"邰伟想了想，"那他是怎么跟那几个被害人接触上的？任何脑筋正常的人都不会轻易相信那样的一个人吧？"

"我不知道。"王宪江开始不耐烦了，"要是死人能开口的话，你去问他或者她们吧。"

邰伟难以置信地反问道："我们不应该把这个搞清楚吗？"

"我们不可能把所有事情都搞清楚！也不需要都搞清楚！"王宪江终于忍无

可忍,"我们要的就是证据!证据!懂吗?"

"师父……"

"证据就摆在眼前,而且是他妈铁证!"王宪江吼道,"你在警校没学过刑事诉讼法吗?案子已经破了,你他妈还想怎么样?"

"我……"

"你不相信我还是不相信证据?"王宪江指向门口,"我是你师父,听我的——去拿纸箱!别他妈胡思乱想了!"

邰伟的脸涨得通红,胸口剧烈地起伏着。突然,他一字一顿地说道:"师父,你是想说服我还是说服你自己?"

王宪江愣在原地,盯着邰伟看了几秒钟之后,把手里那摞居民信息表劈头盖脸地砸了过去。

随即,他气冲冲地拉开门,大步走了出去。

刚来到走廊里,王宪江迎面遇到了周希杰。后者头上的青肿还没有完全消退,整个人看上去也蔫蔫的。见到王宪江,周希杰急忙迎上去,手忙脚乱地从衣袋里掏出烟盒。

"王警官,忙不忙,聊几句?"

王宪江抬手挡开他递过来的香烟,没好气地问道:"有事吗?"

"我还是来问问我的事。"

"你有什么事啊?"王宪江皱起眉头,"交警那边不是认定你无责了吗?"

"那倒是。"周希杰搔搔脑袋,"不过,我从小到大,连个鸡都没杀过。这回一下子撞死个人,我心里总是放不下。这几天我都没上班,我……"

王宪江无心再跟他纠缠:"你有什么想法就直说。"

"我想……给那个死者的家属拿一些钱吧。"周希杰的神色更加窘迫,"算是人道主义也好,一点补偿也罢……"

"那可难了。"王宪江摊开手,"一个无家可归的流浪汉,平时就住在下水道里,哪有什么家人。他的身份我们现在还没搞清楚呢。"

"那我等您的消息吧。"周希杰忽然神神秘秘地凑上来,小声问道,"我听说,死者是个杀人犯?"

王宪江犹豫了一下，点点头："当时我们正在对他实施抓捕。"

周希杰大张着嘴巴，隔了好一会儿才说道："难道我还无意中为民除害了？"

"要不是你撞死了他，我们还能搞清楚更多事情！你以后开车留点神吧。"王宪江彻底不耐烦了，"你还有事吗？"

周希杰见他面色不悦，急忙摆摆手："没有了，您忙着。"

王宪江不再理会他，大步向院子走去，路过开水房的时候，眼角的余光瞥到一丝掠过的白色。

在院子里转了两圈，连吸了几支烟之后，王宪江的心情才算平复下来。

邰伟这小子平时嬉皮笑脸的，干活的时候用起来还算称手，脑子也灵光，对他更是恭敬有加。虽然平时没少敲打他，但是王宪江对这个徒弟还是非常喜欢的。自己还有两年就要退休，他的想法是，搞完这个案子，估计能提个一级半职。接下来的职业生涯就好好培养邰伟，下来之前把他扶上马，再送一程。

然而，这个兔崽子居然质疑自己对案件的判断。他才吃了几碗干饭？

不过，王宪江也能理解邰伟的反应。因为，他同样有那种重拳打在棉花上的感觉。辛辛苦苦排查了那么多人，最后把包围圈缩小到可控范围内。没想到是一场车祸为整个案件画上了句号。他不是没怀疑过这个结果，然而，铁证如山，换作谁都无话可说。

邰伟设想的结局大概是精确定位到某个人，然后调查蹲守，破门而入，风风光光地把凶手抓捕归案，然后该拘留就拘留，该预审就预审，该报捕就报捕，移送检察院，直至把凶手送上法庭。

如此的成就感固然颇丰，但是最关键的是把案子破了。那王八蛋是死于车祸还是被押赴刑场，对王宪江而言并没有什么区别。

年轻人就是年轻人。邰伟总觉得当警察就是枪林弹雨，血里带风。其实，哪有那么刺激？

王宪江叹了口气，慢慢地走向办公楼。虽然这兔崽子出言顶撞他，但是徒弟毕竟是自己的，当师父的总不能跟他一般见识。

刚走进一楼大厅，王宪江就看到那个年轻警察在跟一个穿着白色纱裙，背着双肩书包的女孩聊着什么。见他进来，那个年轻警察对女孩说道："正好，主办人来了，细节你问他吧。"

脸色苍白，有着细长眼睛的女孩看了看王宪江，又转头对年轻警察说道："不用了，谢谢您。"

随即，她向王宪江鞠了一躬，快步走出了办公楼。

王宪江有些莫名其妙，对年轻警察问道："这是谁啊？"

"她说是你那个案子的死者的女儿，来问问案件进展的情况。"

王宪江哦了一声，抬脚向专案组办公室走去。迈出几步，他突然意识到不对，转身又问道："她说她是谁？"

"死者的女儿啊。"年轻警察眨眨眼睛，一脸疑惑，"怎么了？"

"胡说！三个死者，两个未育。"王宪江脸色一变，"唯一那个有孩子的还是个男孩。"

他急忙向办公楼门口看去，那个穿着白纱裙的女孩已经无影无踪了。

天刚亮，顾浩就起身下床，简单洗漱后坐早班公交车直奔火车站。他在站前广场买了四个烧饼、两个茶叶蛋当作早餐，边吃边走向候车大厅。

他已经在这里蹲守了几天，却始终没有遇见苏琳。之所以会继续蹲守，是因为他实在没有别的地方可去了。

从姜玉淑提供的信息来看，苏琳突然出现在英语剧的演出现场，夺走了马娜的裙子之后逃之夭夭。这颇有些破釜沉舟的味道。那么，她很可能会选择离开这个城市。然而，顾浩不知道她已经离开，还是会继续在城市里游荡几天。不过，她既然不会再重返下水井，那么，火车站应该是个不错的暂时容身处。至少这里有水喝，还有长椅什么的可以临时休息一下，说不定还能搞到点吃的。

正是基于这样的推测，顾浩把火车站当作找到苏琳最后的希望。同时，他把这个希望破灭的时刻一再延后。

他很清楚，这种蹲守很可能是徒劳无功的。但是，有希望，就还没到放弃的时候。那轻巧美丽的肥皂泡，能飘多久就飘多久吧。

即便是清晨，候车大厅里依旧挤得满满当当。室内空气污浊，人声鼎沸。顾浩一边咬着烧饼，一边费力地挤过人群和摆在过道上的各色行李，向四处张望着。

他的视线一一扫过那些或疲惫或兴奋的脸庞，男女老幼，细腻白皙或者粗糙黝黑，浓妆艳抹或者素面朝天，眉飞色舞或者一脸麻木——那张清瘦苍白的脸却始终没有出现。他没有气馁，更不觉得沮丧，只是仿佛本能驱使一般在候车大厅里绕了一圈又一圈。

成批的旅客从检票口离开，又有更多的人从门口涌进来。累了，顾浩就靠着墙壁蹲一会儿。体力稍稍恢复之后，他就打起精神，继续在候车大厅里寻找。

不知不觉中，大半个上午已经过去。候车大厅里变得闷热难耐。顾浩从随身的挎包里拿出保温杯，喝掉最后一口温水，擦擦嘴巴，起身向开水间走过去。

拧开锅炉上的水龙头，弯腰接热水的时候，顾浩突然感觉身边的光线暗了下来。他下意识地抬起头，发现身边多了一高一矮两个男子。他以为是要来接热水的旅客，将保温杯蓄满之后就从锅炉边让开。然而，两个男子却逼过来，把他堵在了墙角。

顾浩正在心下诧异，高个子开口问道："老爷子，哪儿的啊？"

"嗯？"顾浩更加莫名其妙，"本市的啊。"

"你是斗蟑螂的还是翻天窗的啊？"矮个子斜起眼角看着顾浩，"到这里干活儿，拜过山头了吗？"

顾浩一下子就明白了，笑了笑："两位多心了，我不是你们道儿上的。"

"你当我们俩是傻子？"高个子哼了一声，"你在这儿转悠好几天了，还是个跑单帮的。怎么着，老爷子，遇到难处了，手头紧？"

"真没有。"顾浩不愿生事，低着头想绕过他们，"我是有别的事，不耽误你们哥俩发财了。"

高个子横向跨出一步，拦住顾浩的去路，顺势当胸推了他一把："想走？老爷子，这几天切了多少啊？借咱哥们花花呗？"

顾浩忍住气，从衣袋里掏出几十块钱："就这么多。"

矮个子把钱夺过来，又伸手向顾浩身上摸去："老爷子，痛快点，都吐出来……"

话音未落，顾浩已经扬起手，把保温杯里的热水泼了过去。

矮个子顿时感到脸上一片滚烫，"哎呀"一声向后退去。顾浩上前一步，抬脚踢在他的膝盖上。矮个子痛得弯下身子，抱着腿哀号起来。

顾浩屏住一口气，转身要对付那个高个子。然而，还没等他看清对手，脸上就挨了重重一拳。他把手里的保温杯砸过去，趁高个子躲避的时机，扑上去挥拳就打。

刚一交手，顾浩就发现对手不仅身高体壮，还是个打架的行家。他很快就落了下风。几个回合之后，顾浩已经没了还手的气力。被一脚踹倒之后，他只能护住头，蜷缩起身体，承受着对方越发凶狠的拳脚。

他们的打斗立刻引发了旅客的骚动。两分钟不到，两个民警匆匆跑了过来。高个子见势不好，拽起矮个子，迅速挤进人群，转眼就失去了踪影。

一个民警把顾浩扶起来，一边查看他的伤势，一边埋怨道："这么大岁数了，还跟人家打什么架啊？"

另一个民警端详着顾浩，哼了一声："我见过他，在候车大厅里逛了好几天了——狗咬狗吧？"

"我不是小偷。"顾浩喘着粗气，感觉全身上下都在疼，"那两个小子才是。"

"那你没事跑这儿转悠什么啊？"

"我来找人。"

"找什么人啊？"

顾浩看着他那张警惕的脸，突然一句话也不想说了。

"没什么。"他捡起已经摔瘪的保温杯，"对不起，给你们添麻烦了。"

"老爷子，要不要报案？"民警撇撇嘴，"或者，我们送你去医院看看？"

"不用。谢谢你们。"

顾浩向他们微鞠一躬。随即，他就挤过看热闹的人群，蹒跚着向门口走去。

在回去的公交车上，周围的乘客对这个鼻青脸肿、神色黯然的老人纷纷侧目。有个好心的小伙子把座位让给了顾浩。他道谢后坐下来，双眼始终望向车窗外。他不得不承认自己老了，体力和敏捷程度都大不如前。否则，对付两个毛贼是绰绰有余的。同时，顾浩也开始怀疑自己能否再坚持下去，直至找到苏琳的那一天。

突然，巨大的委屈和懊恼涌上心头。这段时间以来的日夜奔波、殚精竭虑，似乎都只靠着一口气勉强撑着。此时，积攒下来的疲惫猛然爆发出来，瞬间就充满了全身上下的每一个细胞。他感到喉咙发紧，鼻子发酸。如果不是在公交车上，他可能随时都会哭出来。

这个念头让顾浩吓了一跳。他一边责备自己没出息，一边连做了几个深呼吸，生生地把眼泪憋了回去。随即，他就倚靠在车窗上，闭上眼睛，慢慢平复着情绪。

半小时后，公交车到站。久坐之后带来的身体僵硬让顾浩举步维艰。他勉强下了车，又蹒跚着走了一段路之后，才恢复到正常的步态。他现在什么都不想，只盼着能快点回到家，一头栽倒在床上。

走到自家那栋楼附近，顾浩突然在路边看到了那辆熟悉的吉普车。他向楼门口张望着，果真在水泥凉亭里看到了邰伟。

他慢慢地走过去。邰伟正端着酒瓶凑向嘴边，看到顾浩过来，他用力地挥着手。紧接着，这小子就把一口酒呛在了喉咙里。

"顾爹，你这是怎么了？"邰伟一边咳嗽，一边盯着顾浩的脸，"你被人打了？"

"没事。"顾浩看着小石桌上摆着的白酒和各色熟食，"大白天的，你跑这里喝什么酒啊？"

"顾爹，谁干的？"满脸通红的邰伟摇摇晃晃地站起来，伸手向腰间摸去，"妈的，不弄死他我就不姓邰！"

"你给我坐下！"顾浩喝道，"你看看你都喝成什么样子了？"

"他妈的欺负到你头上，我要是不管还算什么干儿子！"邰伟还是不肯罢休，"顾爹，你告诉我，谁干的？"

"谁也不是，我自己摔的。"

"你少跟我扯！你那是摔的？"邰伟瞪起眼睛，"我这警察白当了？"

"老实点！"顾浩指指桌面，"收拾东西，跟我回家！"

"顾爹……"

"要么跟我走，要么滚蛋！"

说罢，顾浩大步向单元门走去。拉开铁门的时候，他偷偷地向身后看去——邰伟正把酒瓶夹在腋下，手忙脚乱地收拾着桌上的食品袋。

他暗自松了一口气。

打开102室的门，顾浩把挎包扔在床上，摆好饭桌。邰伟跟了进来，把酒瓶和食物放在饭桌上，低着头坐下，一言不发。

顾浩拿出酒杯和碗筷，一一摆在自己和邰伟面前，又把面前的酒杯倒满，一饮而尽。

辛辣的白酒刺激到嘴里的伤口，他疼得皱起眉头，反复活动着腮帮子。邰伟静静地看着他，叹了一口气。

"今天又不是休息日，你不好好上班，到我这里干吗？"顾浩又给自己和邰伟倒上酒，"出什么事了？"

"案子破了，暂时没什么事可做。"邰伟无精打采地抿了一口酒，"就来找你喝个酒。"

顾浩的筷子停在半空中："确定是那个流浪汉了？"

"嗯。证据确凿。"

"这是好事啊。"顾浩夹起一块猪耳朵塞进嘴里，"你小子怎么搞得像个蔫鸡似的？"

"唉，我也不知道该怎么说。"邰伟摇摇头，"我总觉得这事挺蹊跷。"

"蹊跷？"

"嗯。"邰伟想了想，"你记得吧，当天晚上撞死流浪汉的那个人？"

"记得，叫周什么来着。"顾浩点点头，"我在你们局里还见过他一次。"

"周希杰，原本也是我们的排查对象之一。"邰伟撇撇嘴，"为什么他偏偏就出现在那里，为什么就是他撞死了嫌疑人——这也太巧了吧？"

"他怎么解释的？"

"学校搞演出，被人一顿闹，演砸了。领导狠狠地骂了他。他情绪不好，回家路上就稍稍开快了点。"邰伟耸耸肩，"对了，他家就住在那条街附近。"

"听上去还挺合情合理。"顾浩若有所思，忽然心里一动，"学校？他是老师？"

"没错，四中的。"

顾浩立刻追问道："他说的演出是什么？"

"好像是一个什么英语剧，《海的女儿》。安徒生那个，小美人鱼。"邰伟有些莫名其妙，"怎么了？"

顾浩沉默了一会儿:"你记得我一直在找的那个女孩吗?"

"记得。"邰伟的脸上露出一丝歉意,"这几天忙活我的事,都忘了问你了。"他急忙补充一句,"我们目前还没发现有别的女性死在那个流浪汉手里。"

"我知道,她现在应该还活着。"顾浩的脸上也出现了不可思议的表情,"那个去演出上捣乱的人,就是苏琳。姜玉淑的女儿看到她了。"

邰伟瞠目结舌,愣了半天才问道:"她……她为什么要这么做?"

"她抢走了那个一直欺负她的女孩子的演出服,应该是一条裙子。"顾浩皱起眉头,"她大概是想报复吧。"

"她人呢?"

"不知道。"顾浩苦笑,"她从学校里逃走之后,就再没有人见过她。"

"也就是说……"邰伟沉吟了一下,"苏琳和杀人犯曾经生活在同一个地方。她在案发当天去学校破坏了演出。周希杰因为这个挨了领导的责难。晚上,周希杰在文化广场附近的路上撞死了那个杀人犯。"

顾浩点点头:"现在看起来是这样。"

"看来都和四中这个学校脱不了关系啊。"邰伟摸着下巴,"这他妈是怎么了?我今天从市局离开的时候,好像听说四中还有个女学生失踪了。"

"又有一个失踪的?"顾浩瞪大眼睛,"什么情况?"

"不知道。我就是听了那么一耳朵。大概是小女孩去见自己的小男朋友,然后一直没回家。"邰伟摇摇头,"小女孩她爸把她的小男朋友扭送到我们局里,要我们审他——乱着呢。"

他又看看顾浩:"顾爹,那个苏琳……你有什么打算?"

"再找找吧。"顾浩想了想,苦笑一下,"也许还能找到。"

"她既然还活着,为什么不回家呢?"

"我也想不明白,如果能找到她,就可以搞清楚了。"

"我帮你吧。"邰伟又喝了一口酒,"估计我这两天都没什么事。"

"不用。"顾浩给他夹了一筷子菜,"你忙你的。"

"我没啥可忙的,往后会怎么样还不好说呢。"邰伟的情绪突然低落下来,"我把我师父得罪了。"

"哦?"顾浩挑起眉毛,"为什么?"

"我觉得这案子没那么简单。"邰伟摊开手,"两个被调查对象,一个撞死了另一个——电影都不敢这么拍吧?"

"你觉得那个周希杰有问题?"

"没错。就算是巧合,也不至于巧到这个程度。"

"那就查查他。"

"局里都让我们结案了,还查个屁啊。"邰伟哼了一声,"我师父也认为我是无事生非。我跟他掰扯的时候没绷住,顶撞了他几句。"

"你师父是老江湖了,不会跟你一般见识。"顾浩笑笑,"回头跟他赔个不是就行了。"

"反正他当时挺生气的。"邰伟神色犹疑,"估计不会轻易地饶了我。"

"你小子也把你那臭脾气改改,整天没大没小的,你当别人都能像我似的忍着你呢?"

"算了。不说了,爱咋咋地吧!"邰伟烦躁起来,端起杯子,"来,顾爹,喝酒!"

酒入愁肠,只会让人醉得更快。不到一个小时,邰伟已经喝得两眼发直,舌头也不利索了,大有不把自己灌倒誓不罢休的架势。顾浩想着苏琳的下落,心思并不在酒上,反而要比他清醒很多。眼看着一瓶白酒见了底,邰伟嚷嚷着还要再喝,顾浩坚决不允。这小子又张罗着要来一壶浓茶。等顾浩泡好了茶水回到102室,干儿子已经趴在饭桌上鼾声如雷。

顾浩无奈,只能费力地把他弄到床上,又替他盖上被子。刚把他安顿好,顾浩就听见有人在敲自家的门。

是苏家的小儿子,一脸期待地站在门口。

"是你?有事吗?"

"顾大爷,能在你家打个电话吗?"小男孩走进来,仰起脖子看着顾浩,"你上次说,我可以到你家给我姐打电话。"

"嗯?"顾浩心下疑惑,"你有你姐的电话号码了?"

"对啊!"

小男孩兴奋地向他展示手里的纸条,上面是一行歪歪扭扭的数字:"我爸告诉我的。"

顾浩暗自叹息一声，又不忍拒绝他，向电视柜上的电话机努努嘴："去吧。"

小男孩欢叫一声，跑过去拿起听筒，认认真真地按动着数字键，嘴里还轻轻地念着。然而，几秒钟后，他脸上的表情就从喜悦变成了迷惑。

"顾大爷，"小男孩转过身，神色慌乱，"什么叫空号？"

"就是没有这个号码的意思。"顾浩指指电话机，"你再试一次。"

小男孩嗯了一声，挂断电话，又郑重其事地拿起听筒，看一眼纸条按一下数字键，按完所有数字之后，满脸紧张地等待着。

随即，他就低下头，把话筒放回座机上，声音中也带了哭腔："还说是空号。"

顾浩走过去，摸摸他的头："可能是你记错了吧？"

"不可能！"小男孩急忙分辩道，"我记得可认真了。"

"那就是你爸爸记错了。"顾浩轻声说道，"再去问问他吧。"

"行。"小男孩向门口跑去，想了想，又转过身，"顾大爷，那我以后……"

"没问题。"顾浩点点头，"你随时都可以来给你姐姐打电话。"

"谢谢顾大爷！"

小男孩又变得眉开眼笑，小小的身影在门口一闪就不见了。

顾浩却觉得气闷，原地站了一会儿之后，拉开门走了出去。

今天是星期三，姜庭下午三点就会放学。姜玉淑请了一个小时的假，早早地来到四中门前守候。

这几天她一直坚持接送姜庭，一来是不想在这个节骨眼上再生出什么事端；二来也是想保护女儿免受马娜的报复和欺凌。

那股兴奋劲儿一过，姜玉淑觉得自己又变回了那个胆小又焦虑的妈妈。对此她毫无办法。尽管她委托了公司的法务小陶帮忙处理官司的事情，但是，她仍然要全力确保女儿万无一失。只要能粉碎孙伟明的阴谋，只要能把女儿留在身边，暂时吃点苦算不了什么，咬咬牙就挺过去了。

下课铃一响，姜玉淑就凑到伸缩门前，向校园里张望着。学生们陆陆续续地走出来。可是，从人潮涌动到人影稀疏，姜庭始终没有出现。足足半个小时过了，姜玉淑眼前只剩下空荡荡的校园。她开始着急，正打算让保安员通融一下，允许她进去，就看到姜庭和另一个人并肩从校园里走出来。

姜庭低着头，脚步拖沓，似乎心事重重。旁边的人则显得很是轻松，似乎情绪高涨。等他们走近，姜玉淑终于看清了那个人的模样，顿时心里一沉。

那居然是施律师。

姜庭也看到了她，脸上勉强挤出一个笑容，快步走过来。

"妈，你等着急了吧？"

姜玉淑拉住女儿的手，迫不及待地问道："那个律师怎么会在这里？"

姜庭回头看看正悠然自得地走来的施律师，咬咬嘴唇："他说来学校了解我的情况，跟班主任和校长都谈过了。"

"嗯？"姜玉淑紧张起来，"他们说什么了？"

"班主任倒是没说什么。校长他……"姜庭犹豫了一下，"他又批评了我一顿，提起我那天帮苏琳逃跑的事，还说要处分我。"

姜玉淑的脸一下子变得惨白。姜庭看到母亲面色不好，也害怕起来。

"妈，我是不是惹祸了？"

一时间，姜玉淑也不知道该说什么。恰好施律师走出校门，还向她笑了一下，点点头。

姜玉淑立刻怒火中烧，劈头问道："你凭什么来调查我的女儿？"

"姜庭的父亲，也就是孙先生委托我了解一下女儿在校的学习和生活状况，这有什么问题吗？"施律师依旧带着得体的微笑，"如果让您觉得不舒服，很抱歉。"

"你别听那个什么校长胡说，庭庭没做错，这件事……"

"您真的不用跟我解释这个。"施律师抬起一只手阻止她再说下去，"我们应该很快就会见面，到时您再说也不迟。我还有事，先走了。"

说罢，他就走向路边，钻进一辆奥迪车里，飞驰而去。

姜玉淑胸中的一口恶气无从发泄，转身看到姜庭可怜巴巴的样子，不得不强行咽下去。

"走，回家。"她拉起女儿向公交站走去，"咱不怕他！"

母女二人一路无话。姜庭始终紧紧地依偎着母亲，不时看着她的脸色，似乎很怕她再出言责备。姜玉淑不由得心疼她，也不想让两个人都这么沉浸在凄凉的情绪中。走进小区后，她换了一副轻松的语气，开口问道："今天过得怎么样？"

姜庭赶紧回答："挺好的。"

"那几个死丫头没有找你麻烦吧？"

"没有。"姜庭想了想，"好几天没看到马娜了，听说她从那天开始就一直没来上学。"

"哦？"姜玉淑有些惊讶，"不至于被气成这样吧？"

"谁知道。我懒得理她。"

"对，甭搭理她。"姜玉淑的心情略有好转，"想吃什么？妈一会儿下班回来给你做。"

"嗯……"姜庭歪起头，认真地想了一会儿，"想吃鱼。"

"你呀，"姜玉淑抬手刮了她的鼻子一下，"真是属猫的。"

姜庭嘻嘻地笑起来。

二人之间的气氛又变得温馨、融洽。走进单元门，沿着楼梯爬上五楼。姜玉淑一边掏出钥匙一边嘱咐道："回家先把作业写好，我大概五点半左右到家，你先把饭焖上，我……"

她突然看到自家的防盗门缝里插着一封挂号信。姜玉淑把信抽出来，瞥了一眼信封，刚刚恢复的好心情立刻消失得无影无踪。

那是区法院寄来的传票。

现在可能是白天，也可能是夜晚。不过，对于生活在下水井里的人而言，并没有什么区别。反正周围都是一片黑暗。

今天她们吃面饼。她在进入支管道之前，先吹熄了蜡烛。随后，她把食物扔在马娜身边，起身退了出去。

靠在管道壁上慢慢地吃掉了自己的那份，这干巴巴的玩意实在是难以下咽。她费力地咽下嘴里的残渣，伸手去书包里拿水瓶。这时，管道里传来马娜颤巍巍的声音："你在吗？"

她不想理会，报以沉默。

片刻，马娜又开口说道："你能把我的手放开吗，我咬不到……吃完你再把我绑起来也行，我不会跑的。"

她犹豫了一下，钻进了支管道，一路摸索着来到马娜的身边，摸到被反绑在身后的双手，解开了鞋带。随即，她把马娜的双手拉到身前，重新绑好。

马娜倒没有提出什么异议，抓起面饼啃咬起来。

她又退出支管道，从书包里掏出水瓶，喝了几口，把水瓶抛到马娜身边。

在雨水管网里已经停留了两到三天。大多数时候，马娜都在哼哼唧唧，累了就睡一会儿。看起来，这该死的混蛋已经放弃了她会把自己带出去的想法，几乎不再哀求她，似乎开始认命了。然而，她却不知道该何去何从。今后要走的路，如同她此刻身处的雨水管网一样，皆是一片黑暗。

今天，她在公安局的开水间里偷听到了周老师和那个警察的对话。虽然他们之间的言辞寥寥，但是也足够让她了解到一些重要的信息。

撞死文森特的，是周老师。尽管警方将其认定为意外，但是她可以肯定那绝对不是。姓周的没想过让文森特活着——既然控制不了他，就只能杀掉他，否则周老师所做的一切都会败露。

有那么一瞬间，她很想冲出去，抓住周老师，告诉警察他才是凶手。然而，她知道这么做只是白费口舌。她凭什么呢？就凭她在雨水管网里听到了他的声音？换作是谁都很难相信一个小女孩这样的证言。更何况，她只是"听到"，并非"看到"。

难道就让这个真正的凶手逍遥法外吗？可是，她又能做什么呢？

犹豫之间，周老师已经扬长而去。她只能向那个看起来还算面善的年轻警察打听情况。虽然他口中的"DNA""手印"什么的让她似懂非懂，但是，听上去，文森特是凶手已经板上钉钉。

她不得不承认，文森特真的可能强奸并且杀死了那些女人。可是，他是在周老师的指使下做的啊。

离开公安局后，她依旧觉得胸口憋闷，几乎想大声叫喊——那个衣冠楚楚的人其实是个恶魔！

然而，她只是在街路上游荡了一会儿之后，买了些食物，就又回到雨水管网里。

她的确无能为力。即使是马娜，也完全不知道想弄死自己的就是周老师。

想到马娜，她突然意识到支管道里的咀嚼声不知道什么时候已经停止了。她侧耳去听，只能依稀分辨出细微的窸窣声，而且，越来越远！

她的心一沉，迅速点燃蜡烛，向支管道内照去。果真，马娜刚才躺卧的地方只剩下两根鞋带和半瓶水，人已经无影无踪。

她急了，立刻钻进支管道里，疾奔出几步后，就看到马娜正背对着自己，小心翼翼地在十几米开外爬行着。

"你给我站住！"

听到她的吼声，马娜颤抖了一下，但很快爬起来，赤着脚向前狂奔。然而，那僵硬的双腿完全不听使唤，仅仅跑出几米，马娜就向前扑倒在地上。

又惊又怒的她跑过去，径直扑向还在挣扎的马娜。蜡烛脱手而出，撞在管道壁上，熄灭了。

黑暗中，两个人在管道里厮打着。她很快把马娜骑在身下，接连抽了她几个耳光。马娜拼命地在她身上抓挠着，不停地尖叫。被抓伤的部位传来阵阵剧痛，这让她越加愤怒。刹那间，曾被马娜嘲讽、凌辱的往昔涌上心头。她的脑子里一片空白，双手扼住马娜的脖子，越掐越紧。

马娜的叫声顿时被卡在喉咙里，变成断续的呻吟。她的双腿踢打着，双手死命地抓着扼在自己脖子上的手，竭力想要挣脱开来。

她死死地盯着马娜。尽管看不到对方的脸，但是那从涨红渐渐转向青白的脸、上翻的眼球、半吐出来的舌头仿佛就在她的眼前。

掐死她。

这是她脑海中仅存的一个念头——直至马娜抓挠的双手越来越无力……

直至这濒死的女孩模糊不清地挤出两个字："妈妈……"

她瞬间就清醒过来，立刻松开双手，翻身从马娜的身上下来，手脚并用地向后退去。

同时，她的心脏似乎刚刚恢复跳动，全身凝固的血液也奔流起来。她大口喘息着，宛若一条被扔在岸边的鱼——好像她才是那个被扼住咽喉的人。

马娜一动不动地躺着，几秒钟之后，突然发出一声长长的呻吟。紧接着，她就痛苦地蜷起身子，剧烈地咳嗽起来。

她呆呆地看着发出声音的方向。足足十分钟后，她费力地爬起来，在地上摸到蜡烛，又拽起瘫软的马娜，慢慢地把人拖了回去。

重新把马娜的双手反绑在身后，又绑上她的双脚。马娜还在半昏迷的状态下，任由她摆布。然而，她还是几乎耗费掉全身的力气。做完这一切之后，她没有停留，喘息着走出支管道，沿着主管道蹒跚而去。

她不敢再和马娜待在一起，否则，她不知道自己还会做出什么可怕的事情——刚才那骤然生起的杀意，已经吓到她了。

顾浩在街上漫无目的地走着，直到夜幕降临。偶尔，他会停下来，默默地注视着走过的年轻女孩。然后，在对方或惊讶或厌恶的目光中，移开视线，慢慢地走开。

酒意已经散去大半，他的脑子越来越清醒。他不知道这是好事还是坏事。因为，酒精带来的麻醉感一旦消失，种种烦恼和疑问又会涌上心头。

邰伟对事件的还原没错。苏琳也卷进了那起连环杀人案中。这使得找人和破案两件事变成了一件事。其中勾连的却不仅仅是苏琳一个人。顾浩隐隐地意识到，目前的状况已经开始向越来越复杂的方向发展。尽管破案的事情可算暂时告一段落，然而，找人这件事却还没有结果。

通往结局的路，可能只有一步之遥，也可能远不可及。他看不清，摸不透，只能被动地向前走。他甚至觉得，自己的余生可能都要在这条路上走下去。

如此，也没什么大不了吧？

所以，当顾浩走到文化广场的那两块绿化带中间时，他几乎是不假思索地掀开井盖，钻了下去。

她不知道自己为什么会走到这里。回过神来的时候，再转一个弯，就到"家"了。

她不由得微笑起来。原来，那个狭窄、潮湿、充斥着难闻气味的蓄水池，居然会成为自己最想回到的地方。

随即，巨大的悲伤猝然袭来。一个声音在提醒她——文森特已经不在了。

她停下脚步,默默地站了一会儿,又向前走去。

她想回"家",那里或许还有文森特留下来的气息。这就够了。

然而,刚刚走到拐弯处时,她就看见前方出现了一道小小的火光,好像是打火机发出的。本能驱使她立刻后退,同时,吹熄了蜡烛。

紧接着,她蹲下来,后背紧紧地贴住管道壁,屏气凝神,倾听着前方的声音。

那个用打火机照明的人似乎也看到了烛光,沙沙的脚步声消失了。

对方在观察这边的情况——他是谁?

难道是姓周的?

她顿时紧张起来。如果被他发现,自己和马娜都活不了。

这时,一个苍老却熟悉的声音传过来:"有人吗?"

她的心脏立刻狂跳起来,几乎不敢相信自己的耳朵。

不会吧,他怎么可能出现在这里?

那个人沉默了一会儿,又试探着喊了一声:"苏琳?"

千真万确,真的是他!

她脱口而出:"顾大爷……"

老人发出一声惊呼。随即,那小小的火苗消失了。随即,咔哒咔哒按动打火机的声音再次响起。

"苏琳,真的是你吗?"

急促的脚步声传过来。她却心里一沉,尖声叫道:"不要过来!"

脚步声停下。老人的声音中既有兴奋又有犹疑:"孩子,你怎么了?"

"你……你是一个人吗?"

"对啊,只有我自己。"

"你怎么会在这里?"

"我?"老人轻轻地叹息一声,"孩子,我找了你很久了。"

她在黑暗中瞪大了眼睛:"你为什么要找我?"

没有回应。良久,老人笑了笑:"我也不知道。大概是闲着没事做吧。"

她咬住嘴唇,感到全身都在颤抖。

"我现在过去,可以吗?"

"不。"她拼命忍住眼泪,"你手里有打火机,是吧?"

"对。"

"扔过来。"

"孩子,我……"

"扔过来。"

一道细微的风声之后,打火机啪啦一声落在她的身前。

四周又陷入一片黑暗。她勉强站起来,向前迈了几步,站在主管道中央。虽然她什么都看不见,但是,她知道十几米开外,顾大爷正站在对面,朝自己的方向张望着。

在他们中间,就是那个蓄水池,那个曾经的"家"。

"孩子,跟我回家吧。"

她沉默良久,摇摇头,忽然觉得他提到了一个遥远又奇怪的地方:"我不回去,那不是我的家。"

"嗯?"老人有些诧异,"你怎么……"

"我曾经回去过一次,那天下着大雨。"颤抖的声音令她自己都感到陌生,"我就在窗外……我都听到了。"

老人愣住了:"你是指……"

"他们为了钱,为了我弟弟的户口……"声音仿佛从她的胸腔里喷涌出来,"他们已经当我死了。"

老人再次发出叹息:"你跟我走吧,这里毕竟出过一个杀人犯,不安全。"

她怔怔地看着眼前的黑暗:"你怎么知道?"

"我跟你说了,我找了你很久。"老人平静地说道,"你一直跟那个杀人犯住在一起,对么?"

"他不是杀人犯!"她却激动起来,"只有他愿意收留我,照顾我!他是被人指使才那么做的!"

老人沉默的时间更久:"被谁指使的?你怎么会知道这些?"

"顾大爷,你回去吧。"她的胸口剧烈地起伏着,"我不会跟你走的。"

"你还是个孩子。"老人耐心地劝解道,"如果你知道什么线索,不妨就跟我去公安局,我们可以……"

"没有人会相信我。但是我知道，我就是知道！"

"苏琳，这件事可以慢慢解决。"老人向前迈出一步，"你先跟我回去好吗？"

"那不是我的家！"她尖叫道，"他们已经当我死了！"

"你可以跟我住。"

她愣住了，半晌才讷讷问道："什么？"

"你不用回去，你可以跟我住在一起。"老人顿了顿，"如果你不想看见他们，我们可以搬走。"

她捂住嘴，竭力不让自己哽咽出声。

"我的退休金，应该可以供你读完大学。"老人继续说道，"对了，我还要介绍一个阿姨给你认识，她和她女儿都很关心你，也一直在寻找你。"

她忽然恍惚起来。是啊，这样有什么不好——有地方住；有书可以读；有一个虽然没有亲缘关系，却把自己放在心上的人在身边……

她把视线投向两人之间的黑暗处。在那里，有一扇圆形的铁门。在她十几年的生命中，最刻骨铭心的记忆都在里面。

对不起。她在心里默默地说道。她必须做出选择。

"我弟弟……他好吗？"

"他挺好的，已经上学了。"老人急忙说道，"他也很想你。"

她低下头，良久，开口说道："顾大爷，我愿意跟您走，但不是今天。"

"为什么？"

"我还有事情要做。"她艰难地说道，"等我做完了，我会去找您。"

"你要做什么？"老人的语气犹疑，"我可以帮助你。"

"不用了，我自己就好。请别跟着我，我离开后，您再走。"

老人沉默了几秒钟："我等着你。你一定要来找我。"

"顾大爷，"她弯下腰，深深地向黑暗中的老人鞠了一躬，"谢谢您。"

老人静静地站在原地，听到对面响起细碎的脚步声，渐行渐远。

他迈动脚步，向前走过去，凭借记忆在地上摸索了一番，找到了那只打火机。

小小的火苗又在管道里亮起。然而，他的周围已经空无一人。

在某条支管道中,她举着蜡烛,一路疾奔。目标已经明确,方向已经找到——她做出了最后的选择,即使要以放弃近在咫尺的平静生活作为代价。

不知道是为文森特,为顾大爷,还是为了她自己,她在奔跑中爆发出从那天开始的第一次痛哭。

第二十四章 · 漫长的一天

黑色奔驰 S600 快速驶进住宅小区的车道，马东辰一眼就看到了那辆奥迪 80 就在前方。他急忙凑向驾驶座，拍了拍司机的肩膀。司机心领神会，向前车连续鸣笛。

奥迪 80 一个急刹车。很快，韩梅从车上下来，怔怔地望向奔驰车。看着妻子那张蜡黄的脸以及哭得红肿的双眼，他的心立时凉了大半。

马东辰拉开门下车，向韩梅问道："怎么样，有消息吗？"

"没有。你让我去的那几个地方我都找过了。"韩梅看上去随时都可能瘫倒，嘶哑的声音里带着哭腔，"东辰，怎么办啊？"

"你先回家。"马东辰又钻进车里，"我再去找找。"

"你要不要休息一下？你这几天都没怎么睡过觉。"韩梅扑到车窗前，"你要是垮了，咱们这个家就完了。"

"不用。"马东辰冷着脸，吩咐司机掉头，"找不到孩子，这个家一样会完蛋。"

随即，他就撇下站在路边掩面痛哭的韩梅，奔驰车向小区外驶去。

重新回到主路，奔驰车宛如一条鲨鱼，在车流中蜿蜒疾行。马东辰仍旧觉得烦闷无比。他并非不体谅妻子的焦虑与悲痛，他身体上的疲惫也几乎到了所能承受的极限。但是，他不可能吃得下，睡得着。而且，在家里面对着哭哭啼啼的韩梅，还不如出来奔走一番，好歹还带着希望，还有事情可做。

司机看看后视镜，小声问道："马总，我们要不要先回公司？"

"嗯？"

"刚才李秘书来电话，客户已经等了一上午了。"

"让他滚蛋！"马东辰突然爆发了，"都他妈什么时候了，老子不做他生意了！"

司机不敢再说话，老老实实开车。马东辰点燃一根香烟，狠命地吸着。几分钟后，他放下车窗，把烟头丢出去，对司机吩咐道："去老苏家。"

电话铃响起。

正在吃饭的顾浩放下碗筷，走到电视柜前拿起听筒。

电话另一边保持静默。顾浩的心狂跳起来，试探着问道："苏琳？"

"嗯？"杜倩诧异的声音传过来，"什么苏琳？"

"哦，没什么。"顾浩长出一口气，说不清自己是欣慰还是失望，"我还以为你不理我了呢。"

"你在等电话吗？"杜倩的语气幽幽，"好像不是在等我啊。"

"说来话长，以后再跟你解释吧。"顾浩犹豫了一下，"你……你找我？"

"嗯，大伟昨天是不是在你那里过夜的？"

"没错。他来找我喝酒，就在我这里睡了一夜。"顾浩笑了笑，"早上吃了饭，精精神神地走了。"

"那就好。"杜倩叹了口气，"他的工作我也不方便问，起早贪黑的，总也看不见人。"

"公安工作就是这样的，你别担心，大伟是个心里有数的孩子。"

"唉，爷俩都是警察。我这辈子担心了老的，又开始担心小的。"

"那就赶紧给他说个媳妇，让儿媳妇操心，你就清闲了。"

"你说得倒轻松。"杜倩轻轻地笑起来，"老实交代，你这家伙是不是再没去过交谊舞班？"

"是啊。"顾浩有些不好意思了，"前段时间实在是太忙了。"

"也不知道你到底在忙什么，跟我也守口如瓶的。"

"事情就要有结果了，我会告诉你的。"顾浩想了想，"将来，我的生活可能会有些变化。"

"什么变化？"

"也许，会有个女孩跟我一起生活。"

"女孩？比你小？"

"你别误会。"顾浩急忙解释道，"她才十六七岁，我都快能当她爷爷了。"

"你这是……收养了一个女孩？"

"算是吧。"顾浩忽然想到了什么，"那个周末，你和吴老师……"

杜倩沉默了一会儿："嗯，我们俩去净水潭公园玩了。"

"哦。"顾浩停顿良久，"怎么样？"

"什么怎么样？"

顾浩一时无语。最后，还是杜倩直接挑明："我知道你想问什么——他跟我表白了。"

顾浩顿时紧张起来："你怎么回应的？"

"我当然不能立刻回应。"杜倩倒是对他的反应很开心，"我说我回去考虑考虑。"

"那……"顾浩稍稍放松了一些，却依旧不安心，"你怎么考虑的？"

"你觉得呢？"

顾浩嗫嚅半天："我觉得吧，还是要慎重……"

"你喜不喜欢我？"

杜倩突如其来的问话让顾浩猝不及防，他紧紧地握着话筒，感觉全身的血液都涌上头顶，似乎连头发都在发烫。

"我……"

"你痛快点！"

"喜欢！"

这两个字脱口而出，顾浩松了一口气——好像也没那么难嘛。

杜倩却长叹一声："要听你一句心里话太费劲了。"

不知道为什么，她的情绪反而低落下去："老顾，你我的心思，咱俩都清楚。

可是，你偏偏让我一个女人三番五次地去找你。有时候，我真觉得你不像个爷们，心想就这么算了。但是，这老房子一旦着起火来，扑不灭，摁不住……"

"杜倩，你毕竟是志亮的老婆。"顾浩低声说道，"我不可能一点顾虑都没有。"

"你说的我都能理解。老邰在的时候，他就是我的天，我本本分分地做他的老婆；他不在了，日子还得过，但是我这颗心就没了着落。大伟整天不着家，我连个说话的人都没有。那滋味，我相信你也懂，是吧？"

"我懂。杜倩，我真是对不住你……"

"不说这个了。"杜倩的声音明快了一些，"后天我要请交谊舞班的同学来我家，吴老师也会来。"

"嗯？"顾浩先是诧异，随后就明白过来，"你想让我也去，对吧？"

"对，你一定要来。"杜倩加重了语气，"咱俩把关系说明白，省得我还得面对面拒绝他。吴老师人不错，这样大家都不会太尴尬，以后也好相处。"

"没问题。"顾浩立刻满口答应，"几点？"

"上午十点。"杜倩顿了一下，"老顾，这次，如果你还爽约的话……"

"那就提头去见。"顾浩急忙拍胸脯，"我又不是傻子，你放心。"

"你呀，就是个傻子。"杜倩笑起来，"说得那么吓人——那就后天见。"

"后天见。"

放下电话，顾浩在屋子里转了两圈，感到心脏还在怦怦地乱跳。他走到衣柜前，先是挑出几件还算体面的衣服，换上一件，站在镜子前端详一番，又开始挑剔自己许久没剪过的花白头发。正琢磨着要不要去理个发，又想到该带什么礼物过去。

他看着镜子里满脸兴奋的自己，不由得哑然失笑。他很清楚，迈出这一步，不仅是有情人终成眷属那么简单，更是双手接过故友殷切的托付。无论如何，他都得去邰志亮的墓前把话说清楚。倘若老伙计泉下有知，相信也会理解并且支持他和杜倩的决定。

想到故友，顾浩的兴奋劲儿有所减退。然而，他仍然控制不住去憧憬和杜倩一起的生活。

一家三口。其乐融融。邰伟那小子跟自己也不隔着心。

如果再多一个苏琳，相信杜倩也会全心全意地照顾这个可怜的孩子。没想到老了之后，自己居然可以有一个如此完整、和美的家庭。

顾浩沉浸在幻想中。

老苏抹抹嘴巴，打开101室的房门。看到脸色铁青的马东辰，他先是一愣："你怎么来了？"

马东辰当胸一把推开他，一言不发地闯了进去。正围着小饭桌吃饭的老苏老婆和小男孩一脸惶恐地看着这个闯入者。看着他在客厅里扫视一圈之后，径直冲向卧室。两个卧室都查看完毕之后，他又返回客厅，直奔老苏而去。

"你女儿呢？"

"什么我女儿呢？"老苏先是莫名其妙，随后就恼怒起来，"我他妈还想问你呢，你这是干吗？跑我家搜查来了？"

"我问你女儿呢？"马东辰吼起来，"她他妈的还活着！前几天她还去学校了，还抢了我女儿的裙子！"

"苏琳？她去学校了？"老苏瞠目结舌，"你没看错吧？"

"你当一整个礼堂的人都是瞎子吗？"马东辰的眼睛可怕地鼓起来，"老苏，你别装糊涂，让你女儿出来！"

"我不知道她在哪里啊。"老苏眨眨眼睛，急忙补了一句，"老马，咱们之前说过的事情可不能不算数。"

老苏老婆扑上去，一把拽住马东辰的衣袖："你说琳琳回来了？在哪里？谁看见了？"

马东辰甩开她，伸手指向老苏："姓苏的，你他妈今天必须给我一个交代！"

老苏老婆还在哀求着："你快说啊，那真的是琳琳吗？"

"你先给我把嘴闭上！"老苏呵斥道，随即，他定定神，舔舔嘴唇，"这样，老马，钱我可以退给你一半，但是我儿子的户口不能销，行不行？"

马东辰怔怔地看着老苏，似乎听不懂他说出来的每一个字。

老苏咬咬牙："行，我退给你三分之二——你总不能一点补偿都不给我吧？"

"我他妈不管什么钱还是户口！"马东辰彻底按捺不住了，歇斯底里地吼道，"我女儿失踪了！马娜失踪了！"

老苏怔怔地看了他几秒钟，摊开手："这和我有什么关系啊？"

"你女儿回来了，我女儿失踪了。"马东辰一把揪住老苏的衣领，"你敢说不是你女儿干的？"

"我们连她的人影也没见着啊。再说，她还是个孩子，怎么可能……"老苏突然冷笑一声，"你别说，马娜也是个孩子，她可是什么都敢干！"

马东辰顿时气结，用手指狠狠地点了老苏几下之后，才继续说道："你少跟我废话。我告诉你，要是找不到我女儿，这事儿就没完！"

"这我没办法。"老苏毫不客气地推开他，整整被揉皱的衣领，"你说是苏琳干的，好，你去问她吧，反正我们没见过她。"

马东辰上前逼近一步："姓苏的，你这种人我见得多了，你别跟我耍臭无赖……"

"报应！"

老苏老婆突然爆发了。她攥着拳头，跺着脚，疯狂地冲马东辰吼叫着："报应！这都是你的报应！"

马东辰愣住了。他怔怔地看着披头散发，状如疯癫的老苏老婆，一句话都说不出来。

是啊。这真的是报应。不久之前，他们还在这间屋子里，为一个女孩的失踪讨价还价。现在，同样是因为一个女孩的失踪，角色却换了过来。

这时，小男孩从椅子上下来，悄无声息地走到老苏老婆身边，拉拉她的衣襟，怯生生地问道："妈，我姐到底在哪里啊？"

女人不回答，只是瞪着盈满泪水的眼睛，狠狠地盯着马东辰。

马东辰忽然失去了全身的气力。他张了张嘴巴，却什么都没说，只是转过身，慢慢地向门口走去。

在他身后，老苏还在兀自叫嚷着："你说我女儿回来了——我告诉你，你不把她送回来，我一分钱都不会退给你！"

把秒钟作为时间的计量单位是有道理的。特别是当你无比期盼一件事，又无比恐惧另一件事发生的时候，你就会发现，每天那86400秒有多么的漫长。

那个惊心动魄的夜晚之后，他始终没有去上班。名义上是因为轻微脑震荡需要休养几天，其实是他不想在学校里，在众目睽睽之下被戴上手铐、押上警车。

那把悬在头上的利剑还在。清清楚楚，寒光闪闪。即使他在刷牙、洗脸、吃饭、睡觉（尽管他根本就睡不着）的时候，他仍然可以看到那把剑在头顶不动声色地旋转着。他甚至能分辨出它的形状——细长的剑身，雪亮的锋刃，十字形的护手和握柄。

以及它直插下来时的呼啸声。

这几天，他的脑子里只有一件事：人在没有食物和饮水的情况下，可以活多久？

就算她可以在雨水管网里找到可以喝的水，大概七天左右，就会一命呜呼。

那就是 604800 秒。

他养成了每隔几分钟就看看手表的习惯，偶尔失神，一旦清醒过来，第一件事也是去看手表，然后默默推算距离那把剑彻底消失还有多久。

四天过去了，他还安然无恙地在家里待着。这有两种可能性：其一，马娜还困在地下雨水管网中，说不定已经死了，或者在某个黑暗的角落里昏迷不醒；其二，马娜已经逃了出来，但并不知道他和自己被掳这件事的关系。

无论是哪种结局，他都觉得自己等不下去了。他必须要搞清楚，否则，那嘀嗒的读秒声都会把自己逼疯。

一大早，他就洗漱完毕，准备出门。妻子还在纳闷他为什么不多休息几天，被他一句"去学校看看"打发了事。

一路上，他都心神不宁，始终打量着车窗外那些穿着校服，背着书包，或三五成群，或独自一人的女学生们。

把车停在学校门口，他快步走进办公楼，向团委办公室走去。刚登上二楼，他就看到了高二四班的班主任。后者抱着教案，正要前往教室。看到他，四班的班主任抬手打了个招呼。

"你回来上班了？"

"嗯，还有一堆事儿呢，在家待着不踏实。"他向四周看看，凑过去，"听说你们班的马娜失踪了？"

"别提了，我这班主任估计也当不下去了。"四班的班主任一脸懊恼，"一个大活人，说不见就不见了。"

"找到了吗？"

"没呢。据说昨天校长打电话去问，跟家长大吵了一顿。"

"嗯。"他点点头，竭力掩饰着内心的喜悦，"确实挺让人心烦的。"

和四班的班主任匆匆告别。他来到团委办公室，打开门，看着桌面上落下的一层薄灰，正盘算着是先打扫一下卫生还是先去校长办公室打探情况，桌上的电话机就响了。

他拿起听筒，语气轻松："喂？"

然而，对方却没有说话，只能听到细微悠长的呼吸声。

他皱起眉头："喂，哪位？"

"周希杰？"

能听出对方在刻意压低声音，但是仍能分辨出是女声。

"我是。"他开始感到疑惑，"你是哪位？"

听筒里再次静默无声。他突然有一种不祥的预感，喉咙里立刻干燥起来。

"你……"

"那天晚上，在下水井里，不只有你们三个人。"

低沉的声音再次响起。虽然只有寥寥两句话，他却觉得耳边炸开了一道惊雷。

一瞬间，他的脑海中一片空白，只能听见自己失声叫道："你是谁？"

对方没有回应。在这沉默的几秒钟内，他迅速回过神来："你想干什么？"

听筒里依旧没有声音。两个人就这样对峙着。最后，他终于忍不住了："说吧，你想要什么？"

回答他的还是那悠长的呼吸声。

"你到底……"

"她还活着，还在老地方。"

说罢，电话就被挂断了。

他握着听筒，呆呆地站在原地。随即，他就感到腿一软，全身颤抖起来。

在他的头顶，那把利剑还在缓缓旋转着。

厨房里传来的碎裂声惊动了正在沙发上看电视的姜庭。她按下静音键，探头向厨房里问道："妈，怎么了？"

姜玉淑没有回答，只是快步走出厨房，向洗手间走去。姜庭想了想，放下电视遥控器，起身走向厨房。

瓷砖地上散落着一个已经四分五裂的盘子，上面还带着洗洁精的泡沫。姜庭哎呀一声，蹲下去，捡起一块破片，扔进垃圾桶里。

这时，她的身后传来姜玉淑的声音："起开，我来。"

姜庭转过身，伸手去拿妈妈手里的扫帚："我来吧。"

姜玉淑却躲开了，不耐烦地挥手挡开姜庭："你不用管，赶紧换衣服去。"

姜庭还在坚持："我来扫就行了，妈你先歇着。"

"让你干什么你就听话！"姜玉淑突然喊叫起来，"回头你把手割破了，你爸指不定又会把什么罪名安到我头上！"

姜庭吓了一跳，站在原地不知所措。

姜玉淑把她推出厨房，粗手重脚地把地上的碎盘子收进垃圾桶。随即，她把其余的碗碟洗干净，草草插进沥水篮里。回头一看，姜庭还站在厨房门口，一脸惶恐地看着她。姜玉淑顿时气不打一处来："我让你去换衣服，你还在这里愣着干吗？"

"不是十点到法院就行吗？现在才几点啊？"

"早点准备！"姜玉淑解下围裙，"别到时候慌慌张张的。"

姜庭噘起嘴，嘟囔道："一大早就跟人家急赤白脸的，我又没做错什么。"

"你给我惹的祸还少吗？"姜玉淑瞪起眼睛，"管闲事、钻下水井、帮那个苏琳逃跑……你知不知道你们校长打算给你记个大过？"

"你之前还说我做得对。"姜庭很不服气，大声顶撞道，"这才几天啊，你就翻脸不认账了？"

"现在是什么时候？"姜玉淑把围裙摔在地上，"你爸要跟我争夺你的抚养权！我早就告诉你老老实实的，熬过这一段就好。你呢，你把我的话当耳旁风一样！"

"那你也不能说话不算数啊！"

"我怎么说话不算数了?"姜玉淑急了,"这些事哪件不是你做的?你要是听我的话,我至于这么被动吗?"

"当初你还表扬我,现在就把错全推到我身上。"姜庭梗着脖子,"妈,你这就叫喜怒无常、两面三刀!"

姜玉淑彻底火了:"你再说一遍!"

"你就这么教育孩子?"姜庭也生气了,"我爸说得没错,你……"

"啪!"

一记清脆的耳光之后,两个人都愣在原地。姜玉淑怔怔地看着女儿脸上慢慢浮现出来的掌印,心下后悔万分,嘴上却依旧强硬。

"回你房间去!马上换好衣服!"

姜庭捂着脸,用盈满泪水的双眼狠狠地瞪了姜玉淑一眼,转身大步走向卧室,重重地甩上门。

姜玉淑喘着粗气,身体也开始摇晃起来。她扶住餐桌,勉强站稳,抬手掩住嘴,强迫自己无论如何不能哭出声来。

他把车停在文化广场附近的路边,从置物箱里翻出手电筒,锁好车,穿过绿化带向广场里走去。

一个正在整理草坪的环卫工人不满地冲他喊道:"哎!不许践踏草坪!"

他没有理会,只想快点赶到那个下水井盖旁边。

这通神秘的来电让他没法置之不理。虽然还不知道对方的意图,但是,有一点可以确定:上周日的晚上,那个女人真的看到了在雨水调蓄池里的一切,否则她不会清晰地指出是三个人。而且,当晚把马娜带走的很可能也是她。

很显然,她认识他。她知道自己的姓名,知道自己的工作单位,甚至知道自己的办公电话号码!但是,她并没有告发自己。是为了钱吗?还是别的什么?

他拼命地回忆这个声音,却无法把她和自己认识的任何一个女人联系在一起。这让他抓狂不已。不过,她既然约他来到这里,那么,答案就在几十米之外的地下了。

他迫不及待。因为,那件折磨了他几天的事情,即将走向结局了。

井盖好端端地压在下水井上。他向四周张望了一圈，迅速蹲下身子，挪开井盖。扑面而来的难闻气味让他感到一阵眩晕。然而，他没有犹豫，打开手电筒之后，沿着铁梯钻了进去。

踩到井底的管道壁后，他定定神，快步向黑暗深处走去。

那地方并不难找。他盯着前方被手电光照亮的管道，步履匆匆。这让他想起第一次跟着流浪汉钻进下水井的情形。厌恶、好奇，还有一丝兴奋。他没想到每天经过的街路下面还有这样一个地方。

黑暗。潮湿。腥臭。不为人知。

这该死的地方。这美妙的地方——用来安放内心不可言说的秘密，实在是太合适了。

在这里，无论他做过什么，都不会有人知道。

他甚至开始嫉妒那个流浪汉。不用通情达理。不用仰人鼻息。不用因为无法行房而面对质疑和幽幽的叹息。更不用只能看着别人玩弄那些女人的照片和录像带自渎。

这是他的王国！

就这样想着，走着，那个圆形铁门就在不远处了。

他的脚步却开始变得迟疑，特别是看到那半开的铁门时。他站住，关掉手电筒，聆听着周围的动静。渐渐地，在一片寂静中，他分辨出一丝若有似无的呻吟，从那扇铁门中传出来。

除此之外，似乎再没有别的声响。

他咬咬牙，重新打开手电筒，慢慢地向铁门靠近。

女人的呻吟声越发清晰。

他站在铁门旁边，小心翼翼地拉开，探头向里面张望着。除了手电筒的光柱外，雨水调蓄池里一片漆黑。

他迈进一只脚，犹豫了一下，开口叫道："喂？"

呻吟声戛然而止。随即，又骤然提高，还伴随着衣服摩擦的声音。似乎那个女人躺在地上挣扎着。

是马娜吗？

他咬咬牙，沿着管道慢慢走进去。手电光照亮的范围越来越大。终于，他钻出管道口，几米开外就是那个花岗岩台阶。而他的视线则一直集中在那个出现在光晕中，不断挣扎的女人身上。

尽管她的手脚都被捆住，嘴巴也被堵得严严实实，但是那的确是马娜。

你他妈真的还活着！

他的脑筋一下子转动起来——该怎么处理她？用手电筒砸死她，还是掐死她？或者把她拖到水池里呛死她？

急于将她灭口的杀意充满了他的大脑。他完全忘记了另一个打来电话的女人。

因此，当他眼角的余光看到旁边的黑暗中闪出一个人影，听到耳边呼啸而过的风声时，已经来不及了。

"师父，你呼我？"

"你在哪儿呢？"

"在我干爹家，怎么了？"

"上班时间你走什么亲戚！"王宪江的语气冷冰冰的，"赶紧回来，一堆活儿呢。"

"我陪我干爹办点事，中午之前就能赶回去。"

王宪江沉默了几秒钟，语气有所缓和："还跟我耍脾气呢？"

"我哪儿敢啊。"邰伟握着话筒，撇撇嘴，"你是我师父嘛。"

"这几天我琢磨了一下，你小子说的也不是完全没有道理。"王宪江叹了口气，"咱爷俩再把案子从头到尾捋一遍，看看是不是遗漏了什么地方。"

"行。"邰伟顿时兴奋起来，"听师父的。"

"臭小子，就是嘴甜。"王宪江笑骂道，"办完事就给我滚回来！"

"好嘞！"

邰伟放下电话，看看正站在镜子前打领带的顾浩，扑哧一声乐了。

"我说顾爹啊，你又不是去当新郎官，捯饬得这么帅有必要吗？"

"你少废话。"顾浩愁眉苦脸地看着脖子上的领带，"这玩意到底怎么弄啊？"

邰伟走过去瞧瞧，笑得更加开心："你这是扎红领巾呢？"

顾浩瞪了他一眼："你会不会打领带？"

邰伟一摊手："我也不会。"

"那你嘚瑟个屁！"

顾浩索性把领带摘下来，扔回衣柜里："算了，不戴了。"

镜子里的他身穿黑色夹克、白衬衫、卡其色休闲裤，刚剪过的花白头发整齐地梳向脑后。

"怎么样？"顾浩看着有些陌生的自己，心里仍旧不踏实，"看着没那么老吧？"

"不老。"邰伟还在调侃个没完，"跟我大哥似的。"

顾浩一言不发，直奔向墙角立着的扫帚。邰伟急忙告饶："顾爹，别，我错了，我错了。"

"你个兔崽子，跟我没大没小的。"顾浩板着脸，"你以为我和你妈……我就不能收拾你了？"

"要我说，您老也不用这么紧张。"邰伟笑道，"您就踏踏实实地去。只要您一露面，八个吴老师也入不了我妈的眼。"

这话让顾浩听得颇为舒坦。他一挥手："走，出发。"

邰伟眨眨眼睛："不用去这么早吧？"

"总不能空手去，我去买束花什么的。"顾浩想了想，"你妈喜欢哪种花，玫瑰、牡丹还是杜鹃？"

"您看着买。"邰伟又开始嬉皮笑脸，"别捧一盆仙人球去就行。"

顾浩心情正好，没搭理他，沉吟了一下："还是玫瑰比较稳妥——就玫瑰吧。"

邰伟懒洋洋地从床边站起来，手指头上转着车钥匙："那咱就去……"

话未说完，电话机响起来。

邰伟冲顾浩挤挤眼睛："快接，没准是老太太催你了。"

顾浩哼了一声，几步奔过去，满脸笑意地拿起听筒。

"喂？"

听筒里毫无声音。

顾浩皱皱眉头，把听筒从耳边拿开，看了看，又凑过去。

"喂？"

"顾大爷，是我。"

顾浩一下子站直了身体，紧紧地握住听筒，声音也变了调。

"苏琳，你在哪里？"

苏琳的声音微弱，似乎气力不足："您能去俪通桥上接我吗？"

"没问题。"顾浩连声说道，"那你在桥上等我，哪里也不要去，我很快就到，好吗？"

"嗯。"听筒里传来奇怪的声音，仿佛是苏琳在强忍着哽咽，"顾大爷，谢谢您。"

"你这孩子，还客气什么？"顾浩笑起来，"我这就出发。"

电话被挂断了。

顾浩难掩兴奋的神色，抬手拍向邰伟的肩膀："别愣着，走。"

邰伟一脸难以置信："那孩子……找到了？"

"没错。"顾浩大步向门口走去，"咱们这就去把她接回来。"

"我妈那边……怎么办？"

顾浩想了想："咱们现在去俪通桥，一来一回，大概也就两个小时。稍晚点到你妈家，她应该不会怪罪我。"他停顿了一下，"再说，我打算收养那孩子，正好带给你妈看看。"

邰伟瞪大了眼睛："顾爹，您还真是豁得出去啊。"

"她家已经没有那孩子的容身之处了。"顾浩的语气坚决，"我不能眼看着不管。"

"行。"邰伟琢磨了一会儿，嘴角露出一丝笑意，"我就当多个妹妹了。"

车行迅速。一路上，顾浩始终情绪高涨，不停地计划着未来。

从刚才通话的情况来看，苏琳的身体状况不是很好。最好去杜倩家打个招呼之后，找个房间让她吃点东西，休息一下。过几天，带她去医院做个检查。

那孩子在雨水管网里流浪了这么久，不太可能会保持干净整洁。为免尴尬，应该先去带她买身衣服什么的。如果苏琳对见到陌生人比较抵触，就让她先留在车上，自己去跟杜倩解释一下，相信她会理解的。

搬家，势在必行。

得让孩子休息一阵，至少半年。户口的事让邰伟去想办法。

她愿意继续姓苏也可以，随他姓顾更好。要不，一家四口，四个姓氏，听上去总觉得别扭。不过也无所谓了，管他呢，人好好的就行！

邰伟看他兴奋的模样，忍不住又揶揄他："老头，你整得要去接亲闺女似的。"

顾浩想了想，自己也哑然失笑。

"你说，我是不是太爱管闲事了？"

"没有。"邰伟摇摇头，认认真真地说道："顾爹，我很清楚你是个好人。不然，我一个当儿子的，上蹿下跳地撮合你和我妈在一起——在别人眼里，我这不是大逆不道吗？"

"你这臭小子也是个像样的好孩子。"顾浩拍了拍他的肩膀，"再快点！"

不到五十分钟，吉普车已经开上了俩通桥。这里地处远郊，车和人都很少。因此，空荡荡的桥面一目了然——那个女孩并不在桥上。

很快，吉普车已经从桥头行至桥尾，苏琳依旧不见踪影。

顾浩疑惑起来。说好的站在原处等他，这孩子又跑到哪里去了？他不死心，让邰伟开着吉普车调头，从桥尾又开回桥头，还是没有找到苏琳。

邰伟把吉普车停在桥面中间。两人先后下了车，向四处张望着。然而，空旷的大桥上除了他们两个，再没有其他人出现。

顾浩越来越慌，难道这孩子又变卦了？

邰伟想了想："顾爹，她会不会在桥下啊？"

"有可能。"顾浩点点头，"去看看。"

两个人来到桥边，扶着栏杆向桥下俯视。在这一侧，只有流动的河水以及两岸丰茂的芦苇丛。他们又穿过桥面，走向另一侧。刚刚向桥下看了一眼，邰伟就发出一声惊呼。

"顾爹！"他指向俩通河岸边的芦苇，"你快看！"

顾浩顺着他手指的方向看过去，勉强分辨出一个俯卧在芦苇丛中的物体。

"那是……"

邰伟已经拔腿向下行台阶跑去:"那是个人!"

邰伟在前,顾浩在后。两个人气喘吁吁地跑到桥下。邰伟抢上一步,把那个半个身子都浸在河水中的人拖上来。

虽然她浑身泥水,脸也脏得辨不出底色,但是,从那纠结粘连在一起的长发和身段来看,这是个年轻姑娘。

邰伟把她的上半身抱起来,立刻被她身上的刺鼻气味熏得皱起了眉头。年轻姑娘还在半昏迷状态中,双眼微睁,嘴里含混不清地呢喃着。

邰伟连声呼唤她,对方却连一句完整的话都说不出来。

顾浩蹲在她身边,上下打量着她,脸上的表情越来越难看。

"顾爹,这是你要找的那孩子吗?"

顾浩不说话,视线落在那虽然脏污不堪,却依稀可辨出栗色的卷曲长发上。

邰伟环视四周,望向岸边探出的管道口:"她该不会从那里爬出来的吧?"

"没错。"顾浩站起来,神色凝重,"我认识她。她叫马娜,四中的学生,苏琳的同班同学。"

"什么?"邰伟瞪大了眼睛,又看向怀中的年轻姑娘,"她……她是那个失踪的学生?"

顾浩的身体摇晃了一下,巨大的恐惧感让他几乎站立不住。

他回忆起那晚在雨水管网里和苏琳的对话。

她还有事情要做。

这件事情,显然指的不是面前这个半昏迷的女孩。

他向后倒退了几步,嘴里喃喃自语:"不行,不行……我得回去。"

邰伟更糊涂了:"回去?你要去哪儿?"

"那个雨水调蓄池……我发现苏琳的那个地方……"顾浩已经方寸大乱,"来不及了……这孩子……千万别做傻事……"

邰伟急了:"顾爹,你到底在说什么?"

顾浩伸出手:"车钥匙,快!"

邰伟掏出车钥匙,抛给他:"顾爹,你……"

"我现在去找人,你看好她。"顾浩已经转身向桥上跑去,"回头去那个雨水调蓄池集合。"

一路狂奔回车上，顾浩发动吉普车，向市区飞驰而去。从俪通桥到文化广场，至少有一个小时的车程。现在最要紧的，就是找到可以打电话的地方，通知警方立刻前往那个雨水调蓄池，也许还来得及阻止悲剧的发生。

然而，去过那个调蓄池的人虽然有几个，除了邰伟，他只记得王宪江和一个姓杜的警察。联系到他们，再调配人手，不知道又要耗费多少时间。

顾浩咬着牙，把油门狠踩到底。同时，他不停地向路边张望着。终于，一个公用电话亭出现在前方不远处。

他把车开过去，一个急刹车后，拉开车门跳了下去。拿起话筒的同时，他突然改变了主意。

因为，他想到了一个可能距离那个雨水调蓄池更近的人。

姜玉淑穿着成套的裙装，一动不动地坐在沙发上，盯着面前那道紧闭的卧室门。姜庭在卧室里毫无动静，不知道在干些什么。

姜玉淑看看手表，犹豫了一下，起身去敲响了女儿的房门。

"庭庭，换好衣服没有？"她竭力让自己的语气显得温柔平静，"咱们该出发了。"

房门被猛地拉开。姜庭穿着一身校服，大步走出来，看也不看她一眼。

姜玉淑皱起眉头："你怎么穿这个？"

姜庭没好气地答道："我是学生啊，学生不穿这个穿什么？"

"你今天又不用上学，去换一身。"姜玉淑勉强压着火气，"咱们要给法官留个好印象。"

"平时逼着我穿这个，现在又觉得不好看——真不知道你到底是什么标准……"

姜庭嘟囔着，还是换了牛仔裤和套头运动衫。

这时，门被敲响了，公司的法务小陶来了。

"姜大姐，准备好了吗？"小陶站在门厅里，"咱们得走了，不能迟到。"

"小陶，今天辛苦你了。"姜玉淑一边手忙脚乱地穿鞋子，一边推推姜庭，

"叫陶阿姨好。"

姜庭规规矩矩地一鞠躬："陶阿姨好。"

"庭庭好。"小陶又转向姜玉淑，安抚道，"你别紧张，一会儿在法庭上好好表现。"

"行，没问题。"

姜玉淑拎起挎包，又对着镜子整理了一下头发，做了个深呼吸。

"那咱们……"

突然，电话铃响起来。姜玉淑犹豫了一下，心中暗骂是谁来捣乱，快步走向电话机。

"喂？"

"谢天谢地，小姜，你在家可太好了。"顾浩急切的声音从听筒里传出来，"你还记得我们去过的那个雨水调蓄池吗？"

"记得。"姜玉淑有些莫名其妙，"怎么了？"

"你现在马上去那里，如果你遇到苏琳，或者别的人，一定要让他们什么都不要做，特别是苏琳。"

姜玉淑更糊涂了："这到底是怎么回事啊？我听不懂……"

"我现在没时间跟你解释。你距离那里最近，所以我只能拜托你了。"顾浩说得上气不接下气，"我和警察也会去。在我们到那里之前，你一定要阻止苏琳做任何事情！"

"可是……"姜玉淑看看在门口等候的小陶和姜庭，"我现在要去法院，我前夫起诉我，要争夺抚养权。所以……我不能……"

顾浩沉默了几秒钟，声音变得低沉："那就算了，我再想办法。你……祝你好运。"

"老顾，实在是对不起，我真的……"

话未说完，电话就被挂断了。

姜玉淑咬着嘴唇，内心无比烦乱，慢慢地把听筒放回电话机上。

小陶见她面色不善，试探着问道："姜大姐，出什么事了？"

"没事。"姜玉淑向她挤出一个笑容，"咱们走吧。"

三个人下了楼，向小区外走去。路过楼后那片空地时，姜玉淑始终盯着墙边的那个下水井，脚步犹疑。

来到小区外的路边，姜庭扬手招呼出租车。姜玉淑却宛若失魂落魄一般，看着脚下出神。

很快，一辆出租车打开转向灯，缓缓停靠在她们身边。小陶拉开车门，向姜玉淑招呼道："姜大姐，上车。"

姜玉淑哦了一声，拉开车门，迈上一只脚。突然，她看着小陶，一字一顿地说道："小陶，我今天不去了。"

"嗯？"小陶大为惊讶，"你不去了？"

"我得去处理点别的事情。"姜玉淑收回那只脚，踩在地面上，"十万火急的事情。"

"现在对你来讲，还有比这场官司更重要的事情吗？"小陶似乎对她的选择难以置信，"姜大姐，如果你缺席的话，后果你是知道的。"

"输就输了吧，庭庭永远都是我的女儿。"姜玉淑苦笑了一下，"我……我不知道该怎么跟你解释。"

她转向姜庭，抬手在女儿头上摸了摸："妈妈得去帮助苏琳，你自己和陶阿姨去法院，一切都听她安排，好吗？"

"妈……"姜庭也紧张起来，"你不陪我去了吗？"

"顾大爷需要我的帮助，苏琳也是。"姜玉淑心如刀绞，"我……"

她说不下去了，把女儿推上出租车，关好车门，向小陶挥挥手。

"你们快走吧，拜托了。"

说罢，姜玉淑就向另一辆驶来的出租车扬起手。她知道女儿正趴在车窗上看着自己，但是她不敢回头，否则，刚刚下定的决心瞬间就会崩塌。

马东辰坐在奔驰车的后座上，双眼无神地看着车窗外。在他的身边，散落着空烟盒、方便面桶和拆开包装的蛋糕、火腿肠。

五天了，女儿还是下落不明。

警方委婉地提醒他，如果是绑架，他应该早就接到索要赎金的电话了。换言之，马娜还活着的可能性并不大。然而，他不死心。亲手养大的女儿，不能就这么不明不白地没了。生要见人，死要见尸。

更加讽刺的是，同样的话，老苏曾在不久前亲口对他说过。这让他不得不相信，这世上也许真的报应不爽。

好吧。就算是要下十八层地狱，也让我去吧。只求那冷酷的神明能把女儿还给我。

移动电话响起来。

马东辰无精打采地瞥了一眼屏幕，发现是一个陌生的号码，同样来自移动电话的号段。

他想了想，按下接听键。

"喂？"

一个年轻女声传出来："你是马东辰吗？"

"我是。"马东辰抽出一支香烟，叼在嘴上，"你是哪位？"

"我是苏琳。"

马东辰的双眼一下子瞪圆了，足足愣了几秒钟之后，他才失声问道："我女儿呢？"

"她和我在一起。"

"真的？你让她接电话。"马东辰直起身子，把移动电话死死地贴在耳边。

"一个人去造化街和北二马路交会处，有个蓝天大药房。不许报警。我给你十五分钟。到了就打这个号码。"

"你想要干什么？"

"照做就行了。"

"我凭什么相信你？"

"你可以不信。"

电话挂断了。

马东辰放下移动电话，直勾勾地看着前方。

司机看着后视镜里那张枯黄消瘦的脸，小心翼翼地问道："马总……"

"停车！"

"嗯？"

马东辰歇斯底里地吼起来："我让你停车！"

司机不敢再问，降低车速，缓缓停靠在路边。

车还没停稳，马东辰就跳下车，伸手拉开驾驶座的车门，一把将司机拽了下来。

"马总，您这是去哪里？"司机不知所措，"我怎么跟您太太说？"

马东辰没有理会他，发动了奔驰车，疾驶而去。

连闯了几个红灯，又在一条单行线上逆行了一段之后，马东辰终于赶到了造化街和北二马路的交会处。他远远地看见蓝天大药房的招牌，将车开了过去，停在路边。

他看看手表，用了十四分钟。随即，他拿起移动电话，按照刚才的电话号码回拨过去。

电话响了一声就被接起，看来对方始终在等着他打电话。

"你到了吗？"

"我到了。蓝天大药房。"马东辰一边听着电话里的动静，一边向四处张望着，"我女儿呢？"

"马路中间有一个下水井，拿着手电筒钻进去。"苏琳没有回答他的问题，"然后跟着箭头走。"

"什么箭头？"马东辰急了，"我女儿在哪里？"

"给你十分钟，时间一过，我就会杀了马娜。"

"你他妈要是敢动我女儿一根头发，我就杀了你全家！"马东辰吼起来，"你把马娜还给我！"

电话又挂断了。马东辰再次回拨，另一部移动电话已经关机了。

他狂怒不已，双手连连砸向方向盘。几秒钟后，马东辰强迫自己镇静下来，喘着粗气，从置物箱里拿出手电筒，在路人诧异的目光中，起身走向那个下水井。

挪开井盖，他迎着扑面而来的臭气，先用手电筒在井底照射一圈，随即，沿着铁梯慢慢地爬了下去。

下到井底，马东辰发现自己正处于一条管道的某个节点上，两侧皆是看不到尽头的黑暗。但是，比自己想象的要宽敞得多。他来不及多想，用手电筒在四周照射着——果然，在管道壁上发现了一个用粉笔画上去的箭头，直指黑暗深处。

他不能再耽搁，沿着箭头指示的方向，疾奔而去。

管道内还有一些积水，水下则是滑腻的淤泥。马东辰走得跌跌跄跄，却丝毫不敢减慢速度。相对于地面，这里的温度要低得多。汗湿的衬衫贴在后背上，冰凉刺骨。他从未在这样的环境中行进过。然而，他却感受不到恐惧或者厌恶，只把注意力放到画在管道壁上的一个个箭头上。

在它们的指示下，马东辰进入了一条更加宽敞的管道。同样的箭头仍在。他脚步不停，顺着箭头向管道深处一路疾走。又不知走了多远，箭头突然消失了。他想了想，又折返回来，发现最后一个箭头画在一道圆形铁门旁边。

马东辰喘息着，看看手表，时间已经过去了八分钟。随即，他上下打量着铁门——门上锈迹斑斑，看上去已经使用了很久——它应该通往某个去处。

难道，女儿就在这扇门后面？

他把耳朵贴在铁门上，又试着在门上拍了拍。

"马娜？"

突然，在斜前方传来一声小小的惊呼。紧接着，一个颤巍巍的女声在管道中响起："谁在那儿？"

马东辰被吓了一跳，下意识地循声望去。很快，一束微弱的光慢慢地向他移过来。等她走近，马东辰看见一个穿着挂满蛛网和灰尘的裙装，手里拿着一根荧光棒玩具之类的东西，满脸惶恐的女人。

两个人隔着几米的距离，怔怔地对视着。马东辰先开口问道："你是谁？"

女人看起来吓坏了，答非所问："我……我来找人。"

"找谁？"

"我……"女人忽然想到了什么，"你刚才……是在叫马娜吗？"

"对。"马东辰心烦意乱，"我女儿应该在这里。"

"你是马娜的父亲？"女人瞪大了眼睛，"四中的？"

"你认识我女儿？"马东辰大为吃惊，"你到底是谁？"

女人没有回答他，而是把视线投向那扇紧闭的铁门："她在里面吗？"

"我不知道。"马东辰把手电光投向铁门上的密封阀模样的东西，"我得进去看看。"

女人一愣，随即就尖叫一声："不行。你什么都不要做！"

马东辰越发疑惑："为什么？"

"你听我说，是有人叫我来的。"女人扑过来，语无伦次地说道，"他告诉我，什么都不要做，他们马上就会来。"

"他们？谁叫你来的？"马东辰彻底糊涂了，"你为什么知道这个地方？"

"我一时跟你解释不清，但是请你耐心等一会儿，很快他们就会来。"

这时，马东辰突然听见从铁门里传来一声微弱的呻吟。他的大脑顿时一片空白。

是马娜！马娜就在门里！

他扔下手电筒，双手握住密封阀上的握柄，用力转动了一下。

铁门发出刺耳的吱嘎声。从手上传来的感觉来看，阻滞的力量很大。马东辰咬咬牙，拼命扳住握柄，用尽全身的力气转动着。

铁门里传来更加急促的呻吟声。

女人急了，冲上去抓住马东辰的手："你先放开！再等一等，别胡来！"

几近癫狂的马东辰用力推开她："你给我滚开！我女儿就要死了！有人要杀她！"

女人又扑上来，死命摇着头："你听我说，再等五分钟，五分钟就行……"

马东辰彻底失去了理智，他飞起一脚，重重地踹在女人的腹部。女人向后摔倒在地上，蜷缩起身体，痛苦地呻吟着。

马东辰重新握住密封阀上的握柄，高声叫道："娜娜，别怕，爸爸来了。"

密封阀转动起来，一圈，又一圈……

阻滞越来越大。马东辰咬紧牙关，脸上的肌肉都在剧烈地跳动着。

"苏琳……"他从牙缝中挤出几个字，"不许碰我的女儿……"

听到这个名字，正在地上挣扎的女人身体一颤，伸出手还想拽住他。

"停下，快停下！"

突然，圆形铁门打开了一条缝。里面传出的呻吟声却消失了。

马东辰来不及想这些，用力把铁门拉开——一个沉重的人体被拖了出来。

马东辰顿时愣在原地。那不是马娜，而是一个成年男子。

一个双手被反绑在身后，双脚也被捆住，嘴巴被堵得严严实实的成年男子。

在他的脖子上，缠绕着一根细细的铁丝，在颈后交叉，铁丝的两端缠在铁门内侧的密封阀的握柄上。

他以一种奇怪的姿势一动不动地悬挂在铁门上，头低垂下来，面部青紫，已然气绝身亡了。

暮色深沉。一辆警车在马路上飞驰着。警灯闪烁。刺眼却无声。

姜玉淑一脸木然地坐在长条座位上，随着车身的颠簸微微摇晃着身体。她不想去回忆那个男人如何在那具尸体旁边狂吼乱叫，之后蹲在墙角里疯狂地揪着自己的头发，念叨着女儿的名字。她也不想去回忆被照射得亮如白昼的雨水主管道里，那些忙碌的警察以及顾浩脸上那痛悔不已的表情。

此刻，他就坐在她的对面，神色和她并没有什么两样。一个年轻警察从怀里掏出一个硬皮本子，递给顾浩。

"顾爹，这是从马娜身上发现的。"他顿了一下，"我觉得，你应该看看。"

顾浩缓慢地点点头，接过本子，放在膝盖上。

十几分钟后，警车抵达姜玉淑所住的居民小区外。年轻警察打开车门，先跳下车，向姜玉淑伸出手。

"姜大姐，到家了。"

姜玉淑慢慢地起身，挪到车厢门口，在年轻警察的帮助下，从警车上下来。

"姜大姐，你先回去休息。"年轻警察又嘱咐道，"回头我们再联系你。"

姜玉淑点点头，转身向小区门口走去。始终如泥塑木雕般的顾浩突然行动起来，他起身走到车门处，向姜玉淑喊道："小姜，今天……"他的嘴唇颤抖了几下，"今天谢谢你了。"

姜玉淑没有回头，更没有说话，只是一步步蹒跚离去。

这一天，真的太漫长了。

走在熟悉的楼道里，姜玉淑艰难地拾级而上。来到自家门前，她费了半天劲才打开门锁，迈了进去。

屋子里静悄悄的。她想招呼女儿，然而，张了张嘴巴之后，却什么声音也没发出来。

孙伟明赢了官司之后，就不会再让姜庭在这里多待一天。

她不敢相信自己居然如此愚蠢，为了别人的女儿，放弃了自己的女儿。

以后就会这样吧。独自一人回到家，然后面对悄无声息的屋子，一个人吃饭，一个人看电视，一个人睡觉。

那就从现在开始慢慢习惯吧。

她把挎包扔在餐桌上，换好拖鞋，向客厅走去。

随即，她就看到姜庭从沙发上坐起来，一边揉着眼睛，一边嘟囔着："妈，你怎么才回来啊？"

姜玉淑呆呆地看着女儿，似乎难以分辨眼前的一切究竟是真实存在，还是自己的幻觉。

姜庭打着哈欠，向厨房走去。

"你还没吃饭吧？我给你煮包方便面——要不要加鸡蛋？"

姜玉淑的视线始终跟随着女儿，良久，才讷讷地问道："今天……"

"今天开完庭了呀。"姜庭端起装了冷水的小汤锅，放在煤气灶上，"嘻嘻，我爸气得够呛。"

"什么？"

"其实挺简单的。"姜庭打开煤气开关，向她做了个鬼脸，"法官最后问我想跟谁一起生活——那还用说吗？"

姜玉淑的腿软下来："你怎么回答的？"

"当然是跟你呀。"姜庭从橱柜里拿出一包方便面，小心地撕开包装，"你是全天下最温柔、最善良、最勇敢的妈妈嘛。"

姜玉淑呼出一口气，带出一声哽咽。

"就这么完了？"

"对啊。"姜庭走过来，把双手搭在妈妈的肩膀上，笑眯眯地说道，"你呀，就是瞎担心。人家小陶阿姨都说了，我的意见才是最重要的。"

"就这么完了？"

"哦，对了，我爸说要上诉。"姜庭噘起嘴，随后又眉开眼笑，"不过没关系，无论什么时候我都要跟你在一起。"

姜玉淑看着女儿，一句话也说不出来。

"所以你以后对我好一点，否则，哼哼。"姜庭歪起头，忽然又想到了什么，"妈，你快说，今天到底出什么事了？"

姜玉淑猛地把女儿抱在怀里，感到自己不是赢了一场官司，而是赢得了全世界。

尾声·人鱼

1994年6月24日，星期五，晴。

　　顾大爷，您好。

　　您没看错，这篇日记就是写给您的。当您看到这里的时候，相信已经知晓了整件事情的来龙去脉。而且，如果我没猜错的话，马娜已经回家了。至于周希杰，我希望他在被勒死之前，遭受了很多的痛苦。

　　我能想象出您看到这些话时的表情。对不起，让您失望了。那晚在下水井里，我相信您说的都是真心话。我也相信，如果我当时跟您回去，您一定会把我当成亲生女儿那样精心照顾、呵护，让我成为一个即使很普通，也会很正常的女孩子。

　　您知道吗，那就是我无比向往的生活。

　　所以，请您相信我，做出这样的选择，我内心的痛苦，不比任何人少。

　　我之所以会放弃重返寻常生活的最后一个机会，是因为你们说的那个杀人犯。

　　他叫文森特。我想，他应该有一个名字，而不是杀人犯。

　　在我被困在下水井里的那段时间里，如果没有文森特，我可能早就死掉了。他帮我处理伤口，给我食物和水，想尽办法满足我的种种需求。甚至为了一双我渴望的白球鞋被别人打得头破血流。我不知道他把我当作什么。我只知道，当我的生活已经彻底归零的时候，只有他让我还有活下去的勇气和希望。我只知道，他可以对那些女人痛下杀手，唯独把我当作珍宝一样爱护。我并不是没有是非观的人。然而，即使他被全世界斥为杀人狂魔，他仍然是我在那段日子里唯一的亲人。

更何况，文森特是在周希杰的指使之下，才做了那些可怕的事情，包括马娜。所以，当我亲眼看见他被周希杰谋杀，我无法认为他是罪有应得或者死有余辜，更不能就这样一走了之。即使我听您的话，和您生活在一起，我也永远不会快乐起来。我必须为他做点什么，哪怕我会为此背负一生的罪责。

顾大爷，做出这样的选择，真的很对不起您。但是，我没有亲手杀害过任何人。即使是马娜。即使是在我可以永远不被人知晓，轻而易举就能杀掉她的情况下。如果我这样说，可以让您对我的罪恶感稍微降低一点，我就知足了。

顾大爷，谢谢您为我做的一切。谢谢您给我做的煎蛋。谢谢您付出那么多精力和时间去寻找我。谢谢您没有把我当作一个可有可无的孩子。谢谢您让我感受到，我曾经被如此深爱过。

最后，还要拜托您一件事，请替我感谢您在下水井里提到的那位阿姨，以及那个曾经在礼堂里帮我逃走的女孩子。

顾大爷，当您读完这本日记的时候，我已经去了另一个地方。请不要再继续寻找我了。我们可能会再见，也可能不会。但是，我向您保证，我会永远记住您，我会好好活下去。

半个月后。

随着气温的不断攀升，乐于在户外游玩的人越来越多。特别是近期的几场雨水过后，俪通河彻底丰润起来。原本狭窄的河道变得宽阔，芦苇丛也更加茂盛。这里不再显得人迹罕至，钓鱼爱好者们甚至要早早地来到河边，以寻求一个下竿的最佳位置。

顾浩静静地站在桥上，看着岸边正在嬉笑的一家四口。小小的帐篷已经搭起来，前面放着烧烤架。大一点的女孩正在帮助妈妈料理串好的肉和各色蔬菜。小一点的男孩则守在爸爸身边，聚精会神地看着他把饵料穿在鱼钩上。

在蓝天白云下，这实在是一幅美好的图景，连顾浩都忍不住微笑起来。

在他身后，宽阔的桥面上车流如梭。一辆吉普车驶来，缓缓地停靠在路边。邰伟跳下车，看着一动不动地伫立在栏杆旁的顾浩，犹豫了一下，快步走过来。

"就知道您老在这里。"邰伟走到顾浩身边，"看什么呢？"

顾浩长长地呼出一口气："没看什么，反正我也没事，闲逛呗。"

"回头给你也弄个BP机得了。"邰伟尽力让语气显得轻松，"省得我总也找不到人。"

"不用。"顾浩笑笑，"除了你，也没人找我。"他抬头望向天空，"你妈走了？"

"嗯，今天一早的飞机。"邰伟有些尴尬，抓抓头发，"老太太还挺时髦，搞了个旅行结婚。"

"挺好的。"

尽管顾浩的面色平静如常，邰伟还是觉得不忍心。

"顾爹，你真不能怪我妈。那天我妈气坏了。而且，谁也没想到老吴头带着戒指来的，直接下跪求婚，再加上那帮娘们一起哄，换作谁也顶不住啊……"

"没有。"顾浩低下头，"吴老师人不错，你妈原来对他也有好感。我们……"他突然板起脸，"谁让你管人家叫老吴头的？他们回来之后你就得改口叫他爸。"

"那不可能。"邰伟撇撇嘴，"反正我就两个爹，一个亲爹，一个干爹。"

"你个兔崽子，你就等着你妈收拾你吧。"顾浩摇摇头，"你那边的事情怎么样了？"

"在周希杰的家里没发现什么特别的。"邰伟顿时一脸得意之色，"后来还是我灵机一动，在四中礼堂里一个放摄像机的柜子中发现了大量的照片和录像带——你猜是什么？"

"什么？"

"全是他妈的那个流浪汉祸害三个被害人的过程，从强奸到杀人，一点都没落下。"邰伟嘴里啧啧有声，"把我们副局长都看吐了，你说有多恶心？"

"周希杰拍的？"

"没错。那个柜子的钥匙就是他保管的。"邰伟点点头，"他老婆跟我们说，周希杰在她家一直挺压抑的，在夫妻生活方面很早就不行了。平时除了上班，他大多数时间都待在租来的工作室里。所以，我们怀疑他去接触那些被害人，骗到出租房之后，流浪汉下手强奸杀人，他来拍摄。最后流浪汉把尸体扔到那个雨水调蓄池里——我们也确实在出租房里发现了被害人的毛发和手印。"

顾浩皱起眉头："他为什么要这么做呢？"

"我去咨询过一个犯罪心理学专家。"邰伟想了想，"他的意思是，周希杰的性功能障碍源自他不被尊重和重视的家庭地位。只有在获得完全支配权的时候，才能满足他的性欲。换句话来说，跟自己的老婆做不了，看录像带和照片的时候反而就行了。"

"也就是说，"顾浩沉吟了一下，"周希杰是主谋，那个流浪汉只是帮凶？"

"是啊。"邰伟哼了一声，"这王八蛋很狡猾。强奸和杀人都让流浪汉去做，所以没验出他的DNA。至于那个流浪汉，一个傻子嘛，有女人能发泄性欲，估计周希杰还给了他别的好处，稀里糊涂地就做了。"

"看起来，你小子当时的怀疑是正确的啊！"

"嘿嘿。"邰伟又嘚瑟起来，"我就觉得不对劲嘛。"

"你师父挺尴尬吧？"

"还真没有。说起来，我师父挺爷们的。"邰伟笑了笑，"其实他心里也认同我的想法，局里之前让他结案，他愣给叫停了。真把案子破了之后，局里要给他提一级，老先生死活不要。"

他叹了口气："我师父再过两年就退休了，我也希望他能风风光光地离开啊。"

"确实是个爷们。"顾浩点点头，"找机会带他来我家，一起喝杯酒。"

"没问题。"邰伟揽住顾浩的肩膀，"他听说了您老的光辉事迹，也想跟你结交一下呢。"

"嗨，我那算什么。"顾浩苦笑一下，突然想到了什么，"马娜怎么样了？"

"还在医院呢，且得恢复一阵。"邰伟耸耸肩，"现在还是不能提她在下水井里的事，没法问，一问就大哭大闹。"

"她爸爸呢？"

"另案处理。马东辰倒是不在乎，虽说是无心的，但是弄死了要祸害他女儿的人，我看他还挺高兴的。"

顾浩哦了一声，不再开口。

邰伟犹豫了一下："说到这个，顾爹，那个苏琳有消息吗？"

"没有。"

"他家里人又找你闹过吗？"

"老苏说我知情不报，要追究我的法律责任。"顾浩笑了笑，"我懒得理他。"

邰伟沉默良久，叹了口气。

"我还是琢磨不透，一个十七八岁的女孩子，怎么就能搞出这么多事情来？"他看看顾浩，"马娜曾经断断续续地说过一些当天的情形。苏琳一棒子打昏了周希杰，又把他捆在铁门上，拿了周希杰的移动电话，从马娜嘴里问出马东辰的电话号码，然后把她送到俪通河的雨水管网出口，又把马东辰引到下水井里……"

邰伟似乎还是难以置信："这是一个孩子能干出来的事情吗？"

顾浩却心不在焉，仿佛在自言自语："是啊。"

"顾爹，"邰伟依旧不甘心，"她究竟是个什么样的女孩子啊？"

"哦？"顾浩回过神来，沉吟了一会儿，"一个想穿上白裙子，成为人鱼公主的女孩子。"

"什么人鱼公主？"邰伟更加糊涂，"这都哪儿跟哪儿啊。"

顾浩低下头，重新把视线投向桥下。

邰伟琢磨了一会儿，还是不明就里，摇摇头："也不知道她跑到哪里去了。"

"她？"

顾浩看着宽阔的俪通河。水面上泛起微微的波浪，在日光的照耀下，宛若披上了一层闪闪发光的鳞片。它带着勃勃的生机和无数秘密，顽强地向着不知名的远方，奔涌不息。

顾浩的嘴角露出一丝微笑。

"我想，她游向大海了吧。"

（全文完）

图书在版编目（CIP）数据

人鱼 / 雷米著 . — 北京：北京联合出版公司，2021.5
　　ISBN 978-7-5596-5159-4

Ⅰ.①人… Ⅱ.①雷… Ⅲ.①长篇小说—中国—当代 Ⅳ.①I247.5

中国版本图书馆 CIP 数据核字（2021）第 053735 号

人鱼

作　　者：雷　米
出 品 人：赵红仕
策划出品：一未文化
版权统筹：吴凤未
监　　制：魏　童
责任编辑：刘　恒
执行编辑：许丽波
封面设计：尚燕平
内文排版：麦莫瑞

北京联合出版公司出版
（北京市西城区德外大街 83 号楼 9 层　100088）
天津中印联印务有限公司印刷　新华书店经销
字数 369 千字　710 毫米 ×1000 毫米　1/16　23 印张
2021 年 5 月第 1 版　2021 年 5 月第 1 次印刷
ISBN 978-7-5596-5159-4
定价：59.80 元

版权所有，侵权必究
未经许可，不得以任何方式复制或抄袭本书部分或全部内容
本书若有质量问题，请与本公司图书销售中心联系调换。
电话：010-65868687　010-64258472-800

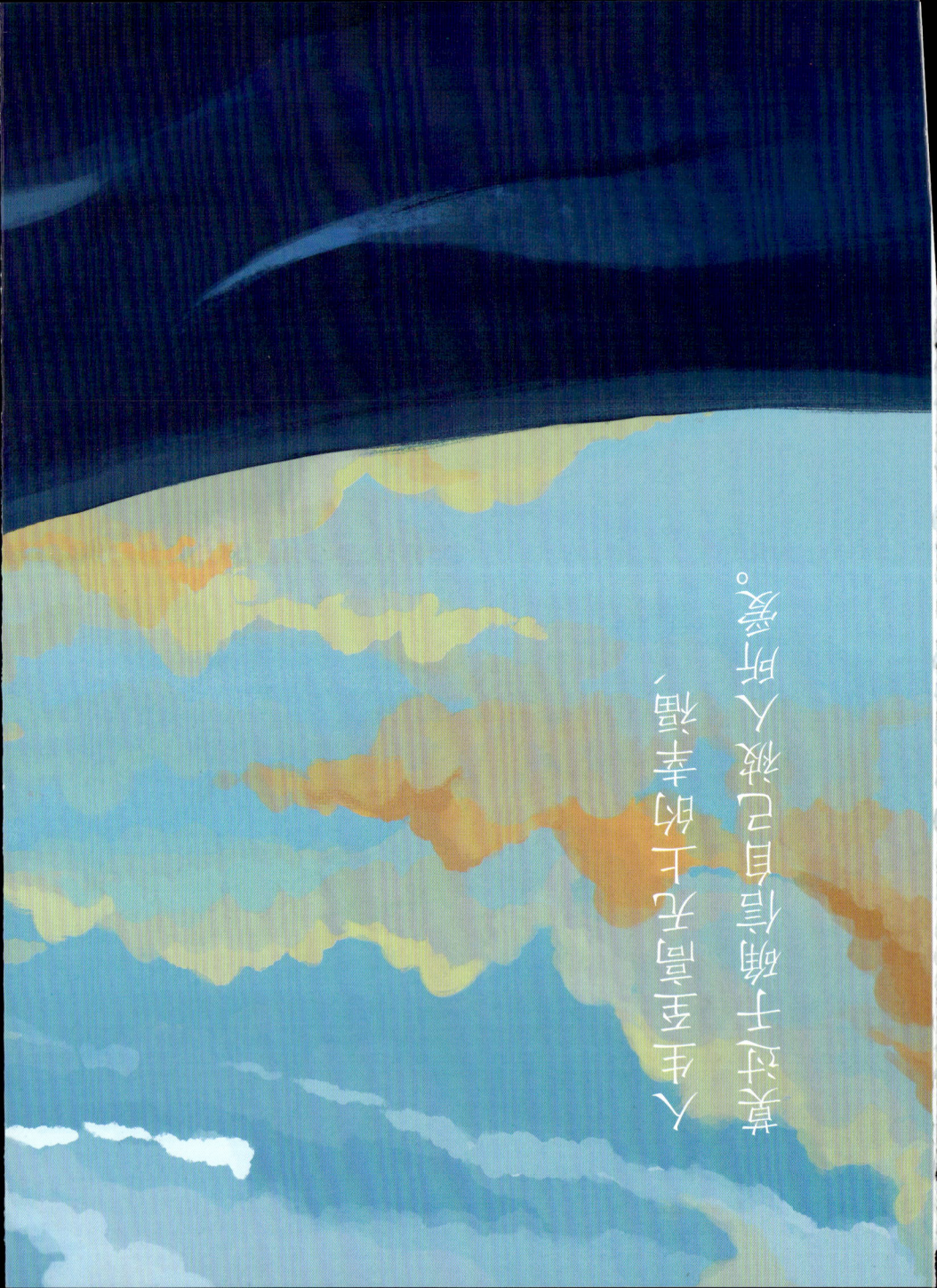

人生在世，無非是想獲得幸福，成為一個幸福的人。

男丫